FAIS SEMBLANT AVEC MOI

UNE ROMANCE AU BUREAU ENTRE AMIS DEVENUS AMANTS

SYNERGY
TOME 2

MICHELLE MCCRAW

AVERTISSEMENT DE CONTENU

Fais Semblant avec Moi est une romance torride contenant des scènes intimes explicites et un langage grossier. Cette histoire contient une intrigue secondaire sur la démence et la maladie d'Alzheimer qui inclut une blessure grave (dont le personnage se remet, bien que, malheureusement, la maladie d'Alzheimer n'ait pas de remède).

Si ce n'est pas le bon moment pour vous de lire une histoire avec ces éléments, envisagez de sauter ce livre pour l'instant. Prenez soin de vous.

1

J'AVAIS VU un tas de femmes défiler dans le bureau de Cooper Fallon, mais celle-ci était la pire. Et elle ne comptait pas s'en aller discrètement.

Quand son cri perçant — quelque chose qui se terminait par « connard » — s'est échappé de la porte fermée de son bureau pour résonner dans tout le couloir jusqu'à mon poste de travail, j'ai pincé les lèvres pour cacher mon sourire et j'ai recherché les coordonnées de l'agence d'intérim.

Depuis que son assistante de longue date avait pris sa retraite cinq mois plus tôt, le Directeur des Opérations de Synergy Analytics avait vu défiler dix-huit assistantes intérimaires. Certaines partaient en claquant la porte, comme celle-ci s'apprêtait à le faire, d'autres s'éclipsaient en catimini, et d'autres encore ne prenaient même pas la peine de se présenter le lendemain.

Je le jure, c'était entièrement de sa faute. Au début. Après que l'intérimaire numéro cinq a rayé avec une clé la surface en merisier de son bureau en partant, il m'a demandé de choisir la suivante. Comme une faveur. Et je me suis contentée de profiter de son niveau d'exigence élevé — et de son tempérament explosif — pour m'assurer qu'aucune ne tienne le coup. Je suis devenue la Statue de la Liberté des intérimaires de San Francisco : *Donnez-*

moi vos amatrices, vos oisives, vos romancières et poétesses qui ne rêvent que de se la couler douce…

Donc, je n'étais peut-être pas la personne la plus impartiale pour recruter l'assistante de Cooper.

Parce que j'avais un plan. Qui reposait sur, eh bien, une aide peu fiable.

Alors que je rédigeais l'e-mail à l'agence — je devais rester assez vague sur la raison de son renvoi pour qu'ils nous en envoient une autre tout aussi nulle —, une voix a demandé derrière moi :

— Ils vont bien, là-dedans ?

J'ai pivoté sur ma chaise en direction de la voix familière, me cognant le genou nu contre le pied de mon bureau. J'ai plissé les yeux vers mon ami et collègue, Tyler Young, nimbé de la lumière brumeuse qui filtrait par la verrière du dernier étage de l'ancienne usine reconvertie.

Je me suis frotté le genou. Avec Cooper qui beuglait depuis son bureau d'angle, je n'avais pas entendu l'approche silencieuse des baskets de Tyler.

— J'étais sur le point de sortir le pop-corn.

Révélant ses adorables fossettes, il a contourné mon bureau pour se placer en face de moi, comme il le faisait toujours pour que je n'aie pas à regarder directement la lumière de la verrière. Quand le grondement sourd de Cooper a couvert la voix plus aiguë de l'intérimaire, Tyler a remonté ses lunettes à monture noire et a demandé :

— Vous êtes sûre ? Est-ce qu'on doit… ?

J'ai penché la tête pour écouter. L'intérimaire lui rendait la pareille, et même plus. Tous les jurons venaient d'elle.

— Non, ils font à peu près jeu égal. Au moins, elle ne pleure pas. J'avais dû piller le tiroir de mon bureau pour trouver du chocolat et des mouchoirs afin de consoler celle qu'il avait virée la semaine dernière.

Alors que les cris de l'intérimaire se transformaient en un hurlement strident, l'autre fondateur de Synergy, Jackson Jones, est sorti de son bureau et s'est approché nonchalamment du mien.

— Salut, Marlee. Qui a parié sur — il a vérifié son Omega — seize heures ? Mon patron a posé sa grande main sur mon bureau et a pioché un bonbon dans le bol en céramique.

J'ai reniflé.

— Quelqu'un de la compta. Je parie qu'elle va gagner.

— Pauvre Cooper. Il a chiffonné l'emballage de son bonbon et me l'a tendu pour que je le jette à la poubelle. — Tout le monde ne peut pas avoir la meilleure assistante de San Francisco. Il est jaloux que je vous aie trouvée en premier.

Les joues en feu, j'ai lissé ma jupe rose bouton de rose.

Cooper, le DO de l'une des entreprises technologiques les plus en vogue du monde, exigeait beaucoup de ses employés. C'était un milliardaire alpha, tout comme dans mes romans préférés.

L'étoffe d'un vrai héros de roman. J'aurais juste aimé qu'il soit le mien.

Le premier jour où je l'avais rencontré, alors que j'étais encore une employée à temps partiel cherchant à comprendre ce que faisait exactement un logiciel d'analyse et comment ce bâtiment rempli de jeunes programmeurs débraillés avait pu se hisser au classement Fortune 1000, j'étais restée bouche bée et mes genoux s'étaient dérobés. Il était plus que beau ; il ressemblait au mannequin sur la couverture du roman d'amour que je lisais. Cheveux blonds, yeux bleus, une barbe de trois jours parfaite, des vêtements impeccables — bien qu'il manquât une épée large — et grand comme un séquoia. J'avais passé mes trois premiers jours chez Synergy à le dévorer des yeux. À la fin de la deuxième semaine, c'était devenu un véritable béguin.

Non seulement il était l'un des célibataires les plus convoités de Californie du Nord, mais c'était aussi un homme prévenant, attentionné et honnête. Il connaissait le nom de tous ses employés, de l'étage de la direction jusqu'au service du courrier. Il avait créé une fondation pour aider les enfants de familles à faible revenu à participer à des camps de programmation. Et le plus important...

— Vous allez répondre ? a demandé Jackson, appuyant une hanche contre la table de laboratoire en stéatite qui me servait de bureau.

La ligne de Cooper clignotait sur mon téléphone de bureau, sonnant sans cesse, mais comme les deux personnes censées y répondre étaient en train de se hurler dessus, c'était à moi de le faire.

— Bureau de Cooper Fallon. Marlee Rice à l'appareil.

— Bonjour, a dit une voix féminine et rauque. — C'est Jamila Jallow. Cooper est-il disponible ? Il attend mon appel.

Vraiment ? Mon cœur s'est mis à battre la chamade. Pourquoi Jamila Jallow, la première de sa promotion à Stanford, la femme qui aurait pu être mannequin, celle qui figurait sur toutes les listes des quarante personnalités de moins de quarante ans, la meilleure amie de Cooper, l'appelait-elle aujourd'hui ?

— Non, je suis désolée. Il est occupé pour le moment. Puis-je vous aider ?

— Bien sûr. Pourriez-vous lui dire que mes plans ont changé et que je *peux* l'accompagner au mariage de Jackson ?

Bordel de Stephen Hawking.

— Vous pouvez ? Même si Jamila et Cooper avaient assisté à plus d'un événement professionnel ensemble, il n'amenait jamais de cavalière aux événements de Synergy. Et bien que le mariage de mon patron le week-end prochain ne soit pas une fonction officielle de l'entreprise, j'étais sûre qu'il s'y rendrait seul.

— Oui. Mais, vous savez quoi, je vais juste lui envoyer un texto. Merci, Marlee.

Mes oreilles bourdonnaient. Je m'étais bien doutée que Jamila irait au mariage de Jackson. Ils étaient amis depuis l'université. Mais que signifiait le fait qu'elle y aille avec Cooper ? Était-ce un rendez-vous entre amis ou un vrai rendez-vous galant ?

Il ne manquerait plus que ça, qu'elle me vole Cooper au moment même où j'avais enfin trouvé le courage de faire quelque chose pour ce béguin que je nourrissais depuis trois ans.

— Euh, Marlee ? a demandé Tyler en rajustant ses lunettes. — Ça va ?

J'ai cligné des yeux pour retrouver ma concentration.

— Ça va. Je me suis tournée vers Jackson. — C'était Jamila Jallow. Elle dit qu'elle vient avec Cooper. À votre mariage.

Ses sourcils se sont haussés.

— Il n'amène jamais personne à mes fêtes.

— Je sais, pas vrai ? Qu'est-ce qui se passe ?

La porte du bureau de Cooper s'est ouverte violemment, heurtant le mur, et l'intérimaire est sortie en trombe, le visage aussi rouge que son chemisier de soie. J'avais eu un peu peur quand cette femme magnifique était arrivée lundi avec ses vêtements de marque et des chaussures qui coûtaient plus que mon salaire hebdomadaire, mais elle avait été trop occupée à battre de ses faux cils devant Cooper pour répondre à ses appels. Elle a attrapé son sac à main en cuir souple sur le bureau extérieur et est passée devant nous d'un pas sec en direction des ascenseurs.

— Au revoir, Lynley, ai-je dit.

— Allez vous faire foutre. Elle a viré à droite, a ouvert la porte d'un coup sec et a disparu dans la cage d'escalier.

J'ai échangé un regard avec Jackson.

— Ouais, a-t-il dit, — Cooper me fait parfois cet effet.

Tyler n'a rien dit. Il n'avait pas passé assez de temps ici, au sixième étage, pour savoir que les humeurs de Cooper étaient comme un orage d'été : bruyantes mais vite passées.

L'homme en question est sorti de son bureau aux parois de verre, les narines dilatées, la mâchoire de marbre. Il a enfoncé ses mains dans les poches de son pantalon noir sur mesure et, le regard fixé sur le plancher en bois de récupération, s'est approché de nous. J'ai passé une main sur mon pendentif et me suis redressée sur ma chaise.

Se frottant la nuque, il a tourné ses yeux bleu cristal vers moi.

— Marlee ? Il a changé de pied. — Il semble que Lindsey...

— Lynley, l'ai-je corrigé.

Il a grimaqué, dévoilant des dents blanches et droites.

— Elle et moi avons convenu qu'elle n'était pas faite pour Synergy.

— C'est une façon de voir les choses, a dit Jackson.

Le regard de Cooper a fusillé son ami.

— Si seulement vous vouliez bien reconsidérer le fait de partager Marlee avec moi...

— Je serais ravie de... ai-je commencé.

— N'y pensez même pas, m'a interrompu Jackson. Il m'a regardée fixement. — Marlee a déjà bien assez de travail. Et autant me demander de vous prêter mon bras droit. Trouvez votre propre Marlee. Il a haussé les épaules. — Ou gardez une des intérimaires qu'elle vous trouve.

Avant de parler, Cooper a pris un instant pour détendre ses mains, qui s'étaient crispées en poings. Puis il m'a regardé.

— Pensez-vous que vous pourriez... ?

— C'est fait. J'ai cliqué pour envoyer mon e-mail à l'agence de recrutement.

— Merci. Vous savez que je vous adore, Marlee. Et voilà, ce sourire à tomber par terre qui me transformait en flaque gélatineuse à chaque fois. J'avais envie de laisser courir le bout de mes doigts sur sa mâchoire forte et barbue, puis dans ses cheveux courts et blonds. De passer mes mains sur sa chemise habillée à rayures grises pour toucher ses épaules musclées. De planter mes ongles dans son dos et de serrer son...

— Bref, Jay... Il s'est tourné vers Jackson, et c'est là que j'ai réalisé que j'avais encore été en train de déshabiller Cooper du regard. — On peut commencer notre sortie plus tôt ? J'ai un événement pour la fondation ce soir.

— Je vais me changer. Jackson m'a lancé un regard — mes yeux baladeurs ne lui avaient pas échappé — puis il a saisi l'épaule de Tyler. — Parlons demain de vos idées pour le module de consommation de carburant. Comme je regardais Cooper, j'ai vu son regard suivre la main de son ami puis se rétrécir en fixant Tyler. Cooper avait tendance à être le partenaire jaloux dans sa bromance avec Jackson.

— Bien sûr. Tyler a souri à notre patron, ressemblant trait pour trait à un labrador à qui on venait de dire qu'il était un bon chien.

Jackson avait créé le produit phare de l'entreprise — un logiciel d'analyse automobile améliorant les performances et la sécurité des voitures — dix ans plus tôt dans la chambre d'étudiant qu'il partageait avec Cooper à Stanford. Légende de la programmation, il inspirait l'admiration des développeurs, et Tyler était le président de son fan-club. Bien que Tyler soit lui-même un programmeur talentueux. Jackson n'avait pas la patience de former beaucoup de programmeurs, mais il prenait du temps pour Tyler.

Quand les deux dirigeants sont retournés dans leurs bureaux respectifs, j'ai fait signe à Tyler de s'approcher et j'ai vérifié que personne d'autre n'était à proximité.

—J'ai entendu dire que Sanjay s'en va.

— Ah oui ? Sa lèvre inférieure s'est avancée en une quasi-moue. — C'est un bon chef. Il va me manquer.

— Certes, mais… j'ai marqué une pause pour créer un effet. — Ça libère un poste de manager. Et je connais un programmeur talentueux qui est prêt pour une promotion.

— Qui, Grant ?

J'ai reniflé.

— Non, andouille. Toi.

Il a basculé en arrière sur ses talons.

— Je ne suis pas prêt. Je suis ici depuis moins d'un an.

— Peu importe depuis combien de temps tu es ici. Ce qui compte, c'est ce que tu sais en programmation et ton bon contact avec les gens. Et Tyler avait un bon contact avec les gens. Contrairement à la plupart de ses collègues, il ne me regardait pas de haut parce que j'étais une assistante.

Ses yeux se sont plissés, incertains.

— Penses-y. Les RH publieront l'offre d'emploi la semaine prochaine.

Il a émis un grognement évasif. Pêchant une menthe de ma

bonbonnière, il en a serré plus fort les extrémités. Il a ouvert la bouche, a pris une inspiration, puis l'a laissée s'échapper lentement.

— Ah, oui. Le module de consommation de carburant. Tu veux que je te programme une réunion avec lui demain ? J'ai cliqué sur le calendrier de Jackson et j'ai cherché un créneau libre. — Quatorze heures trente, ça te va ?

Un léger tambourinement a été sa seule réponse. Ses longs doigts tapaient un rythme contre le côté de son jean.

— Tyler ? l'ai-je relancé.

— Oui. Bien sûr. Il a détourné son regard de mon bureau pour croiser le mien. — Quelques-uns d'entre nous vont… je me suis dit que tu aimerais, peut-être, euh…

— Oui ? J'ai tapé l'invitation à la réunion et l'ai envoyée pendant qu'il hésitait. J'ai jeté un œil à l'horloge dans le coin de mon écran. Si Jackson partait maintenant, je pourrais juste attraper le premier train. Une bonne idée, vu les problèmes qu'on avait eus récemment. Quelques semaines plus tôt, Papa avait essayé d'aider en préparant le dîner, mais il avait fini par faire brûler une casserole sur la cuisinière et déclencher le détecteur de fumée.

— C'est la soirée pinte à trois dollars, et…

Nous avons tous les deux sursauté quand Jackson a claqué la porte de son bureau et a crié dans le couloir :

— Coop, magne-toi !

Cooper est sorti de son bureau, un sac de sport jeté sur l'épaule. Comme Jackson, il portait un T-shirt qui moulait son torse et s'arrêtait juste en dessous de la hanche d'un cuissard de vélo moulant. Mes yeux ont remonté le long de sa jambe musclée jusqu'à l'esquisse d'un renflement juste sous l'ourlet de ce T-shirt. J'ai dégluti.

— À demain. Jackson nous a fait un vague signe de la main avant de se diriger en trottinant vers les escaliers et de tenir la porte pour Cooper. — Après la sortie, on… La porte s'est refermée derrière eux, coupant les mots de Jackson.

J'ai cligné des yeux fortement, puis je me suis retournée vers Tyler.

— Pardon, tu disais ?

Il a enlevé ses lunettes et les a essuyées sur son T-shirt. Sans elles, ses yeux étaient tachetés de brun, de bleu, de vert et d'or, comme la Terre vue de l'espace.

— Je pensais aller au pub du coin après le travail. Tu veux venir ?

— Je suis désolée, je ne peux pas ce soir. Tu y vas avec qui ? Quand on traînait ensemble aux soirées trimestrielles de Synergy, les autres programmeurs gravitaient autour de Tyler comme des satellites. La plupart d'entre eux étaient sympas, mais quelques-uns n'adressaient même pas la parole à quelqu'un qui n'avait pas « développeur » dans son titre de poste. Ils me balayaient du regard comme si j'étais une sorte d'insecte rose exotique, complètement indigne de leur attention.

— Oh, euh. Je n'avais encore invité personne d'autre.

J'ai arrêté de ranger mes affaires. C'était tout à fait Tyler de construire la sortie autour de moi et de mes préférences. Un garçon tellement gentil. Si j'avais été une autre, j'aurais sauté sur l'occasion de passer du temps avec lui après le travail.

Mais j'avais des responsabilités. Et des plans.

— Peut-être un autre soir ?

Dès qu'il a hoché la tête, je me suis dirigée d'un pas décidé vers l'ascenseur et j'ai appuyé sur le bouton.

Les portes se sont ouvertes immédiatement, et en me retournant pour appuyer sur le bouton, j'ai aperçu la bouche affaissée de Tyler alors qu'il me regardait partir. Je lui ai adressé un sourire d'excuse et un petit signe de la main.

Il s'en remettrait. Il sortirait ce soir avec ses autres amis. Il était comme la plupart des gens de notre âge qui travaillaient chez Synergy — dévoué et travailleur, avec peu de responsabilités en dehors du bureau, et plein d'argent pour faire la fête une fois le travail terminé.

Même si nous étions amis depuis presque un an et meilleurs

amis depuis plus de six mois, Tyler ne savait pas que je n'étais pas comme lui. J'espérais qu'il ne pensait pas que j'inventais une fausse excuse, comme tous mes amis de l'université l'avaient fait. Ils avaient lentement disparu de ma vie après trop d'invitations refusées, trop d'annulations de dernière minute.

Mais dès l'instant où il m'avait sauvée de cette maudite tireuse à bière, Tyler avait été différent. Il avait continué à m'inviter à sortir, même si la plupart du temps, je refusais. C'était un bon ami. Un ami qui valait la peine d'être gardé.

Je l'emmènerais déjeuner le lendemain. Mais pour l'instant, il fallait que je prenne mon courage à deux mains pour mon deuxième travail.

2

ALORS QUE LE train entrait dans ma gare à Oakland, j'ai glissé mon marque-page dans le livre de la bibliothèque et j'ai caressé la couverture brillante. Un jour, quelqu'un me prendrait dans ses bras et m'embrasserait comme le héros écossais en kilt du roman d'amour venait d'embrasser l'héroïne, avec tout ce désir refoulé et un enchevêtrement de langues. Serait-ce Cooper ?

Pas s'il était amoureux de Jamila Jallow.

J'ai levé les yeux du torse improbablement épilé sur la couverture pour voir un homme assis en face de moi, un sourire narquois aux lèvres. J'ai levé les yeux au ciel et je me suis levée en fourrant le livre dans mon sac. Si j'avais été un mec en train de reluquer *Playboy*, il m'aurait fait un check du poing. Mais parce que j'étais une femme lisant un roman d'amour à la couverture suggestive, il a cru pouvoir me prendre de haut. En sortant, je me suis assurée de lui percuter le coude — violemment — avec mon sac à main fuchsia en similicuir.

Me faufilant à travers la foule du hall, je me suis dirigée vers la rue. L'air était encore chaud en cette soirée de septembre, le soleil à peine visible au-dessus des toits des immeubles bas. J'ai marché d'un pas vif dans les rues larges et dégagées, si différentes des canyons assombris par les gratte-ciel du centre de San Francisco.

J'ai salué les visages familiers que je croisais : la vieille Mme Lukas serrant son sac de bowling à l'arrêt de bus, le costaud M. Oliveras appuyé sur le pas de la porte de son épicerie, les enfants Park faisant la course avec leurs petites voitures sur les marches de leur immeuble. J'avais vécu toute ma vie à Oakland, et bien que j'aie fait mes études et que je travaille maintenant à San Francisco, l'East Bay était mon chez-moi.

Au moment où j'allais entrer dans notre bungalow en stuc, quelque chose a fait un bruit métallique sur le côté de la maison. Mon cœur battait la chamade dans mes oreilles. Notre quartier semblait généralement sûr, mais ce n'aurait pas été la première fois que quelqu'un essayait de s'introduire par effraction. Ça aurait été le moment idéal pour que mon héros des Highlands vienne à ma rescousse avec sa claymore et me sauve du cambrioleur, mais tout ce que j'avais, c'était papa, et il utilisait une canne, pas une épée.

La main tremblante, j'ai fouillé dans mon sac à main pour trouver mon Taser — en espérant que les piles fonctionnent encore — et, après avoir délicatement posé mon sac et enlevé mes talons, je suis redescendue sur la pointe des pieds le long de la façade de la maison.

Un bruit de métal raclant contre du métal a retenti juste au coin. Le rôdeur avait-il décidé de grimper sur le toit pour entrer par la fenêtre ? J'ai frissonné. La fenêtre de ma chambre.

J'ai serré le Taser dans mon poing et j'ai redressé le dos. Non. Je n'étais pas une demoiselle en détresse sans défense. J'avais suivi deux cours d'autodéfense au centre de loisirs, j'étais armée, et je n'avais pas peur de me protéger et de défendre ma maison. Faisant irruption au coin du mur, j'ai brandi le Taser en un grand arc de cercle pour atteindre le rôdeur au visage ou au cou comme on me l'avait appris.

Je l'ai lâché comme une patate chaude, et il a rebondi dans l'herbe.

— Papa ! Mais qu'est-ce que tu fabriques ?

Il m'a regardée d'en haut, un pied sur le barreau le plus bas de l'échelle, les mains agrippées aux montants, et une vieille guirlande de lumières de Noël multicolores enroulée autour de son épaule.

Des rides se sont formées autour de ses yeux bleu ardoise. — Marlee ! Tu es rentrée ! J'allais justement accrocher les lumières.

— Les lumières pour quoi ? Je me suis frotté la poitrine pour empêcher mon cœur de transpercer ma cage thoracique.

Il a retiré une main de l'échelle pour toucher les fils qui pendaient de son épaule. — Les lumières de Noël, bien sûr.

— On est à la mi-septembre. Tu ne trouves pas que c'est un peu tôt pour ça ? J'ai approché, prête à le retenir au cas où il retirerait son autre main de l'échelle.

Son sourire s'est effacé, et il m'a regardée d'un air absent. Puis le bout de ses oreilles et ses joues burinées ont rougi. — Je me disais que je pouvais prendre un peu d'avance ? L'incertitude dans sa voix à la fin de sa phrase m'a donné un coup au cœur.

— Tu sais que tu n'es pas censé utiliser l'échelle. J'ai ramassé mon Taser et je l'ai glissé dans la poche de ma veste avant de passer mon bras autour de sa taille. — Tiens-toi bien et descends ton pied.

Il a laissé tomber ses épaules mais a obéi. — Ma canne est là-bas. Il a désigné du menton le côté de la maison où elle était encore appuyée contre le stuc. Je me suis assurée qu'il avait les deux pieds au sol et les deux mains agrippées à l'échelle avant de le lâcher assez longtemps pour attraper la canne et la lui mettre dans la main.

— Rentrons. J'ai passé mon bras autour de sa taille et l'ai soutenu alors qu'il lâchait l'échelle et pivotait vers l'avant de la maison.

— J'aurais pu le faire. J'ai grimpé à cette échelle depuis avant ta naissance.

Une chute de cette même échelle lui avait brisé la jambe et l'avait handicapé à vie. J'ai fermé les yeux et j'ai pincé les lèvres pour m'empêcher de lui rappeler que nous ne pouvions pas nous permettre un autre incident de ce genre.

À la place, j'ai dit : — C'est presque l'heure de dîner, et de toute façon, nous avons deux mois avant de devoir accrocher les lumières.

Il a boité à côté de moi jusqu'aux marches du perron, où il a marqué une pause. — Le bon côté des choses, a-t-il dit, les yeux pétillants, c'est que j'ai déjà commandé ton cadeau de Noël. Il ne sera pas en retard cette année.

——————

DE LA PORTE D'ENTRÉE, seules six marches de taille normale — douze au rythme traînant de papa — séparaient le salon de la cuisine, qui nous a accueillis avec l'arôme épicé du chili de la mijoteuse. J'ai laissé papa appuyé contre l'évier pour se laver les mains pendant que je posais mes affaires près de la porte de derrière.

Il s'est séché les mains et a pris la boîte de préparation pour pain de maïs que j'avais laissée sur le comptoir. — Je suppose que je me suis laissé distraire.

— Ne t'en fais pas. Pourquoi avait-il décidé d'accrocher les lumières ? Avait-il vu une de ces publicités de Noël précoces à la télé et oublié la date ?

J'ai aligné mes talons contre le mur avant de poser mon sac d'ordinateur dans le casier magenta que papa avait construit à côté de la porte de derrière quand j'avais commencé la maternelle. Il l'avait repeint de nombreuses fois au fil des ans, toujours dans mes nuances de rose préférées.

Je me suis faufilée derrière lui pour me laver les mains, puis j'ai mis la table. Nous n'avions plus besoin de mots à l'heure du dîner ; nous avions préparé des repas ensemble si souvent au fil des ans que nous anticipions ce que l'autre allait faire. Je lui ai tendu un bol et il y a versé le chili à la louche. Répéter l'opération avec un second bol, que j'ai porté à la table ronde en bois.

Mes amis de la fac avaient trouvé bizarre que je veuille vivre à la maison, mais papa était la seule famille que j'avais. J'avais besoin de lui. Maintenant, lui aussi avait besoin de moi.

— Comment s'est passée l'école aujourd'hui ? a-t-il demandé en s'installant dans sa chaise qui grinçait.

— Le travail, papa. Le travail s'est bien passé. Cooper a encore perdu une assistante, alors j'ai dû lui en trouver une nouvelle pour demain.

— Encore une ? Il doit être dur avec elles.

— Il l'est. Il a de grandes attentes. Le fait que Cooper épuisait les intérimaires plus vite que les Oakland A's n'épuisaient les balles de baseball était un élément clé de mon plan pour le conquérir. Quand mon patron partirait en lune de miel, il n'y aurait plus que nous deux. Je séduirais Cooper autour de déjeuners intimes.

— Tu lui donnes des attentes irréalistes. Ces intérimaires ne t'arriveront jamais à la cheville. Je n'ai eu qu'une seconde pour me rengorger de son compliment avant qu'il ne me lance : — Tu pourrais faire tellement plus avec ton diplôme d'informatique.

Je me suis sentie toute petite. J'adorais vivre avec papa, mais ça, vraiment, je m'en serais passée. La plupart des jeunes de vingt-cinq ans avaient au moins la distance d'un appel téléphonique ; moi, je devais regarder mon père dans les yeux pendant qu'il me réprimandait pour ma sous-performance.

— C'est un salaire stable, et je peux choisir des projets spéciaux quand j'ai le temps.

— Mais tu n'as jamais le temps, n'est-ce pas ? Le regard sans concession de professeur de papa m'a transpercée.

— Jackson me tient bien occupée. Je n'ai pas ajouté que me dépêcher de rentrer à la maison pour m'assurer que papa n'avait pas mis le feu à la maison ou n'était pas tombé — encore — ne me laissait pas de temps pour des projets spéciaux.

— Quand est-ce qu'il se marie ?

J'ai cillé face au changement de sujet abrupt. — Le week-end prochain.

— Tu y vas avec quelqu'un ?

Je n'ai pas pu cacher la rougeur ardente qui s'est étendue de mes joues à mon front. — Je ne sais pas. Pour la dix-millième fois, j'ai souhaité que ma mère soit encore là pour parler de ces choses. Ou pour servir de tampon entre papa et moi. Il essayait, mais…

— Tu devrais. Les mariages sont magiques. Un souvenir a brillé dans ses yeux. — Le nôtre l'était.

Même si j'avais entendu l'histoire des dizaines de fois, je ne l'ai pas arrêté. J'adorais l'entendre à chaque fois.

— On n'avait pas d'argent, mais je savais que ça devait être spécial pour ma Maggie. Alors j'ai emprunté des plantes à un ami paysagiste — des pots de roses de toutes les couleurs — et j'en ai rempli le jardin de Santos. Chaque fois que je sens des roses, ça me rappelle notre mariage. Est-ce qu'Alicia va avoir des roses ?

— Non. Des hortensias.

— Aucune odeur. Il a secoué la tête, mais ensuite, au lieu de reprendre une cuillerée de chili, il a posé sa cuillère. — Tu trouveras ta magie au mariage.

Je l'avais espéré, mais avec la nouvelle concernant Jamila, mon courage s'était envolé. — Est-ce qu'elle… avais-tu peur qu'elle ne ressente pas la même chose que toi, au début ?

Il a gloussé. — Bien sûr. J'étais l'employé. Chaque jour, pendant que je construisais ce pool house, elle sortait en maillot de bain. Parfois seule avec un livre et ses écouteurs. Parfois avec une amie ou même un gars. J'ai perdu un ongle à cause d'une ponceuse à bande en la regardant nager avec un autre type. Il a souri à la vision que lui seul pouvait voir. — Elle était si belle. Elle te ressemblait comme deux gouttes d'eau. Il a fixé la photo de ma mère sur le mur, au-dessus de ce qui aurait dû être sa place à table.

Il avait raison en grande partie. Nous partagions les mêmes cheveux épais, couleur miel foncé — bien que les miens ne soient pas crêpés à la mode des années 90 — et les mêmes yeux bruns. Alors que son menton était arrondi, j'avais hérité de la mâchoire carrée et du grand sourire de papa. Dans le creux de son cou reposait un pendentif en forme d'étoile, composé de minuscules éclats de diamant. Je l'ai caressé là où il se trouvait maintenant, à la base de ma gorge.

— Comment as-tu su que c'était elle ? Et comment a-t-elle su que c'était toi ?

Il s'est adossé à sa chaise. — Un jour, on a fini plus tôt. Je suis resté traîner, à nettoyer, après le départ des autres gars. Je suis passé devant la piscine en sortant, et elle m'a demandé de lui tendre une serviette. J'étais en sueur, couvert de sciure, mais quand j'ai touché sa main, j'ai su. J'ai su que je voulais lui tenir la main pour le reste de nos vies. Il a souri, mais il ne m'a pas regardée. Au lieu de ça, il a de nouveau regardé sa photo.

Pourquoi n'avions-nous jamais parlé de ça avant ? L'histoire était parfaitement romantique. — Et est-ce qu'elle... est-ce que c'est à ce moment-là qu'elle a su ?

Son sourire triste s'est transformé en rictus malicieux. — Elle m'a dit qu'elle l'a su la première fois que j'ai enlevé ma chemise.

— Papa !

— Je crois bien. Elle a finalement vu que ce qu'elle voulait, ce n'était pas ces garçons de la haute société avec leurs cheveux mous et leurs cols de polo relevés. C'était moi. Même si j'étais un peu brut de décoffrage, je l'aimais comme ces autres gars ne le pouvaient pas. Quelques jours plus tard, elle m'a tendu une bière à la fin de la journée, et on a discuté. Et j'ai finalement trouvé le courage de l'inviter à sortir. Il a fixé son bol, perdu dans les souvenirs d'un mariage qui avait été trop court.

Quand j'ai détourné le regard de son visage abattu, le reflet du métal a attiré mon regard.

— Dis, papa, ai-je dit, et si on sortait le télescope ce soir ? Le ciel a l'air dégagé.

Il a sorti son téléphone de sa poche et a cliqué plusieurs fois. — On pourra voir Saturne. Et le transit de l'ISS est à 20 h 45. Un large sourire s'est étalé sur son visage alors qu'il vérifiait les cartes.

L'oppression dans ma poitrine s'est relâchée. Les guirlandes de

Noël étaient une anomalie. Papa était toujours aussi vif d'esprit. — Je te propose un marché, ai-je dit. Tu fais la vaisselle, et j'installe le télescope.

Il s'est levé, plus vite qu'il n'aurait dû, a vacillé brièvement, mais a ensuite attrapé son bol. S'appuyant lourdement sur sa canne, il s'est traîné jusqu'à l'évier. Le télescope était trop lourd pour lui maintenant, mais je lui laisserais les réglages.

Quand j'ai porté mon bol à l'évier, je lui ai embrassé la joue mal rasée. — Je t'aime, papa.

— Je t'aime aussi, mon rayon de soleil. Mais on ne peut pas veiller tard ce soir ; tu as école demain.

J'ai fermé les yeux et j'ai laissé échapper un long soupir par le nez. Soulevant la mallette du télescope de son étagère, j'ai descendu bruyamment les marches de l'escalier arrière dans la lumière lavande du crépuscule. Dans le minuscule jardin avec ses rosiers et ses plantes grasses, où nous avions planté l'érable du Japon pour ma mère, où papa m'avait appris à lancer et à attraper une balle de baseball, et où nous avions tourné nos regards vers les étoiles d'innombrables nuits claires, j'ai respiré les odeurs de la maison, celle qu'il avait construite pour ma mère et moi.

Ma mère était morte avant leur troisième anniversaire de mariage, mais au moins, elle avait connu brièvement un amour parfait, de conte de fées. Un jour, je l'aurais moi aussi, et ça compenserait le fait de ne pas avoir eu de mère pour me border le soir, pour me faire le discours sur les choses de la vie, pour prendre une centaine de photos de mon cavalier de bal et moi. Pour ne pas avoir le moindre souvenir d'elle.

Cooper n'avait même pas eu besoin d'enlever sa chemise pour que je tombe amoureuse de lui. Et bien sûr, je l'avais touché de nombreuses fois, en lui serrant la main le premier jour, en lui tendant des papiers ou son téléphone bien des jours depuis, et pas encore d'étincelle, mais une danse, une danse de mariage magique, nous rapprocherait. Comme Cendrillon et le Prince Charmant.

3

UNE SEULE PHRASE de ma meilleure amie a gâché ma matinée.

Je venais de terminer ma *code review* du mercredi matin — Jackson aimait que je la fasse en premier, car je repérais la plupart des erreurs que lui et sa vision d'ensemble laissaient passer — quand un texto est apparu sur mon téléphone. En voyant le nom d'Alicia, j'ai pensé qu'elle voulait peut-être aller déjeuner ou qu'elle avait une question sur l'emploi du temps de Jackson. Rien de bien méchant.

Raté.

Ça aurait dû être facile de répondre. Dix jours avant le mariage, j'aurais déjà dû donner mon carton à Alicia. J'aurais dû savoir avec certitude qui — si tant est que j'y allais accompagnée — m'accompagnerait.

J'avais un plan. J'avais imaginé que Cooper et moi irions seuls tous les deux et que je prendrais enfin mon courage à deux mains pour lui avouer mes sentiments. J'avais même espéré faire le trajet avec lui jusqu'au vignoble. Blottis dans les sièges confortables de sa Porsche électrique, nous aurions enfin eu ce moment en tête à tête qui nous aurait fait passer de simples collègues à quelque chose de plus.

Mais ça, c'était avant Jamila.

Maintenant, j'avais deux choix : me pointer seule ou venir avec mon propre cavalier. Dans tous les cas, c'était choisir entre la peste et le choléra. Je finirais par le regarder d'un air mélancolique avec Jamila, au lieu de mettre mon plan à exécution.

Et maintenant, ma meilleure amie venait de me rappeler à quel point mon plan était foutu.

J'ai regardé au fond du couloir, vers la paroi de verre du bureau de Cooper. Au bout d'une seconde, il est apparu, faisant les cent pas, son casque sur les oreilles, une main dans la poche de son pantalon de costume noir. Il s'est arrêté et s'est frotté un sourcil blond foncé comme s'il avait mal à la tête. Puis il a fait demi-tour et s'est éloigné, disparaissant de mon champ de vision.

Pauvre Cooper. Il travaillait trop, portait trop de responsabilités sur ses épaules. Il rattrapait toutes les négligences de Jackson. Et Jackson en laissait beaucoup. Il avait besoin de quelqu'un à la maison pour alléger son fardeau, l'aider à se détendre. Jamila pouvait-elle faire ça ? Elle avait sa propre entreprise, ses propres soucis. Peut-être que ce lien commun les rapprochait.

Un autre texto s'est affiché sur mon téléphone.

T'es là ?

Tu peux me donner quelques jours de plus, le temps que je règle deux ou trois trucs ?

Pas de problème. J'ai juste besoin de donner le nombre d'invités au vignoble vendredi.

Deux jours. J'avais deux jours pour trouver une stratégie en réponse au développement « Jamila ».

En jetant un nouveau coup d'œil au bureau de Cooper, j'ai aperçu le revers de son pantalon alors qu'il s'éloignait.

Peut-être que ce n'était pas aussi grave que je le pensais. Ils y allaient peut-être en amis, comme ils l'avaient fait pour tant de galas auparavant. Ils avaient été très proches à l'université tous les trois — Jackson, Cooper et Jamila — donc Jamila avait sa propre invitation au mariage. Peut-être que Cooper et Jamila faisaient la route ensemble pour économiser de l'essence.

La porte de la cage d'escalier a claqué derrière moi juste avant que j'entende le bruit caractéristique d'une basket qui traîne sur le parquet. Déjà souriante, j'ai jeté un œil par-dessus mon épaule.

— Qu'est-ce qui t'amène ici ?

— Salut.

Encadré par le soleil de midi qui filtrait à travers la verrière, Tyler s'est arrêté devant mon bureau et a fixé le tableau en liège à ma gauche. Comme il ne disait rien de plus, j'ai suivi son regard qui s'est posé sur le carton-réponse jaune bouton d'or épinglé au tableau.

— Elle ne t'a pas envoyé un texto pour que tu viennes m'embêter avec le mariage, n'est-ce pas ? J'ai dit que je lui répondrais d'ici vendredi.

— Pas… pas exactement.

Il a déplacé son poids sur un pied et a baissé la tête.

Mon estomac a gargouillé, et j'ai posé ma main dessus. Papa dormait encore quand j'étais partie de la maison ce matin. Comme je ne lui avais pas préparé de petit-déjeuner, j'avais oublié de manger quoi que ce soit moi-même.

— On va déjeuner ? a demandé Tyler en souriant.

J'avais aussi oublié d'apporter mon déjeuner.

— Idée de génie.

J'ai jeté un coup d'œil à la porte fermée de Jackson et lui ai envoyé un rapide message pour le prévenir que je partais. Il n'a pas répondu, il devait donc être en pleine zone de codage. J'ai attrapé mon sac à main et je me suis levée.

— Allons-y.

Quand la porte de l'ascenseur s'est ouverte dans le hall, Alicia était en train de discuter avec José au bureau de la sécurité.

— Oh, super, vous êtes prêtes à y aller.

— Aller où ?

Qu'est-ce que j'avais oublié ?

Mon téléphone a sonné avec un rappel. *Dernier essayage d'Alicia.* J'ai fermé les yeux très fort. Cerveau distrait et affamé.

— Changement de programme, Tyler. On accompagne Alicia à son essayage de robe.

— Oh, non. Vous aviez quelque chose de prévu ? a demandé Alicia. Ne vous en faites pas. Je peux y aller seule.

— Pas question. Tu ne vas pas affronter la Dame Dragon toute seule.

— La Dame Dragon ? a demandé Tyler.

— C'est un sacré numéro. Mais elle peut se le permettre. C'est la meilleure.

J'ai haussé les épaules.

— Et une amie personnelle de la mère de Jackson, a ajouté Alicia.

Ensemble, nous avons marché jusqu'à la porte tournante, et Tyler nous a fait signe de passer en premier.

— J'ai hâte de la rencontrer.

La boutique de robes de mariée n'était pas loin des bureaux de Synergy, dans le centre-ville. Pendant que nous marchions, Alicia et Tyler ont parlé d'un projet sur lequel il travaillait. J'ai laissé mes soucis concernant Cooper et le mariage derrière moi, dans l'immeuble de Synergy, et j'ai laissé le soleil de septembre réchauffer mon visage.

Quand nous sommes arrivés à la boutique, Alicia a disparu dans la cabine d'essayage avec la Dame Dragon.

— N'oublie pas, j'ai promis de prendre une photo pour Tiannah ! lui ai-je crié.

Tiannah, la meilleure amie d'Alicia, était sa demoiselle d'honneur officielle. Comme elle vivait au Texas, j'avais pris en charge la plupart des tâches locales comme les essayages de robe.

Une assistante nous a apporté des boissons — une canette de Mountain Dew pour Tyler et une flûte élégante d'eau pétillante pour moi — et nous nous sommes installés sur une causeuse devant une estrade entourée de trois miroirs.

Tyler a regardé autour de lui.

— C'est une première pour moi.

— Tu as tous ces frères. Et ta sœur. Aucun d'entre eux n'est marié ?

— Non. L'un d'eux est fiancé, par contre.

Il a bu une gorgée de sa boisson et a dégluti comme si elle était amère au lieu d'être sucrée.

J'ai enlevé mes chaussures et j'ai replié mes genoux sous moi.

— Le mariage est pour quand ?

— L'été prochain, je crois ?

Il a détourné le regard, tapotant ses doigts sur son jean. Sa fossette avait disparu.

Je ne pouvais pas ignorer les signaux clairs du genre « je-ne-veux-pas-en-parler » qu'il envoyait, mais je pouvais essayer de lui remonter le moral. J'ai posé mon verre sur la table et je lui ai pressé l'épaule.

— Je reviens tout de suite.

J'ai traversé la pièce jusqu'au porte-chapeaux dans le coin, j'en ai pris une brassée et je les ai ramenés à la causeuse. Je les ai posés doucement sur la table basse et j'ai pris un bibi turquoise avec des plumes de paon et un nuage de voilette. Je l'ai mis sur ma tête et j'ai haussé les sourcils en direction de Tyler.

— Qu'est-ce que tu en penses ?

Un coin de sa bouche s'est relevé.

— Ce n'est pas ta couleur.

— Alors ça doit être la tienne.

Je l'ai posé sur sa tête et j'ai ébouriffé la voilette. Ça faisait virer ses yeux noisette au bleu.

Il s'est regardé dans le miroir et a tourné la tête d'un côté et de l'autre.

— Putain, je suis trop beau.

— Modeste, en plus d'être séduisant.

J'en ai pris un rouge avec des plumes duveteuses qui partaient dans tous les sens comme un feu d'artifice.

— Celui-là, a dit Tyler en le montrant du doigt.

J'ai reposé le rouge et j'ai pris celui qu'il avait indiqué. Il était plus simple que les autres, un trio de roses en soie rose poudré nichées dans une touche de voilette rose pâle parsemée de perles nacrées. Je l'ai posé sur ma tête et j'ai regardé le miroir. J'ai hoché la tête.

— Tu as raison. Il est magnifique.

Ses yeux s'étaient assombris sous son chapeau ridicule.

— Magnifique.

La voix de l'assistante m'a surprise.

— Je vous ressers ?

Tyler a arraché son chapeau.

— Non, ça va aller.

Elle lui a souri, puis à moi.

— Alors, c'est pour quand, le grand jour ?

— Alicia, vous voulez dire ?

J'ai fait un signe de tête vers la cabine d'essayage. N'était-ce pas son travail de le savoir ?

— C'est…

— Non, je parlais de vous deux. Vous serez si magnifiques ensemble.

— Oh, non. Non.

Mon rire était trop aigu, à la limite de l'hystérie.

— On est juste amis. Des collègues.

— Juste amis.

Tyler a ramassé les chapeaux et les a rapportés au porte-manteau.

— Dommage, a dit l'assistante.

Était-elle en train de mater ses fesses ?

OK. Il avait de belles fesses, minces et fermes sous son jean. Je me suis raclé la gorge.

— Amis.

Des voix fortes provenant de la cabine d'essayage ont attiré mon attention.

— Je reviens, Tyler.

J'ai passé la tête derrière le rideau de velours rose.

Alicia était pâle, comme avant que ses nausées matinales ne se calment quelques semaines plus tôt, et elle ne parvenait pas à chasser toutes les larmes qui brillaient dans ses yeux. La Dame Dragon tirait sur la fermeture éclair, fronçant les sourcils devant la soie recouverte de dentelle qui craquait.

— Qu'est-ce qui ne va pas ? ai-je demandé, en refermant le lourd rideau derrière moi.

— Ça... ça ne remonte pas. Je crois que j'ai pris du poids.

Alicia a reniflé.

— Pas de larmes sur la robe, a sèchement ordonné la Dame Dragon.

Ses narines se sont dilatées, me rappelant pourquoi je l'avais surnommée ainsi. En plus de sa personnalité pétillante, elle avait toujours l'air sur le point de cracher des flammes par le nez. Elle a attrapé un mouchoir dans une boîte à proximité et l'a fourré dans la main d'Alicia avant de reporter son attention sur la fermeture éclair, qui s'était bloquée au creux des reins d'Alicia.

Maintenant, je regrettais de ne pas avoir accepté le champagne que son assistante m'avait offert.

— Bien sûr que tu as pris du poids, ai-je dit, joignant mes mains pour m'empêcher de griffer le chignon blond rigide de la Dame Dragon. Tu es enceinte de quatre mois. La couturière n'aurait-elle pas dû prévoir ça ?

— Nous l'avons fait. C'est plus de poids que ce que nous avions prévu, a grogné la femme.

Alicia avait le plus petit et le plus adorable des ventres de femme enceinte. Si ça avait été le mien et celui de mon grand amour, je l'aurais éclairé au néon.

— Que peut-on faire pour la robe ? ai-je demandé.

Mon amie, d'habitude imperturbable et qui aurait normalement été capable de résoudre ce problème, était... perturbée.

— Laissez-moi examiner quelques...

La Dame Dragon a baissé les yeux sur elle.

— … options.

Après qu'elle soit sortie en faisant froufrouter le rideau, Alicia a pressé le devant de la robe contre sa poitrine. Je pouvais déjà dire que le tissu ne couvrirait pas non plus à cet endroit. Son ventre de femme enceinte n'était pas la seule partie d'Alicia qui s'était développée.

— Tu vois ? Tout va bien se passer, ai-je dit en prenant un autre mouchoir dans la boîte. Elle a dit qu'elle avait des options.

Une larme a coulé sur la joue d'Alicia, faisant couler une partie de son mascara. Je l'ai essuyée.

— Ils ont dit que ça se verrait à peine à quatre mois. J'aurais dû manger plus de salades.

— Non, ma chérie, ton corps est merveilleux. Tu fais grandir une nouvelle vie à l'intérieur. Les choses vont être un peu bizarres. Mais tout ira bien.

J'y veillerais.

— Hé, tout va bien là-dedans ?

La voix basse de Tyler est passée à travers le rideau.

— Oui, a dit Alicia.

— Non, ai-je dit en même temps, ce qui a fait sourire Alicia. On sort dans quelques minutes. Tu pourrais peut-être aller chercher des sandwichs… et du chocolat ?

— Je m'en occupe, a-t-il dit.

Alicia venait de finir de se moucher quand la Dame Dragon est revenue. Dans une main, elle tenait un morceau de spandex blanc ultra-résistant. Dans l'autre, elle serrait un cintre avec une robe sirène en dentelle extensible qui avait l'air molle.

Elle a secoué le spandex en direction d'Alicia.

— Une gaine amincissante ventre plat.

Alicia et moi l'avons regardée avec horreur. Si jamais on arrivait à la faire rentrer dedans, il faudrait la découper avec les pinces de désincarcération, ce qui tuerait tout le côté sexy de sa nuit de noces. En supposant qu'elle ne s'évanouisse pas à la cérémonie par manque d'oxygène.

— Est-ce que ça ne va pas faire de mal au bébé ? a demandé Alicia.

— On en met tout le temps sur les mariées, a dit la Dame Dragon.

Elle n'avait pas répondu à la question, mais je n'allais de toute façon pas suivre ses conseils prénataux.

— Quelle est l'autre option ? ai-je demandé, en regardant la robe sur le cintre.

— C'est notre robe de secours. Elle est très indulgente.

J'ai baissé le menton et je l'ai fixée. Indulgente, peut-être. Pas flatteuse, certainement. Cette dentelle extensible ne cacherait rien. C'était une chose de célébrer le corps de femme enceinte d'Alicia, et une autre de ne mettre en valeur que son ventre rond et ses seins surdimensionnés. Jackson adorerait probablement. Sa mère conservatrice serait moins enthousiaste.

Les doigts d'Alicia se sont crispés sur le corsage de sa robe un instant avant qu'elle ne commence à retirer ses bras des manches.

J'ai posé une main sur son bras, l'arrêtant.

— Non. Il doit y avoir une troisième option.

J'ai lancé à la Dame Dragon le regard d'acier que j'utilisais quand je disais à Jackson qu'il devait rencontrer le PDG.

— Vous ne pouvez pas élargir le tissu de la robe d'Alicia ?

Elle avait essayé des dizaines de robes au printemps dernier, quand ils s'étaient fiancés, et c'était celle-ci qu'elle aimait. Je ne connaissais rien à la couture, mais…

— Je suis sûre qu'on peut faire en sorte que ça marche.

La Dame Dragon a écarté la robe du côté d'Alicia pour me montrer les coutures intérieures.

— Il n'y a plus de tissu à travailler. Et commander la taille au-dessus prendrait deux mois.

Dans le miroir, les yeux d'Alicia sont redevenus rouges et larmoyants.

— Alors faites une… une greffe. Vous savez, prendre du tissu ailleurs et l'ajouter.

Ils le faisaient avec la peau ; il devait sûrement y avoir un concept similaire en retouche.

Elle a retroussé sa lèvre.

— Je suppose qu'on pourrait ajouter quelques empiècements sur les côtés. Tant que vous gardez les bras baissés, ça ne se remarquera pas trop.

— Vous êtes la meilleure boutique de robes de mariée de San Francisco. Je suis sûre que vous pouvez faire en sorte que ça ne se remarque pas du tout, ai-je dit d'un ton mielleux. Audrey sera ravie.

La Dame Dragon a pincé ses lèvres rouges, a froncé les sourcils en regardant le torse d'Alicia un instant, puis a retiré le mètre ruban de son cou.

— On ne peut pas décevoir Audrey, a-t-elle marmonné.

La clochette a tinté à la porte d'entrée.

— Je vous laisse régler ça toutes les deux. On prendra la photo la prochaine fois.

J'ai pressé la main d'Alicia et je suis sortie en passant par le rideau.

Tyler m'a rejointe à la causeuse, un sac en papier à la main.

J'ai tendu les mains en agitant les doigts.

— Donne mon sandwich.

— On n'a pas besoin d'attendre Alicia ?

— Elle en a pour un moment.

— J'ai pris ton préféré, dinde et avocat.

Mon estomac a gargouillé.

— Merci. Tu es génial.

Les premières bouchées de mon sandwich étaient divines. Il s'était même souvenu de la moutarde forte que je préférais à la dégoûtante mayonnaise qui l'accompagnait habituellement. Je n'ai repris mon souffle que lorsque Tyler a parlé.

— Je suppose qu'on n'aura plus beaucoup de jours comme ça.

J'ai jeté un coup d'œil par la fenêtre au soleil de septembre.

— Je suppose que non. L'automne va bientôt arriver.

— Non.

Il a posé son sandwich sur ses genoux.

— Je veux dire, nous trois.

— Pourquoi pas ? On est amis depuis que vous avez emménagé ici.

Contrairement aux autres programmeurs, Tyler avait été amical — et pas de manière glauque en m'invitant à sortir, mais en me traitant comme son égale — depuis que je l'avais rencontré. Lui et Alicia avaient travaillé ensemble sur un grand projet dans les bureaux de Synergy à Austin, où ils avaient rencontré Jackson. À Austin, Tyler était devenu le protégé de Jackson, et Alicia sa petite amie.

Tyler avait déménagé au début de l'année, et nous nous étions liés d'amitié lors d'une des fêtes trimestrielles de Synergy. Après qu'Alicia ait déménagé ici de façon permanente quelques mois plus tard, nous étions devenues amies instantanément. Nous étions un triumvirat depuis, surtout quand Jackson était en voyage.

C'était difficile pour moi de garder des amis, car papa prenait beaucoup de mon temps libre, mais ces deux-là étaient restés depuis plus de six mois. Même si j'aimais mon père, j'avais besoin d'amis aussi.

Tyler a baissé les yeux sur son sandwich.

— Je me disais juste qu'avec Alicia qui passe plus de temps avec Jackson, nous trois, on ne serait peut-être plus autant ensemble.

Il a retiré un cornichon du pain.

J'ai avalé avec peine la dernière bouchée de mon sandwich. Il avait raison : une fois mariés, Alicia et Jackson passeraient plus de temps en famille. Je ne perdrais sûrement pas complètement mon amie. On sortirait encore quand elle ne ferait pas des trucs de couple avec son mari.

N'est-ce pas ?

J'ai jeté un coup d'œil vers le rideau. À côté, un portrait d'un double mariage a attiré mon attention. Comme les sœurs dans *Orgueil et Préjugés* avec Colin Firth.

Il était trop tard pour un double mariage, mais les sorties à quatre étaient toujours une possibilité. Ce serait parfait : Jackson et son meilleur ami, Cooper, et Alicia et moi. Peut-être qu'un jour, ils seraient marraine d'honneur et témoin à *notre* mariage. Cooper serait à tomber dans une jaquette grise comme les mariés sur le portrait.

— Marlee ?

La voix de Tyler m'a tirée de ma rêverie.

— Qu'est-ce qu'il y a ?

— On sera toujours amis, n'est-ce pas ?

Il m'a souri, mais sa fossette manquait à l'appel.

— Bien sûr que oui. Je m'ennuierais tellement si tu ne venais pas me voir. Et…

J'ai plissé les yeux.

— … quand tu obtiendras ce poste de manager, tu devras monter plus souvent.

— Je ne suis pas prêt pour…

— Bien sûr que si. Tu as juste besoin de prendre ton courage à deux mains et de demander ce que tu veux.

Exactement comme je devais le faire.

Il était temps de passer sérieusement au plan « Courage à deux mains pour Cooper ».

4

J'AVAIS APPRIS une ou deux choses sur nos cadres en travaillant chez Synergy depuis trois ans.

Harris Weston, notre PDG, avait une allergie aux arachides si grave qu'il ne pouvait pas prendre un vol commercial.

Jackson, mon patron, ne pouvait pas rester assis plus de vingt minutes, sauf s'il programmait.

Et Cooper Fallon allait à la salle de sport tous les matins à six heures et demie.

J'ai poussé la porte vitrée de la salle de sport du rez-de-chaussée de Synergy et j'ai failli me mordre la langue en le voyant à la presse pectorale. Son débardeur révélait les résultats de son utilisation quotidienne de la machine : des épaules larges et musclées, des pectoraux fermes, des bras dessinés dignes d'un magazine de fitness.

Je ne tenais pas seulement mon visage de ma mère.

— Salut, Cooper, ai-je lancé à travers la pièce.

— Marlee, a-t-il dit dans un souffle.

Ouah. Il était trop tôt pour être excitée à ce point. J'ai arraché mon regard à ses deltoïdes et j'ai déroulé mon tapis de yoga. Quand j'avais découvert son habitude de s'entraîner, j'avais essayé de partager les appareils de musculation. Bon, d'accord, j'avais fait l'idiote et lui avais demandé de m'apprendre à les utiliser jusqu'à ce que ça ait l'air de l'irriter. Je n'en étais pas fière. Mais le yoga me mettait davantage en valeur. Pas de sueur ni de tension, et mon legging de yoga me faisait de jolies fesses. J'ai commencé par quelques étirements qui me permettaient de le regarder pousser les poignées.

Bon sang.

J'ai fermé les yeux pour échapper à son physique distrayant. Dommage qu'il soit resté imprimé au dos de mes paupières. J'ai pris une profonde inspiration purificatrice et j'ai formulé l'intention de ma séance : *Être forte pour papa… et gracieuse pour Cooper, pour qu'il me remarque enfin.*

Pas exactement ce que mon prof de yoga avait en tête.

J'ai commencé mes salutations au soleil, tendant les bras vers les néons, puis vers la surface rose de mon tapis. J'ai enchaîné les postures de force : Guerrier, Fente en croissant, Montagne. J'ai rentré le ventre, bombé le torse, et je me suis tenue droite.

Pendant ce temps, Cooper gonflait les joues en poussant les poignées pour soulever la haute pile de poids. Une goutte de sueur a roulé sur sa pommette et est restée suspendue à sa mâchoire sculptée. Il a froncé les sourcils, concentré sur ses répétitions.

Son visage avait affiché le même air de fureur concentrée le jour où je suis tombée amoureuse de lui.

Durant ma deuxième semaine de travail, le jour où il avait une réunion prévue avec Weston, le PDG, Jackson avait disparu. Pas juste une panne d'oreiller, mais volatilisé. Je n'oublierai jamais l'air foudroyant de Cooper quand il a grondé : « On va le retrouver. »

J'étais terrifiée. Effrayée qu'il soit arrivé quelque chose à mon patron, inquiète de perdre mon emploi, et désespérée à l'idée de ne plus jamais pouvoir mater Cooper.

Mais nous l'avons trouvé. Derrière l'entrepôt le plus miteux que j'aie jamais vu. Un rat brun et galeux a même trottiné le long du mur derrière Jackson alors qu'un Escalade customisé et tape-à-l'œil démarrait en trombe.

Je suis restée juste hors de portée pour ne pas entendre leur conversation chuchotée. Quand Cooper a posé fermement la main sur l'épaule de son ami et que Jackson lui a adressé un faible sourire, les yeux brillants tous les deux, j'ai failli craquer, là, derrière cet entrepôt dégoûtant. Je n'avais jamais eu une amitié comme ça. Je n'avais jamais eu un ami qui serait venu me chercher dans le quartier le plus glauque de la ville que j'aie jamais vu et, sans jugement, m'aurait ramenée là où était ma place.

Après avoir ramené Jackson à son bureau, Cooper a reporté son attention sur moi.

— Puis-je compter sur votre discrétion, Marlee ?

— B-bien sûr. J'avais signé une clause de confidentialité à mon embauche, mais plus que ça, j'adorais travailler pour Jackson. Il était drôle, gentil et énergique. Et prendre soin des autres m'était naturel.

— Merci. Pour ça et pour votre aide aujourd'hui. Cooper fixait ses richelieus vernis. Jackson a des… tendances autodestructrices. L'autorité — Weston en particulier — les déclenche parfois.

Ce qu'il a dit ensuite s'est gravé dans ma mémoire.

— Vous et moi, il m'a hypnotisée avec son regard bleu glacier, nous sommes partenaires, maintenant, pour veiller sur lui.

Partenaires. Ça m'a achevée. J'aurais fait tout ce qu'il disait, commis n'importe quel crime, je lui aurais donné tout l'argent que j'avais — non pas qu'il en ait eu besoin — pour être sa partenaire. Pour qu'un jour, il me regarde comme il avait regardé Jackson, avec l'amour brillant dans ses yeux.

Parce qu'un homme si dévoué à un ami offrirait à son amante exactement ce dont je rêvais : une histoire d'amour épique. Une où il volerait à mon secours chaque fois que j'en aurais besoin. Où chaque jour serait fait de chocolats et de fleurs. Un conte de fées devenu réalité.

Partenaires. J'en rêvais depuis ce jour-là. Que nous deviendrions plus que des partenaires-gardiens. Qu'il me verrait comme je le voyais. Comme une âme sœur.

J'ai regardé de l'autre côté de la salle. Il était passé à la presse à cuisses, ce qui me plaçait directement dans son champ de vision. Les poulies vrombissaient.

J'ai ancré un pied dans le tapis, j'ai levé et saisi mon pied arrière, et je me suis penchée en avant dans la posture du Danseur, imaginant la grâce de notre professeure quand elle la faisait. J'ai contracté mon ventre et formé un angle de quatre-vingt-dix degrés entre ma jambe et mon abdomen, en prolongeant le mouvement jusqu'à mon bras tendu. J'ai suivi du regard mes doigts tendus. Mon torse flottait au-dessus du tapis. J'étais grâce, confiance, et assurance.

Jusqu'à ce que je jette un coup d'œil vers Cooper pour m'assurer qu'il me matait.

Le léger mouvement de ma tête m'a fait perdre l'équilibre. Je me suis débattue une seconde, en moulinant désespérément des bras pour retrouver ma stabilité, mais en vain. J'ai basculé en avant et j'ai tout juste réussi à amortir la chute avec mon épaule au lieu de mon menton. Un « ouf » m'a échappé. *La classe, Marlee.*

Sans interrompre le vrombissement rythmé de la machine, il a lancé :

— Ça va, Marlee ?

Essayant de me remettre de mon plantage de yoga, j'ai tendu les bras, soulevant le haut de mon corps dans la posture du Cobra.

— Très bien, ai-je couiné.

PLUS TARD DANS LA MATINÉE, la paroi vitrée du bureau de Jackson a révélé les signes avant-coureurs : la jambe qui s'agitait, le stylo qui tournait entre ses doigts, l'expression vide. Il était temps de le faire bouger. Après le départ de son rendez-vous de dix heures et demie, j'ai poussé la porte et passé la tête dans son bureau.

— On va faire un tour, ai-je dit.

Jackson m'a regardée comme si je venais de lui annoncer la fin des cours pour les vacances d'été.

— Tu es la meilleure, Marlee.

— Je sais. Allons-y. Il avait besoin de brûler une partie de son énergie avant son déjeuner d'affaires. Il a enfilé une polaire par-dessus son t-shirt des Ramones et a marché à mes côtés jusqu'aux ascenseurs. Dehors, nous avons pris la direction du parc. Alors que le béton laissait place au trèfle et à l'herbe, la tension a quitté ses épaules, et la ride entre ses sourcils s'est lissée.

— Tu veux parler de quelque chose, patron ? ai-je demandé. J'ai gardé le regard sur le sentier pavé pour éviter de coincer mes petits talons noirs dans les joints — le similicuir se serait arra-ché —, mais il s'est tendu.

— Pas vraiment.

C'était son droit. J'étais son assistante, pas sa psy, et s'il ne voulait pas parler du stress qui faisait flamber son TDAH, ça me convenait.

Il a mis les mains dans ses poches et a quitté le sentier en direc-tion d'une sculpture représentant un homme et deux ours — ou des chiens, je n'ai jamais su exactement ce que c'était. Il méditait toujours sur un rocher plat par là-bas.

Pendant qu'il faisait son « Om », je me suis assise sur un banc et j'ai réfléchi à mon propre problème : Cooper. Et ce qui se passait avec Jamila. J'avais emprunté un exemplaire d'un tabloïd local à la nouvelle intérimaire de Cooper, et je l'ai sorti de mon sac. Il couvrait un gala auquel Cooper avait assisté avec Jamila, et une grande photo dans la double page les montrait sur le tapis rouge. Avec ses talons, elle était aussi grande que Cooper, et sa peau sombre brillait contre sa robe blanche. Il avait la main dans le creux de ses reins — une chose que je l'avais imaginé me faire au moins une fois par jour depuis trois ans — et leurs sourires natu-rels laissaient entendre que l'un venait de raconter une blague à l'autre.

Mais ce qui a attiré mon regard, c'est la légende en dessous :

*Alors que les cloches du mariage sonnent pour **Jackson Jones** (à gauche), le célibataire le plus convoité de San Francisco, **Cooper Fallon**, suivra-t-il bientôt son associé jusqu'à l'autel avec la reine de la tech **Jamila Jallow** ?*

J'ai à peine jeté un regard à la photo plus petite de Jackson et Alicia et à la légende qui spéculait sur son ventre arrondi de femme enceinte.

Les cloches du mariage ? C'était quoi ce bordel ?

J'ai entendu un bruit de pas sur le gravier, et Jackson m'a rejointe, un sourire de gamin sur le visage et les mains se balançant librement à ses côtés. Il a pointé le tabloïd que je serrais.

— Alicia est magnifique.

J'ai effacé l'indignation de mon visage et lui ai souri.

— Elle est toujours magnifique, mais vous êtes superbes tous les deux sur celle-ci. Tu veux que je demande un exemplaire au journal ?

Il a jeté un œil par-dessus la page.

— Ouais. Mais qu'est-ce qu'ils racontent sur Cooper et Jamila ?

J'ai dégluti.

— Que vous leur donnez des idées avec votre mariage. Des idées de fiançailles.

Il a reniflé.

— Ce sont des amis. Rien de plus. Aucune étincelle.

Ses paroles ne m'ont pas réconfortée comme elles auraient dû. Quand Jamila accompagnait Cooper aux réceptions, elle était toujours superbe dans une robe de soirée taille 36, avec des cheveux courts coupés avec assurance et un cou fin qui mettait en valeur ses colliers plastrons scintillants. Tellement différente de moi avec ma corpulence moyenne, mes longs cheveux bruns, et mon unique collier. J'ai caressé mon pendentif, traçant ses bords nets. Elle était la partenaire parfaite pour le style de vie de Cooper. Je n'avais aucune chance de rivaliser avec elle si c'était ce qu'il voulait. J'ai refermé le tabloïd en le froissant.

— Écoute, Marlee. Jackson s'est assis à côté de moi sur le

banc. Je sais que tu as… des sentiments pour lui. Je pense que vous seriez supers ensemble.

J'ai arrêté de respirer. Nous avions toujours tourné autour du pot, évitant le sujet comme j'aurais évité de regarder directement le soleil à travers le télescope de papa. J'aurais pu nier, et il aurait lâché l'affaire. Mais il était mon ami en plus d'être mon patron.

— Merci.

— Puisqu'il vient accompagné au mariage, tu devrais peut-être en faire autant, non ? Danser un peu ? Lui montrer ce qu'il rate ? Il m'a donné un coup de coude.

L'image de Cooper et moi allant séparément au mariage mais finissant ensemble, comme Cendrillon et son prince, m'avait obsédée. Mais peut-être qu'il avait raison. Aller au bal avec un autre cavalier avait bien fonctionné pour Amy Adams dans *Il était une fois*. Et j'avais déjà combattu une dragon lady.

Mais qui viendrait avec moi ? Le mariage était dans neuf jours. Depuis que j'avais rencontré Cooper, je n'étais sortie avec personne sérieusement. Personne ne lui arrivait à la cheville.

— Penses-y, d'accord ? Il s'est levé. Andrew n'a pas de cavalière. Il viendrait avec toi.

Un rencard avec le frère de Jackson me paraissait vaguement incestueux. Mais quelle autre option avais-je ?

— Je vais y réfléchir. J'ai passé mon bras sous le sien alors que nous retournions vers le bureau. Et toi, alors ? Tu te sens mieux ?

Jackson a posé sa main sur la mienne.

— Beaucoup mieux. Je ne sais pas ce que je ferais sans toi.

— Oh, moi je sais, ai-je dit d'un ton taquin. J'ai énuméré sur mes doigts. Tu raterais toutes tes réunions et ils mèneraient la boîte à la faillite sans toi. Tu mourrais de faim parce que tu oublierais de manger. Tu irais en prison pour non-paiement d'impôts. Oh, et tu ne serais pas avec Alicia.

Comme d'habitude, il a protesté.

— C'est moi qui me suis vraiment traîné à ses pieds.

— Mais c'est moi qui t'ai donné l'idée. Sans mes conseils incroyables, tu ne l'aurais jamais reconquise. J'aurais aimé voir mes meilleurs conseils de suppliques de roman d'amour en action, mais il avait fait le travail à Austin.

J'ai franchi la porte tournante, et il m'a rejointe de l'autre côté.

— Message reçu. Il a tourné un regard plein d'espoir vers le livreur au bureau de la sécurité. Il y a à manger ?

— Bien sûr qu'il y a à manger, ai-je dit. Tu as un déjeuner d'affaires avec M. Weston.

Son sourire s'est affaissé.

— Weston. La relation entre le PDG de Synergy et Jackson était ce que je qualifiais en public de « compliquée ». En réalité, ils étaient comme deux chats dans un sac.

— Mais j'ai commandé ton sandwich préféré poulet-chipotle. Avec des frites. Tu me le montes ? J'ai signé pour la nourriture, et Jackson a pris les sacs des mains du livreur.

Lorsque les portes de l'ascenseur se sont refermées derrière nous, Jackson a levé les yeux du sol.

— Y aurait-il un moyen que tu…

— Non.

— Mais tu ne sais pas ce que je…

— Non. Il avait tort. Je le savais.

— Mais et si… ?

— Aucune chance. Tu pars en lune de miel dans dix jours. Tu dois le voir avant de partir. Et j'ai planifié ça pendant le déjeuner pour que vous soyez tous les deux de meilleure humeur. J'ai commandé des cookies.

Les épaules de Jackson se sont affaissées. Mais son visage s'est soudain illuminé.

— Double pépites de chocolat ?

— Évidemment.

— Je t'adore, Marlee.

Si seulement son associé pensait la même chose.

5

APRÈS AVOIR INSTALLÉ Jackson et M. Weston dans son bureau, j'ai pris mon déjeuner et mon roman pour aller à la salle de pause du sixième étage. J'ai tapoté un morceau de mon sandwich au beurre de cacahuète et à la confiture dans sa boîte en plastique abîmée, la même que j'avais utilisée quand j'étais enfant. Et tout comme à l'époque, j'avais laissé un sandwich identique pour papa. J'espérais qu'il penserait à le manger.

— Te voilà, toi.

Dieu merci, c'était Alicia et non Cooper qui m'avait surprise avec mon déjeuner minable. J'ai adressé un grand sourire à mon amie.

—Salut. Tu avais besoin de lui ? Il est en réunion avec Weston.

— Non, je suis venue te voir. Bien qu'elle portât un badge de visiteur, la sécurité n'exigeait jamais d'escorte pour la fiancée de Jackson.

Mon estomac s'est noué.

—Je te promets de te donner le coupon-réponse d'ici demain. Si seulement j'avais eu le courage de demander à Cooper de m'accompagner, je ne serais peut-être pas sur le point d'inscrire un triste 1 sur la ligne *Nombre de convives*. Encore plus triste que de déjeuner seule, ce serait de rester plantée à la table d'honneur à regarder Cooper danser toute la nuit avec Jamila Jallow.

— Non, je ne suis pas venue t'embêter avec ça. Quoique, d'habitude, tu n'es pas si… spontanée. Alicia a prononcé ce mot comme s'il avait mauvais goût. Mis à part tomber amoureuse de Jackson, Alicia, une organisatrice dans l'âme, n'avait jamais rien fait de spontané de sa vie.

—Je suis venue te remercier pour hier. Je ne sais pas ce que j'aurais fait sans toi.

— Il faut une peste pour en combattre une autre. J'ai tapoté mon sandwich, et un peu de confiture s'en est échappée.

— Marlee. Elle a prononcé mon nom si sèchement que j'ai levé les yeux.

—Tu n'es pas une peste. Tu sais ce que tu veux, et tu fais ce qu'il faut pour l'obtenir.

Je me suis affalée sur ma chaise. Si seulement j'étais assez courageuse pour séduire Cooper.

Ses yeux bleus étaient embués de larmes quand elle a dit :

—Mais sous cette détermination, tu es la personne la plus bienveillante et la plus résiliente que je connaisse.

J'ai souri à ma meilleure amie. Nous avions ça en commun. Elle avait recueilli son neveu après avoir perdu sa sœur. Alicia défendait Noah, qui souffrait aussi de TDAH, avec une détermination que j'espérais un jour pouvoir égaler pour quelqu'un que j'aimerais. Elle pouvait paraître douce en apparence, mais Alicia était faite d'acier à l'intérieur.

— Excusez-moi, Alicia. Cooper était arrivé derrière elle alors qu'elle se tenait dans l'embrasure de la porte. Elle s'est écartée, et toute la chaleur de son sourire s'est glacée.

— Comment avance votre travail pour Jamila ? lui a-t-il demandé. Je me suis figée à l'entente de ce nom.

— Presque terminé. Nous finirons le projet avant le mariage.

— Bien. Les yeux bleus de Cooper avaient été aussi froids et réfléchissants que la Millennium Tower, mais ils se sont réchauffés quand il m'a remarquée.

—Bonjour, Marlee. Il a pris un de ses horribles smoothies verts dans le réfrigérateur.

J'ai refermé le couvercle de ma boîte à sandwich et y ai appuyé un coude.

—Salut, Cooper. Alors, tu te plais avec Kim ?

— Oh. Son sourire s'est effacé.

—Ça va.

Non, ça n'allait pas. Contrairement à sa prédécesseure, cette tire-au-flanc grande gueule qui battait des cils, l'assistante administrative intérimaire d'aujourd'hui était restée assise tranquillement à son bureau toute la matinée. Mais après quatre heures, elle n'arrivait toujours pas à épeler correctement le nom de Cooper et avait réussi à lui programmer une réunion avec un partenaire clé à Boston alors qu'il était censé être à une conférence à Los Angeles. Elle tiendrait probablement quelques jours de plus, ce qui était tout ce dont j'avais besoin.

— Super. Je lui ai offert mon sourire le plus éblouissant.

—Bonne séance de sport ce matin ?

— Pas mal.

Pourquoi n'arrivais-je jamais à trouver quelque chose d'intelligent à dire en sa présence ? Dans ma tête, j'étais Katharine Hepburn face à son Spencer Tracy, et tout le monde autour de nous était stupéfait par nos joutes verbales pleines d'esprit. Ou alors, nous aurions au moins une conversation profonde. Ne serait-ce qu'une fois. En réalité, nous étions finalistes au concours des Collègues les Plus Maladroits.

— Eh bien. Il a jeté un regard de côté à Alicia avant de lever son smoothie vers moi en guise de toast.

—À plus tard.

Quand il s'est retourné, j'ai regardé ses jambes moulées dans un pantalon kaki et ses fesses fermes traverser le couloir jusqu'à ce qu'il s'assoie derrière son bureau. Après l'avoir vu dans sa tenue de sport ce matin, il était facile d'imaginer ce qu'il y avait sous sa tenue de bureau décontractée.

J'ai attrapé mon livre et me suis éventée avec tout en m'abandonnant à quelques secondes de fantasme : moi entrant dans son bureau, Cooper appuyant sur le bouton au mur pour baisser les stores. Moi traversant la pièce jusqu'à sa chaise, lui me tirant sur ses genoux. La pression ferme de…

Alicia s'est raclé la gorge.

—Marlee, ce béguin n'est pas sain. Je pense que tu t'accroches à quelque chose auquel même toi, tu ne crois plus.

J'ai regardé autour de moi pour m'assurer que nous étions toujours seules.

—Je l'ai senti dès le premier jour où je l'ai vu. Le grand amour. Et j'y crois toujours. Toi et Jackson en êtes la preuve.

Elle a gloussé.

—Ce n'était certainement pas le grand amour la première fois que j'ai rencontré Jackson Jones. Il détestait tout ce que je représentais, et je le prenais pour un con.

— Jackson n'est pas exactement le genre d'homme qui provoque le coup de foudre. Il peut être un peu… J'ai cherché le mot juste pour décrire mon patron. Je l'adorais, mais d'autres, surtout Weston, le trouvaient difficile.

— Arrogant ? Cavalier ? Hérissé ?

— Et tu l'aimes malgré tout ça. Cooper, en revanche, est sans défaut. J'ai caressé mon pendentif.

— Je pense que tu l'idéalises un peu. C'est un bloc de glace jusqu'à ce qu'il explose de colère.

— Il ne s'en prendrait jamais à moi. Elle ne partageait pas mon admiration pour Cooper. Elle le respectait professionnellement, et elle était cordiale avec lui. Même si elle m'avait dit qu'elle pensait que Cooper lui en voulait de lui avoir pris son meilleur ami. Je pensais qu'elle débloquait complètement. Cooper Fallon était parfait. Mon fantasme incarné.

— D'ailleurs, il vient au mariage avec Jamila.

J'ai grincé des dents.

—Je sais. J'ai fourré mon sandwich dans ma boîte à déjeuner vintage Barbie et j'ai entraîné Alicia hors de la salle de pause jusqu'à mon bureau.

La porte de Jackson s'est ouverte. Après avoir regardé M. Weston sortir d'un pas nonchalant et traverser l'étage vers son propre bureau d'angle, nous nous sommes toutes les deux appuyées contre le bord de mon bureau. Je pouvais presque sentir la chaleur qui émanait du bureau de Jackson suite à leur échange.

— Je pense que je vais retourner au bureau de Jamila, a dit Alicia. Je l'appellerai pour prendre de ses nouvelles plus tard.

— Bonne idée. Je vais essayer de lui libérer une heure ou deux cet après-midi pour qu'il puisse passer un petit moment en tête-à-tête avec le punching-ball à la salle de sport.

— Tu me sauves la vie, Marlee.

— C'est mon travail. On se voit demain pour le déjeuner ?

— Oh. Le sourire d'Alicia s'est effacé.

—Jamila reçoit un prix de l'innovation lors d'un déjeuner demain. J'ai dit à Jackson que j'irais avec lui.

— Est-ce que… est-ce que Cooper y va ?

— Il y va. Ses lèvres se sont brièvement pincées.

—Je suis vraiment désolée de manquer notre dernier déjeuner du vendredi avant le mariage.

J'ai agité la main comme si ça n'avait pas d'importance.

—Ne t'en fais pas. Bien sûr que tu dois y aller avec Jackson. Appelle-moi si tu as besoin de services de demoiselle d'honneur ce week-end.

— Il y a toujours quelque chose. J'ai hâte que tout ça soit terminé. Elle s'est détachée de mon bureau et s'est dirigée vers les escaliers.

Je l'ai regardée partir, la légèreté que j'avais ressentie auparavant s'estompant comme une naine brune. Même si elle ne voulait pas du somptueux mariage mondain que la mère de Jackson avait organisé, elle allait épouser son grand amour. Et Tyler avait raison : une fois mariée, Alicia aurait de moins en moins de temps pour moi, car sa vie deviendrait imbriquée dans celle de Jackson. Et du meilleur ami de Jackson.

Si Cooper et moi nous mettions ensemble, ce serait si facile de passer du temps avec Alicia. Je l'accompagnerais aux déjeuners de remise de prix pour les innovateurs. Nous ferions des sorties à quatre. Des week-ends en couple à la plage. Peut-être que nos enfants joueraient ensemble un jour.

Mais pas s'il voulait de Jamila à la place.

M'enfonçant dans ma chaise, j'ai fourré ma boîte à déjeuner dans le tiroir avec mon sac à main.

À un grincement de parquet délibéré derrière moi, je me suis retournée pour voir Tyler qui portait un sac en papier blanc.

— Qu'est-ce que tu fais ici ?

Il m'a tendu le sac.

—Je… il me restait un cookie de mon déjeuner.

— Pour moi ?

— C'est un double-chocolat, noix de coco et macadamia.

— C'est mon préféré ! Il a souri quand j'ai attrapé le sac et jeté un œil à l'intérieur.

—Tu en veux la moitié ? Attends. Tu es allergique. J'avais pris soin de ne remplir ma bonbonnière qu'avec des sucreries fabriquées dans des usines sans noix depuis que je l'avais appris. J'ai cassé un morceau et l'ai mis dans ma bouche. Un goût beurré, crémeux et noisetté a fondu sur ma langue. Le paradis.

—Pourquoi as-tu pris celui-là ?

Il a remonté ses lunettes sur son nez.

—Euh… Son regard a scanné le coupon-réponse jaune et bien visible sur mon tableau avant de revenir sur moi. Les mots suivants sont sortis en cascade.

—Alicia a mentionné que tu n'avais pas encore de cavalier pour le mariage. J'y vais, et je me suis dit que peut-être… peut-être que tu aimerais faire la route avec moi. On pourrait, euh, passer du temps ensemble. Au mariage. Il a tapoté son majeur contre sa cuisse.

Passer du temps ensemble ? Au mariage ? C'est-à-dire, y aller avec mon meilleur ami du bureau comme cavalier ?

J'ai soupiré. C'était de ma faute si ma vie en était arrivée là.

Mais ensuite, j'ai penché la tête, songeuse. Qu'est-ce qui serait le plus triste : y aller seule ou y aller avec mon ami ?

Contrairement au reste des développeurs, il me voyait. Il m'écoutait. Il était attentionné. Prévenant. Il m'allait chercher des bières aux fêtes de l'entreprise quand j'étais occupée. Il m'apportait des cookies. J'ai avalé la dernière bouchée délicieusement parfumée aux noix.

Mes yeux brûlaient d'envie de regarder Cooper pour savoir s'il m'observait — nous observait — mais je ne pouvais pas. Aucun son ne provenait de son bureau. Quand une lueur d'espoir a brillé dans les yeux noisette de Tyler, j'ai durci mon regard.

—En tant qu'amis, n'est-ce pas ? Je ne pouvais permettre à aucun sentiment amoureux d'interférer avec mon plan « À l'abordage de Cooper ».

— Oh, euh, oui. En amis.

Peut-être que Jackson avait raison, et que me voir avec un cavalier serait le coup de pouce dont Cooper avait besoin pour commencer à me voir autrement que comme une collègue inaccessible. Serait-il jaloux quand j'entrerais dans la salle avec Tyler, riant à quelque chose qu'il aurait dit ? Non, c'est *Tyler* qui rirait à quelque chose que *j'aurais* dit. Et je regarderais Cooper, et il se demanderait ce que j'avais dit de si drôle, et il voudrait l'entendre, et il m'inviterait à danser. La main de Cooper dans la mienne. Magique.

— Alors, oui, d'accord.

Il m'a lancé un sourire qui a creusé une fossette sur sa joue.

—Génial. Il a expiré une bouffée d'air.

—Puis-je… ? Il a montré le coupon-réponse. Je le lui ai tendu. Il a sorti un stylo du pot sur mon bureau.

—Steak, homard ou végétarien ?

— Homard. Le mariage d'Alicia avec le descendant des Jones de San Francisco n'était pas un barbecue dans le jardin.

Il me l'a montré. Il avait coché la case et gribouillé en bas, *À placer avec Tyler Young*. Le glissant dans la poche de son jean, il a dit :

—Je le donnerai à Alicia.

J'ai hoché la tête juste au moment où Jackson sortait de son bureau.

— Te voilà, Tyler. Arrête de flirter avec Marlee et viens ici. Toujours de mauvaise humeur à cause de Weston, apparemment. Jackson a tourné les talons et est retourné dans son bureau.

Le visage rouge, Tyler a haussé les épaules et s'est précipité à sa suite.

J'ai redressé mon collier. Mon plan pour séduire Cooper n'avait finalement pas déraillé. En fait, il ne faisait que commencer.

ALORS QUE LES heures précédant le week-end du mariage s'écoulaient, Cooper semblait… bizarre.

Par la porte ouverte de son bureau, je l'ai regardé froncer les sourcils devant son écran d'ordinateur sans toucher ni le clavier ni la souris. Son téléphone avait sonné plusieurs fois, mais il n'avait pas décroché. Kim, l'intérimaire paumée, continuait de lui transférer les appels quand même.

Un silence d'expectative régnait au sixième étage. La veille, Alicia et Jackson étaient partis pour le vignoble afin de finaliser les préparatifs sur place. Aucun des autres directeurs n'était venu ; ils profitaient des festivités du mariage pour s'offrir un long week-end de trois jours. Et le personnel de soutien attendait que l'horloge sonne midi pour finir sa journée.

J'avais élaboré mon propre plan, l'écrivant au marqueur sur une page de sténo lignée. Je n'ai pas pris la peine d'ouvrir mon tiroir pour le relire, puisque j'avais mémorisé cette liste toute simple.

1. *Danser avec Cooper au mariage.*
2. *Être l'assistante de Cooper pendant la lune de miel de*

> *Jackson. Travailler tard. Tisser des liens autour de plats à emporter.*
> 3. *Embrasser Cooper Fallon.*

De petites étapes simples, exactement comme le recommandait Alicia, la personne la plus organisée que je connaisse. Tout commençait par un contact — j'avais emprunté ça à l'histoire de mes parents — et se terminait par un baiser. Le flou de la caméra s'adoucirait, les violons s'envoleraient, des créatures de la forêt se rassembleraient pour nous chanter la sérénade. Bon, d'accord, peut-être pas ça, mais ce serait un Baiser d'Amour Véritable. Avec des étincelles.

Et puis nous vivrions heureux pour toujours.

Sa ligne a sonné. Encore. Avant que l'intérimaire ne puisse décrocher et transférer l'appel à Cooper, toujours figé à son bureau, j'ai répondu.

— Bureau de Cooper Fallon. Marlee Rice à l'appareil.

— Oh, Marlee, Dieu merci. Je croyais que je n'arriverais jamais à le joindre. C'est Jamila. Pourriez-vous lui dire de m'appeler quand il aura une minute ? Je suis en pleine petite crise. Elle a eu un petit rire, comme si elle avalait les crises au petit déjeuner.

J'aurais préféré ne pas avoir décroché.

D'un autre côté, peut-être que la crise en question était qu'elle ne pourrait finalement pas venir au mariage. Ce qui laisserait Cooper sans cavalière.

— Bien sûr. Après avoir raccroché, je me suis dirigée vers la porte du bureau de Cooper. — Salut. Ça va ?

Il a sursauté, il a littéralement bondi sur sa chaise. — Merde, quelle heure il est ?

— Ne t'inquiète pas, il n'est même pas midi. Mais est-ce que tu vas bien ? Tu as l'air… distrait.

Il a cligné des yeux en me regardant. — Je vais bien.

— Rien dont tu veuilles parler ?

— Je vais bien. Les traits durs de son visage se sont adoucis. — Vraiment.

Je me suis mordu la lèvre. *Quelque chose* le tracassait. Si seulement il pouvait me le dire. J'aurais aimé pouvoir le questionner sur Jamila. Mais la question est restée coincée dans ma gorge.

— Et toi, comment vas-tu ? m'a-t-il demandé. — Prête pour ce week-end ?

Et comment ! — Je n'ai rien de compliqué à faire. Juste lisser l'arrière de sa robe au début de la cérémonie.

— Et t'assurer qu'elle vienne. Il a jeté un coup d'œil par la fenêtre en gloussant.

— Je ne pense pas qu'il y ait le moindre risque que la mariée s'enfuie. Ni le marié. Ce sont des âmes sœurs. J'ai soupiré. — Exactement comme ma mère et mon père.

— Comment va Will ? Est-ce qu'il vient ?

— Non, j'ai pensé qu'un week-end complet serait trop pour papa. Bien qu'il aille mieux ces derniers temps. Peut-être qu'il avait juste raté ses médicaments le jour où il avait essayé de monter à l'échelle.

— Dommage. J'aime toujours parler de physique avec lui.

— Et il adore te parler. Il y a deux semaines, quand j'avais emmené papa à la réception de mariage de Jackson et Alicia, j'avais trouvé papa et Cooper en pleine discussion sur la mécanique quantique. Cooper n'avait pas cillé lorsque papa n'avait pas réussi à retrouver le terme *diagramme de Feynman* ; il l'avait simplement fourni et avait continué à discuter de bosons. Et c'est à ce moment-là que j'ai su qu'il était temps d'enfin agir sur mon béguin. Peu d'hommes accepteraient une partenaire qui était un package complet avec un père et ses problèmes de santé. Mais je savais que Cooper, lui, accepterait.

Son téléphone a vibré sur son bureau. Mais il ne l'a pas saisi tout de suite. — Tu avais besoin de quelque chose, Marlee ?

Oh. C'est vrai. — Jamila a appelé. Elle a demandé que tu la rappelles. Quelque chose à propos d'une crise. Une petite crise, me suis-je dépêchée d'ajouter alors que ses sourcils se fronçaient.

— Merci.

Je m'étais déjà retournée pour partir quand sa voix m'a arrêtée. — Tu me garderas une danse au mariage ? La première après notre toast ?

Une étincelle de joie m'a parcourue. *Joue-la cool.* Sans même me retourner, j'ai dit, aussi nonchalamment que possible : — Bien sûr.

J'ai peut-être ajouté un déhanchement supplémentaire en retournant à mon bureau. Ça ne m'a même pas dérangée quand sa ligne s'est allumée et que j'ai su qu'il appelait Jamila. Il m'avait demandé de danser avec lui. La première étape était programmée.

J'ai parcouru les e-mails dans la boîte de réception de Jackson, j'en ai marqué quelques-uns pour qu'il y réponde et j'ai informé les expéditeurs qu'il serait absent pendant les trois prochaines semaines. Fidji. Alicia m'avait montré des photos d'eau turquoise et de plages de sable fin. Peut-être qu'un jour, Cooper m'emmènerait dans ce refuge des Caraïbes où il s'échappait dès qu'il en avait le temps.

Sa porte s'est ouverte et il est apparu, les joues de nouveau colorées et un sourire secret taquinant le coin de ses lèvres. Sa sacoche d'ordinateur pendait à son épaule.

— Tu pars ? ai-je demandé, inutilement.

— Jamila m'a demandé de passer chez elle chercher quelque chose, mais nous partirons bientôt. Il a fait un signe de tête vers ma valise et ma housse à vêtements. — Tu as besoin qu'on te dépose ?

Mon sourire de façade a failli s'effacer. Il avait une clé de chez Jamila. Il connaissait assez bien les lieux pour pouvoir localiser l'objet qu'elle avait oublié. Et il venait de me demander de leur tenir la chandelle. Une image m'a traversé l'esprit : je me suis vue assise non pas sur le siège avant, mais à l'arrière de la Porsche de Cooper pendant qu'ils parlaient et riaient jusqu'à ce qu'ils se souviennent de ma présence et que Jamila se retourne, de la pitié dans le regard, pour m'inclure dans la conversation.

La porte de la cage d'escalier s'est refermée avec un bruit sourd juste avant que j'entende le frottement délibéré d'une basket sur le parquet derrière moi.

— Salut, Marlee. Cooper. Tyler a attendu que je reporte mon

attention sur lui. — Prête à y aller ? Au lieu de son t-shirt habituel, il portait une chemise blanche avec son jean. Les manches, retroussées jusqu'au coude, laissaient voir une peau bronzée et un duvet de poils blonds.

Mon cœur a raté un battement à la vue de mon sauveur qui m'évitait de tenir la chandelle.

— Oui. Je me suis tournée vers Cooper, mon sourire n'étant plus forcé mais bien réel. — C'est Tyler qui me ramène.

— Ah ? Ses sourcils se sont haussés, et il nous a regardés l'un après l'autre.

Je me suis levée et j'ai décroché la housse du portemanteau derrière mon bureau. Tyler a relevé la poignée de ma valise à roulettes.

— Attends ! Je me suis précipitée vers la cuisine et je suis revenue avec une canette fraîche de Mountain Dew que j'avais cachée dans le frigo. Je l'ai tendue à Tyler. — Pour la route.

Son sourire s'est élargi. — Merci.

Tyler a tiré ma valise d'un rose humiliant jusqu'à l'ascenseur. Les portes de l'ascenseur se sont ouvertes et nous sommes entrés. Tyler a mis une main devant la porte. — Vous descendez ?

— Je prendrai le prochain, a dit Cooper en fronçant les sourcils.

De l'intérieur de l'ascenseur, j'ai aperçu Cooper qui nous regardait, le front plissé et la lèvre inférieure prise entre ses dents. Alors que la porte se fermait, il a lancé : — N'oublie pas notre danse.

Un frisson d'euphorie m'a parcouru la peau.

Puis j'ai regardé Tyler du coin de l'œil. Un froncement de sourcils similaire à celui de Cooper a plissé son visage pendant une seconde avant qu'il ne se tourne vers moi. Sa posture était détendue, mais ses jointures sur ma valise étaient blanches. — Tu es prête pour ça ?

— Et comment ! Le compte à rebours était terminé, et mon plan était prêt pour le décollage.

7

TYLER FIXAIT les portes fermées de l'ascenseur droit devant lui. — Tu craques pour Cooper, n'est-ce pas ?

Mes joues s'empourprèrent. — Quoi ? Non. On travaille ensemble, c'est tout. Seules Alicia et Jackson étaient au courant de mon béguin. En tant que bras droit de Jackson, je devais préserver une certaine image, et je préférais que mes collègues ne soient pas au courant de mes sentiments peu professionnels.

Mais, bon sang, Tyler le savait. — Non, tu l'*aimes bien*. Il a fait une grimace. — Je vois comment tu… comment tu le regardes. Comme tu viens de le faire.

— C'est juste un petit béguin. J'ai joué avec la fermeture Éclair de mon sac à main. — Il ne le sait même pas. Ou il fait semblant de l'ignorer.

Sa voix était douce quand il a repris la parole. — Hé, on est amis, non ?

Je me suis tournée vers lui. Il a souri quand mon regard a croisé le sien, mais j'étais incapable de dire si c'était la tristesse ou la pitié qui étirait les coins de ses yeux vers le bas. — Oui. Amis.

Il a hoché la tête. — Les amis s'entraident. Tu veux que je t'aide ?
— M'aider ?

— Tu sais, faire comme si on était… plus que des amis. Attirer l'attention de Cooper sur toi. Le forcer à te voir comme moi je… comme tout le monde te voit. Un de ses doigts a tapoté la poignée rose de ma valise.

— Tu veux dire qu'on ferait semblant d'être *ensemble*-ensemble et qu'on essaierait de le rendre jaloux ? Était-ce le coup de pouce dont Cooper avait besoin ? Il était compétiteur ; ça, je le savais. Je n'arrivais pas à déchiffrer son expression de profil. Était-il vraiment sérieux ?

— Ouais.

— Vraiment ? Tu ferais ça pour moi ?

Sa voix était tendue. — J'ai dit que je le ferais.

Si ça ne le dérangeait pas de jouer la comédie ce week-end, comment pouvais-je refuser son offre ? — D'accord.

Il m'a encore jeté un bref coup d'œil. — D'accord ?

— Allons-y, ai-je dit. Peut-être qu'on pourrait danser sur « With a Little Help from My Friends » des Beatles.

— On devrait avoir un nom de code.

— Un nom de code ?

— Tu sais, si on doit se dire quelque chose quand il y a d'autres gens. Comme pour les projets de logiciels.

— Oh. J'avais pensé au plan « En Selle pour Cooper ».

Il a plissé le nez. — Que dirais-tu d'Opération… Opération Prince Charmant ?

J'ai poussé un petit cri de joie en me serrant dans mes bras. S'il n'y avait pas eu la caméra dans l'ascenseur, je lui aurais fait un bisou sur la joue. — C'est parfait ! Et merci, vraiment. J'espère que ce ne sera pas trop gênant pour toi. Tu sais, de faire semblant d'être mon copain.

Un coin de sa bouche s'est relevé. — Je m'en sortirai.

———

L'AUBERGE, avec en toile de fond des hectares de rangées bien nettes de vignes, ressemblait trait pour trait à la brochure que nous avions épluchée ensemble, Alicia et moi.

— Waouh. Tyler s'est appuyé contre le flanc de sa Mustang et a embrassé la scène du regard. Elle ne devait pas lui avoir montré les brochures.

Les deux heures de route jusqu'au vignoble étaient passées à toute vitesse grâce aux jeux de voiture. Nous avions joué au jeu des chansons — Tyler connaissait *beaucoup* trop de paroles de chansons emo ; au jeu du cinéma — je l'avais écrasé, vu que je connaissais toutes les comédies romantiques jamais réalisées ; et au classique jeu de l'alphabet. J'avais presque été déçue en arrivant à la sortie menant au lieu du mariage. Mais nous y étions, et l'Opération Prince Charmant était lancée.

— Je sais, n'est-ce pas élégant ? J'ai contourné le capot pour venir me poster à côté de lui.

Les murs en stuc blanc du bâtiment de deux étages étaient percés de portes et de fenêtres cintrées qui révélaient une véranda faisant le tour de la bâtisse, meublée de chaises Adirondack rouge brillant. Des invités se détendaient avec un verre de vin, et un ou deux serveurs se déplaçaient parmi eux. Des fleurs de fin d'été aux tons écarlates, citron et orange crépuscule débordaient des pots placés aux fenêtres et aux portes.

— Jay nous loge tous, pas seulement moi, n'est-ce pas ? Il a ouvert le coffre.

— Oui. Jackson avait réservé un hôtel à proximité pour les invités ordinaires comme Tyler, et le cortège nuptial logeait à l'auberge du vignoble. J'ai sorti ma housse à vêtements de dessus les valises.

Il a monté les marches et m'a tenu la porte. C'était tout Tyler, mon gentleman du Sud un peu vieille école. Il tenait les portes même quand il ne faisait pas semblant d'être mon cavalier.

Quand mes yeux se sont habitués à l'obscurité de l'intérieur après la lumière éblouissante du soleil, j'ai vu quelque chose qui m'a rendue particulièrement reconnaissante de la présence de Tyler derrière moi.

Jamila Jallow s'est tournée vers nous au bruit des roulettes de ma valise sur le carrelage. — Marlee Rice, a-t-elle dit en souriant, ravie de vous revoir. Votre style est à tomber. J'adore vos chaussures.

— Merci. Ce ne sont que de simples imitations d'escarpins Manolo Blahnik rose pétale. Rien d'aussi fabuleux que ses Jimmy Choo pailletées.

Cooper s'est approché pour se tenir à ses côtés. J'aurais aimé savoir si la clé qu'il tendait à Jamila était la même que la sienne ou s'ils avaient des chambres séparées.

— Salut, Marlee. Tyler. Il nous a serré la main. — Mila, je te présente Tyler Young, un de nos développeurs. Je ne te dirai pas à quel point il est talentueux. Je ne voudrais pas que tu essaies de nous le débaucher.

Son rire était sonore et franc. — Même moi, je n'essaierais pas de voler l'un des programmeurs préférés de Jackson à son propre mariage. Elle s'est agrippée au bras de Cooper. J'aurais aimé pouvoir faire ça.

Tyler a serré la main de Jamila. — C'est un honneur de vous rencontrer, madame Jallow. J'ai lu votre article de blog la semaine dernière. Vos idées sur l'apprentissage automatique sont une source d'inspiration. J'adorerais en discuter avec vous un de ces jours.

— S'il vous plaît, appelez-moi Jamila ou Mila. Cooper, regarde ailleurs. Elle a glissé une carte de son minuscule sac à main de créateur et l'a tendue à Tyler. — Au cas où nous n'aurions pas l'occasion de parler ce week-end, appelez-moi et nous organiserons quelque chose.

Tyler avait la même expression de fanboy qu'en présence de Jackson. Et pourquoi pas ? Elle était brillante, élégante, posée, drôle et bien trop gentille. Je voulais la détester, mais je n'y arrivais pas.

Cooper lui a touché le bras, allumant une flamme de jalousie dans mon cœur. — Pas touche au protégé de Jackson. Viens, allons prendre un verre avant la répétition.

Un regard a été échangé entre eux, puis elle nous a souri. — À plus tard. Ils se sont tournés vers les escaliers. Aucun couple n'aurait pu être plus opposé en apparence : les mèches blondes de Cooper, sa peau légèrement hâlée et ses yeux bleu glacier contrastaient avec les cheveux d'ébène de Jamila, sa peau foncée et ses yeux profonds, presque noirs. Mais ils allaient bien ensemble, leur assurance royale, leurs années d'amitié les liant d'une manière que je n'avais jamais connue. Ils étaient parfaits l'un pour l'autre. Et moi, je restais en dehors de leur bulle d'histoire commune, d'amitié de longue date, de privilège gagné par l'intelligence et le succès. Pourquoi Cooper me choisirait-il, moi, la pauvre version « avant » de Cendrillon, plutôt que le glamour de Jamila ?

Tyler m'a donné un petit coup de coude. Son sourire semblait forcé. — Allons t'enregistrer.

— Oh. C'est vrai. J'étais là pour Alicia, et je devais me préparer pour la répétition. Même si voir Cooper avec Jamila me donnait envie de me cacher dans ma chambre tout le week-end.

Après que je me sois enregistrée, Tyler a monté mes bagages dans ma chambre. Il a posé ma valise juste à l'intérieur de la porte avant de se retourner pour partir. L'idée de voir Jamila avec Cooper à la répétition — ou pire, d'être assise seule au dîner — m'a glacé le sang.

— On se voit au dîner de répétition, n'est-ce pas ? Ma voix était plus aiguë que je ne l'aurais voulu.

— Bien sûr. Son visage était prudemment neutre. — Sauf si tu ne veux pas que…

— Non ! J'ai tendu la main. — On est amis, pas vrai ?

Il a enserré ma main dans la sienne, plus grande, ses longs doigts s'enroulant autour. Son étreinte chaude et réconfortante a apaisé la tension qui m'avait serré la poitrine depuis notre rencontre avec Cooper et Jamila.

Ses fossettes ont fait leur apparition. — Amis. Et cavaliers pour le mariage. Et compagnons de boisson, non ?

— C'*est* un vignoble, après tout.

— Je pense qu'on va avoir besoin de beaucoup de vin pour surmonter ça.

— Quoi, tu veux dire la comédie ?

Cette expression qu'il faisait parfois a traversé son visage. Je ne l'avais pas encore déchiffrée. Un raidissement des yeux et de la bouche, presque comme de la douleur. Mais elle a disparu en une seconde, et ses mots ne correspondaient pas. — Nan, ça, ça sera facile. Je m'inquiète juste pour la famille de Jay. Alicia dit qu'ils ne sont pas faciles.

— Oh. C'est tellement adorable de t'inquiéter pour Alicia. Elle s'en sortira. Et nous aussi. Comme tu l'as dit, le vin nous aidera à tenir le coup.

— Ce n'est pas tiré de « You and Me Against the World » d'Helen Reddy, ça ?

— C'est une des préférées de mon père. Je pensais que tu ne connaissais que le rock alternatif emo. Mais je crois qu'elle disait que ce sont les souvenirs qui nous aideraient à tenir.

— Les souvenirs, le vin, les amis. C'est tout bon.

Ce sourire. Ces fossettes. Ouais, on allait s'en sortir. Même si Cooper était avec Jamila, un week-end avec mon pote Tyler allait être génial.

8

MA VUE S'EST BROUILLÉE. Comme je vivais avec papa pendant mes études, je n'avais pas joué à beaucoup de jeux à boire. Tout ce que je savais, c'est que je ne comprenais rien à celui-ci, et que j'avais déjà perdu.

— Jasmin.

— Nectarines.

— Pétrole, a dit Tyler avec un sourire confiant.

— Frimeur, a dit Jamila.

J'ai reniflé mon verre. Du vin. Je savais que si j'y goûtais, ça aurait un goût de… vin. Quoique j'avais peut-être déjà brûlé toutes mes papilles avec tout ce que j'avais bu. J'ai poussé le verre de l'autre côté de mon assiette à dessert. Merde, est-ce que c'était sa place ? J'ai jeté un coup d'œil au couvert de Jamila. Elle avait posé son verre à vin de l'autre côté de son verre à eau. J'ai corrigé mon erreur. Le dîner de répétition, avec toutes ses fourchettes et ses verres sophistiqués, était bien trop chic pour moi.

— Comment tu as appris à connaître le vin ? lui a demandé Jamila. Tes parents ?

— Non. Il a eu un petit rire. Ma famille est plus du genre Shiner Bock que Riesling.

Elle a posé son verre et s'est penchée en avant. — Texas ?

— Né et élevé à Dallas.

— Tu es loin de chez toi, cowboy. Ça te manque ?

— Nan, j'adore être ici. Les opportunités. Et puis, il y a toujours eu un peu trop de monde à la maison.

— Tyler vient d'une grande famille. Quatre frères et une sœur, a dit Cooper. La plupart ont été des athlètes universitaires, et l'un d'eux est joueur de baseball professionnel. Cooper était capable de faire ça, de sortir des anecdotes intéressantes sur presque n'importe qui chez Synergy. Il tenait tellement à l'entreprise. Si attentionné et généreux.

Mais quand je me suis tournée vers Tyler, il ne rayonnait pas d'admiration comme moi. Il a enlevé ses lunettes pour les examiner, les lèvres pincées.

— Quelle équipe ? Jamila n'avait apparemment pas remarqué que l'humeur joyeuse de Tyler s'était évaporée.

— Minnesota, a-t-il dit.

— Papa et maman doivent être si fiers.

Sa mâchoire s'est tendue un peu plus. — Ils le sont. Même s'ils seraient plus heureux s'il jouait plus près de la maison.

— Ils viennent de rater les playoffs cette année, a ajouté Andrew, le frère de Jackson, à la conversation.

Sam, la sœur de Jackson, a traîné une chaise et s'y est laissée tomber. — Sammy ! Andrew s'est tourné vers elle. Tu as échappé au Célibataire Numéro Vingt-Deux ?

— Pourquoi aurait-elle pensé que je m'entendrais avec un banquier ? Elle a tiré sur sa jupe pour couvrir ses genoux.

— Parce qu'elle a déjà essayé les entrepreneurs, les PDG, les DSI, les directeurs techniques, et même quelques héritiers. Elle commence à désespérer.

— J'ai seulement vingt-quatre ans. Et peut-être que ça ne m'intéresse pas de me mettre en couple. Ni maintenant, ni jamais. Je l'ai présenté à Nat et je me suis éclipsée. Elle a fait un geste de la main vers l'autre bout de la pièce où, en effet, la plus jeune des Jones discutait avec un homme mignon dans un costume d'apparence chère.

Tiens. Je savais qu'il y avait des femmes comme ça — Alicia disait qu'avant de rencontrer Jackson, elle était l'une d'entre elles —, mais j'avais du mal à imaginer ne pas vouloir le grand amour, celui qui vous donne des frissons quand on vous touche, celui qui vous fait friser les orteils quand on vous embrasse.

— Tu connais Mère. Elle cherche toujours à étendre l'empire Jones, soit de manière organique — Andrew a hoché la tête vers Alicia à la table voisine, qui posait une main sur son ventre — soit par acquisition. D'ailleurs, où est le mal ? Peut-être que l'un d'eux sera une perle rare.

Elle a levé les yeux au ciel. — La seule perle qui m'intéresse est le langage de programmation Ruby. Notre mère può garder ses chevaliers blancs et ses Princes Charmants.

J'ai sursauté quand Tyler m'a murmuré à l'oreille. — Je crois que c'est notre signal.

— Notre signal ?

Il s'est levé et m'a tirée par nos mains jointes. J'ai vacillé et me suis affaissée contre lui. Waouh. J'étais plus chancelante que je ne le pensais. *Satané vin.*

— Je dois mettre Marlee au lit. Et il a carrément haussé les sourcils d'un air suggestif en direction de Cooper. Grosse journée demain.

J'ai jeté un coup d'œil à Cooper. Ses propres sourcils épais se sont arqués. — Bonne nuit. À demain.

Zut. Mis à part l'arque ment de sourcils, il était imperturbable.

Alors que nous nous détournions, Tyler m'a chuchoté à l'oreille : — Ça va si je touche ta hanche ?

Est-ce que ça faisait partie du faux rendez-vous ? Ou est-ce qu'il se comportait en ami et m'empêchait de tomber ? Tout était devenu flou sur les bords. — Euh… d'accord.

Sa main a glissé de mon épaule au creux de mes reins, où il a marqué une pause. L'alcool devait avoir détraqué mes terminaisons nerveuses, car une traînée de picotements a suivi sa main jusqu'à l'endroit où elle s'est posée sur le haut de ma fesse. Il m'a guidée entre les tables vers la porte comme s'il me touchait ainsi tous les jours.

— Ça va ? a-t-il murmuré à mon oreille, son souffle chaud me donnant la chair de poule sur le cou.

— Ce n'est pas ma hanche, ai-je chuchoté.

Il a regardé par-dessus son épaule. — Je crois que ça a marché, par contre. Il mate ton cul.

Probablement parce qu'il brillait à cause des picotements que le contact de Tyler avait créés. Ça faisait trop longtemps — trois ans — que je n'avais laissé personne s'approcher aussi près.

Toute la situation était bizarre. J'étais déjà sortie avec des amis masculins, y compris Tyler. Matchs de baseball, bars, même une soirée de collecte de fonds en tenue de soirée avec Jackson une fois. Mais je n'avais jamais eu de faux rendez-vous avec qui que ce soit. Est-ce qu'on s'y prenait bien ? Physiquement, ça semblait juste, puisque ma peau faisait la danse de la joie chaque fois que Tyler me touchait. Mais au fond de moi, au-delà de mes terminaisons nerveuses qui picotaient, ça me semblait mal. Même si ça fonctionnait et que Cooper me disait que Jamila et lui n'étaient qu'amis et qu'il pouvait m'aimer, est-ce que je regretterais le mensonge que j'avais raconté pour le pousser à agir ?

Quand la porte du restaurant s'est refermée derrière nous, je me suis écartée. Ou j'ai essayé. En quittant la sécurité du soutien de Tyler, j'ai heurté le mur. Il a tendu la main vers moi mais s'est arrêté quand j'ai levé la main et suis restée debout, appuyée contre le mur.

— Merci, ai-je dit. Ça va. En me tenant à la rampe, je me suis mordu la langue et j'ai monté les escaliers avec précaution. *Satané vin. Satanés talons.*

J'ai réussi à rester droite et j'ai traversé la salle de dégustation jusqu'à la porte, qu'il m'a ouverte avec une courbette. Dehors, j'ai pris une grande goulée d'air frais nocturne pour dégriser. Ça n'a pas marché. Sans le soutien de Tyler ou de mon nouveau meilleur ami, le mur, l'horizon a basculé et j'ai vacillé sur mes talons.

— Faut que je m'assoie. Sans me soucier de salir ma robe de

friperie, je me suis laissée tomber sur la marche supérieure du porche.

— Ça va ? La marche a tremblé quand Tyler s'est affalé dessus.

— Je suis plutôt une fille à bière. Ce vin m'est monté directement à la tête. J'ai levé les yeux vers les étoiles pour retrouver mon équilibre et j'ai repéré Pégase. Sa forme en losange m'a rappelé quelque chose dont nous avions parlé plus tôt.

— Alors, ton frère est un joueur de baseball professionnel ? Pourquoi je ne le savais pas ?

J'ai détourné mon regard du ciel juste à temps pour voir sa mâchoire se durcir. — Je ne parle pas beaucoup de ma famille.

— Oh. Je lui ai caressé le bras. Désolée d'avoir abordé le sujet. Tu faisais un sport, toi aussi ?

Il s'est penché vers mon contact. — Nan. Enfin, j'aimais bien jouer avec mes frères. Et dans mes équipes au lycée. Mais une fois que j'ai commencé à programmer, j'ai su que c'était ça pour moi. Obtenir un poste chez Synergy, travailler avec Jay, c'était un rêve devenu réalité. Ma version des Jeux olympiques.

— Je suis sûre que ta famille est fière de toi, aussi. Tu es un programmeur vedette dans une entreprise en pleine croissance. Tu as bien réussi.

Un coin de sa bouche s'est contracté. — Ce n'est pas facile d'être le geek dans une famille d'athlètes. Le sport est beaucoup plus facile à comprendre que les logiciels. Il a siroté son vin. Ça n'a pas aidé que je dise à mon frère de finir ses études avant de se présenter à la draft.

Oh.

Bien sûr, papa me harcelait pour que j'atteigne mon potentiel, mais il ne m'avait jamais comparée à qui que ce soit. Il m'aurait soutenue même si j'avais eu un frère ou une sœur superstar. Et il m'avait poussée à fond pour que je finisse mes études, même après que Jackson m'ait embauchée.

— *Moi*, je comprends les logiciels. Et je sais que tu assures grave chez Synergy. Tu penses y rester un moment ? Les programmeurs de la Baie avaient tendance à être nomades, grimpant rapidement l'échelle des salaires.

— Ouais. Je n'imagine pas avoir envie de partir.

— Tant mieux. Je pense toujours que tu devrais postuler pour ce poste de manager.

Il a baissé la tête. — Je ne sais pas. J'ai encore beaucoup à apprendre sur les logiciels avant de commencer à dire aux autres quoi faire. Mais et toi ? Tu as déjà pensé à venir nous rejoindre au quatrième étage ?

Bien sûr que j'y avais pensé. Mais programmer à titre officiel signifiait des horaires moins flexibles. — Je ne peux pas. Je dois rentrer pour papa.

— Ah oui, pourquoi ?

Merde. J'ai aspiré l'air frais de la nuit pour que mon cerveau fonctionne mieux. Je n'avais pas l'intention de parler à Tyler des problèmes de papa. Quand je disais à des amis que je devais m'occuper de lui, ils ne me croyaient jamais. Même s'ils le rencontraient lors d'un de ses mauvais jours, ils me demandaient pourquoi c'était mon problème, pourquoi il ne pouvait pas vivre dans une maison de retraite. Quoi qu'il en soit, ils pensaient que je me cherchais des excuses et arrêtaient de m'inviter à sortir. Personne ne comprenait. Sauf Alicia, qui avait son propre neveu à charge. Jusqu'à présent, Tyler avait été persévérant. Il n'arrêtait pas de m'inviter aux happy hours, aux ligues de softball et aux fêtes. Mais peut-être que si je lui parlais de ma vie à la maison, il m'abandonnerait aussi. Et je voulais garder Tyler dans ma vie. Surtout avec la vie d'Alicia qui changeait.

— Oh, tu sais, il se sent seul toute la journée à la maison. Si je ne rentre pas à l'heure, il risque de commencer à regarder les chaînes d'information en continu. Et là, je devrais me mettre à m'intéresser à la politique.

Tyler a gloussé. — Surtout pas ça.

Crise évitée. Je me suis levée. — Tu me raccompagnes à l'auberge ?

Il m'a jeté un regard évaluateur qui m'a envoyé des frissons le long du cou.

Je lui ai tapé sur le bras. — Je ne le disais pas dans *ce* sens-là, espèce de… Je ne suis pas sûre de pouvoir rentrer sans me tordre une cheville.

— Bien sûr, Lady Rice. Il s'est levé d'un bond, m'a fait une fausse révérence et un autre geste ample du bras tout en pliant le coude pour moi. J'y ai glissé ma main et j'ai serré son biceps. Son biceps dur comme de la pierre.

La nuit était claire, avec une lune gibbeuse décroissante pour éclairer le chemin du retour vers l'auberge. Une brise fraîche soupirait à travers le vignoble à notre droite, soulevant l'arôme sucré des raisins tombés qui avaient échappé à la récolte. La masse et la chaleur de Tyler me protégeaient du froid que je n'avais pas anticipé en quittant l'auberge plus tôt dans ma fine robe.

Les lumières de l'auberge brillaient devant nous. Comment mettait-on fin à un faux rendez-vous ? Avec un faux baiser ? Ou un vrai ? Mon cerveau, pâteux à cause du vin, bloquait sur la question. Quelle sensation auraient ses lèvres sur les miennes ? Y aurait-il une étincelle comme quand il avait touché ma fesse ?

Je me suis mordu l'intérieur de la joue pour me concentrer. Non, c'était Tyler. Il n'y aurait pas de baiser. Ni plus de vin pour embrouiller mes pensées.

Enfin, nous avons atteint le porche de l'auberge.

— Eh bien, me voilà arrivée, ai-je dit en lâchant son bras et en m'appuyant sur la rampe d'escalier pour me soutenir.

Il a fourré ses mains dans ses poches. — Tu as besoin que je te raccompagne à ta chambre ?

— Non. J'ai avancé le menton et, pour le prouver, j'ai lâché la rampe. À ma propre surprise, je suis restée debout. Merci.

— Je demande, c'est tout. À la lumière du lampadaire, les pupilles de Tyler avaient presque entièrement dévoré ses iris noisette.

— Tu ne vas pas essayer de rentrer à ton hôtel en voiture, hein ?

— Nan, je me ferai raccompagner par quelqu'un. Ne t'inquiète pas pour moi. Il a baissé les yeux vers ses Vans.

Maintenant, je regrettais d'avoir été si sèche. On s'était bien amusés, et ça n'avait pas été gênant… jusqu'à maintenant. Et c'était de ma faute. — Les amis s'inquiètent les uns pour les autres. Alors sois prudent ce soir. Je ne voudrais pas qu'il arrive quelque chose à mon cavalier.

Ça l'a fait relever la tête et sourire. — À demain, cavalière.

Je n'ai pas pu m'empêcher de lui sourire en retour. — Bonne nuit, cavalier.

— Bois de l'eau, fut la dernière chose que j'ai entendue alors que je montais les marches en m'agrippant à la rampe.

9

QUATRE CENTS PAIRES d'yeux nous observaient, là où nous nous tenions sur la scène de la salle de réception, moi dans ma robe de demoiselle d'honneur jaune immortelle et Cooper, à croquer dans son smoking. Malgré ses années d'expérience à parler devant un public, le sourire de Cooper semblait forcé, figé. Peut-être qu'il ressentait lui aussi les effets secondaires du vin de la nuit dernière.

Je lui ai adressé un sourire d'encouragement et j'ai murmuré :
— On va assurer.

Tiannah, assise à côté d'Alicia à la table d'honneur, et Andrew, de l'autre côté de Jackson, avaient déjà porté leurs toasts. Maintenant, c'était notre tour, le moment que je préparais depuis des semaines.

Levant mon verre de ginger ale, je me suis penchée vers le micro.

— Nous sommes ici ce soir pour célébrer le mariage d'Alicia et de Jackson avec l'aide de tant de membres de la famille et d'amis, y compris tout le conseil d'administration de Synergy.

J'ai fait un geste vers la table des VIP à ma gauche et j'ai marqué une pause pour les applaudissements polis.

— Et *nous sommes*, a poursuivi Cooper en posant nonchalamment son bras autour de mes épaules, ce qui a fait faire un bond à mon estomac, ici en tant que plus vieil ami de Jay...

— ... et la plus récente amie d'Alicia.

Je lui ai souri. La pauvre était entourée par la belle-famille intimidante de richesse de Jackson et l'élite de la tech de San Francisco, et elle ne pouvait même pas se détendre avec du champagne. Mais le stress d'une grossesse inattendue, d'une nouvelle ville et d'une nouvelle famille qui vivait sa vie dans les magazines d'affaires ne lui pesait pas dessus ce soir. Elle flottait pratiquement sur un nuage de bonheur, unie à son âme sœur.

— Je connais Jay depuis que nous sommes colocataires à l'université. Grâce à Jay, j'ai développé une appréciation pour les voitures de sport européennes, a dit Cooper en faisant une pause pour la salve de rires de la foule, et grâce à moi, Jay connaît chaque mot de *Casablanca*. Ensemble, nous avons transformé l'idée de Jay en une entreprise du Fortune 1000 avec des bureaux dans le monde entier. Et de toutes les entreprises de logiciels, de toutes les villes du monde, il a fallu qu'Alicia entre dans la sienne.

Il s'est de nouveau arrêté pour les rires approbateurs des invités.

— Bien qu'il ait été très inapproprié pour lui de tomber amoureux d'une consultante...

— ... c'était aussi incroyablement romantique, ai-je dit. Quand je les ai vus ensemble pour la première fois, j'ai su qu'ils étaient fous l'un de l'autre.

— Jay n'est pas réputé pour sa concentration, a dit Cooper. Je crois que la seule chose qui lui a permis de passer sa première année d'anglais, ce sont mes résumés mimés des livres qu'il refusait de lire.

Jackson a crié :

— Vous auriez dû le voir mimer *Les Cerfs-volants de Kaboul*.

Le sourire de Cooper était affectueux alors qu'il se tournait à nouveau vers la foule.

— Mais depuis qu'il a rencontré Alicia, il a montré un dévouement nouveau. L'année dernière, lui et Alicia ont mené notre équipe au lancement de produit le plus réussi de l'histoire de Synergy.

Des acclamations ont fusé des tables des employés de Synergy et du conseil d'administration. Le cours de l'action avait augmenté de vingt-cinq pour cent au cours des neuf derniers mois.

— Alicia est la seule personne que j'ai jamais rencontrée qui puisse tenir Jay à carreau. Je sais que je n'y suis jamais parvenu.

— Comme tous les couples, ils ont eu des hauts et des bas, ai-je dit, mais je n'ai jamais vu deux personnes plus amoureuses, pas depuis ma propre mère et mon père. Je ne pourrais donc pas être plus heureuse que mon patron ait rencontré une partenaire aussi excellente, et que mon amie ait trouvé l'amour de sa vie. Levons tous nos verres à de nombreuses années de bonheur à venir.

Cooper a dit :

— À votre santé, les enfants.

Tous les invités ont levé leurs verres pour trinquer, Jackson et Alicia se sont embrassés, et le brouhaha des conversations a repris.

Quand nous sommes descendus de la scène, je me suis tournée vers Cooper, je me suis hissée sur la pointe des pieds et je l'ai serré dans mes bras, essayant de faire paraître le geste spontané même si je le planifiais depuis des jours.

— Merci beaucoup, Cooper. Je n'aurais pas pu le faire sans toi, lui ai-je murmuré à l'oreille.

Sainte Ada Lovelace, il sentait bon. La menthe verte, le champagne et la perfection d'un héros de roman d'amour. Après une étreinte un peu trop longue, je suis redescendue à contrecœur sur mes talons et je me suis éloignée de lui.

Le chanteur s'est approché du micro, l'orchestre a commencé à jouer, et Jackson a fait virevolter Alicia sur la piste de danse.

— Ils ont l'air si heureux.

Je n'avais jamais vu Jackson aussi détendu, si content. Alicia était comme la musique dans ses écouteurs, le calmant, le recentrant. Pourrais-je être ça pour Cooper ? Un jour, la petite ride entre ses sourcils s'estomperait-elle quand je serais près de lui ?

Pas ce soir. Le sillon était profond quand il a dit :

— Tu crois ? Je trouve qu'il a l'air... fatigué.

— Non ! Enfin, peut-être un peu.

C'était Alicia qui avait l'air fatiguée. Je l'avais vue avant que la styliste ne couvre les cernes sombres sous ses yeux.

— Ils ont travaillé dur pour organiser tout ça et pour boucler leur travail afin de pouvoir s'envoler pour les Fidji.

— Et c'est moi qui vais devoir prendre le relais pendant son absence, a-t-il grommelé.

Ah. Voilà *ce* qui le rendait si grincheux.

— Je t'aiderai pendant son absence.

Tout faisait partie du plan.

— Ça n'en vaut pas la peine de les voir si heureux ?

Tyler s'est approché de nous, et j'ai saisi son bras pour le rapprocher.

— Tyler, tu ne trouves pas qu'ils ont l'air heureux ?

— Je ne les ai jamais vus aussi heureux.

Il a levé son verre de champagne.

— Puissions-nous tous épouser les amours de nos vies.

Dans la lumière au-dessus de la piste de danse, le vert éclipsait les autres couleurs de ses yeux noisette.

— Santé !

J'ai jeté un coup d'œil à Cooper. Son verre pendait de ses doigts le long de son corps, et il fronçait les sourcils en regardant le couple.

La chanson s'est terminée, et tandis que tout le monde applaudissait, Alicia et Jackson nous ont fait signe de les rejoindre sur la piste de danse.

Tyler a touché mon bras.

— On y va, ma cavalière ?

— Oh. Je, euh...

Le regret sur mon visage était réel. J'aurais bien préféré rester et discuter avec Tyler, qui semblait réellement s'amuser, plutôt qu'avec ce grincheux de Cooper. Mais c'était la deuxième étape du plan.

— Cette danse est pour Cooper.

Pendant un instant, les coins de la bouche de Tyler se sont resserrés, mais son expression s'est ensuite éclaircie pour retrouver sa cordialité habituelle.

— D'accord. Mais n'oublie pas, Fallon, Marlee est ma cavalière ce soir.

Le bout de mes doigts picotait. Tyler était *doué* pour ce petit jeu du faux couple.

Apparemment, moi non. J'ai secoué mes doigts.

Quand Cooper a tendu la main, je l'ai prise et je l'ai suivi jusqu'au milieu de la piste. Il a levé nos mains jointes et a posé son autre main sur mon dos. Sur ma peau nue, au-dessus de ma robe de satin au décolleté plongeant. Ses yeux se sont écarquillés alors qu'il glissait sa main plus bas, trouvant enfin le tissu au creux de mes reins, juste au-dessus de l'endroit où la main de Tyler avait frôlé ma fesse la nuit dernière. Sous le poids de sa main, le tissu fin collait à ma peau humide de sueur. C'était probablement pour ça que je ne frissonnais pas comme la veille, quand Tyler m'avait touchée au même endroit.

— Il ne faudrait pas rendre ton cavalier jaloux, n'est-ce pas ?

J'ai forcé un rire. Beurk. L'ironie.

— Je suppose que ce n'est pas le moment de te mettre en garde contre les défis de sortir avec un collègue.

Ses yeux étaient fixés sur Alicia et Jackson.

J'ai relevé le menton.

— Ça a très bien marché pour eux. Ils sont plus heureux qu'un couple d'héliophysiciens durant une éclipse solaire.

— C'est vrai.

Il a baissé les yeux vers moi.

— Je te dis ça parce que je tiens à toi, Marlee.

— Tu… tu tiens à moi ?

J'ai retenu mon souffle et j'ai attendu. Allait-il me dire qu'il avait des sentiments pour moi ?

— Comme un grand frère.

Merde. Bon, je pouvais faire avec ça.

— Jackson est comme mon frère. Tu es comme le meilleur ami de mon frère.

L'un de mes clichés romantiques préférés. Et si l'héroïne était persévérante, l'ami du frère tombait toujours amoureux d'elle à la fin.

Clairement, Cooper n'avait lu aucune romance sur le meilleur ami du frère.

— Bref, si quelque chose devait… se passer entre toi et Tyler, ce serait difficile – inconfortable – pour toi de le voir au travail tous les jours. Ça ferait mal d'être si proche de lui et de savoir que vous ne pourrez jamais être ensemble.

Mes pieds ont cessé de bouger. Était-il en train de me mettre en garde contre les relations entre collègues parce que c'était ce qui *le* freinait, lui ? Avait-il évité de commencer quelque chose avec moi parce qu'il avait peur des répercussions au travail ? Jamila n'était-elle qu'une distraction pour lui ? Mon cœur – chaque organe de mon corps – s'est rempli de promesses.

— Je garderais espoir. Qu'on puisse arranger les choses et être ensemble. Un jour.

Ses yeux bleu glacier ont un peu fondu à ces mots.

— C'est ce que j'aime chez toi, Marlee. Tu es un rayon de soleil dans les ténèbres. Merci.

Il s'est penché pour m'embrasser sur la joue. J'ai retenu un petit cri. Il avait dit « aime » et m'avait embrassée, même si ses lèvres étaient froides et rigides.

La chanson s'est terminée et je me suis arrachée à lui pour applaudir l'orchestre. Ma tête tournait et je ne sentais plus mes pieds. J'ai flotté jusqu'à Tyler au bord de la piste de danse.

— Merci, Tyler, de m'avoir fait ce plaisir. Et merci à toi, Marlee.

Cooper a hoché la tête, presque une révérence princière.

Tyler a posé une main possessive sur la peau nue du bas de mon dos — *zing !* — et m'a embrassée sur la joue. L'autre, pas celle que Cooper venait d'embrasser, et plus près de ma bouche, si bien que mes propres lèvres ont vibré d'anticipation. La tendresse de ce bref contact m'a fait fondre. Cooper pourrait en prendre de la graine.

— Super discours, au fait. Tout le monde en parle, a dit Tyler. Il m'a attirée contre lui et a regardé Cooper, les sourcils levés, dans un juste équilibre entre l'amical et le *pas-touche-à-ma-fille.*

— Merci, ai-je dit. Nous travaillons bien ensemble, tu ne trouves pas, Cooper ?

Les yeux de Cooper se sont attardés sur la main de Tyler sur ma hanche.

— Hum. Je dois trouver Jamila. Et un verre. Amusez-vous bien.

Il a tourné les talons et s'est dirigé d'un pas sec vers le bar.

Ça ne s'était pas très bien terminé.

Tyler a massé un cercle dans le bas de mon dos.

— On dirait que vous avez eu un grand moment, là-bas.

Il a fait un signe de tête vers la piste de danse.

L'euphorie de la danse s'est estompée.

— Je ne sais pas. Il m'a appelée un « rayon de soleil ». Qu'est-ce que tu penses que ça veut dire ?

Tyler a détendu sa posture raide.

— Je pense que ça veut dire que tu es fantastique dans cette robe. Avec tes cheveux relevés, tu ressembles à, euh… cette princesse — ma sœur avait une poupée qui portait une grande robe jaune.

— Belle ? De *La Belle et la Bête* ?

— C'est ça.

— Oh. Tu es le plus adorable des cavaliers.

Je l'ai serré dans mes bras.

Il s'est reculé.

— Adorable ?

— Carrément.

— Aucun mec ne veut être qualifié d'adorable. Ou de gentil.

— Mais tu es les deux.

Il a levé les yeux vers les projecteurs au-dessus de la scène.

— Tu danses avec moi ?

— Bien sûr.

Juste avant que nous montions sur la piste de danse, j'ai repéré Noah, onze ans et tout dégingandé, assis seul à une table. Ses grands-mères avaient rejoint les danseurs : la mère d'Alicia avec Jackson, et sa belle-mère avec Alicia. Il y avait plein d'autres enfants au mariage — une bande de jeunes cousins Jones — mais ils s'agglutinaient autour de la table du gâteau, laissant Noah tout seul. La soirée devait être étrange pour Noah, marquant la transition officielle pour lui et Alicia dans la famille Jones, et mon cœur s'est serré pour ce gamin qui avait subi tant de changements au cours de l'année écoulée. Et qui avait perdu sa mère, comme moi. Je me suis arrêtée à côté de Noah, retenant Tyler.

— Salut, Noah, ai-je dit. Tyler et moi allons danser. Tu veux venir avec nous ?

Ses oreilles sont devenues roses et il a secoué la tête, faisant voler ses longues mèches blond foncé sur son visage.

— Non, merci.

Alicia m'avait dit que Noah avait un petit béguin pour moi depuis que je l'avais baby-sitté quelques mois auparavant.

Tyler s'est accroupi devant lui. Il a parlé doucement, mais je l'ai entendu dire :

— Écoute, mon ami, quand une jolie fille t'invite à danser, tu dis oui. Elle pourrait ne pas te le redemander.

Noah a dégluti et a hoché la tête, les yeux écarquillés. Je lui ai tendu la main, il l'a prise et nous a suivis sur la piste de danse, où l'orchestre jouait un air pop des années 60. Tyler s'est lancé dans un déhanchement ridicule de fêtard d'université, et Noah et moi avons gloussé et nous sommes trémoussés avec lui.

Pendant que nous dansions, mes yeux sont tombés sur Alicia et Jackson, qui s'étaient de nouveau mis en couple, se balançant lentement, hors de rythme avec la chanson rapide. Ils me rappelaient la photo de mariage de mes parents. Leur mariage n'avait pas été opulent du tout, mais les expressions sur leurs visages étaient si similaires à celles de mes amis. Un amour pur brillait dans les yeux bleus d'Alicia alors qu'elle regardait son mari. J'ai soupiré de tout mon être.

Quelques chansons plus tard, j'étais en sueur et mes cheveux commençaient à s'échapper de mon chignon durement laqué lorsque l'orchestre a enchaîné avec « Something » des Beatles. Alicia s'est approchée et a demandé à Noah :

— Hé, mon grand. Tu danses avec moi ?

— Bien sûr.

Alicia m'a adressé un sourire de remerciement par-dessus la tête de Noah alors qu'ils s'éloignaient en tourbillonnant.

Tyler s'est rapproché et a saisi ma main droite. Il a hésité un instant, puis a glissé son bras le long de mon dos, m'attirant jusqu'à ce que seuls quelques centimètres nous séparent.

— Ça va ? a-t-il demandé.

— Très bien.

Mais c'était plus que très bien. Tyler était tout aussi chaud que moi, et sa chemise blanche à col, déboutonnée au cou, collait à sa peau. L'odeur de son eau de Cologne — cèdre et agrumes — s'épanouissait à si courte distance. J'ai levé les yeux vers les siens, un kaléidoscope d'émeraude, d'ambre et de saphir. Une ombre de barbe de trois jours adoucissait sa mâchoire forte. Lorsque les lumières de la scène l'ont frappé au visage, sa beauté m'a percutée comme un ballon de dodgeball en plein ventre. Je ne l'avais jamais vraiment *regardé* avant. Certainement pas d'aussi près.

— Mmm-hmm.

— Quoi ? a-t-il demandé.

— Je disais juste que j'étais d'accord avec toi.

— Je n'ai rien dit.

— Oh.

Si j'avais bu, j'aurais mis ça sur le compte du vin. Puis j'ai remarqué que nous avions comblé les quelques centimètres entre nos corps, et la soie jaune couvrant ma poitrine pressait directement contre le fin coton de sa chemise.

Tyler a regardé par-dessus mon épaule.

— Prépare-toi pour la phase deux.

— Quoi ?

— Opération Prince Charmant. La première phase, c'était la danse.

Il nous a fait faire un quart de tour et a pris une profonde inspiration.

— Prête ?

— Pour qu—

Il m'a embrassée.

Et le monde s'est arrêté.

Je veux dire, le monde a continué de tourner autour de nous, et le chanteur a fredonné, « Don'ne veux pas la quitter mainte-nant », et les autres couples ont continué de se balancer, et les lumières colorées ont tournoyé. Mais pour moi, tout s'est estompé, sauf le doux contact des lèvres de Tyler sur les miennes et ses bras qui me soutenaient sur cette piste de danse. Ça aurait pu durer cinq secondes ou cinq minutes ou cinq heures, car le temps s'est arrêté tandis que mes yeux se fermaient et que nos lèvres se rencontraient.

Finalement, il s'est doucement écarté, et j'ai ouvert les yeux. Ma main droite était emmêlée dans ses cheveux à l'arrière de sa tête, et il me fixait. Sa poitrine se soulevait comme s'il avait monté un escalier en courant. Ou peut-être que c'était ma poitrine qui se soulevait.

Puis ses yeux se sont tournés vers ma droite, où Cooper nous observait par-dessus l'épaule de Jamila.

10

TANDIS QUE TYLER et moi tournoyions au centre de la piste de danse, la sueur perlait sur mon front et mes pieds me faisaient mal, mais je ne me souvenais pas de la dernière fois où je m'étais sentie autant l'héroïne d'une comédie musicale de Rodgers et Hammerstein. Si j'avais su chanter juste, j'aurais poussé la chansonnette.

Papa n'avait jamais eu l'argent ou le temps de m'envoyer à des cours de danse, mais il avait enroulé le tapis du salon et m'avait appris les bases sur « Could I Have this Dance » d'Anne Murray. J'avais beau fantasmer sur le fait d'être une princesse à un bal, il m'aurait fallu des leçons dignes de Mia Thermopolis, données par Julie Andrews elle-même, pour y arriver. Mais ce soir-là, Tyler était mon Fred Astaire personnel, il me faisait virevolter comme si j'étais Ginger Rogers.

L'orchestre a attaqué « Can't Help Falling in Love » d'Elvis Presley, et Tyler m'a fait tournoyer avant de me ramener contre lui. Ma jupe jaune vaporeuse s'est déployée autour de mes chevilles et s'est enroulée dans les jambes de son pantalon.

— Tu es une sorte de gigolo de mariage ? lui ai-je demandé.

— Quoi ? Il m'a lancé un sourire perplexe tout en esquivant

adroitement un couple de demoiselles d'honneur qui tourbillonnaient.

— Est-ce qu'on t'engage pour danser avec les demoiselles d'honneur et les vieilles tantes célibataires ?

Tyler a fredonné et m'a entraînée sous le projecteur au centre de la piste.

— Tu es un danseur fabuleux. Je danse très mal et tu m'as mise en valeur toute la soirée.

— Tu étais déjà mise en valeur. Il nous a fait faire un tour rapide. Je t'ai juste rendue gracieuse.

J'ai reniflé. Gracieuse.

— C'est ma mère, a-t-il dit.

— Quoi ?

— Ma mère nous a appris à danser, à nous les garçons. Elle disait qu'elle ne voulait pas qu'on lui fasse honte au bal mère-fils de l'école.

J'ai imaginé Tyler et quatre frères sosies en costume, alignés comme un buffet. Appétissant. Mais quand même… — Ta pauvre mère.

— On était meilleurs en blocage et en plaquage qu'au foxtrot, mais on s'en est bien sortis.

Quand la chanson s'est terminée et que le chanteur a annoncé une pause de quinze minutes, mon euphorie de danseuse s'est évaporée, et mes pieds se sont mis à me faire terriblement mal dans mes sandales fines.

— Il faut que je m'assoie, ai-je grogné.

— Oh. C'est vrai. Désolé. Tyler m'a tendu le bras pour que je m'appuie dessus et m'a conduite à une table.

— Aucune raison d'être désolé. Je me suis laissée tomber sur une chaise. Je ne me souviens pas m'être jamais autant amusée à un mariage.

Il a souri. — De l'eau ou du champagne ?

— De l'eau, s'il te plaît.

— Je reviens tout de suite.

Je l'ai regardé se diriger vers le bar. Sa chemise collait à sa peau, froissée à l'endroit où ma paume moite avait agrippé son épaule. Son visage était rouge, mais il souriait, sa posture était détendue et naturelle. Jusqu'à ce que Cooper arrive derrière lui et lui dise quelque chose. Tyler s'est retourné brusquement.

Mon téléphone a vibré dans la poche de ma robe, je l'ai sorti et j'ai ouvert mon application de messagerie.

PAPA

Je vais me coucher. J'espère que tu t'amuses bien à la fête.

Oui, c'est super. Bonne nuit. Je t'appelle demain matin.

Même la douleur lancinante dans mes pieds a diminué. Papa s'en était très bien sorti ce week-end. Tous ces petits ratés qu'il avait eus ces dernières semaines faisaient parfaitement partie du processus normal de vieillissement. Et me voilà, au mariage de mes amis, en train de danser comme n'importe quelle jeune femme de vingt-cinq ans, et non pas assise à la maison comme une recluse sans amis.

— Une fête fantastique. Jamila Jallow s'est glissée sur la chaise en face de moi, détournant mon attention de mon téléphone. Sa robe magenta moulante ne présentait aucun pli, et seule la lueur de sa peau laissait deviner qu'elle avait dansé presque autant que moi.

— C'est comme un bal de conte de fées. Avec mes pieds, j'ai cherché mes sandales sous ma chaise. Je les ai trouvées et y ai glissé mes orteils. Je ne pouvais pas parler à l'élégante Jamila en étant pieds nus.

Elle s'est penchée en arrière sur sa chaise, accrochant son bras au dossier. — Je vous aime bien, Marlee. Et d'après ce que Cooper dit, vous êtes une fine mouche.

— Merci. Je me suis redressée.

— Puis-je être franche avec vous ? D'une femme professionnelle à une autre ?

J'ai cligné des yeux. Jamila Jallow, PDG de sa propre entreprise et superwoman à tous points de vue, voulait me conseiller ? — O-ok.

Elle s'est penchée en avant, les coudes sur les genoux. Quand son regard s'est posé sur moi, je me suis sentie transparente, exposée. — L'informatique est un monde d'hommes. Pour l'instant. Cela signifie que vous devez utiliser votre tête. Et ces jolis yeux marron. Elle a marqué une pause de quelques secondes.

C'était le conseil de carrière le plus étrange que j'aie jamais entendu. — Mmm-hmm ?

— Je pense qu'une sorte de fantasme vous empêche de voir ce qui est juste devant vous. Et ce qui pourrait être.

Parlait-elle de mon béguin ? — Pourquoi pensez-vous que ce n'est qu'un fantasme ? Vous ne pensez pas que je pourrais…

— Je pense que Cooper Fallon est un homme compliqué. Mais vous êtes jeune. Talentueuse. Votre cerveau est gâché à gérer des agendas et à remplir des notes de frais. Elle répétait les mots de mon père.

— Ce n'est pas tout ce que je…

— Vous pourriez faire plus. Son ton m'a réduite au silence. J'imaginais qu'il fonctionnait aussi en salle de réunion. De sa pochette, elle a sorti une carte de visite et me l'a tendue. — Quoi que ce soit dont vous ayez besoin — des conseils, du mentorat, un nouveau travail. Elle a balayé ma protestation d'un geste de la main. — Appelez-moi. Quand vous serez prête.

J'ai glissé la carte dans la poche de ma jupe. Je n'en aurais pas besoin, mais c'était gentil de sa part de proposer.

Elle a jeté un coup d'œil vers le bar, et j'ai suivi son regard pour voir Cooper et Tyler qui se dirigeaient vers nous, des verres à la main. — Vous n'avez rien demandé, mais je vais vous donner un conseil personnel aussi. Accrochez-vous à Tyler à deux mains. Ce type est spécial.

Elle s'est levée juste au moment où Cooper arrivait à la table. Il lui a tendu une coupe de champagne.

— Tu sais ce qui irait parfaitement avec ça ? Une autre part de gâteau. Était-ce des yeux de biche qu'elle lui faisait ?

— Bien sûr, a-t-il dit. Il a fait un signe de tête à Tyler et à moi et s'est éloigné, le bras autour de la taille fine de Jamila.

Jamila venait-elle de me mettre en garde contre Cooper sous couvert de conseils de carrière ? Essayait-elle de m'épargner une blessure parce qu'elle et Cooper étaient ensemble ou essayait-elle de me détourner parce qu'elle se sentait menacée ? Ou bien essayait-elle de me débaucher de chez Synergy ? Une douleur m'a pincé le front. J'ai pris le verre d'eau des mains de Tyler et l'ai bu d'une traite.

— Ça va ? Tyler s'est glissé sur la chaise de Jamila.

— Très bien. J'ai bu encore de l'eau et l'ai observé par-dessus le bord du verre. *Spécial,* l'avait-elle qualifié. Il était gentil. Un peu maladroit. Tout le contraire de Cooper Fallon. La confiance en soi enveloppait Cooper d'une aura dorée. Il évaluait chaque situation puis agissait avec autorité. Il se déplaçait même avec la grâce féline d'un lion.

Tyler faisait tourner sa flûte à champagne sur la table. Il suivait Jackson comme un petit chien. Un chiot maladroit avec des pattes trop grandes. Il écoutait plus qu'il ne parlait, et trop de ses phrases se terminaient sur une intonation interrogative. C'était adorable chez un ami, mais chez un amant ? Pas ce que je voulais.

Même si nous nous amusions comme des fous, ou que Tyler était un excellent danseur, il n'y avait tout simplement pas de comparaison possible.

APRÈS NOUS ÊTRE RASSEMBLÉS pour dire au revoir à Alicia et Jackson, le pincement dans mon front s'est transformé en un véritable mal de tête, alors j'ai boitillé jusqu'à la table d'honneur pour échapper à la musique forte. Tyler est parti à la recherche d'ibuprofène.

J'ai sorti mon téléphone de ma pochette. Aucun nouveau

message de papa ou de notre voisine, Alma, qui avait passé la soirée avec lui. Elle m'aurait prévenue si papa avait eu des problèmes qu'il ne m'avait pas racontés.

Quand j'ai levé les yeux de mon téléphone, Cooper se tenait quelques sièges plus loin, touchant une boutonnière. Au début, j'ai cru qu'il venait de l'enlever, mais j'ai ensuite remarqué que la sienne était toujours épinglée à son revers, abîmée par la danse. Avec Jamila. Celle qu'il tenait à la main avait une fleur de calla blanche, indiquant que c'était celle de Jackson.

— Pensez-vous qu'il la voudra ? ai-je demandé. J'en doutais ; les seules choses que Jackson collectionnait étaient les t-shirts vintage. Et les voitures.

Cooper a sursauté et a levé les yeux. Il s'est frotté la nuque. — Hmm, peut-être. Il a glissé la fleur dans la poche de sa veste. Je la garderai pour lui, au cas où.

Il est si attentionné. Même si Jackson se moquerait probablement de son sentimentalisme, Cooper allait garder ce souvenir du mariage de son ami. Une chose de plus en commun avec lui : je gardais mon corsage de bal de promo séché dans le tiroir sous la banquette de ma chambre.

Nous avions tous les deux d'autres cavaliers, et il était presque minuit, mais je ne pouvais pas laisser passer cette chance. Ignorant la douleur dans mes pieds, j'ai fait les quelques pas qui me séparaient de lui. — Vous voulez prendre un verre plus tard à l'auberge ? On pourra discuter et se détendre. Son froncement de sourcils m'a dit qu'il avait quelque chose en tête. Peut-être que nous allions enfin dépasser les conversations gênantes que nous semblions toujours avoir et parler de quelque chose de significatif.

— Merci, mais non. Son regard s'est posé sur le bouquet d'Alicia, également abandonné sur la table. Mila doit rentrer chez elle ce soir.

Toute ma joie de la danse s'est dissipée, me laissant avec un poids lourd dans l'estomac. Il rentrait chez lui avec Jamila.

— Vous ne restez pas ? Alicia et Jackson regretteront votre

absence au brunch de demain matin. Vous ne les verrez pas avant qu'ils partent pour leur lune de miel.

— Non, je… je ne peux pas. Il a arraché son regard des fleurs et a croisé mes yeux. Dites à Jay de faire bon voyage. On se voit au bureau lundi.

J'ai hoché la tête mais j'ai serré les poings. Mes plans pour parler à Cooper, pour enfin avouer mon béguin et voir s'il ressentait quelque chose de proche de ce que je ressentais, étaient complètement tombés à l'eau. Tout ce que je pouvais faire, c'était de passer à l'étape deux du plan lundi.

— Conduisez prudemment. J'ai forcé un sourire.

Il s'est retourné et s'est dirigé d'un pas décidé vers la table où se tenait Jamila, grande, élégante et, contrairement à moi, portant toujours ses chaussures, en train de parler à des cadres de Synergy. Il a posé sa main dans le creux de ses reins et s'est penché pour lui murmurer quelque chose à l'oreille. Elle a enroulé son bras autour de sa taille et a présenté sa joue pour qu'il l'embrasse. Zut. Ils avaient l'air si à l'aise ensemble. Comme des amants.

— Qu'est-ce qui ne va pas ?

Desserrant ma mâchoire et mes poings, j'ai essayé de sourire à Tyler, qui s'était approché pendant que je les fixais. — Rien. Mais j'ai jeté un coup d'œil vers l'endroit où se tenaient Cooper et Jamila, bras dessus, bras dessous.

Il a suivi mon regard et a penché la tête sur le côté, les observant. Puis il m'a tendu deux comprimés orange et une bouteille d'eau.

J'ai avalé les pilules, souhaitant qu'elles puissent aussi engourdir ma jalousie.

— Asseyons-nous jusqu'à ce que ça fasse effet. Son ton était si doux que mes yeux se sont mis à picoter de larmes.

— D'accord.

Tyler s'est assis sur la chaise à côté de moi et a désigné mes pieds. — Ça te dérange si je… ?

— Tu veux toucher mes pieds ? Mais ils sont moites.

— Et ils te font mal. Il a attrapé ma cheville et a posé mon talon sur son genou. Sa main a caressé le sillon rouge sur ma cheville où la lanière s'était enfoncée. — Ça va ?

— O-oui. Ses mains étaient chaudes, et il appliquait la pression parfaite pour soulager la douleur laissée par ces maudites chaussures.

Il a continué sur le dessus de mon pied et a lissé avec sa main la marque de la lanière au-dessus de mes orteils. Je me suis penchée en arrière sur la chaise.

— Toujours mal à la tête ? a-t-il demandé.

— Mmm-hmm.

Il a enfoncé un pouce entre mon gros orteil et le deuxième et a appliqué une pression. Laisser un ami, un collègue, me toucher les pieds était étrange. Mais alors qu'il pressait entre mes orteils, la douleur dans ma tête a diminué. Depuis quand l'ibuprofène agissait-il si vite ?

— Qu'est-ce que… qu'est-ce que tu fais ?

— Tu veux que j'arrête ?

— Non ! Ça aide.

Il a souri. — C'est ce que je pensais. Tu peux me faire confiance.

Et c'était le cas. Ses pouces se sont déplacés sur le dessus de mon gros orteil, puis en dessous, sur la plante de mon pied. La musique de l'orchestre s'est estompée, tout comme les autres invités du mariage. La tension a quitté mes muscles, et je me suis fondue dans la chaise.

Il m'avait surprise deux fois ce soir. D'abord avec ses talents de danseur, et maintenant avec ce massage des pieds de qualité professionnelle. Quels autres talents cachés possédait-il ? Qu'est-ce que j'ignorais d'autre sur mon ami, Tyler Young ?

Laissant mon pied maintenant désossé sur son genou, il a attrapé l'autre, caressant mon mollet. Il a utilisé les mêmes longs mouvements sur ma cheville et sur le dessus de mon pied, soulageant les muscles tendus en dessous.

Il a déplacé ses mains vers la voûte plantaire et a travaillé un point là. Doucement au début, puis en augmentant lentement la pression. Le muscle s'est détendu et est devenu souple. Je ne connaissais rien à la bioénergie, au chi ou au prana, mais quelque chose de mystique se passait dans mon pied.

Pas seulement mon pied. Un picotement a remonté ma cheville et s'est arrêté à la jonction de mes cuisses. Pulsant. S'échauffant. J'ai baissé les yeux pour vérifier que ses mains étaient toujours sur mon pied et n'avaient pas remonté le long de ma jupe, là où des doigts fantômes me touchaient. Alors que je bougeais sur la chaise, ma peau s'est échauffée.

— C'est agréable ? Il a gardé la tête baissée, les yeux sur mon pied.

— Ouais. Ma voix était sortie aiguë et haletante. J'ai laissé mes yeux se fermer tandis que je pressais mes cuisses l'une contre l'autre. Une moiteur a glissé au-delà de la barrière insuffisante de mon string, et j'ai osé serrer un peu plus fort. Les mains de Tyler se sont déplacées de ma voûte plantaire au centre de mon pied. Ses pouces ont pressé vers mes orteils. Le picotement s'est intensifié. Mon pouls rugissait dans mes oreilles, et j'ai happé de l'air. Ce n'était pas un massage des pieds relaxant. C'était de purs préliminaires.

Il a continué à pétrir le dessous de mon pied, et quand il a pressé simultanément sur ma voûte plantaire, mon centre vide s'est contracté. Et s'est contracté et contracté encore jusqu'à ce qu'une chaleur se propage dans mon bas-ventre.

J'ai laissé échapper un souffle tremblant. C'était de la sorcellerie, ce massage.

Tyler a immobilisé ses mains sur mes pieds. — Mieux maintenant ?

— Gnnh.

J'ai gardé les yeux fermés, mais j'ai entendu le sourire arrogant dans sa voix. — Prête à déclarer forfait pour la soirée ?

— Je ne suis pas sûre que mon corps fonctionne encore. C'était un sacré massage des pieds.

— Je pourrais te porter pour rentrer.

J'ai entrouvert un œil. Avec ces bras étonnamment forts, il le pourrait, en plus. Et — un frisson m'a parcourue — ça provoquerait toutes sortes de commérages ridicules. Mais ensuite, je me suis souvenue que Cooper était parti. L'opération Prince Charmant était terminée. Le petit frisson a vacillé et s'est éteint.

— Non, ça va. J'ai ramassé les maudites chaussures — je prendrais plaisir à les brûler plus tard — et ma pochette. Je pouvais bien gérer la courte marche jusqu'à l'auberge pieds nus.

Il m'a offert son bras. — On y va, cavalière d'un soir ?

C'est tout ce qu'il était : un cavalier pour un mariage. Temporaire. Limité dans le temps. Nous allions rentrer en ville ensemble demain, mais seulement en tant qu'amis. Au travail lundi, je le verrais peut-être à la cafétéria et lui ferais un signe. Plus de danse ou de massages de pieds scandaleusement intimes. Certainement plus de baisers. Mieux valait arrêter la comédie maintenant. J'ai gardé mon bras le long de mon corps et j'ai redressé les épaules. — Allons-y.

En dehors de la mêlée désespérée des fêtards restants, le monde était sombre et silencieux. Une douce brise bruissait dans les feuilles séchées des vignes et me donnait la chair de poule.

— Regarde-moi ça. Tyler s'est arrêté de marcher, et je me suis immobilisée aussi.

— Quoi ? J'ai scruté le chemin, pensant qu'il avait repéré un couple en train de s'embrasser. C'est là que se trouvait *mon* esprit.

— Je n'ai pas vu autant d'étoiles depuis que j'ai arrêté de traîner dans les pâturages.

J'ai levé les yeux vers le ciel nocturne. Loin du brouillard et des lumières de la ville, même la traînée de la Voie lactée était visible. Comme papa me l'avait appris, je me suis orientée. — Regarde, voilà Andromède.

— Où ça ?

— Tu vois la Voie lactée ? Maintenant, regarde en bas, et tu verras un *W*. C'est Cassiopée. Juste à droite, sept ou huit étoiles forment une sorte de triangle incurvé avec la pointe vers l'horizon. Tu vois ?

— Ouais. Tu as froid ?

— Juste un peu. J'étais frigorifiée. La veste de Tyler, chaude de son corps, a été drapée sur mes épaules. Elle sentait même son odeur. Je m'y suis blottie.

— Quelle est son histoire ? a-t-il demandé.

— L'histoire de qui ? Mon esprit était devenu tout flou, comme la Voie lactée.

— Andromède. Quand on a étudié la mythologie en cours d'anglais, j'étais trop occupé à regarder Vanessa Brown pour faire attention.

J'ai cligné des yeux. — C'est dommage. Tu as manqué une bonne histoire. Et elle a même une fin heureuse.

Tyler a reniflé. — Vanessa était beaucoup plus intéressante que mon prof d'anglais. D'ailleurs, je pensais que tous les mortels se faisaient transformer en cygnes ou en ours.

— Certains, oui. Pas Andromède.

— Raconte-moi. Il s'est rapproché, son corps solide contre mon bras.

— Andromède était une princesse et la fille de la reine Cassiopée.

— Pourquoi Cassiopée est-elle un W ? Est-ce qu'elle a été transformée en serpent ?

— Hein ? Non, elle est assise sur une chaise. J'y viendrai.

— D'accord.

Je me suis agrippée à son bras pour me stabiliser en regardant le ciel. — Cassiopée était très belle et aussi très vaniteuse. Elle s'en vantait et a mis Poséidon en colère.

— Poséidon était le dieu de la mer, c'est ça ?

— C'est ça. Donc, Poséidon a envoyé un monstre marin pour terroriser son peuple. Cassiopée a trouvé un oracle qui lui a dit que le seul moyen de vaincre le monstre était de sacrifier sa fille unique, Andromède. Ils l'ont enchaînée à un rocher sur la plage, et Andromède a attendu que le monstre marin vienne la dévorer.

— Ça ne ressemble pas à une fin heureuse.

— Chut. Juste à temps, Persée est arrivé. C'est lui à gauche d'Andromède — il ressemble à un bonhomme allumette sans bras — et il a tué le monstre. Il a libéré Andromède, est tombé amoureux d'elle, et ils sont partis naviguer pour vivre... heureux pour toujours.

— Loin de la méchante belle-mère. Parfait. Son bras est passé autour de moi, par-dessus sa veste. Alors pourquoi Cassiopée est-elle assise sur une chaise ?

— Poséidon était toujours en colère contre elle, alors il l'a enchaînée à une chaise dans le ciel.

— Coquin. Son souffle a chatouillé mon oreille.

— Quoi ?

— Rien. Il s'est éloigné, laissant mon corps glacé malgré sa veste, mais il a saisi ma main dans la sienne, plus grande et chaude. Il a recommencé à marcher sur le chemin sombre, et avec un dernier regard vers les histoires dans le ciel, je l'ai suivi. Nous nous sommes arrêtés juste à l'extérieur du halo de lumière entourant l'auberge.

— Je me suis bien amusé ce soir, a-t-il dit.

— Moi aussi. Bien que j'adore les mariages, les réceptions me rendaient généralement malheureuse. Le couple passait la soirée dans une bulle de bonheur, et moi, j'étais coincée à l'extérieur. Ce soir, Tyler et moi avions créé notre propre bulle.

— Peut-être qu'on pourrait... recommencer un de ces jours ? Je ne pouvais pas voir son visage dans l'obscurité, but son ton était plein d'espoir.

— Recommencer quoi ?

— Faire semblant de sortir ensemble. Ou sortir. Pour de vrai.

Zut. — Tyler...

— Ne le dis pas. Sa voix était un grondement sourd.

— Mais... Je ne voulais pas qu'il soit en colère, ou déçu, ou quoi que ce grognement indique. Alors que je m'approchais de lui — je ne savais pas si c'était pour attraper sa main ou pour le serrer dans mes bras parce que mon corps y *allait* tout seul — mon pied s'est enfoncé de manière inattendue dans la pelouse molle, et j'ai trébuché. Tel un félin, il m'a attrapée et m'a enveloppée de ses bras. Être si proche de lui était encore plus enivrant que de porter sa veste. Je me suis souvenue du baiser sur la piste de danse. C'était un baiser doux, bouche fermée, pour la galerie. Mais il avait été tout sauf chaste. Une chaleur avait couvé juste sous la surface. Je me suis demandé si cette chaleur éclaterait en flammes si nous réessayions, ici dans le noir.

J'ai basculé en arrière sur mes talons. Je ne pouvais pas. Je voulais Cooper, pas mon ami, peu importe à quel point il était mignon, peu importe à quel point il avait rendu cette nuit magique. Je devais garder les yeux sur mon objectif. Et mes lèvres pour moi.

Mais Tyler s'était révélé être tellement plus que ce que j'avais pensé. *Spécial,* avait dit Jamila. Un mélange inattendu de Gene Kelly et de masseur tantrique, le cavalier le plus attentionné que j'aie jamais eu, même si tout était pour de faux.

Ce baiser. N'était-il que pour la forme, ou ses lèvres étaient-elles vraiment aussi envoûtantes qu'elles le paraissaient ?

C'était mal, mais je devais savoir.

Je me suis hissée sur la pointe des pieds.

Et je l'ai embrassé.

J'avais tellement raison. Il devait y avoir un enchantement sur ses lèvres. Il a fait trembler tout mon corps et mes genoux ont cessé de fonctionner. Tyler me tenait peut-être debout. Ou alors je flottais parce que Poséidon m'avait collée dans le ciel.

Sa langue a touché timidement ma lèvre inférieure, et je l'ai laissé entrer. Il avait le goût de son odeur : agrumes, champagne et désir. J'ai glissé une main derrière son dos le long du tissu lisse de sa chemise, caressant les muscles fermes en dessous. Avec l'autre, j'ai tracé l'arc de son cou avant d'emmêler mes doigts dans ses cheveux. Il m'a attirée plus près, et j'étais perdue.

Je ne sais pas combien de temps nous nous sommes embrassés pendant que les étoiles tournaient dans le ciel autour de nous. Tyler s'est retiré le premier, laissant mes lèvres vibrantes. Nous étions tous les deux haletants, son souffle chaud sur mon visage.

— C'était bien ? a-t-il demandé. S'il n'avait pas fait si sombre, je suis sûre que la réponse aurait été claire dans mes yeux vitreux et sur mes joues rouges.

— Mieux que bien. J'ai ignoré les feux rouges clignotants, les sirènes qui me disaient de m'arrêter, et j'y suis retournée pour en avoir plus. Plus de feux d'artifice. Plus de plaisir qui fait fondre le cerveau. Je me suis pressée contre lui, frottant sans vergogne mes parties tendres contre ses parties dures correspondantes. Aussi sensibilisée que ce massage des pieds m'avait rendue, je pourrais probablement jouir toute habillée. Ce que je n'avais pas fait depuis… eh bien, depuis ce massage des pieds sexy. Mais avant ça, le lycée. J'ai descendu ma main sur sa poitrine, mon cerveau en compote ignorant ma résolution précédente de rester concentrée. Quel mal y aurait-il à une petite séance de roulage de pelles entre amis, après tout ?

Juste au moment où ma main a atteint la ceinture de son pantalon, il a eu un hoquet et a reculé. — Attends. Arrête.

— Arrêter ? Mon cœur cognait dans ma poitrine, un rythme qui disait *vas-y, vas-y*.

— On est amis, n'est-ce pas ?

— Amis. J'ai hoché la tête.

Mauvaise réponse. — Amis. Le clair de lune a illuminé son sourire amer. Bonne nuit, Marlee.

Me tournant le dos, il a enfoncé ses mains dans ses poches et s'est dirigé vers le chemin qui menait au parking. La brise froide s'est engouffrée par l'avant ouvert de la veste de Tyler, refroidissant ma peau échauffée et éteignant mon désir. J'ai monté péniblement les escaliers jusqu'à ma chambre solitaire à l'auberge.

11

NON, je ne me suis pas tournée et retournée dans mon lit toute la nuit. Je me suis laissée aller au sommeil bienheureux de quelqu'un qui a la conscience tranquille. Pas celui de quelqu'un qui avait essayé de transformer son amitié avec un garçon adorable en une relation avec des avantages, quelques secondes seulement après lui avoir dit qu'elle ne pouvait pas sortir avec lui.

— Marlee, ça va ? m'a demandé Andrew alors que je prenais un muffin aux pépites de chocolat sur le buffet du brunch, dans la salle commune de l'auberge.

— Ça va, ai-je marmonné, la bouche pleine de muffin. Le frère de Jackson était la troisième personne à me poser la question depuis les cinq minutes que j'avais passées en bas pour le brunch du lendemain du mariage.

Il a scruté les cernes bleutés sous mes yeux, face auxquels mon anti-cernes avait jeté l'éponge. — Je peux t'apporter une tasse de café ?

— La plus grande que tu puisses trouver. S'il te plaît.

Maintenant qu'il était parti, je pouvais me terrer dans un coin et jouer les associables. Je n'aurais pas à parler à Jackson ou à Tyler ou à…

Une main a agrippé mon bras, des ongles roses s'enroulant autour de la manche de mon cardigan. — Te voilà, toi.

Alicia.

Elle m'a entraînée jusqu'à une paire de fauteuils à oreilles dans un coin, loin de la foule massée devant le buffet. Mais sa voix était douce quand elle a dit : — Tu as l'air… fatiguée.

J'en avais tellement marre que les gens me disent ça. — Toi aussi.

Elle a reniflé. — J'ai une excuse. Tout le monde s'attend à ce qu'une jeune mariée ait l'air épuisée le lendemain de sa nuit de noces.

J'ai écarquillé les yeux. — Ooh. Est-ce qu'il *t'a vraiment* tenue éveillée toute la nuit ?

Ses joues sont devenues écarlates, mais son regard s'est aussitôt fait rêveur. — On a un peu dormi ce matin.

— D'accord, il va me falloir des détails. Peut-être que je vivais ma vie sexuelle par procuration à travers Alicia. Au moins, l'une de nous avait une vie sexuelle qui ne nécessitait pas de piles.

Elle a secoué la tête. — J'ai besoin de savoir ce qui se passe entre toi et Tyler.

— Oh. J'ai dégluti pour essayer de dissoudre la boule que j'avais dans la gorge.

Elle a tourné la tête de gauche à droite. — Écoute, je ne sais pas combien de temps on pourra parler sans être interrompues. Quand Tyler m'a donné ton coupon-réponse, j'ai pensé que « place avec Tyler » signifiait que vous veniez au mariage en tant qu'amis. Et puis tu… il… il t'a embrassée. Qu'est-ce qui se passe ?

— Tu as vu. J'avais espéré que non. Qu'elle avait été tellement enfermée dans sa bulle de bonheur avec Jackson qu'elle n'avait rien remarqué.

Ses lèvres se sont pincées en une fine ligne.

C'était maintenant mon tour de vérifier que personne ne nous écoutait. J'ai tout de même baissé la voix. — J'étais… on essayait de rendre Cooper jaloux. En faisant semblant d'être… ensemble.

— Tyler a accepté de faire ça ?

— C'est lui qui l'a suggéré ! ai-je sifflé.

Elle s'est affalée dans son fauteuil. — Je ne pense pas qu'il…

Une colère irrationnelle et brûlante m'a parcourue. Je me suis penchée vers elle et j'ai sifflé : — Tu ne connais pas Cooper. Il y a eu une connexion entre nous quand on a dansé. C'était comme s'il me disait que la seule raison pour laquelle il ne pouvait pas sortir avec moi, c'est parce qu'on est collègues. J'ai agrippé mon pendentif, chaud contre le creux de ma gorge.

— Tu sais qu'il n'a pas tort.

— Oh, donc c'est bon pour toi mais pas pour moi ? Comment mon amie, ma meilleure amie, pouvait-elle anéantir mes rêves de cette façon ? — Tu ne crois pas que je mérite mon conte de fées ? Toute ma vie, je n'ai voulu que le genre d'amour qu'avaient mes parents. Le genre d'amour qu'on lit dans les livres. Et Cooper, c'est ça, pour moi. Tu sais que je craque sur lui depuis des années. Et maintenant, tout pourrait enfin devenir réalité.

— Marlee. Elle a enroulé ses doigts autour de ma main qui agrippait l'accoudoir. — Tu sais que je veux que tu sois heureuse. Et que tu trouves la personne parfaite pour toi, comme je l'ai fait. Tout ce que je veux dire, c'est que Cooper est moins flexible sur le règlement de l'entreprise — sur tout, en fait — que ne l'est Jackson. L'apparence de… de fraternisation pourrait l'empêcher de chercher à séduire quelqu'un.

Et c'est ce qu'il m'avait dit pendant que nous dansions. Était-il vraiment si froid qu'il pouvait réprimer ses sentiments pour quelqu'un — moi — à cause du règlement de l'entreprise ?

— Je ne suis même pas sous ses ordres. Ma voix était faible, fluette.

Elle m'a adressé un sourire triste. — Ça ne changerait rien.

Une relation avec Jamila n'avait pas de telles barrières. — Tu penses que lui et Jamila sont ensemble ?

Elle a secoué la tête. — Je ne sais pas. J'ai toujours supposé qu'ils n'étaient que de bons amis. Mais les amis peuvent devenir plus. Elle a laissé cette idée s'installer dans mon cerveau pendant quelques secondes, puis elle a dit : — En parlant de ça…

Elle n'a pas eu besoin de finir sa phrase pour que le muffin devienne un trou noir infiniment lourd dans mon estomac.

— Soit toi et Tyler êtes de meilleurs acteurs que je ne l'aurais jamais cru, soit il y a une véritable étincelle entre vous.

J'ai baissé les yeux vers ma jupe fleurie rose. — Il y a quelque chose, c'est sûr. Et je… je l'ai embrassé. Plus tard. En privé. Et j'ai essayé de… je crois que je l'ai contrarié.

— Mais pourquoi, Marlee ? Pourquoi embrasserais-tu Tyler si Cooper t'intéresse ?

J'ai suivi du doigt le motif d'une rose sur ma jupe. — Ça fait trois ans que je n'ai pas été aussi proche d'un homme. Mes hormones ont pris le pas sur mon cerveau. Ces hormones allaient foutre en l'air notre amitié si je ne les maîtrisais pas.

— Te voilà. Andrew m'a tendu une tasse de café.

Je la lui ai prise. Noir. J'en ai bu une gorgée et j'ai frissonné face à l'amertume. — Merci.

Alicia a dit : — Andrew, ça te dérangerait de m'apporter un verre de jus, s'il te plaît ?

— Pas de problème. Ma sœur. Il a souri et il est parti.

Son sourire a disparu quand elle m'a regardée. — Le baiser ? Celui en privé ?

J'ai posé le café amer sur la table d'appoint. — Il m'a massé les pieds. Je crois que c'était une sorte de sorcellerie. C'est un truc du Texas ? J'aurais juré que j'avais l'impression qu'il avait mis ses mains sur mon… J'ai baissé les yeux sur mes genoux.

— Il ne l'a pas fait. Ses yeux bleus se sont écarquillés.

— Non ! Bien sûr que non. Même si, pendant une seconde, j'en avais eu envie.

— Et ensuite tu as essayé de… ?

— Lui grimper dessus comme à un arbre. Mais il m'a arrêtée. Je lissai ma jupe. J'étais allée trop loin et j'avais énervé mon ami.

— Tu es mon amie, et je t'aime, Marlee. Mais Tyler est aussi mon ami. Elle m'a serré la main plus fort. — Ne le blesse pas.

— Je ne le ferai pas. Promis. Et la seule façon de tenir cette promesse était de mettre Tyler dans la friend zone. Et de l'y laisser. Sans droit de visite dans la zone « plus que des amis ».

Ma promesse flottait encore dans l'air entre nous quand Tyler et Sam se sont approchés. Tenant une canette de Mountain Dew dans une main, il m'a tendu une tasse de café. — Salut.

Il n'avait pas meilleure mine que moi. Une barbe de quelques jours couvrait ses joues et son menton, et ses paupières tombaient sur des yeux injectés de sang. Il portait une chemise à carreaux déboutonnée sur un t-shirt bleu marine à col en V, laissant apparaître quelques poils bruns à la base du V. Je me suis demandé s'ils couvraient tout son torse en un tapis ou s'ils étaient clairsemés, stratégiquement répartis sur ses pectoraux et… plus bas. J'ai serré les cuisses et j'ai baissé les yeux sur mon café. Il l'avait adouci avec du lait et — j'ai pris une gorgée et j'ai soupiré — du sucre.

— Salut, a dit Alicia. — Sam, tu t'es bien amusée hier soir ? Je ne t'ai pas vue après les photos.

— Oh, je suis retournée à l'auberge. J'ai eu une idée pour mes recherches. Donc, oui, je me suis bien amusée.

Alicia a ri. — Et toi, Tyler ? Bonne soirée ?

J'ai gardé les yeux fixés sur la dynamique des fluides des lipides tourbillonnant dans mon café, n'osant pas lever la tête.

— Oui. Marlee est une bonne — *ne le dis pas, ne le dis pas* — — danseuse.

J'ai levé les yeux vers lui. Un sourire taquinait ses lèvres quand il a croisé mon regard. Des amis. Peut-être qu'on pouvait y arriver.

— Tyler ! Jackson s'était approché de l'autre côté, me faisant renverser mon café. Il a attrapé la main de Tyler et l'a tiré dans une accolade virile avec son autre bras. — Tu viens juste d'arriver ?

— Ouais.

Jackson s'est frotté les mains en souriant. — Alors. Qui a fait quelque chose qu'il a regretté hier soir ? Je ne me marie qu'une fois, alors j'ai besoin que les histoires soient épiques. Je veux que les gens parlent de ce week-end pour le reste de notre vie. Tyler ?

Marlee ? Pas toi, Sam ; je ne veux rien savoir sur les débauches de ma petite sœur.

Avant que je ne puisse marmonner un mensonge, Andrew est arrivé en sautillant avec un verre de jus, qu'il a tendu à Alicia. — Fais gaffe, Sam. Mère est sur le sentier de la guerre. Elle a entendu dire que tu avais quitté la réception tôt hier soir.

— Je travaillais sur mon projet de thèse. C'est beaucoup plus important qu'une énième fête. Sans vouloir te vexer, Jackson.

— Il y avait du vin et de la danse. Ce n'était pas juste une énième fête, n'est-ce pas ? Jackson s'est tourné vers Alicia. Elle a posé une main réconfortante sur son avant-bras.

Andrew a donné un coup de coude à sa sœur. — Hé, Sam, tu pourrais peut-être dire à Mère que tu t'es éclipsée avec Tyler. Vous êtes tous les deux des geeks en informatique. Elle pourrait le gober.

Elle s'est éloignée de lui en plissant le nez. — Tyler est avec Marlee.

— Tyler et Marlee ? a gloussé Jackson. — Ils sont juste amis.

Il devait être le seul à avoir manqué notre baiser sur la piste de danse. Qu'est-ce que j'allais dire ? Je ne pouvais pas mentir à Jackson. — On…

— Les amis font les meilleurs amants, je pense.

Nous nous sommes tous tournés, les yeux écarquillés, vers Sam, qui venait de prononcer ces mots. Je la connaissais depuis trois ans, et elle n'avait jamais eu de relation sérieuse. Que pouvait-elle savoir des amants ?

— Quelqu'un qui te connaît et qui t'apprécie déjà. Qui se soucie de toi en tant que personne. Et ensuite, tu ajoutes les composantes romantiques et sexuelles. C'est comme avoir un programme qui fonctionne déjà bien et y ajouter une nouvelle fonctionnalité. Quoi de mieux ? J'aimerais être amie avec mon partenaire.

Je ne pouvais pas — je ne voulais pas — regarder Tyler. J'avais essayé de greffer une fonctionnalité à notre relation, mais c'en était une qui n'avait pas sa place. Comme essayer d'ajouter une fonction de prévisions météo à une application de prise de notes.

— J'ai besoin… je veux dire, je vais me chercher à boire. Laissant sa canette sur une table voisine, Tyler s'est éloigné sans un regard en arrière. Sans me regarder, *moi*.

Jackson s'est tourné vers moi, les sourcils arqués jusqu'à la naissance de ses cheveux. — Qu'est-ce qui se passe ?

— Rien. Je… Excusez-moi. Alicia pourrait tout lui raconter. Je devais arranger les choses avec mon ami. J'ai suivi Tyler jusqu'au porche.

Il se tenait à la balustrade, surplombant le vignoble. M'approchant à côté de lui, j'ai pris une grande inspiration d'air parfumé au raisin.

— Hier soir, j'ai… je suis allée trop loin. J'ai fait une erreur. J'ai dégluti. — Notre amitié est importante pour moi, et je n'aurais pas dû faire ça. Je suis désolée.

— Je suis désolé aussi. J'ai dépassé les bornes en t'embrassant. Je me suis laissé emporter par l'Opération…

— Je sais. Ce n'est pas grave. Et si tu ne veux plus continuer, ça me va. L'Opération Prince Charmant avait l'air d'un jeu amusant de plus quand il l'avait proposée au début du week-end. Mais ça s'était avéré être un jeu dangereux. Comme jouer avec le feu.

— Non, ça va. On est amis. Les amis s'entraident. Je veux t'aider. Quand il s'est tourné vers moi, il ressemblait de nouveau à mon ami. Pas de rides de colère entre ses sourcils, pas de moue triste sur ses lèvres. Il a souri, bien que la fossette ne soit pas apparue.

Est-ce que cette fausse relation aidait ? J'ai repensé au choc sur le visage de Cooper après que Tyler m'avait embrassée. Ce n'était pas tout à fait de la jalousie, mais c'était un bon début. Peut-être que si je passais un peu de temps de qualité avec mon substitut de petit ami à piles, je pourrais garder mes hormones sous contrôle et mes mains loin de Tyler. Et alors Cooper réaliserait que nous étions parfaits l'un pour l'autre.

— Merci. Tu es le meilleur.

— Carly Simon, « Nobody Does It Better ».

Pour la première fois de la journée, j'ai ri. Mais cela m'a rappelé que nous devions passer deux heures seuls dans une voiture pour rentrer en ville. À quel point serait-ce gênant ? Pire, pouvais-je me faire confiance pour ne pas attraper sa main par-dessus la console ?

De la distance. C'est ce dont j'avais besoin. Et un orgasme en solo ou deux. Ensuite, je pourrais être son amie et sa fausse petite amie devant Cooper.

— Dis, ça ne te dérange pas si je rentre avec Sam ? Elle me l'a proposé hier pendant qu'on s'habillait. Ce n'était même pas un mensonge. On avait déliré sur des séries de science-fiction, et elle m'avait demandé si je regarderais un ou deux épisodes de *Battlestar Galactica* avec elle dimanche soir.

Le sourire de Tyler s'est effacé. — Pas de problème. Je pensais de toute façon rentrer plus tôt.

J'ai eu un pincement au cœur, mais j'ai dit : — J'ai quelques dernières tâches de demoiselle d'honneur à terminer. On se voit au travail lundi ?

— Bien sûr. Il a pivoté sur la pointe de sa basket et s'est dirigé vers les marches qui menaient au parking. Pas de sourire, pas de câlin, pas même une tape amicale sur l'épaule.

Je l'avais mérité. Mais j'allais essayer de me racheter. À partir de lundi.

12

— EUH, Cooper ? ai-je demandé, appuyée contre l'encadrement de la porte de son bureau à huit heures trente, lundi matin.

Il a gardé les yeux sur son écran et a tapoté une touche de son clavier. — Oui, Marlee ?

— J'ai une bonne et une mauvaise nouvelle.

Il a vivement levé la tête, les yeux écarquillés dans son visage pâle. — Jackson va bien ? Et Alicia ?

— Oh. J'ai fait une grimace. — Bien sûr qu'ils vont bien. Ce n'est rien d'*aussi* dramatique. Il s'est calé dans son fauteuil. — La bonne nouvelle, c'est que Kim, l'intérimaire que tu détestais la semaine dernière, a appelé pour dire qu'elle ne revenait pas. La mauvaise, c'est que ça veut dire que tu n'as pas d'assistante aujourd'hui. J'ai lutté contre un rire joyeux qui a menacé de m'échapper. La deuxième étape de mon plan s'était mise en place presque trop facilement.

Il a posé les coudes sur son bureau en merisier recouvert de verre, a baissé la tête et a tiré sur les racines blond foncé de ses cheveux. Le voir si vulnérable m'a donné envie d'aller vers lui, de lui relever la tête et de l'embrasser longuement, lentement. Je me suis demandé si ses lèvres auraient le goût d'agrumes comme celles de Tyler. J'ai chassé ces deux pensées — surtout le souvenir du baiser de Tyler — et j'ai fait quelques pas dans son bureau, mes talons s'enfonçant dans l'épais tapis ancien. — Pourquoi es-tu si dur avec elles, au fait ?

— Qui ? Les intérimaires ? Quand j'ai hoché la tête, il s'est frotté la nuque. — C'est de ta faute, en réalité.

J'ai pris une inspiration pour protester. Je n'avais été que gentillesse avec chacune de ses intérimaires, prenant sur mon propre temps de travail pour les former et les aider avec les exigences extravagantes de Cooper. Cet homme exigeait la perfection de tout le monde – enfin, de tout le monde sauf de Jackson, qui était un cas désespéré pour tout sauf le codage ; pour tout le reste, il m'avait, moi – et c'était trop demander à une intérimaire payée dix-huit dollars de l'heure et qui suivait des cours du soir.

— Comment oses-tu…

Il m'a arrêtée en levant les mains, paumes vers l'avant. — Tout ce que je voulais dire, c'est que la barre que tu as placée est trop haute. Elles ont toutes l'air incompétentes en comparaison de toi.

Je me suis presque, *presque* sentie coupable de les avoir poussées à l'échec. — C'est difficile de commencer quelque chose de nouveau. Il faut laisser une chance aux gens. *Laisse-moi une chance.*

Il a secoué la tête. — Tu as été géniale dès le premier jour. Le premier jour, a énuméré Cooper sur ses doigts, tu as retrouvé Jay dans son appartement où il cuvait sa gueule de bois, tu l'as forcé à se doucher et à s'habiller, et tu l'as ramené ici, à l'heure, un café à la main, pour une présentation au conseil d'administration. *Moi-même*, je n'aurais pas pu faire ça, et je le connais depuis plus de dix ans.

Je n'arrivais pas à croire qu'il s'en souvienne. — Je me suis dit que je devais le faire. S'il se faisait virer, je perdais mon job.

— Si seulement je pouvais te cloner…

— Eh bien, tu ne peux pas. Ne me demande même pas un prélèvement de joue. Mais j'ai une idée. Ayant accompli la première étape, le succès de notre danse restant à déterminer, il était temps de sauter à la deuxième étape : la proximité forcée, l'un de mes tropes préférés en romance. — Comme Jackson est absent pour trois semaines, je vais complètement m'ennuyer. Alors pendant qu'il est parti, je serai ton assistante par intérim. Je vais t'organiser. Je vais même présélectionner des candidats pour toi. Peut-être qu'on pourra enfin trouver la bonne personne pour toi. De manière permanente.

— Je n'ai rien à faire ? Tu t'occupes de tout ?

— Tu ne veux pas faire passer les entretiens aux candidats ?

Il a jeté un œil à son écran. J'étais sûre qu'une vingtaine d'e-mails avaient surgi pendant les cinq minutes où nous avions parlé. — Pas si je n'y suis pas obligé.

— Tu me fais confiance pour embaucher une assistante permanente pour toi ? Là, je me sentais vraiment mal pour la confiance qu'il avait mal placée en moi.

— Absolument.

— D'accord, alors. Je te trouverai quelqu'un de génial. Je te le promets. Je me rattraperai pour le sabotage.

Son visage s'est illuminé. — Et en attendant, je t'ai pour moi tout seul pendant trois semaines ?

Tu pourrais m'avoir pour toujours si seulement tu le demandais. J'ai tripoté mon pendentif et j'ai hoché la tête, pensant à des glaçons et à des brises d'hiver pour empêcher mes joues de rougir.

— Marché conclu, a-t-il dit.

Il a de nouveau regardé son moniteur, puis m'a regardée, un sourire ironique aux lèvres. — Par coïncidence, j'ai une réunion dans la salle de conférence nord-ouest dans dix minutes. Peux-tu charger la présentation et lancer la visioconférence avec l'équipe d'Austin ? S'il te plaît ?

J'ai retenu un soupir. — Bien sûr. Je me suis retournée pour partir.

Il m'a interpellée. — Je t'offre le déjeuner.

Je l'ai regardé par-dessus mon épaule. — Pendant que je suis ton assistante, tu m'offres le déjeuner *tous* les jours. *Avec* le dessert.

Il a eu un petit rire. — Vous êtes dure en affaires, Mademoiselle Rice.

— Je vais vous montrer ce que c'est, être dure, ai-je marmonné à voix basse en sortant dans le couloir, où j'ai failli percuter un large torse moulé dans un T-shirt Donkey Kong vert délavé. Merde, pourquoi fallait-il qu'il me surprenne en train de sortir du bureau de Cooper ?

— Désolée, ai-je couiné en m'arrêtant net.

La mâchoire de Tyler s'est crispée une seconde, mais ensuite il a souri. — Salut, content que tu sois de retour. C'était comment, *Battlestar Galactica* ?

— Bien. Sam avait plein d'avis sur la question. On s'est bien amusées. Ce n'était pas comme traîner avec Tyler ou Alicia, mais se faire de nouvelles amies était une bonne chose. Surtout après avoir embrassé son ami au mariage de son autre amie.

Nous nous sommes retournés ensemble et avons marché vers la salle de conférence, parlant de la météo, de science-fiction, de n'importe quoi sauf de la façon dont nous avions failli ruiner notre amitié en allant trop loin.

Il s'est installé sur une chaise pendant que je préparais la présentation et l'affichais à l'écran. Quelques minutes plus tard, Cooper est entré d'un pas décidé. — On est bons, Marlee ?

— Prête. Clique juste sur le bouton d'appel. J'ai balayé la pièce du regard une dernière fois. Tout était en ordre.

Alors que je me préparais à m'éclipser, Tyler s'est penché en arrière sur sa chaise. — Marlee, tu as rapporté ma veste ?

La rougeur qui m'a envahie était naturelle alors que je jetais un coup d'œil à Cooper. — Elle est à mon bureau. Merci encore de me l'avoir prêtée.

— Quand tu veux. Tyler a chargé son regard de chaleur, et cela a nourri le feu sur mes joues. Il était si doué pour ce jeu de faux couple qu'il me rendait douée aussi.

En refermant doucement la porte derrière moi, j'ai agrippé la poignée froide pendant une seconde, essayant de ralentir mon pouls et d'arrêter de rougeoyer comme une géante rouge. Nous étions de retour dans le jeu, voilà tout.

Une heure plus tard, quand tout le monde est sorti de la salle de conférence, j'avais organisé l'agenda de Cooper, l'avais codé par couleur et l'avais à la fois imprimé et mis à jour sur son téléphone. J'avais bloqué une heure pour le « Déjeuner avec Marlee » chaque jour où il n'avait rien de prévu. Je ne plaisantais pas pour les déjeuners. J'allais profiter au maximum de mes trois semaines avec Cooper. En l'absence des regards de coin d'Alicia et Jackson, je trouverais enfin le courage de montrer à Cooper ce que je ressentais pour lui, et les déjeuners loin du bureau — et les dîners à emporter en travaillant tard — étaient l'occasion parfaite.

Tyler a fait tout un cinéma en récupérant sa veste en passant devant mon bureau, et il m'a fait un de ses clins d'œil texans. Mais un collègue l'attendait à la porte de la cage d'escalier, alors il ne s'est pas attardé à mon bureau.

Au lieu d'aller directement à son bureau, Cooper s'est appuyé une hanche vêtue de kaki sur mon bureau. Il a brandi son téléphone. — Merci d'avoir synchronisé mon calendrier.

— Pas de problème. Jackson aime aussi avoir une version papier, alors je l'ai posée sur ton bureau. Dis-moi si tu ne veux pas d'impression à l'avenir.

— C'est parfait, merci. Il a jeté un œil par-dessus mon épaule vers la porte des escaliers, où Tyler et son collègue se tenaient, en train de discuter. D'une voix basse, Cooper a dit : — Il a l'air épuisé. C'est de ta faute ?

Ma faute ? Il avait meilleure mine que dimanche matin. Il m'avait même fait ce clin d'œil aguicheur. — Qu'est-ce que tu veux dire ?

— Tu as gardé notre petit gars éveillé jusqu'à pas d'heure ? a-t-il demandé, fixant ostensiblement la veste de costume de Tyler, drapée sur son bras.

Doux Sir Isaac Newton.

J'ai tendu la main vers ma bouteille d'eau mais je l'ai manquée et l'ai renversée sur mon bureau. En me levant d'un bond, j'ai attrapé un rouleau d'essuie-tout de mon tiroir et j'ai commencé à éponger le désordre.

— Je n'arrive pas à croire... ai-je lâché, beaucoup trop fort, avant que Cooper ne me fasse un geste pour me calmer. J'ai continué dans un chuchotement furieux : — Premièrement, ça ne te regarde pas avec qui je… Même si j'aurais aimé que si. — Deuxièmement, nous ne couchons *pas* ensemble. La porte de la cage d'escalier a claqué derrière moi, et j'ai grimacé.

— Vraiment. La voix de Cooper était plate, sceptique.

Faire semblant de sortir ensemble était une chose. Faire semblant de coucher ensemble, c'était aller un cran trop loin. Cooper était trop gentleman pour briser une relation sérieuse. — Vraiment. C'est sans engagement. On voit si on veut être plus que des amis.

— On aurait dit que le courant était bien passé entre vous avec toute cette danse.

Était-ce une lueur de jalousie dans son œil ? L'Opération Prince Charmant avait-elle réellement fonctionné ?

— On, euh, on y va doucement. Ça, c'était vrai. J'espérais que nous pourrions oublier comment j'avais essayé de tout gâcher en transformant notre faux baiser en un vrai roulage de pelles. Je ne pouvais pas laisser ça se reproduire.

Il a haussé les épaules. — Tu avais l'air heureuse.

Cooper me donnait le coup du lapin avec son discours « ne sors pas avec tes collègues », suivi d'un « Tu avais l'air heureuse ». Mais l'avais-je été ? Je n'avais toujours pas fait le tri dans mes émotions du week-end. Elles gisaient en désordre à l'intérieur de moi, comme les photos sur mon téléphone, non examinées. J'ai jeté le papier détrempé à la poubelle et je l'ai fusillé du regard. — Ne fais pas de suppositions.

Il a grimacé. — Marlee, tu sais bien que je…

Mon téléphone a sonné, et un coup d'œil m'a appris que c'était la ligne de Jackson. J'ai levé un doigt et j'ai décroché le combiné.

Un éternuement a retenti à travers le téléphone, suivi d'un reniflement humide. — Marlee, c'est Audrey Jones. J'ai besoin de votre aide.

Pourquoi la mère de Jackson m'appelait-elle ? Un frisson m'a parcourue. — Est-ce que Jackson et Alicia vont bien ? Cooper s'était décollé de mon bureau, sur le point de retourner dans le sien, mais il s'est figé.

— Bien sûr. Je suis sûre qu'ils vont bien. C'est moi, a-t-elle éternué de nouveau, qui ne vais pas bien.

— Qu'est-ce qui ne va pas ? J'ai fait signe à Cooper de s'éloigner et j'ai articulé : *Ils vont bien.*

— Nous gardons leur chat, Tigrou, pendant qu'ils sont en lune de miel, et mes… mes… un autre éternuement … mes médicaments pour l'allergie ne fonctionnent pas. Est-ce que ça vous dérangerait de le garder pour nous ?

Un chat. Dans notre maison. Avec papa. J'ai fermé les yeux très fort et j'ai secoué la tête. Mais Alicia adorait ce chat. Alors j'ai dit : — Non, Madame Jones. Ça ne me dérangerait pas du tout.

— Merci. Puis-je l'envoyer avec un chauffeur à votre bureau ? Pensez-vous que vous pourriez quitter le bureau plus tôt pour le ramener à la maison ?

Je manquerais mon premier déjeuner avec Cooper, mais j'ai imaginé Alicia, enfin sans soucis, sur une plage aux Fidji. — Ce sera parfait. Merci.

Après avoir raccroché, j'ai toqué à l'encadrement de la porte de Cooper.

— Désolée, je vais devoir remettre le déjeuner à plus tard. La mère de Jackson est allergique à Tigrou, et elle me l'envoie. Maintenant.

Il a froncé les sourcils. — Pauvre Audrey.

— Pauvre Marlee. Qu'est-ce que je vais faire d'un chat ? Nous n'avions jamais eu ne serait-ce qu'un poisson rouge.

— Tu as déjà rencontré Tigrou ? Il aime tout le monde. Et il dort tout le temps. Installe juste son lit près d'une fenêtre ensoleillée, et tu n'entendras pas un bruit de sa part pendant trois semaines.

J'ai émis un son évasif. J'espérais que le chat ne causerait pas de problèmes. J'en avais déjà assez à gérer à la maison.

Je me suis retournée pour partir. — Appelle-moi si tu as besoin de quoi que ce soit.

— Mm-hm. Il avait déjà le nez replongé dans son écran d'ordinateur.

Je suis retournée péniblement à mon bureau pour faire mes affaires. Le score était : Destin - 2, plans romantiques de Marlee - 0.

———

CE SOIR-LÀ, alors que je lavais mes bras éraflés dans l'évier de la cuisine, j'ai calculé mentalement les heures que je devrais passer avec Tigrou jusqu'au retour de Jackson et Alicia de leur lune de miel. Sous la table de la cuisine, le chat léchait nonchalamment une patte et la frottait contre son oreille.

— Quatre cent cinquante-six heures, le chat. On ne peut pas être amis pendant tout ce temps ?

Il a pivoté ses oreilles en arrière et m'a feulé dessus.

Peut-être que je devrais passer plus de temps au bureau. Ça minimiserait le temps avec Tigrou et maximiserait le temps avec Cooper. Mais alors, qui s'occuperait de papa ? — OK, peut-être qu'être amis, c'est trop demander. On ne peut pas juste s'ignorer l'un l'autre ?

Il s'est levé, m'a tourné son dos rayé orange, et s'est de nouveau laissé tomber, sa queue frétillante tournée vers moi. J'ai fermé les yeux et j'ai soupiré par le nez.

Papa est entré. — Mon rayon de soleil, à qui parlais-tu ?

— Juste au chat.

Il a froncé les sourcils. — Nous n'avons pas de chat.

Ce sentiment familier m'a électrocutée comme un Taser en pleine poitrine. — Papa, souviens-toi, je t'ai parlé de Tigrou quand je suis rentrée. On le garde pour Jackson et Alicia.

Son expression n'a pas changé, mais il a dit : — C'est vrai. Eh bien, bonne nuit.

Un petit trou de mémoire. Ce n'était que ça. Il allait bien pendant le week-end. Bien toute la journée. Je n'étais pas en train de perdre mon père. Il était fatigué, et il avait oublié.

J'ai fixé le chat qui n'avait pas plus envie d'être chez nous que moi je n'avais envie qu'il soit là.

— Fauteur de troubles, ai-je grogné. Si ce n'était pour Alicia et Noah, qui adoraient ce chat, il serait dehors sur son cul poilu. Dieu merci pour l'Opération Prince Charmant. Ça allait me donner la distraction dont j'avais besoin pour survivre aux dix-neuf prochains jours.

13

— MERCI, Marlee. J'apprécie votre aide. Cooper ne leva pas les yeux de son écran en parlant.

Le mercredi après-midi, je n'avais fait aucun progrès avec lui, même en tant qu'assistante non officielle. Nous avions passé pas mal de temps ensemble, mais les météores d'affection que je lui lançais se consumaient en cendres dans l'épaisse atmosphère de professionnalisme dont il s'entourait.

Debout devant son bureau, je penchai la tête sur le côté. — Vous avez besoin d'autre chose ? Il n'avait pas l'air aussi stressé qu'avant le mariage. Mais il y avait quelque chose dans ses épaules voûtées — lui qui les tenait toujours droites comme un général quatre étoiles — et dans la façon dont sa poitrine semblait bercer son cœur. J'avais envie de passer mes doigts dans ses cheveux, de lisser les rides sur son front. J'aurais aimé pouvoir lui retirer ses richelieus et lui offrir un massage des pieds digne de Tyler, mais j'avais des doigts de Moldu.

Est-ce que Jamila l'avait blessé ? S'étaient-ils aussi disputés à la fin du week-end de mariage ? Même moi, je n'arrivais pas à m'en convaincre. Elle l'avait appelé tous les jours, bien que leurs conversations aient été brèves.

Voilà comment était Cooper depuis le mariage : bref. Ce midi, au déjeuner, tout allait bien tant que nous parlions du travail. Il m'avait parlé de son prochain voyage dans les bureaux de la côte Est jusqu'à ce que je manque de m'étaler la tête la première dans ma salade Cobb. Mais quand je lui avais demandé ce qu'il faisait après le travail pendant ses déplacements, il m'avait regardée en penchant la tête sur le côté et avait répondu un seul mot : « Le travail. »

J'avais insisté. Il devait bien avoir un restaurant ou un bar préféré à New York. Un endroit où lui et Jackson étaient allés lors d'un de leurs nombreux voyages. Mais sa bouche était devenue plus hermétique que le joint de la portière de sa Porsche, et il avait marmonné qu'il n'avait pas le temps de s'amuser.

Il s'est éclairci la gorge.

Oups. Depuis combien de temps étais-je là, à le fixer ? — Donc, rien d'autre ?

— Non. Merci.

Serrant ma tablette contre ma poitrine, je me suis retournée et j'ai traversé son tapis moelleux en direction de la porte. C'était exactement ce dont il avait besoin : s'amuser. Se laisser aller, se détendre. Je pouvais l'aider avec ça. Si seulement il me laissait faire. Comment pouvais-je le convaincre de me laisser l'aider avec l'Opération Hakuna Matata ?

Concentrée sur mes pensées, je n'ai pas remarqué le visiteur qui se tenait à mon bureau jusqu'à ce que je sois juste devant lui.

— Tyler ! Je ne savais pas que tu venais.

— Salut. Il a pris un bonbon à la cerise dans le bol sur mon bureau et l'a fait tourner entre ses doigts. Ces doigts. Je n'y avais jamais prêté la moindre attention auparavant, et maintenant je faisais une fixation dessus aux moments les plus étranges. Pourquoi ?

J'ai cligné des yeux et me suis assise sur ma chaise, en gardant les yeux sur son visage plutôt que sur ces mains dange-reuses. — Qu'est-ce que je peux faire pour toi ?

Il a croisé mon regard et, au bout d'une seconde, les coins de sa bouche se sont relevés. — Je ne t'ai pas beaucoup vue à la cafétéria ces derniers temps. Comment vas-tu ?

— Bien. Occupée. Euh… J'ai jeté un coup d'œil par-dessus mon épaule pour vérifier que la porte du bureau de Cooper était fermée. — Je suis toujours sur l'Opération Prince Charmant. Nous déjeunons ensemble.

Il a mis le bonbon dans sa bouche et a parlé tout en le mâchant. — Bien. Contente que ça marche.

— Je ne dirais pas que ça *marche*. Je n'ai pas fait beaucoup de progrès. Je me suis reconnectée à mon ordinateur et j'ai jeté un coup d'œil à la douzaine de mails arrivés pendant que j'étais dans le bureau de Cooper.

— Est-ce que tu as besoin que je fasse quelque chose ?

Les doigts de Tyler tapotaient contre le côté de sa jambe. *Pas les doigts !* Cette abstinence sexuelle me montait vraiment à la tête. Peut-être que j'avais besoin d'un nouveau vibromasseur. Mes dernières sessions avec Le Cooper — oui, je donnais des noms à mes sex-toys — avaient été décevantes. — Non, merci. Je vais continuer à essayer. Ça ne fait que quelques jours.

— Je ne te retiens pas, alors. Mais il n'est pas parti. Il a ouvert la bouche puis l'a refermée. Et cela a attiré mon regard sur ses lèvres. Rosées par le bonbon à la cerise, ces lèvres m'avaient embrassée à en perdre la raison samedi soir. *Non ! Absolument aucune pensée sur le fait d'embrasser mon ami.*

Par le télescope Kepler, où *pouvais-je* bien regarder ? Son nez. Je n'avais aucun sentiment sexuel à l'égard de son nez. Il avait un joli nez. Droit. Il se presserait contre mon cou pendant qu'il…

J'ai dégluti et j'ai redressé une pile de papiers sur mon bureau. — Tyler, de quoi as-tu besoin ?

— U-un groupe d'entre nous sort ce soir. Pour un pot. Il tapotait sa cuisse. — Tu veux venir ? Pas… pas si tu es occupée. Dans ce cas, tu devrais faire ce que tu as à faire.

— Faire quoi ?

— Ce que tu as prévu.

— Oh. Avant, j'étais spontanée. À l'université, j'allais dans la chambre d'un ami après les cours pour jouer aux jeux vidéo. Ou prendre une bière avec Jackson après le boulot. Mais le mercredi, Alma allait à la chorale, et je détestais l'idée de laisser papa seul. En plus, il n'aurait jamais pensé à nourrir Tigger. Et qui sait quelles bêtises un Tigger affamé serait capable de faire ?

Mais la pensée de dire non à Tyler alors que nous étions en train de réparer l'amitié que j'avais failli briser le week-end dernier a fait naître des picotements froids dans mon ventre. Il avait fait un effort en me demandant de me joindre à lui et à ses collègues. Je devais essayer, moi aussi.

— Je ne peux pas ce soir. Je dois m'organiser à l'avance pour papa et Tigger. Il a cligné des yeux plusieurs fois, mais avant qu'il ne puisse exprimer les questions que je voyais se former derrière ses yeux noisette, je me suis dépêchée d'ajouter : — Et demain ? Je pourrais demander à ma voisine de passer les voir.

Ses épaules se sont affaissées. — Mon frère arrive en ville demain. On va dîner.

— Oh. Eh bien, alors…

Il a secoué la tête. — Viens. Viens avec nous. Raleigh n'est pas si terrible.

— Lequel est Raleigh ?

— Celui qui a joué au football américain à la SMU. Maintenant, il est dans la vente.

Je ne voulais pas être la cinquième roue du carrosse à son dîner avec son frère. Mais je ne voulais pas non plus lui dire non.

— Ça ne te dérange vraiment pas ?

Sa bouche s'est crispée, mais il a ensuite dit : — Non. Je lui ferai promettre de bien se tenir.

— D'accord.

— D'accord. Son ton s'est allégé. — Je viendrai te chercher ici demain à dix-huit heures.

J'ai hoché la tête. Quand il s'est retourné et s'est dirigé vers les escaliers, je me suis délibérément détournée. Raleigh n'était pas le seul à devoir surveiller son comportement.

———

LE LENDEMAIN SOIR, Tyler est arrivé à mon bureau avec cinq minutes d'avance, et je n'étais pas prête. Pas parce que j'avais besoin de me pomponner pour sortir avec mon copain de boulot et son frère. Ni même parce que je n'étais pas émotionnellement prête à me retrouver dans un contexte social avec mon ami après qu'il ait déclenché mes hormones en manque de sexe. D'accord, c'était peut-être un mensonge.

Ce qui me rendait le plus mal préparée, c'est que je n'étais pas sûre que papa aille bien.

Il allait bien depuis mon retour du mariage. D'ailleurs, ce matin, il m'avait souhaité une bonne journée au *travail*, pas à l'école. Mais quand je l'avais appelé vers dix-sept heures trente, une demi-heure avant que notre voisine Alma ne soit censée passer, il m'avait demandé trois fois quand je rentrais à la maison.

J'avais appelé Alma et lui avais demandé de passer plus tôt pour voir comment il allait. Au bout d'une vingtaine de minutes, elle m'avait appelée et m'avait assuré qu'il allait bien. À la fausse gaieté dans sa voix, je soupçonnais qu'elle avait fait quelque chose pour qu'il aille bien, comme le persuader de sortir du lit ou l'aider à trouver sa canne — peut-être les deux. Et le plus agaçant ? J'entendais ce salaud de Tigger ronronner après elle en arrière-plan. Elle l'avait appelé lindo.

Alors quand Tyler a monté les escaliers juste au moment où je raccrochais avec Alma, je n'étais pas prête à être l'amie de travail amusante que je devais être. Et ça se voyait.

— Qu'est-ce qui ne va pas ? Il tapotait ses doigts contre son jean.

— Rien. Je vais bien.

— Quelque chose ne va pas. Tu peux me le dire.

— C'est mon père. Il avait l'air bizarre quand je l'ai appelé pour prendre de ses nouvelles. Je ne lui avais encore rien dit sur les défaillances de papa. Si je le disais à voix haute, ça pourrait sembler pire que ça ne l'était. Et ça pourrait même être vrai.

— Bizarre ?

— Juste… confus. Ça lui arrive parfois.

— Tu as besoin d'annuler ce soir ? Il a enfoncé ses mains dans les poches de son jean.

J'aurais pu. J'aurais peut-être dû rentrer chez moi pour voir papa moi-même. Mais alors, j'aurais rompu ma promesse à mon ami. D'ailleurs, Alma avait dit qu'il allait bien. Et elle avait mon numéro au cas où ça changerait.

— Non, ça va. On retrouve ton frère où ?

— Dans un restaurant italien entre ici et son hôtel. Ce n'est pas loin. Tu veux marcher ?

J'ai levé les yeux vers la verrière. Pas de pluie. — Bien sûr.

À l'extérieur de la porte tournante du bâtiment Synergy, le brouillard avait commencé à s'installer, froid et collant. Les feux arrière des voitures embouteillées brillaient dans la brume. Employés de bureau et touristes se bousculaient sur le trottoir.

Tyler a plié son coude vers moi. — Allons-y.

J'ai glissé ma main dans son bras, me blottissant dans sa chaleur réconfortante. Il m'a conduite vers le parc, dans la même direction que j'avais prise avec Jackson quelques semaines auparavant. Peut-être pourrions-nous retrouver notre complicité d'alors, avant que je ne rende les choses bizarres.

— Tu peux me dire de me mêler de mes affaires, mais qu'est-ce qui ne va pas avec ton père ? a-t-il demandé.

Ou peut-être pas. J'ai retiré ma main et l'ai nichée dans la poche de mon propre manteau. Mais si nous voulions nous faire confiance, je devais partager.

— Tu l'as rencontré à la fête de fiançailles de Jackson et Alicia. Il utilise une canne. Parce qu'il s'est cassé la jambe il y a quelques années, et elle ne s'est pas très bien remise. Il a essayé de retourner travailler, mais il… ça n'a pas marché. Ses médicaments contre la douleur le rendent parfois confus. Alors il est tout le temps à la maison maintenant. Je m'inquiète pour lui.

Nous nous sommes arrêtés à l'intersection, et Tyler m'a scrutée, ses yeux sombres dans la pénombre de la rue. — Tu te sentirais mieux si tu rentrais chez toi ?

Oui. Non. — Il va bien, vraiment. Notre voisine est avec lui.

— Mais toi, comment vas-tu ? S'occuper d'un parent invalide, c'est beaucoup.

— Moi ? Je vais bien. Il s'est toujours occupé de moi. Maintenant, c'est à mon tour. On s'en sort. J'ai pris une profonde inspiration. Je ne lui avais jamais dit le reste non plus, réussissant toujours à changer de sujet avant qu'elle ne soit mentionnée. — Ma mère est morte quand j'étais petite.

Le feu est passé au vert, et nous avons traversé la rue. Une fois de l'autre côté, il a passé son bras sur mes épaules et m'a serrée contre lui, juste une seconde, comme les mecs le font entre eux. Puis il a mis ses mains dans les poches de son manteau. — Je suis désolé.

— Merci. Parler de ma mère morte cassait toujours l'ambiance, alors j'ai dit : — Tu as une grande famille, non ? Quatre frères ?

— Et une sœur. Il regardait droit devant lui, le long du trottoir. — Raleigh — en fait, toute ma famille — peut être un peu… Il a expiré un souffle, visible dans l'air glacial une seconde avant de se fondre dans le brouillard. — Envahissante. On plaisante beaucoup, généralement aux dépens des autres. Il s'est arrêté devant un restaurant à la façade vitrée où des serveurs flottaient entre des nappes blanches et des touches métalliques brillantes. — C'est ici. Juste… Il a grimacé. — Ignore tout ce qu'il dit.

Il m'a tenu la porte, et je suis entrée. Je n'ai même pas eu besoin de deviner qui pouvait être Raleigh. Debout dans la petite salle d'attente du restaurant se trouvait le jumeau de Tyler. Enfin, pas un jumeau, mais une version plus costaude et légèrement plus âgée. Au lieu de l'expression ouverte de Tyler, un sourire narquois tordait ses lèvres.

— Ty ! Raleigh a étendu les bras pour étreindre son frère, lui tapant dans le dos. Quand il m'a regardé, ses yeux étaient d'un marron uni, sans les paillettes de couleur de ceux de Tyler. — C'est qui ?

Tyler s'est dégagé de l'étreinte d'ours de Raleigh. Gardant ses mains le long du corps, il a dit : — Marlee, je te présente mon frère Raleigh. Raleigh, voici mon amie Marlee Rice.

Ne voulant pas me faire envelopper par les bras musclés de Raleigh, j'ai tendu la main. — Enchantée de vous rencontrer.

Il l'a serrée plus doucement que je ne m'y attendais. — Eh bien, eh bien, eh bien.

— On prend une table maintenant qu'on est tous là ? a demandé Tyler. Sans attendre de réponse, il s'est avancé vers l'hôtesse. Elle nous a conduits directement à une table au fond, où Tyler et moi faisions face à Raleigh.

Pendant que nous consultions le menu et passions commande, les deux frères ont échangé des nouvelles. Raleigh était en ville pour visiter le siège de son entreprise, comme il le faisait trois ou quatre fois par an. Il avait vu leurs parents le week-end précédent et a rapporté qu'ils étaient en bonne santé mais que Tyler leur manquait. Depuis combien de temps n'était-il pas rentré ? Des semaines ? Des mois ? Plus ? Raleigh a laissé entendre que c'était plutôt du côté du *plus*.

Tyler a parlé à Raleigh de son appartement dans l'Excelsior — un trou à rats, a-t-il dit avec un regard d'excuse dans ma direction. Je n'y étais jamais allée, mais ça ne pouvait pas être si terrible. L'immobilier à San Francisco était cher, mais Synergy payait bien les développeurs. Et il a parlé de son travail à son frère. Il s'en sortait bien, a-t-il dit. J'ai ouvert la bouche pour le corriger — Tyler était le protégé de Jackson, ce qui en disait long sur son talent et ses perspectives — mais le serveur est arrivé avec nos plats, et notre conversation s'est tournée vers la nourriture et les restaurants préférés des frères à Dallas.

Raleigh a posé sa fourchette et a avalé sa bouchée de rigatoni. — Le dîner de répétition est chez Carolina's. Bella voulait quelque chose de chic.

Tyler a marmonné quelque chose dans son poulet.

Estimant que Raleigh méritait une meilleure réponse que cela, j'ai dit : — C'est vous qui vous mariez ?

Il a hoché la tête. — Cet été. Ma copine de fac. Mais je la connaissais d'avant. On était dans le même lycée, mais elle a quelques années de moins. De ta promotion, non, Ty ?

— Ouais. Il s'est penché sur son assiette et a piqué un morceau de poulet avec sa fourchette.

Raleigh s'est adossé à sa chaise. — Quoique, en y repensant, je me souviens qu'elle venait parfois à la maison. Elle était amie avec quelqu'un. Peut-être qu'elle a accompagné l'un de nous au bal de promo ?

Tyler a laissé tomber sa fourchette sur son assiette avec un bruit métallique qui a retenti dans la salle à manger bruyante. Fusillant son frère du regard, il a craché : — Amis. Je suis sorti avec elle pendant six mois, connard.

Mon cœur s'est arrêté. Le sourire de Raleigh s'est figé sur son visage, et ses yeux se sont écarquillés. J'ai eu le temps de parcourir deux scénarios où je m'interposais entre eux sans mettre de sauce marinara sur ma jupe rose huître — malheureusement, tous deux des échecs cuisants même dans mon imagination — quand Raleigh a commencé à ricaner. Puis il est passé à un fou rire qui a poussé les gens des tables voisines à lui lancer des regards amusés. Raleigh avait un rire génial. Dommage que ce soit un crétin fini.

— Je le savais. Je te faisais juste marcher.

— Pauvre con, a marmonné Tyler. Puis il a levé les yeux vers moi. — Désolé.

— Justifié, ai-je chuchoté. Je n'avais jamais eu de frère, mais Raleigh avait dû enfreindre le code en sortant avec l'ex de son frère. Et puis il en avait *plaisanté* ? Quel…

— Mais si tu avais fait du sport comme nous autres, peut-être que tu aurais réussi à la garder.

J'ai serré les lèvres et inspiré par le nez.

— Ce gars — Raleigh a agité sa fourchette en direction de Tyler — aurait pu jouer pour l'UT.

Tyler a levé les yeux au ciel.

— Mais il préférait rester assis à la bibliothèque devant un ordinateur plutôt que d'aller à l'entraînement. Ou se mêler à nous autres.

Tyler s'est adossé à sa chaise.

— J'étais toujours ton gardien de but, ton receveur, ton pivot. Tu ne m'as jamais laissé jouer attaquant, arrêt-court ou quarterback.

Raleigh a haussé les épaules.

— On ne savait pas que tu voulais. T'aurais pu le dire.

Tyler a reposé son verre d'eau avec un bruit sourd.

— C'est ce que j'ai fait.

— Pff. T'aurais dû le dire plus fort.

Peut-être que je m'étais trompée pendant toutes ces années où j'avais voulu un frère ou une sœur. J'ai vérifié mon téléphone. Rien d'Alma. Et j'avais encore largement le temps avant le dernier train. J'ai jeté un coup d'œil à Raleigh. *Malheureusement.*

Il a mâché, le regard dans le vide, puis a posé sa fourchette.

— Quoique, si j'avais passé plus de temps à la bibliothèque, j'aurais peut-être un boulot de bureau pépère comme toi.

— Tu as un super boulot, a dit Tyler. Tu gagnes très bien ta vie, et tu as voyagé partout. New York, San Francisco, Singapour…

— Ouais, a dit Raleigh. Mais Bella déteste ça. Elle voudrait que je sois plus souvent à la maison. Elle veut des bébés.

Il a fait la grimace.

— Et pas toi ? lui ai-je demandé.

— Je ne sais pas. Peut-être. Pas encore. Avec trois frères et sœurs plus jeunes, j'ai un peu eu ma dose de gosses. Tu vois ?

Je ne voulais pas plaindre ce connard, mais il n'avait peut-être pas tort. Il avait probablement changé sa part de couches, au moins pour les deux plus jeunes.

Raleigh a croisé sa fourchette et son couteau sur son assiette vide, et un commis de débarrassage l'a emportée en un éclair. Une lueur est apparue dans ses yeux marron.

— Alors. Ça fait combien de temps que vous êtes ensemble, vous deux ?

— On ne l'est pas, a grogné Tyler.

— Non, juste amis.

Ma voix était trop aiguë.

Raleigh a tendu le bras par-dessus la table et a donné une tape sur l'épaule de Tyler.

— Crétin.

Ils ont échangé une sorte de langage fraternel silencieux avec leurs yeux.

Finalement, Tyler a baissé les yeux vers son dîner à moitié mangé.

— Je crois que je vais emporter ça.

— C'est tout mon frère Tyler. Toujours à faire attention à sa ligne de jeune fille.

Raleigh s'est tapoté le ventre plat.

— Tu devrais surveiller la tienne, a dit Tyler. Tu as pris quelques kilos, le vieux.

Tyler savait aussi renvoyer la balle. J'ai souri et j'ai sorti mon portefeuille.

— Je dois passer un appel. Je peux vous donner de l'argent pour régler l'addition ?

Raleigh m'a regardé comme si j'avais deux têtes.

— Je ne sais pas ce que fait cet abruti ici sur la côte Ouest, mais on ne m'a pas élevé à laisser une dame payer le dîner.

Tyler a levé les yeux au ciel.

— C'est moi qui m'en charge, andouille.

— Je vais le mettre en note de frais.

Les laissant se disputer pour l'addition, j'ai enfilé mon manteau et je suis sortie. Je me suis mise sous l'auvent qui gouttait et j'ai appelé Papa.

— Salut, ça va ?

— Bien sûr, mon Rayon de Soleil. J'ai dîné avec Alma, et maintenant Tigger et moi on regarde le baseball. Il aime le baseball, n'est-ce pas, mon grand ?

— Papa.

Satané chat.

— Ça ira si je reste en ville un peu plus longtemps ?

— Bien sûr.

— Tu vérifieras que les portes sont bien fermées ? Et que la cuisinière est éteinte ?

Il a eu un petit rire.

— Oui, m'dame. C'est moi le père ici, tu te souviens ?

— Je me souviens.

Il avait l'air d'aller bien. Et je ne devrais vraiment pas le traiter comme un enfant.

— Bonne nuit. On se voit demain matin.

— Bonne nuit, mon Rayon de Soleil.

J'ai rangé mon téléphone. Tyler et Raleigh étaient sortis et parlaient à voix basse. Quand je me suis approchée, Raleigh était en train de dire :

— Alors, qu'est-ce que je leur dis ?

— Dis-leur que je ne sais pas.

J'ai posé une main sur l'épaule de Tyler pour qu'il sache que j'étais là.

— Maman va pleurer toutes les larmes de son corps si tu n'es pas à la maison pour Thanksgiving.

L'épaule de Tyler s'est tendue.

— J'y réfléchirai.

Raleigh a pincé les lèvres pour n'en former qu'une ligne droite. Puis il m'a tendu une main.

— Marlee, ce fut un plaisir.

— Mmm.

Ç'aurait été un mensonge de lui retourner le sentiment.

Il a de nouveau enlacé Tyler dans une étreinte d'ours.

— À plus, mec.

Il s'est retourné et s'est éloigné.

— Yep. C'était aussi horrible que je le pensais.

Tyler a imité mon demi-sourire.

— Tu dois rentrer tout de suite ?

J'ai regardé ma montre. J'avais quelques heures avant le dernier train. Après ce dîner misérable, je ne pouvais pas laisser Tyler seul. Ses épaules étaient encore affaissées, comme si Raleigh l'avait frappé avec une batte de baseball.

— Pas tout de suite. Tu veux qu'on aille prendre un dessert ?

Il a jeté sa barquette dans une poubelle voisine.

— Meilleure idée qui soit.

EN CETTE NUIT FRAÎCHE, près de l'heure de la fermeture, nous étions les seuls clients du glacier. Tyler a demandé à l'employé adolescent quels parfums contenaient des fruits à coque, et après avoir goûté quelques parfums sans noix, il a opté pour une double boule de chocolat au lait malté et marbré de fudge avec une sauce au caramel. J'ai choisi une boule de sorbet crémeux fraise-mangue. Nous nous sommes assis près de la vitrine, où le brouillard venait lécher la vitre.

J'ai passé ma cuillère sur le dessus de mon sorbet.

— Il est toujours comme ça ?

Il a planté sa cuillère dans sa glace.

— Ils le sont tous. Pourquoi tu crois que je vis à plus de trois mille kilomètres d'ici ?

Mais son sourire était ironique.

— C'est la famille.

— Ça ne te fait pas mal ?

Il a haussé les épaules.

— Parfois.

Au dîner, il avait ressemblé à Papa, la fois où il s'était planté une agrafe dans l'index.

— Tu devrais leur dire. Leur tenir tête.

Il a extirpé une cuillerée de sa coupe.

— Ce qu'il a dit était vrai. J'ai toujours été le second en sport.

Et Bella n'est sortie avec moi que jusqu'à ce qu'il soit clair que je ne serais jamais un athlète de première division.

— C'est horrible !

J'ai reposé ma coupe.

Il a haussé les épaules.

J'ai secoué la tête, heureuse pour une fois d'avoir été enfant unique.

— Eh bien, je pense qu'elle t'a sous-estimé. Ils l'ont tous fait. Et ce n'est pas juste. En plus, ton frère est un con.

J'ai mis une autre cuillerée de sorbet dans ma bouche et j'ai levé les yeux pour le surprendre en train de me regarder tandis que je retirais la cuillère de ma bouche. Sa pomme d'Adam a fait un mouvement de haut en bas quand il a dégluti. La gorge soudainement sèche, j'ai baissé les yeux vers la table. Il fallait vraiment que je commande ce nouveau vibromasseur bientôt.

Heureusement pour moi, l'adolescent grincheux qui nous avait servis a lancé :

— Désolé les gars, on ferme, et a retourné le panneau sur la vitrine.

En déambulant dans la rue sombre et brumeuse, nous avons esquivé les touristes et les derniers banlieusards du soir. De minuscules gouttelettes se sont condensées et ont scintillé au bout de mes cheveux et sur les manches de mon manteau. L'air moite a glissé sur mon visage et s'est infiltré dans le col ouvert de mon manteau. J'ai frissonné.

— Froid ? a demandé Tyler.

C'était l'une des choses qui m'avait mise dans le pétrin après le mariage. Je devais résister à l'exposition à l'odeur de Tyler, à la chaleur de son corps.

— Non, ça va. Mais je pense que je vais prendre un taxi pour aller à la gare.

La gare n'était qu'à quelques pâtés de maisons, mais la journée avait été longue, et mes défenses fondaient comme la glace que nous venions de manger.

Il a toussé.

— Je vais prendre un taxi pour rentrer et je te dépose.

— La gare n'est pas vraiment sur le chemin.

— Ça ne me dérange pas. Je ne suis pas pressé.

Avant que je ne puisse protester à nouveau, il a fait signe à un taxi qui passait et, quand il s'est arrêté, m'a ouvert la portière. J'ai dit au chauffeur le nom de la gare, et Tyler, en se glissant derrière moi, a donné son adresse comme deuxième arrêt. Même à cette heure tardive, la circulation avançait au pas dans les rues. Ça aurait été plus rapide de marcher, mais le taxi était chaud et sec. J'ai regardé par la fenêtre, observant les gouttes d'eau trembler et glisser sur la vitre.

Tyler a touché ma main là où elle reposait sur le siège en vinyle.

— Merci d'être venue avec moi. C'était mieux avec toi.

Je me suis détournée de la fenêtre pour lui sourire. Retournant ma main, j'ai entrelacé mes doigts avec les siens.

— Quand tu veux du soutien émotionnel contre tes enfoirés de frères, tu me le fais savoir.

— Promis ?

Il s'est raclé la gorge.

— Quoi ?

Il a roulé sa lèvre inférieure entre ses dents.

— Tu vois, j'ai ce mariage où je dois aller cet été. Tous mes enfoirés de frères — et ma sœur, qui est aussi une enfoirée — y seront. Peut-être qu'on pourrait refaire le coup du cavalier pour mariage.

L'été était dans plusieurs mois. Mais en pensant au pauvre Tyler au mariage de son frère avec son ex, je ne pouvais pas dire non.

— Si tu ne sors avec personne que tu préférerais emmener, je viendrai avec toi. C'est à ça que servent les amis.

Au lieu de m'adresser son sourire facile et d'accepter mon offre, il a froncé les sourcils et s'est frotté la gorge.

— Qu'est-ce qui ne va pas ?

Il a fait jouer sa bouche avant de parler, comme s'il la testait.

— Ça me gratte. C'est bizarre. Comme si je faisais une réaction.

— Mais tu n'as pas mangé de noix de macadamia. Aucun fruit à coque du tout.

Mon cerveau était lent, comme un ordinateur dont la mémoire est surchargée.

— Tu te souviens si l'un des parfums près du chocolat contenait des noix ? Peut-être qu'ils ont utilisé la même cuillère.

— Il y avait un parfum au Nutella dans le même bac.

Je m'en souvenais parce que j'avais envisagé de le goûter, mais je l'avais écarté à cause de l'allergie de Tyler.

— Ça contient des noix, n'est-ce pas ?

Il a avalé avec difficulté.

— Et comment.

Il a tapoté le siège.

— Merde. J'ai laissé mon sac avec mon Epipen au bureau.

— Hé, ai-je dit au chauffeur de taxi. Vous pouvez nous emmener à l'hôpital le plus proche, s'il vous plaît ?

— Non.

La voix de Tyler était rauque.

— J'en ai un à mon appartement. Ça va aller.

Le chauffeur a ralenti.

— Qu'est-ce qu'on fait ?

Mon cœur allait sortir de ma poitrine, mais je comprenais qu'on ne veuille pas aller à l'hôpital sans nécessité. Tyler avait probablement une assurance avec une franchise élevée comme moi.

— Emmenez-nous à son appartement. Dans le quartier d'Excelsior, s'il vous plaît. Et dépêchez-vous.

Je lui ai serré la main comme si ça pouvait aider.

Le trajet de cinq minutes jusqu'à son appartement a semblé durer cinq heures. Tyler aspirait de l'air, sifflant et haletant comme un patient atteint d'emphysème. Il utilisait une main pour se masser la gorge. L'autre serrait ma main, comme pour me rassurer. Ça n'a pas marché. Je respirais assez fort pour nous deux quand nous sommes arrivés devant chez lui.

Quand il a trébuché, je me suis glissée sous son bras et l'ai soutenu pour monter les escaliers jusqu'à son appartement. Il a déverrouillé la porte et a allumé la lumière. Je n'étais jamais entrée dans son appartement, mais je n'avais pas le temps de regarder autour de moi. Mon cœur trébuchait dans ma poitrine comme si c'était moi qui avais la crise d'allergie.

Il a passé une porte ouverte en titubant et a actionné l'interrupteur. La salle de bains était juste assez grande pour une baignoire-douche, les toilettes et un meuble carré pour le lavabo. Il s'est penché sur le lavabo, a ouvert l'armoire à pharmacie et a attrapé un tube en plastique, qu'il a posé sur le plan de travail. Fermant l'abattant des toilettes, il a tâtonné avec sa ceinture.

— Désolé, a-t-il haleté, juste au moment où il laissait tomber son jean au sol.

— Ne t'en fais pas.

Par Hippocrate, il s'inquiétait de baisser son pantalon au milieu d'une réaction anaphylactique ? Je suis restée plantée devant le lavabo, les mains ballantes, engourdie.

Mais Tyler savait quoi faire. Il s'est affalé sur l'abattant des toilettes et, avec des doigts assurés, a sorti l'appareil de son tube. Il a enlevé le capuchon, l'a placé contre l'extérieur de sa cuisse juste en dessous de la jambe de son caleçon, et a appuyé jusqu'à ce qu'il entende un clic.

— C'est tout ? C'est fini ?

Ses mains tremblaient quand il a posé l'appareil sur le plan de travail. Il s'est raclé la gorge.

— Ouais.

— Maintenant, je peux appeler le 15 ?

— Non, ça va aller.

— C'est écrit juste là de consulter immédiatement un médecin.

Les mots étaient imprimés au-dessus de l'aiguille à l'aspect maléfique.

— Ça va aller. J'ai déjà vécu ça plusieurs fois.

Son visage était en sueur et pâle, mais il respirait plus facilement maintenant. Ses lèvres étaient déjà passées du bleu au rose pâle.

Quand il s'est levé, j'ai tendu les bras vers lui comme si je pouvais le rattraper s'il tombait.

— Vraiment, ça va.

Il a remonté son jean.

— Désolé pour tout ça. Je vais t'appeler un VTC pour rentrer.

J'ai croisé les bras.

— Je ne rentre pas. Je ne te laisse pas seul ce soir. Et si tes symptômes revenaient ? Ou si tu faisais une réaction au médicament ?

— Ça ira. Vraiment.

Je n'ai pas bougé.

— Je reste.

— D'accord.

Ses lèvres se sont contractées.

— Ça te dérange si je vais m'allonger ?

— Oh. Bien sûr. Pas de problème.

Maintenant, ce n'était plus seulement mes mains qui étaient inutiles ; c'était tout mon corps. Je suis sortie de la salle de bains à reculons et je l'ai suivi à travers une autre porte dans sa chambre. Il a fait coulisser la porte du placard et a sorti un oreiller et une couverture. Il les a emportés dans le salon, où un seul long canapé était installé devant une table basse et une télévision. L'appartement était petit, pas tout à fait aussi grand que le minuscule rez-de-chaussée de notre maison.

Il a jeté l'oreiller sur le canapé et s'est affalé sur les coussins.

— Prends le lit.

— Absolument pas. Tu viens d'avoir une urgence médicale. Tu dors dans ton lit.

Tyler était têtu, mais pas autant que moi. J'ai attrapé sa main et j'ai tiré jusqu'à ce qu'il se lève.

— Vas-y. Je te laisse une minute pour t'installer.

En fronçant les sourcils, il s'est traîné dans sa chambre. J'ai appelé à la maison pour prendre des nouvelles de Papa, puis j'ai passé quelques minutes dans sa salle de bains à me laver le visage et à me brosser les dents avec son dentifrice et mon doigt.

Quand je suis entrée dans la chambre, il m'a gratifiée d'un sourire endormi, et mon rythme cardiaque a enfin ralenti.

— Tu te sens mieux ?

— Ouais.

Les couvertures étaient remontées jusqu'à son menton.

— Je respire bien maintenant. Vraiment, tu peux rentrer chez toi.

— Pas question.

Je me suis assise de l'autre côté du lit, par-dessus les couvertures, et je me suis allongée à côté de lui, me couvrant avec la couverture qu'il avait jetée sur le canapé plus tôt.

— Qu'est-ce que tu fais ?

Le sourire avait disparu.

— Il y a plein de place ici. Je vais m'assurer que tu dors bien.

— Vraiment, je suis…

— Je sais, je sais, tu vas bien. N'empêche, je reste.

Je ne savais pas ce que je ferais s'il arrivait quoi que ce soit à mon ami. Et je n'avais aucune intention de le découvrir.

Il a éteint la lampe, et nous sommes restés là dans le silence.

— On ne retournera plus jamais à cet endroit, tu sais, ai-je dit.

— Le glacier ?

Il a eu un petit rire.

— Dommage. Ma glace était vraiment bonne. Jusqu'à ce qu'elle essaie de me tuer.

J'ai posé une main sur sa poitrine pour sentir son rythme cardiaque. Il semblait rapide, mais il était régulier. Il a posé sa main sur la mienne.

— Trop tôt ?

— Carrément trop tôt. Plus de blagues. Dors.

Ses doigts se sont resserrés.

— Merci, Marlee. De prendre soin de moi.

Je savais qu'il ne parlait pas seulement de sa crise d'allergie. Il s'était très bien occupé de lui-même. Il parlait de l'affreux Raleigh.

— Quand tu veux.

Et je prendrais soin de lui n'importe quand. Comme je le ferais avec Alicia. J'ai chassé de mon esprit la pensée de ce qui aurait pu lui arriver. Je savais que j'aurais du mal à dormir si je pensais à ce terrifiant trajet en taxi.

Au lieu de cela, j'ai regardé sa poitrine se soulever et s'abaisser dans la faible lumière qui filtrait sur les côtés des stores. Sa respiration s'est régularisée et a ralenti, et bientôt, la mienne aussi.

14

JE ME SUIS RÉVEILLÉE dans la lumière grise de l'aube, au chaud et en sécurité. Mais ce n'était pas mon oreiller sous ma joue ; c'était la peau de quelqu'un d'autre.

Oh. Mon. Dieu. Qu'est-ce que j'avais fait ?

J'ai soulevé la tête et ma joue s'est décollée de la poitrine de Tyler avec un léger bruit de succion. J'ai fixé l'étendue de peau devant moi. Un tatouage marquait son épaule dorée, un V incurvé avec un petit pentagone à une extrémité et un triangle à l'autre. Il me semblait vaguement familier, mais je n'arrivais pas à comprendre ce qu'un V sur l'épaule de Tyler pouvait signifier. Peut-être était-ce un Y pour Young ? Ou avait-il commencé un tatouage qui ressemblait réellement à quelque chose avant d'avoir des doutes ?

Il a soupiré et a étiré son autre bras derrière l'oreiller. Le bras qui n'était pas blotti autour de ma taille. Ma taille — *oh, merci Gregor Mendel* — entièrement vêtue. Bien que je me sois étalée sur sa poitrine, la moitié inférieure de mon corps était toujours sur la couette. Quelle infirmière j'avais été. Je m'étais endormie sur mon patient.

À la faible lueur qui filtrait à travers les stores, j'ai pris une seconde pour admirer la courbe de ses triceps, la surface plate de ses pectoraux, les stries de ses abdominaux. Pour quelqu'un qui était assis à un bureau toute la journée, il était sacrément musclé. Mais j'ai gardé les doigts crispés dans mes paumes. Les amis ne touchent pas le torse nu de leurs amis. Et ils ne jettent certainement pas un coup d'œil sous le drap qui couvrait la moitié inférieure de son corps.

Mais je n'avais pas besoin de jeter un œil pour voir que cette moitié inférieure était tout aussi… surprenante. Non pas que ça me surprenne que Tyler ait un pénis. Bien sûr qu'il en avait un. C'est juste que je n'avais jamais eu de raison d'y penser avant. Jusqu'à ce matin, où son érection formait une tente sous le drap assez grande pour…

J'ai fermé les yeux. Mais ils se sont rouverts aussitôt. Les draps en jersey doux se collaient à lui, en dessinant la forme avec des détails explicites. J'ai dégluti difficilement et j'ai détourné le regard.

Le mobilier de sa chambre était spartiate : une commode et une seule table de chevet avec ses lunettes posées à côté d'un réveil, dont l'affichage LED m'indiquait qu'il était bien plus de six heures. *Merde.* C'était vendredi, Cooper avait une réunion tôt et je devais aller au bureau.

Je suis sortie de sous son bras avec précaution. Un froncement de sourcils a traversé son visage et j'ai déplacé la main qui avait été sur mon dos sur son ventre. Il a murmuré : — Princesse, et je me suis figée, attendant qu'il ouvre les yeux, mais il ne l'a pas fait. Pas le temps de le réveiller ; d'ailleurs, après sa crise d'allergie, il avait besoin de repos. À la place, je me suis glissée hors du lit et je suis sortie à pas de loup dans le salon.

J'ai repéré mon sac à main par terre, près de la porte où je l'avais laissé tomber pendant la course folle de la veille pour l'épinéphrine. J'en ai sorti mon téléphone, espérant que le réveil de Tyler s'était trompé sur l'heure, mais il était six heures et demie. Pas le temps de rentrer chez moi pour me changer. Je serais coincée au travail avec mes vêtements de la veille. Pendant que je commandais un Uber, j'ai tiré sur mon soutien-gorge pour dégager l'armature du sillon qu'elle avait creusé sur le côté de mon sein pendant que je dormais. Aïe.

Où avais-je fait tomber mon manteau ? J'ai fait le tour de la petite pièce jusqu'à ce que la lumière rosée filtrant par la fenêtre illumine une tache de tissu clair sur le canapé sombre. Je me suis approchée pour le prendre sur le coussin, mais un sifflement m'a surprise, me faisant retirer vivement la main. Le coin de mon manteau rose poudré dépassait de sous une boule de duvet gris colombe.

Des yeux bleus malveillants — presque de la même couleur que ceux de Cooper — ont cligné dans ma direction depuis un visage gris foncé. Il a de nouveau sifflé. Tyler avait un… chat ? Un chat qui, apparemment, me détestait tout autant que Tigger. Avais-je maltraité des chats dans une vie antérieure ? Un chien ? Et comment se faisait-il que j'ignore que mon ami avait un chat ?

— Beau minou, ai-je chuchoté. Viens là. Je lui ai fait signe de s'approcher. Le regard du chat n'a pas quitté mon visage. — Chut. Tout va bien. Je ne savais pas si je parlais à moi-même ou au chat. J'ai tendu une main hésitante vers le coin de mon manteau. Le chat a grogné et j'ai ramené ma main contre mon chemisier froissé. Non. Mon manteau ne valait pas la perte de mes doigts pour taper à la machine.

Une voix rauque a retenti derrière moi. — Salut.

— Salut. Il était toujours torse nu, ne portant que le jean de la veille, sans ceinture et tombant bas sur sa taille. À la vitesse de l'éclair, j'ai détourné le regard. — J'ai une réunion tôt et ton chat retient mon manteau en otage. Tu peux… ?

— Oh. Désolé. Bien sûr. Il a ramassé le chat et j'ai attrapé mon manteau sur le canapé.

— Merci.

— C'est Subha. Elle est plutôt tranquille. D'un bras, il a câliné le chat contre son torse nu, et elle a ronronné. Je ne la blâmais pas. Son torse avait l'air confortable. Et oh-mon-doux-Léonard-de-Vinci, à quel point un torse musclé avec un chaton duveteux blotti contre lui était-il sexy ? *Non.* Mon ami n'était *pas* sexy. Bon, d'accord, il l'était, mais je n'étais pas attirée par lui. Pas du tout.

— Comment tu te sens ? Sa couleur était meilleure que la veille. Ses lèvres étaient roses et plus du tout bleutées.

— Mieux. Merci, a-t-il dit. Quand il a souri, la tension dans ma poitrine s'est relâchée. — Désolé pour tous les poils de chat. Tu veux que je passe un coup de rouleau adhésif dessus ?

J'ai vérifié mon téléphone, comme si le temps avait miraculeusement pu se mettre à reculer. — Pas le temps. Cooper a une réunion tôt.

— Alors je suppose que le petit déjeuner est exclu aussi. Donne-moi une minute pour m'habiller et je te conduis.

— Non, merci. J'ai appelé un Uber. Tu devrais retourner te coucher. J'ai combattu l'envie d'aller vers lui, de le serrer dans mes bras, de l'embrasser sur la joue. Bien sûr, il était là, debout, en bonne santé, et non pas allongé dans un lit d'hôpital avec un tube respiratoire. Mais si je le touchais, même si c'était seulement pour me rassurer qu'il allait bien, j'avais peur de prendre plus que ce que notre amitié permettait.

Gardant mes yeux loin de sa peau nue, j'ai enfilé les bras dans mon manteau et j'ai passé mon sac à main sur mon épaule. — On se voit plus tard.

J'ai déverrouillé la porte et je me suis éclipsée. En descendant les escaliers, j'ai essayé d'oublier notre course paniquée pour les monter la veille. Je n'avais pas eu aussi peur depuis que papa était tombé de cette échelle. J'étais contente d'avoir été avec Tyler hier soir. Bien que, si nous n'avions pas été ensemble, il n'aurait jamais mangé cette glace contaminée. La prochaine fois, je veillerai à ce que le serveur utilise une cuillère propre. Je prendrai mieux soin de mon ami.

Au bureau, je me suis emmitouflée dans mon manteau et j'ai filé devant la sécurité avec un vague signe de la main. *Rien à voir ici.* À l'étage, j'ai jeté un coup d'œil dans le couloir vers le bureau de Cooper — encore dans le noir —, j'ai attrapé mon sac de sport et je me suis précipitée dans la salle de bain privée de Jackson.

Quelques minutes plus tard, je sentais bon le frais et j'étais raisonnablement présentable, assez pour un vendredi chez Synergy. J'ai regagné mon bureau en vitesse, j'ai fourré mon sac dans un tiroir et je me suis laissée tomber sur ma chaise juste au moment où l'ascenseur a sonné et où Cooper est sorti, dans sa perfection pressée et gominée.

Il a fait une double prise en me voyant à mon bureau. Normalement, ça aurait été une bonne chose. Aujourd'hui, je n'appréciais pas cette attention supplémentaire. Il a examiné ma queue de cheval et mon t-shirt « Yoga Girls Are Twisted » par-dessus ma jupe rose pâle froissée de la veille.

— Vous vous sentez bien, Marlee ?

— J'ai eu une panne d'oreiller. En quelque sorte. D'une manière détournée. J'ai planté mon regard dans ses yeux, le mettant au défi de douter de mon bluff.

Il s'est gratté la nuque. — Je sais que Jackson n'est pas à cheval sur le code vestimentaire, mais je préférerais que mon assistante me représente de manière professionnelle. Même un vendredi.

La rougeur est partie de ma poitrine et a déferlé jusqu'à la racine de mes cheveux. — Désolée, Cooper. Ça ne se reproduira plus.

— Très bien, alors. Pouvez-vous lancer la conférence téléphonique ?

— Bien sûr. J'ai ouvert l'application de réunion sur mon écran, reconnaissante de ne pas avoir à le regarder dans les yeux. Il s'est retourné, est entré dans son bureau et a fermé la porte.

J'ai appelé le bureau de Londres, j'ai mis Cooper en conférence et j'ai déconnecté ma ligne. Puis je me suis effondrée sur ma chaise et j'ai soufflé. La journée allait être longue. J'ai sorti mon téléphone pour appeler papa et j'ai trouvé un texto.

TYLER

Tout va bien ?

Un rire hystérique a bouillonné derrière mes lèvres closes. Rien n'allait *pas* bien. L'homme pour qui j'avais le béguin m'avait fait une remarque sur notre code vestimentaire inexistant. J'avais failli faire tuer mon ami et j'avais fini par dormir sur son torse nu. En plus, j'avais laissé papa seul à la maison toute la nuit.

Mais rien de tout ça n'était de sa faute.

Yep

J'ai appelé papa.

— Salut, ai-je dit quand il a décroché. — Encore désolée pour hier soir. Je devais aider mon ami.

— Maggie ?

J'ai grimacé et je me suis frotté la tempe. — Non, papa, c'est Marlee.

— Rayon de soleil ! Tu vas bien ?

— Oui, très bien. Et toi ?

— Bien, bien. Match de playoffs cet après-midi. Ça te dirait des tacos pour dîner ?

La douleur aiguë à ma tempe s'est un peu calmée. — Super. On se voit à la maison ce soir, d'accord ?

— À tout à l'heure, ma chérie.

J'ai posé mon téléphone et je me suis penchée sur mon bureau, la tête entre les mains, reconnaissante, tellement reconnaissante qu'il aille bien. Mais et si quelque chose lui était arrivé ? J'étais vraiment une personne horrible. En pénitence, je ne ferais rien d'autre que travailler et rester à la maison avec papa.

Attendez. Rester à la maison avec lui n'aurait pas dû être une punition. Cet homme s'était occupé de moi toute ma vie. J'étais une fille ingrate. J'ai tiré sur ma queue de cheval.

Finalement, j'ai grogné et j'ai tourné mon attention vers mon ordinateur.

Perdue dans ma revue de code matinale, je n'ai pas entendu les bruits de pas s'approcher et j'ai sursauté quand une tasse de café à emporter et un sac en papier ont été posés sur mon bureau. Tyler se tenait au-dessus de moi, une bouteille de Mountain Dew à la main et un large sourire sur le visage.

Juste au moment où il ouvrait la bouche, Cooper est apparu.

J'ai arraché mes yeux du visage de Tyler et j'ai adressé un sourire pincé à Cooper. — Que puis-je faire pour vous, Cooper ?

Son regard a balayé Tyler, la tasse de café, et mon t-shirt de yoga — encore. Ses sourcils se sont haussés. — Bonjour, Tyler. Il a souri d'un air suffisant.

— Salut, a maugréé Tyler.

J'ai incliné le menton vers le café qu'il m'avait apporté. — Merci. On se voit plus tard.

Les commissures de ses lèvres se sont resserrées avant qu'il ne se retourne et ne reparte vers la cage d'escalier.

Après que la porte se soit refermée, Cooper a agité ses sourcils épais vers moi. — Panne d'oreiller, hein ?

J'ai plissé les yeux vers lui. Cooper n'avait pas l'air jaloux du tout. Il semblait… jubilatoire. — J'ai dormi chez Tyler la nuit dernière. De manière inattendue.

Ses sourcils se sont haussés. — Donc, il se passe *bien* quelque chose.

J'ai porté le café à mes lèvres. Il avait un goût d'épices à la citrouille et de malhonnêteté. Même si tout ce que je lui avais dit était vrai, j'avais l'impression de mentir à Cooper. Une relation basée sur un mensonge ne tiendrait pas. Avant qu'il ne parte en voyage, j'allais tout avouer. Sur Tyler et sur mes sentiments pour Cooper.

Ces yeux laser m'ont de nouveau scrutée, comme s'ils essayaient de percer mes conneries à jour. Finalement, il a cligné des yeux et a appuyé une hanche sur mon bureau. — Hé, j'ai des billets pour une comédie musicale et je me demandais…

Sainte lentille de Hubble. Il allait enfin m'inviter à sortir. Je me suis immobilisée, attendant qu'il prononce les mots.

— C'est pour la semaine prochaine, et je serai en déplacement. Vous les voudriez ? Je sais que vous êtes fan de comédies musicales. Vous pourriez y aller avec Tyler.

Je me suis affalée. Même si j'avais toujours rêvé de voir une comédie musicale professionnelle. — Bien sûr. Je veux dire, oui, ce serait merveilleux. Merci.

Quand il a froncé les sourcils — probablement face à mon ingratitude — j'ai baissé les yeux vers mon bureau. Mon téléphone s'est allumé et j'ai attrapé le combiné, reconnaissante d'avoir un répit face à ce regard bleu laser.

José de la sécurité a dit : — Marlee, votre visiteur est là.

— Visiteur ? Qui pouvait bien venir voir *moi* ?

— Il dit qu'il a un rendez-vous.

J'ai affiché mon calendrier et j'ai trouvé l'entrée pour un entretien avec un autre candidat pour le poste d'assistant de Cooper. J'avais été tellement prise par tout le reste que j'avais oublié. Au moins, le candidat d'aujourd'hui était un homme. Un homme ne remarquerait pas mon t-shirt peu professionnel et ma jupe froissée, contrairement aux femmes que j'avais interviewées toute la semaine.

— Merci. Je descends tout de suite.

Cooper planait toujours devant mon bureau. — J'interviewe un autre candidat pour vous, ai-je dit en sortant mon dossier de CV du trieur de fichiers. — Vous voulez venir ?

Il a frissonné et a reculé. — Non, merci. J'ai beaucoup de travail.

J'ai secoué la tête en le regardant, et il s'est retourné pour filer vers son bureau. Lâche.

Saisissant le café que Tyler m'avait apporté — il devait être le meilleur ami du monde — j'ai jeté un coup d'œil dans le sac. À l'intérieur se trouvait l'étui en papier à pâtisserie auquel je m'attendais, posé sur un rouleau adhésif pour poils d'animaux emballé dans du plastique. J'ai ricané.

Mais alors que je descendais en ascenseur vers le rez-de-chaussée, le sourire est mort sur mon visage. Si le candidat d'aujourd'hui était qualifié, il me remplacerait dans mon rôle temporaire d'assistante de Cooper. Fini les déjeuners en tête-à-tête, fini les excuses pour passer dans son bureau, fini les occasions de l'aider avec le travail tard le soir.

Mon temps était compté.

———

BIEN SÛR QU'IL fallait qu'elle vienne chez Synergy le jour où je portais un t-shirt et avais les cheveux sales en queue de cheval.

Jamila Jallow, ses jambes paraissant interminables dans un pantalon taille haute et un imperméable Burberry ouvert sur le devant pour révéler un pull en cachemire et une écharpe en soie, était adossée au bureau de la sécurité, bavardant avec José.

— Bonjour, Jamila.

— Bonjour, Marlee. Vous pouvez m'accompagner en haut ?

J'avais prévu d'interviewer le candidat en bas, mais je supposais que je pouvais les faire monter tous les deux au sixième étage. — Bien sûr. Laissez-moi juste aller chercher... — J'ai regardé le CV dans ma main — Ben.

Un gars de mon âge environ a bondi de son siège sur l'une des inconfortables chaises en cuir chartreuse du hall. — Marlee ? a-t-il demandé, tendant déjà la main. Il portait une chemise à carreaux bleus sous un pull gris et un chino foncé. Ses bottines à lacets étaient assorties au cuir souple de sa sacoche.

Je me suis dirigée vers lui, souhaitant avoir l'air aussi soignée que lui. Quand je lui ai serré la main, j'ai juste légèrement incliné la tête pour le regarder dans ses yeux couleur whisky. Pas monstrueusement grand comme Cooper et Jamila. — Bonjour, Ben. Je suis Marlee Rice. Montons.

Pendant que nous attendions l'ascenseur, Ben s'est penché pour me contourner. — Vous êtes Jamila Jallow, n'est-ce pas ?

Elle a souri et a tendu une main longue et fine. — C'est moi.

— Ben Levy-Walters. Il lui a serré la main. — J'ai lu votre article de blog cette semaine sur la conception de l'expérience utilisateur. C'était une source d'inspiration.

Est-ce que toute la population de San Francisco lisait le blog de Jamila ? Pff.

Pendant que nous montions, ils ont continué leur conversation sur les interfaces utilisateur. J'ai gardé la bouche fermée et j'ai écouté. Le type était intelligent, tenant tête à l'une des étoiles les plus brillantes de l'industrie. Hmm.

Au sixième étage, j'ai installé Ben dans une salle de conférence et j'ai accompagné Jamila au bureau de Cooper. Quand j'ai frappé et ouvert la porte, son froncement de sourcils de concentration a disparu et un large sourire a illuminé son visage. Un sourire qu'il ne m'avait jamais montré à *moi*.

— Mila ! Je ne savais pas que tu venais aujourd'hui.

— J'ai pensé te faire la surprise. Prendre des nouvelles.

J'ai fermé la porte et je suis retournée péniblement vers Ben. Que devais-je faire pour qu'il me voie ? Pour qu'il me sourie ?

Mais j'ai chassé Jamila de ma tête en m'asseyant en face de Ben. Pendant que nous échangions des politesses, j'ai parcouru son CV. Je me souvenais que ses qualifications n'étaient que passables : deux ans en tant que réceptionniste et trois en tant qu'assistant de direction dans une seule entreprise. Pas de diplôme universitaire. Mais sa lettre de motivation avait été excellente.

— Alors, Ben, ai-je dit, commençant la partie officielle de l'entretien, dites-moi pourquoi vous avez postulé à ce poste chez Synergy. Je me suis calée dans mon siège, prête à être embobinée sur l'*opportunité incroyable* et la *parfaite adéquation* comme je l'avais été par tous les autres candidats.

— Honnêtement ? Il s'est penché en avant, les paumes sur le bord de la table et les doigts écartés vers moi. Ses yeux brun whisky étaient grands ouverts. — La startup pour laquelle je travaillais a fait faillite le mois dernier. Je ne l'ai même pas vu venir. Mon patron a dit que tout allait bien, et je l'ai cru. L'histoire de ma vie. Bref, je suis resté assis dans une pièce sombre pendant deux semaines à manger du Häagen-Dazs. Le coin de sa bouche s'est relevé. — Puis ma sœur m'a parlé de ce poste. Elle travaille ici à la comptabilité, et elle sait que je suis un fan absolu de Cooper Fallon.

C'est donc comme ça que son CV médiocre avait passé le filtre des RH — il était une recommandation d'employé. — Vraiment ? Dites-moi ce que vous savez sur Cooper et pourquoi vous êtes un fan.

Il s'est adossé à sa chaise. — Peu de gens savent que Cooper a fait des études d'informatique. Ils supposent tous que Jackson était le cerveau de la programmation et Cooper le commercial. C'est vrai, mais Cooper a aidé au développement initial du produit. Il a joint les mains sur ses genoux. — Il ne donne pas d'interviews sur sa vie d'avant l'université, et il est actif dans des fondations qui soutiennent les jeunes à risque. Donc je suppose qu'il a eu des problèmes en grandissant. Comme moi. Il s'est légèrement penché vers moi. — Je veux apprendre de lui. Un jour, j'aimerais aussi aider des jeunes.

J'ai hoché la tête. Il pouvait apprendre beaucoup de Cooper. Je commençais à apprécier Ben, mais il devait savoir dans quoi il s'engageait. — Il peut être… difficile à vivre au travail.

Il a gloussé. — Je sais que le poste est vacant depuis des mois, depuis que son ancienne assistante a pris sa retraite. Aucun des intérimaires n'a convenu ?

J'ai grimacé. Pas besoin qu'il sache pourquoi. — Non. Et il a été trop occupé pour faire passer des entretiens pour le poste jusqu'à maintenant.

Son regard était fixe, m'évaluant. — Et ce n'est pas *lui* qui me fait passer l'entretien maintenant, c'est *vous*. Pourquoi donc ?

— Oh, il a beaucoup voyagé et travaillé sur…

— Excusez mon langage, mais c'est des conneries. Il m'a examinée des pieds à la tête, de ma queue de cheval à mes bottines en similicuir. — Je pense que c'est de *votre* faute.

J'ai penché la tête. — Vraiment. Ce type me connaissait depuis vingt minutes à tout casser, et il allait diagnostiquer ma relation avec Cooper. Ha.

— Tout le monde sait que Jackson Jones est un — un peu… distrait. Mais vous avez réussi à le rassembler pour en faire un directeur contributif dans l'entreprise.

J'aurais adoré en prendre le crédit, mais il avait changé pour Alicia. — Eh bien, en fait, c'était...

Il m'a interrompue. — Vous le laissez se concentrer sur ce qui est important. Vous êtes le Magicien d'Oz, faisant opérer la magie depuis les coulisses. Vous êtes *trop* douée. Cooper voit ce que Jackson a et veut la même chose.

Je me suis agitée sur ma chaise. Ce n'était pas censé parler de moi. Si seulement Ben avait raison et que Cooper me *voulait* vraiment. Mais je n'allais *pas* aborder ce sujet avec cet homme trop observateur.

Comme je n'ai pas objecté, Ben a continué : — Je soupçonne que Cooper n'est pas comme Jackson. Il semble avoir les pieds sur terre.

— C'est le cas. J'ai pincé les lèvres pour éviter de déblatérer sur toutes les qualités de Cooper. Je n'avais pas besoin de le vendre.

— De quoi *a-t-il* besoin ?

Je me suis adossée à ma chaise. Qui interviewait qui ? — De quoi pensez-*vous* qu'il a besoin ?

Un lent sourire s'est étalé sur le visage de Ben. Comme moi, il devait aimer les défis. — Un homme qui, en dix ans, a fait passer une entreprise de sa chambre d'étudiant à une société du Fortune 1000. Un homme dont le cofondateur est brillant mais dispersé et dont le PDG est, d'après — il a vérifié que la porte de la salle de conférence était fermée — certains rapports, une personnalité un peu... disons, difficile.

Un con, c'était plus juste. Mais Ben était à un entretien d'embauche.

— Pourtant, Cooper Fallon parvient toujours à soutenir diverses fondations et à faire croître son entreprise chaque année. Il maintient un programme de voyages épuisant. Il a besoin de...

Je me suis penchée en avant sur ma chaise.

— Il a besoin de quelqu'un pour le protéger de lui-même. Bien qu'il soit important de soutenir cette entreprise et ses employés, il a besoin de quelqu'un pour l'empêcher de trop donner de sa personne. Avant qu'il ne fasse un burn-out.

Je me suis souvenue des cernes sombres sous ses yeux qui n'avaient pas disparu après son retour d'Asie. Opération Hakuna Matata. Je me suis adossée à ma chaise. — Exactement.

— Excusez-moi de le dire, mais on dirait que vous aussi, vous auriez besoin de quelqu'un pour faire ça pour vous.

J'ai plissé les yeux vers Ben. Cet homme voyait trop de choses. Je n'avais aucun doute que nous l'embaucherions ; il était exactement ce dont Cooper avait besoin. Mais je devrais me méfier de lui.

15

QUAND J'AI OUVERT la porte d'entrée ce soir-là, papa regardait *Nova* dans son vieux fauteuil inclinable usé jusqu'à la corde.

— Salut, papa, ai-je lancé pour couvrir le son assourdissant de la télévision.

— Mon rayon de soleil ! Bonne journée au travail ? Quand il m'a gratifiée d'un large sourire, la lumière bleue vacillante de la télévision a projeté des ombres sur son visage, le faisant ressembler à un crâne grimaçant.

— Bien. J'ai secoué les frissons qui me parcouraient en traversant vers la cuisine et j'ai allumé la lumière. J'espérais que nous avions de la bière. Ou du vin. Ça serait encore mieux. Après le dîner, je me faufilerais à l'étage pour enfin commander ce nouveau vibromasseur. Quelque chose de plus… réaliste.

Cachant mes joues brûlantes à papa, j'ai posé mes sacs et retiré mes talons du bout des pieds. C'est à ce moment-là que la gamelle de Tigger, anormalement pleine sur le sol, a attiré mon attention. Normalement, il engloutissait son repas en quelques secondes. Était-il malade ? Je n'étais vraiment pas d'humeur à emmener ce chat grincheux chez le vétérinaire ce soir. Bien sûr, je le ferais. Pas question que le chat adoré d'Alicia ne soit pas en parfaite santé quand je le lui rendrais dans une semaine. J'ai regardé sous la table, où il adorait se cacher de moi, mais il n'y avait qu'un mouton de poussière orange.

Je suis retournée à pas feutrés dans le salon, mais Tigger n'était pas non plus blotti contre papa. Je suis allée dans la chambre de ce dernier, j'ai soulevé le coin du couvre-lit et j'ai jeté un œil sous le lit. D'autres moutons de poussière — j'ai ajouté « passer l'aspirateur » à ma liste de choses à faire mentale — mais pas de chat.

La haine de Tigger à mon égard était si féroce qu'il refusait de poser ses délicates petites pattes au premier étage, mais j'ai quand même monté les escaliers en courant et j'ai vérifié ma chambre. Pas de signe de cette féroce boule de poils.

Je suis redescendue au petit trot, le cœur battant, et je me suis plantée entre papa et la télévision.

— Tu as vu Tigger ? ai-je demandé, en essayant de maîtriser la panique dans ma voix. Inutile de l'inquiéter.

— Qui ?

J'ai attrapé la télécommande et j'ai coupé le son de la télévision.

— Tigger. Le chat.

Il a froncé le front.

— On n'a pas de chat.

J'ai fermé les yeux et j'ai pris quelques respirations profondes pour me calmer.

— Le chat d'Alicia. Il est là depuis presque deux semaines.

Quand j'ai rouvert les yeux, le visage de papa ne montrait aucun signe de compréhension. *Merde.* Après un dernier regard circulaire, je suis retournée à la cuisine. J'ai trouvé mes baskets sur la machine à laver, je les ai enfilées, et j'ai attrapé une veste, une lampe de poche et mon téléphone. Ce matou corpulent n'avait pas pu aller bien loin, mais il serait difficile à trouver dans le noir. Et je devais le trouver. Alicia adorait ce satané chat.

———

DEUX HEURES PLUS TARD, mes mains tremblaient tandis que je me versais un grand verre de vin rouge. Je me suis affalée sur une chaise de la cuisine et je me suis examinée. Ma jupe rose pâle et mon T-shirt étaient maculés de terre et couverts de poils orange et blancs, et mes mains et mes bras étaient zébrés de griffures. La plupart n'étaient pas profondes, et je les avais bien nettoyées, mais l'entaille sur le dos de ma main avait un peu saigné et commençait à former une croûte. Le côté de mon visage semblait enflé autour de la griffure superficielle qui partait de ma pommette et descendait le long de mon cou. Pourtant, j'ai eu un sourire en coin — *aïe*. J'étais sortie victorieuse de notre bataille.

Mon cœur avait cogné fort, tout mon corps tendu et tremblant, pendant que j'arpentais les rues de notre quartier. Je ne savais pas si je devais l'appeler ou essayer de m'approcher de lui furtivement, vu à quel point Tigger me méprisait. Finalement, ma voix s'était réduite à un croassement, rendant la question caduque. J'avais déjà commencé à imaginer que je trouverais son corps inerte dans la rue et je composais mentalement ce que j'allais dire à Alicia quand j'ai entendu un bruissement de feuilles sèches et que j'ai éclairé une paire d'yeux jaunes dans le faisceau de ma lampe de poche.

Je l'ai poursuivi à travers quelques jardins jusqu'à ce que je le coince contre le perron de quelqu'un et que je l'attrape par le milieu du corps. Ce n'est que lorsque ce démon m'a griffé le visage que j'ai eu l'idée d'enlever ma veste et de l'envelopper dedans. Après cela, il a été relativement docile, ne laissant échapper qu'un miaulement occasionnel tandis que je le ramenais à la maison, tel un running back qui venait de marquer le touchdown de la victoire. J'ai réprimé mon envie de le lancer au sol et de faire un dab une fois que nous étions en sécurité dans la cuisine.

Maintenant, le petit monstre était confortablement blotti contre papa dans son lit. Pendant ce temps, je regrettais que nous n'ayons rien de plus fort que du vin pour calmer mes tremblements afin que je puisse moi-même aller me coucher. Et même si je ne voulais pas y penser, mon soulagement d'avoir retrouvé le chat d'Alicia indemne n'était pas la seule raison pour laquelle mes mains tremblaient. L'incompréhension totale sur le visage de papa quand je lui avais posé des questions sur Tigger me terrifiait. Je ne pouvais plus le nier : quelque chose n'allait pas avec mon père.

16

DE RETOUR au bureau lundi après-midi, vêtue *comme il se doit* d'une jupe noire et d'un pull rose à col bénitier, je me suis levée pour m'étirer le dos. Travailler pour Jackson me donnait plus d'occasions de bouger ; il avait toujours besoin de faire une promenade ou d'aide pour retrouver quelque chose dans son bureau. Travailler pour Cooper impliquait de rester assise à mon bureau bien plus souvent.

Quand la porte de la cage d'escalier s'est ouverte, j'ai souri. Tyler en est sorti d'un bond, à peine essoufflé, et s'est approché d'un pas nonchalant. Au cours de la semaine passée, il avait pris l'habitude de venir à mon bureau en fin d'après-midi. Il a appuyé sa hanche sur le bureau et a croisé les bras.

— Salut.

— Bon week-end ?

— C'était pas mal. Et le tien ?

— Rien de neuf. J'ai lissé mes cheveux. Mon père et moi avons regardé du sport.

— Attends. Qu'est-ce qui est arrivé à ta main ? Il s'est penché, a pris ma main dans les siennes et l'a tournée vers le puits de lumière. J'avais réussi à camoufler la marque sur mon visage avec du maquillage, mais l'égratignure sur ma main était plus profonde. Personne d'autre — pas même Cooper, et nous avions déjeuné ensemble — ne l'avait remarquée.

J'ai reniflé.

— C'est Tigger qui est passé par là. Il s'est échappé vendredi et m'a fait comprendre que je ne l'aurais jamais vivant. Mais si, je l'ai eu, il va bien. S'il te plaît, ne le dis pas à Alicia.

Il a examiné la longue égratignure, passant légèrement un doigt à côté de la croûte rouge foncé. J'ai eu la chair de poule sur l'avant-bras. Il a levé les yeux de ma main vers mon visage, ses yeux de la couleur veloutée d'un vert-brun de la mousse sur un tronc d'arbre.

Mon application de messagerie a sonné, me tirant de ma rêverie.

— Hé. Une seconde. J'ai doucement retiré ma main des siennes et j'ai jeté un œil à mon écran. Oh ! Ben a accepté notre offre.

— C'est qui, Ben ? Il a pris un bonbon à la pastèque et l'a fait tournoyer entre ses doigts.

J'ai arraché mon regard du bonbon pour le reporter sur mon écran d'ordinateur afin de taper une réponse à l'assistante des RH.

— Il va être l'assistant de Cooper. Il commence dans deux semaines.

— C'est une bonne nouvelle pour toi, non ? Moins de travail, surtout avec le retour de Jay.

— Exact. Ce que ça voulait dire, c'est que je n'avais plus de temps. Cooper partait en voyage demain et ne reviendrait pas avant le premier jour de Ben. Je devais passer à l'action *maintenant*. Heureusement, j'avais déjà pris mes dispositions pour mon père afin de pouvoir travailler tard.

— On pourrait… on pourrait aller fêter ça. Le restaurant mexicain au bout de la rue fait les « Folies de la Margarita » le lundi.

Ça avait l'air amusant, mais…

— Désolée. J'ai promis à Cooper de l'aider avec sa présentation pour son voyage sur la côte Est.

— Ce soir ?

Je me suis agitée sur ma chaise.

— Il a eu des réunions sans interruption depuis le mariage, pour reprendre la charge de travail de Jackson. Il a travaillé dessus le soir, tout seul. Je l'aide juste à y mettre la touche finale. C'était un homme si bon. Si responsable. Une petite pointe de culpabilité m'a pincée en pensant aux intérimaires incompétents que j'avais embauchés. C'était pour la bonne cause.

Tyler est resté silencieux un moment.

— J'imagine que l'Opération Prince Charmant est toujours en cours.

J'ai baissé la voix.

— Je vais mettre cartes sur table ce soir.

— Ce soir ? Il a reculé d'un demi-pas comme si je lui avais donné un coup, mais il m'a ensuite adressé un faible sourire. Je veux dire, tu vas vraiment mettre tes cartes — il a fait un geste vers mon torse — sur la table ?

— Beurk. Ne sois pas dégoûtant. Je parle de sentiments. Tu as déjà entendu parler de ça, non ? Oh, pourquoi est-ce que j'étais aussi garce avec mon ami ?

Sa mâchoire s'est crispée.

— Bien sûr. Mais je ne suis pas sûr que lui, si. Il a plissé les yeux en regardant la porte fermée du bureau de Cooper.

Il n'était pas fan de Cooper Fallon, mais j'ai essayé de le lui faire comprendre.

— Il a peut-être l'air froid. Au début. Mais il a des sentiments, lui aussi. De la passion. Je pense que la bonne personne pourrait l'amener à se détendre un peu. Faire fondre un peu de cette glace. J'en avais rêvé une ou deux fois, ou peut-être un millier de fois. Comment ce masque qu'il portait se fissurerait quand je lui dirais que je tenais à lui. Tout comme le milliardaire alpha du roman d'amour que j'avais lu la semaine dernière, qui n'avait besoin que d'une femme au grand cœur pour lui montrer ce qu'était l'amour.

— La bonne personne. C'est toi. Sa voix était plate, presque aussi froide que celle de Cooper. Et il est ta bonne personne.

— Bien sûr. J'ai remis mon pot à crayons en place. Si seulement Cooper pouvait le voir. Alors, j'aurais mes étincelles. Et le baiser du véritable amour.

Il a reposé le bonbon dans mon bol.

— Bonsoir, Cooper.

J'ai pivoté sur ma chaise, me cognant le genou contre le pied de la table. Des étoiles de douleur ont tournoyé devant mes yeux. Mais en effet, Cooper s'était approché de mon bureau.

— Qu'est-ce qu'il y a, Cooper ? J'ai frotté mon genou.

Il a jeté un regard entre nous deux.

— J'ai failli oublier de vous donner ça. Il m'a tendu une enveloppe.

— Qu'est-ce que c'est ?

— Les places de théâtre que je vous avais promises. Vous et Tyler pourriez y aller ensemble. Pour régler cette querelle d'amoureux que vous êtes en train d'avoir. Il a fait un cercle avec sa main pour nous désigner tous les deux.

Il pouvait probablement sentir la tension qui flottait entre nous comme le brouillard dehors. J'ai ouvert l'enveloppe et j'en ai sorti deux billets, au centre de l'orchestre, bien sûr, pour... « *Hamilton* » ? ai-je couiné.

— Vous l'avez déjà vu ?

— Non. Les billets étaient pour vendredi soir. Je ne pouvais pas laisser mon père et Tigger. Je les ai remis dans l'enveloppe. Je ne peux pas...

Tyler a parlé par-dessus moi.

— On adorerait y aller. Merci.

— Fantastique. Vous allez adorer. Cooper a souri comme un oncle fier, c'était la première fois de la journée que je voyais son expression sévère se fendre. Vous êtes bientôt prête pour commencer ma présentation, Marlee ?

Un frisson m'a parcourue. C'était le moment. L'Opération Prince Charmant, prête au décollage. J'ai hoché la tête, n'ayant pas confiance en ma voix.

— Mon bureau, dans dix minutes ? Sa voix était basse et sexy.

Peut-être que je finirais littéralement sur la table. Ou étalée sur ce grand canapé en cuir moelleux dans son bureau. J'ai imaginé son regard de laser se rapprocher de plus en plus tandis que ses lèvres descendraient sur les miennes. Son odeur boisée m'enveloppant. La chaleur de son corps rayonnant à travers sa chemise de luxe. De près, il serait sûrement chaleureux et non glacial comme il le paraissait toujours.

— Bien sûr, ai-je couiné.

D'un signe de tête, il s'est retourné et a regagné son bureau d'un pas assuré.

Ouah. J'ai cligné des yeux.

— Il part demain, c'est ça ?

— Oui. J'ai soupiré et j'ai poussé l'enveloppe avec les billets vers Tyler. Vas-y. Je ne peux pas me libérer.

Il n'a pas touché l'enveloppe.

— Tu meurs d'envie de voir *Hamilton*. Tu n'auras pas besoin de travailler tard puisque Jackson et Cooper seront absents. Pourquoi tu ne peux pas y aller ?

— C'est compliqué. Je n'arrivais toujours pas à comprendre pourquoi mon père avait oublié Tigger. Rester tard ce soir était déjà assez risqué. Bien qu'il ait eu l'air d'aller bien quand je l'avais appelé juste avant que Tyler n'arrive, deux soirs dans la même semaine, c'était chercher les ennuis.

— Il y a un problème ?

— C'est juste… juste mon père, c'est tout. Je ne pense pas pouvoir le laisser seul.

— Quand on est sortis avec Raleigh, tu as dit qu'il avait l'air ailleurs. Ça s'est aggravé ?

— Peut-être. C'était le cas ; je savais que c'était le cas. Ses oublis devenaient de plus en plus fréquents. Et celui de vendredi soir — laisser sortir Tigger — aurait pu avoir de graves conséquences.

— Tu peux demander à ta voisine de le surveiller à nouveau ?

— Ça me gêne de lui demander tout le temps. C'est ma responsabilité.

— Même les aidants ont besoin d'une pause de temps en temps, a-t-il dit. Demande-lui. Et si elle ne peut pas, je trouverai quelqu'un pour passer du temps avec lui. Tu sais que tu meurs d'envie d'y aller.

Un coin de ma bouche s'est relevé.

— D'accord. Je t'enverrai un texto ce soir pour te dire ce qu'elle dit.

— Parfait. Il s'est détourné. Ça va être génial. Attends un peu de voir.

Cette fois, j'ai souri de toutes mes dents. J'avais mis la bande originale dans la voiture en allant au mariage.

— Tu l'as écoutée.

— Peut-être. Il a passé sa lèvre inférieure sous ses dents. À demain.

La seconde d'après, il avait disparu dans la cage d'escalier.

Je me suis levée en prenant ma tablette. Quand aurais-je une autre chance de voir *Hamilton* ? Je m'en voudrais si je ratais cette occasion. Je mourais d'envie de voir ce spectacle depuis des années. Mon père s'en sortirait. Pas vrai ?

Tyler s'en sortirait aussi. Même si je n'arrivais pas à comprendre pourquoi il s'était autant énervé plus tôt. Il avait soutenu l'Opération Prince Charmant auparavant. Il serait content pour moi quand Cooper et moi serions ensemble, non ? Même si Tyler et Cooper n'étaient pas exactement les meilleurs amis du monde, je trouverais un moyen pour qu'on puisse tous passer du temps ensemble. Nous resterions amis après.

Rejetant mes cheveux par-dessus mon épaule, j'ai quasiment trottiné jusqu'à la porte de Cooper. La phase deux de l'Opération Prince Charmant était lancée.

Deux heures plus tard, nous étions assis dans les fauteuils club en cuir de son bureau avec une collection de plats thaïlandais à emporter étalés sur la table basse devant nous.

J'ai posé mes baguettes et mon assiette vide — avec Cooper, on ne pouvait pas manger directement dans les boîtes à emporter ; il gardait des assiettes en porcelaine dans sa crédence — et j'ai replié mes jambes sous moi sur le fauteuil. J'avais enlevé mes talons une heure auparavant.

Il a rompu le silence qui s'était installé entre nous pendant que nous mangions.

— Comment va Will ?

C'était tout Cooper. Si prévenant, toujours conscient que ses employés avaient une famille et une vie en dehors de Synergy.

— Il va bien. Le temps plus froid rend toujours sa jambe douloureuse.

— C'est dommage. A-t-il besoin de quelque chose ? Une recommandation pour un spécialiste ? Un accompagnateur ?

— Non, ça va, merci.

— Il a de la chance de vous avoir pour prendre soin de lui.

J'ai soulevé ma tasse de la table et je l'ai bercée dans mes mains.

— Je pense que c'est moi qui ai de la chance de l'avoir.

— Vous avez gagné à la Loterie des Pères.

— Oh, c'est une vraie chose ? J'ai souri. Je crois bien que oui.

Cooper s'est éclairci la gorge et a incliné le menton pour me lancer un regard faussement sérieux.

— Et que pense Will du jeune Tyler ?

J'ai plissé les yeux en le regardant.

— Ils ne se sont pas rencontrés. Pourquoi le feraient-ils ?

— Avec ses visites ici et votre soirée pyjama la semaine dernière, j'ai pensé que les choses devenaient sérieuses.

Il avait remarqué les visites de Tyler ? Qui faisait ça, à part quelqu'un de jaloux ? Mais après plus d'une semaine en étroite proximité avec Cooper, j'étais capable de rester calme.

— Qu'est-ce que vous êtes, ma copine de sororité ?

— Je suis juste intéressé.

Mon cœur s'est emballé. Intéressé ? Par moi ? C'était l'heure de la franchise. De lui dire ce que je ressentais.

— Nous sommes amis. C'est tout.

— Vous êtes allés au mariage de Jackson ensemble.

— *Vous*, vous y êtes allé avec Jamila.

Il a porté sa tasse à ses lèvres mais n'a pas bu.

— Elle est toujours mon +1 quand j'en ai besoin. Nous sommes amis depuis l'université.

Amis avec avantages ? Ou amis devenant plus ? Elle avait passé plus de temps chez Synergy au cours des deux dernières semaines que pendant les trois années précédentes réunies. J'aimerais savoir ce qu'il ressentait pour elle. Et ce qu'il ressentait pour moi.

Peut-être qu'il attendait que je fasse le premier pas parce qu'il n'avait pas voulu s'interposer entre Tyler et moi. Et c'était à moi de lui montrer ce que je ressentais. Exactement ce qu'Amy Adams disait à Patrick Dempsey dans *Il était une fois.*

— Alors ? Vous et Tyler ?

Je l'ai regardé droit dans les yeux. L'Opération Prince Charmant — et les jeux et amusements associés — était terminée. Maintenant, c'était le final.

— Nous n'avions pas de cavaliers pour le mariage, alors nous y sommes allés ensemble. Les amis font ça.

— Il vous a embrassée. En public.

Et en privé. J'ai baissé le regard. Portant ma tasse de thé à mes lèvres, j'ai espéré que la vapeur cacherait ma rougeur.

— On s'est laissé emporter.

— La soirée pyjama de la semaine dernière ?

— Il a eu une réaction allergique. Je suis restée pour m'assurer qu'il allait bien.

— Vous êtes une bonne amie. Et une bonne fille. Une assistante stellaire. Vous excellez en tout, Marlee.

À ces mots, je l'ai regardé. *Vraiment* regardé. Nous étions si semblables. Nous visions tous les deux la perfection, ou du moins l'apparence d'une façade parfaite. Nous cachions tous les deux des choses derrière cette façade — je cachais mes difficultés avec mon père, et il ne parlait jamais de son passé avant Stanford. Nous étions tous les deux poussés à atteindre nos objectifs. Il avait obtenu ce qu'il voulait : une entreprise multimilliardaire. Étais-je sur le point d'obtenir ce que je voulais, mon propre « et ils vécurent heureux » ?

Il était le Prince Charmant dont j'avais toujours rêvé, beau, brillant et gentil. Compréhensif au sujet de mon père. Si seulement il pouvait me *voir*, moi, pas comme une employée de Synergy, mais comme une femme assise en face de lui. Une femme qui pourrait l'aimer s'il ne lui donnait qu'une chance. Nous serions parfaits ensemble. Se doutait-il de la même chose ? Avait-il accepté mon aide ce soir pour me questionner sur Tyler et s'assurer que la voie était libre ? Pourquoi ne passait-il pas à l'action, alors ?

Parce que, comme je l'avais dit à Ben, Cooper était trop occupé à prendre soin de ceux qui l'entouraient pour prendre soin de lui-même. C'était à moi de prendre soin de lui.

J'ai déplié mes jambes et contourné la table basse. Il m'a regardée, son visage indéchiffrable, alors que je me perchais sur la causeuse à côté de son fauteuil. J'ai pris sa main dans l'une des miennes.

— Cooper, ai-je commencé doucement, j'ai besoin de vous dire...

Mon pouls s'est emballé quand il a posé son autre main sur la mienne et m'a transpercée de son regard. L'Aigle avait atterri. Il allait me dire ce qu'il ressentait. J'ai écarquillé les yeux, mes oreilles, chaque pore de ma peau pour capter ses paroles. L'espoir a déferlé dans mes veines pendant le bref et glorieux instant avant que je lui dise que je tenais à lui. Qu'un jour, je pourrais l'aimer, moi aussi.

— Marlee, arrêtez. Il a retiré ma main de la sienne et l'a posée sur l'accoudoir en cuir froid de la causeuse. D'un mouvement fluide, il s'est levé de son fauteuil et s'est dirigé vers la fenêtre. Il est resté là, le dos droit, raide et froid.

— Je peux me débrouiller à partir d'ici. Merci de votre aide. Vous devriez rentrer chez vous maintenant.

Mon cœur est tombé dans mon estomac, où la nourriture thaïlandaise épicée a commencé à l'attaquer. Douloureusement. Je ne pouvais pas croire qu'il m'avait repoussée alors que nous étions si proches de quelque chose de plus.

— Mais, Cooper, je...

— Non, Marlee. Il ne s'est même pas retourné. Vous êtes une employée de Synergy. Je suis le Directeur des Opérations. Même si je...

J'ai bondi de la causeuse et j'ai marché vers lui, faisant face à son dos raide, essayant si fort de retenir ma colère que j'en vibrais.

— Est-ce que vous ne faites jamais rien juste parce que vous en avez envie ? Enfreindre les règles ? Même les bafouer parfois ?

Il était un bloc de granit.

— Non. Contrairement à Jackson, je prends mes responsabilités très au sérieux. Vous, plus que quiconque, devriez comprendre ça.

— Il y a des règles importantes comme... être juste envers les gens. Le respect. Montrer aux autres que vous tenez à eux. Jackson s'en sort très bien avec celles-là. D'autres règles — *ne tombez pas amoureux de votre collègue* — peuvent être sacrifiées pour rester fidèle aux plus importantes.

— Toutes les règles sont créées pour une raison, Marlee. Elles sont toutes importantes.

Dans ma tête, je l'ai traité de crétin obstiné et de quelques autres noms d'oiseaux. Mais continuer la discussion, même après les heures de bureau, aurait été futile au mieux. Dans l'humeur où il était, je n'aurais pas été surprise que Cooper me rédige un avertissement formel. Il aurait probablement inclus le fait de ne pas porter de chaussures appropriées au bureau.

— Bonne nuit, Cooper, ai-je dit. Bon voyage. *Têtu... conventionnaliste.*

— Bonne nuit. Il a levé la main dans une sorte de signe d'au revoir mais ne s'est pas retourné pour me regarder.

Attrapant mes chaussures, j'ai claqué la porte derrière moi. Fort. J'espérais que ça le surprendrait. J'espérais qu'il regretterait de m'avoir éconduite. J'espérais qu'il se sentirait frustré pendant toute la semaine.

Je me suis figée à mi-chemin entre son bureau et le mien. *Freud, sors de ce corps.* Maintenant, j'étais l'une de ces femmes folles à lier qui sortaient du bureau de Cooper. Si jamais je croisais cette garce de Karma, je lui enverrais un coup de Taser.

17

LA PLUIE CRÉPITAIT contre la verrière, plongeant tout le bureau dans une telle grisaille que je ne pouvais plus dire si c'était le matin ou l'après-midi.

Ça n'avait aucune importance, de toute façon.

J'ai jeté un coup d'œil à la porte fermée du bureau non éclairé de Cooper, puis je l'ai vite détourné. Comment pourrais-je éviter de remettre les pieds là-dedans ? Chaque fois que je la regardais, une honte brûlante m'envahissait les entrailles. Au moins, ça me faisait ressentir quelque chose. J'étais un astéroïde, flottant dans l'espace, uniquement attiré par les forces les plus faibles. Vide. Engourdie.

J'ai ouvert mon tiroir d'un coup sec et en ai sorti mon vieux plan. J'avais barré l'étape un, notre danse. Je n'avais pas pris la peine de rayer l'étape deux, puisque le rapprochement autour de plats à emporter s'était soldé par un échec monumental. Et l'étape trois ? Il n'y aurait pas de baiser magique pour moi.

Refermant le tiroir avec fracas, je me suis traînée jusqu'à la salle des photocopieuses et j'ai glissé la liste dans la déchiqueteuse. Mais même son broyage bruyant ne m'a apporté aucune satisfaction. J'aurais peut-être dû la brûler.

Quand la machine s'est tue, le silence a pesé sur mes oreilles.

En fait, à l'exception du tambourinement de la pluie sur la verrière, le sixième étage était remarquablement calme. Probablement parce que les personnalités écrasantes de Jackson et de Cooper manquaient à l'appel.

Ce qui aurait dû être un soulagement. Revoir Cooper serait, au mieux, inconfortable, après qu'il m'avait éconduite la veille au soir, même si ma colère s'était dissipée pour laisser place au vide. Et si Jackson me voyait, pâle sous mon maquillage, des cernes bleutés sous les yeux ? Il m'aurait arraché toute l'histoire humiliante et aurait fait quelque chose de ridicule, comme m'acheter des fleurs.

Et même si j'adorais les fleurs, les fleurs de pitié étaient ce qu'il y avait de pire. Quel genre de fleurs offrait-on à quelqu'un qui avait eu le béguin pour une personne pendant trois ans et qui s'était fait jeter froidement ? Une de ces horribles gerbes funéraires en forme de cœur saignant, avec des rubans rouges qui dégoulinaient comme du sang.

La porte s'est ouverte à la volée derrière moi, et le crissement des baskets de Tyler a résonné à l'étage vide. — Marlee, tu ne viens pas ?

Je me suis retournée pour lui faire face. — Venir où ?

— La réunion générale. Ça va commencer. Tout le monde est déjà là.

J'ai balayé du regard l'étage désert avant de me tourner vers l'écran de mon ordinateur, qui aurait dû me le rappeler. Ah oui, il était passé en mode veille pendant que je me morfondais.

J'ai attrapé mon téléphone et je me suis levée. Mais au lieu de me guider vers les ascenseurs, il a posé ses mains sur le haut de mes bras. Même à travers les manches de mon gilet, j'ai ressenti ce frisson, le même qu'au mariage. Une preuve de plus de l'état désastreux de ma vie amoureuse. Des picotements dès qu'un homme me touchait à peine. Allez comprendre.

Il a serré doucement mes bras. — Ça va ?

Je ne pouvais pas le regarder. Ma colonne vertébrale était aussi molle qu'une nouille trop cuite, et je n'arrivais pas à rassembler l'énergie nécessaire pour projeter l'image de dure à cuire dont j'avais besoin pour me protéger de ceux qui me méprisaient ou craignaient mon pouvoir chez Synergy.

— Ça va, ai-je marmonné, en fixant le nœud de Ms. Pac-Man sur son T-shirt.

— Ton père va bien ?

— Quoi ? Bien sûr. Pourtant, j'ai jeté un coup d'œil à mon téléphone. Pas de messages. Il était debout et s'affairait dans la cuisine quand je l'ai embrassé sur la joue en partant ce matin.

— Alors qu'est-ce qui… — Il a jeté un regard en direction du bureau de Cooper. — Oh.

La blessure était trop fraîche pour en parler, même avec mon ami. — Allons-y.

Il a pris ma main et s'est dirigé d'un pas décidé vers les escaliers. — Les ascenseurs sont pleins.

Mes talons n'étaient pas faits pour les escaliers en béton, et il a descendu lentement, tenant ma main glacée et me laissant cliqueter derrière lui à mon propre rythme, le long des quatre étages jusqu'au deuxième, où se trouvait l'auditorium. Nous nous sommes arrêtés devant la porte en métal.

Des bruits de pas ont résonné au-dessus de nous, et l'un des développeurs, Grant, est apparu au détour des escaliers. — Salut, Tyler, tu viens ?

Il a plongé son regard dans le mien. — Juste une minute.

— Je te garde une place ? Ou tu t'assois avec elle ? — J'ai entendu le dédain dans sa voix.

— Je suis avec Marlee. On se voit après.

Grant nous a contournés et a ouvert la porte. Les basses de la chanson fétiche de Weston, « All I Do Is Win » de DJ Khaled, ont empli la salle de conférence de l'autre côté. La porte s'est refermée derrière lui, étouffant la musique.

Même dans la cage d'escalier faiblement éclairée, les paillettes dorées dans les yeux de Tyler brillaient. — Tu veux y aller ?

Je lui ai offert le meilleur sourire dont j'étais capable. Il avait snobé son ami pour moi. — Je suppose.

Il a levé une main vers mon visage et a glissé une mèche rebelle derrière mon oreille. Je n'ai pas pu m'en empêcher ; je me suis abandonnée à son contact, chaud et rassurant. Tyler ne me ferait jamais de mal. Il resterait à mes côtés, quoi qu'il arrive.

Tyler a fait glisser ses mains le long de mes bras. — Tu frissonnes. Tu as froid ?

Je l'étais, comme une exoplanète, trop loin du soleil. — Je suis désolée, je… tu es trop gentil. Et je sais que tu détestes qu'on te dise ça, mais c'est vrai.

Il m'a prise dans ses bras, et j'ai enfoui mon visage dans la chaleur de sa poitrine. J'aurais voulu y rester pour toujours, mais la musique s'est arrêtée, et la voix de Weston nous est parvenue faiblement à travers la porte.

— On rate la réunion. Et je suis en train de mettre du maquillage partout sur ton T-shirt.

— Ne t'en fais pas pour ça. — Il a frotté mon dos en décrivant des cercles. — Laisse tout sortir.

Bizarrement, je n'avais aucune larme. Mais je me suis imprégnée de sa chaleur comme la face éclairée de la lune pendant qu'il me chuchotait des paroles apaisantes et sans importance dans les cheveux.

Nous ne sommes pas allés à la réunion. Weston avait peut-être annoncé aux employés que nous allions tous être licenciés.

Je m'en fichais.

La seule chose qui comptait, c'était que mon ami était un immense ours en peluche, qui me faisait sentir un tout petit peu mieux, me convainquant que je n'étais pas complètement impossible à aimer, que quelqu'un tenait à moi. Pendant qu'il me serrait dans ses bras dans la cage d'escalier, il a mis tous mes problèmes en sourdine — mon père, Cooper, même le diabolique Tigger — et m'a laissée être moi-même, avec tout mon désordre émotionnel.

Finalement, quand je me suis sentie de nouveau presque humaine, je l'ai serré une dernière fois et j'ai relevé la tête. Toutes les couleurs de mon visage — rouge à lèvres rose et fard à joues, fond de teint pêche, mascara noir — sont restées sur son T-shirt blanc, juste au-dessus du visage de Ms. Pac-Man. J'ai essayé de frotter les taches une seconde avant d'abandonner.

— Merci d'être un si bon ami.

Il a placé une phalange sous mon menton et l'a soulevé pour que je le regarde dans les yeux. Ils étaient bruns ce jour-là, comme une terre chauffée par le soleil. — Je suis toujours là pour toi, Marlee.

Je lui ai adressé un sourire tremblant. — C'est toujours d'accord pour *Hamilton* vendredi ? Ma voisine a dit qu'elle pouvait venir rester avec mon père.

— Je ne manquerais ça pour rien au monde.

— Je suis désolée pour ton T-shirt. — J'ai essayé à nouveau de faire partir la tache avec mon pouce. — Et j'ai l'air horrible avec mon maquillage qui a coulé comme ça.

— Avec ou sans maquillage, tu es la plus belle femme de ce bureau.

Je devais m'accrocher à Tyler de toutes mes forces. Je ne trouverais jamais un autre ami aussi formidable que lui.

———

QUAND TYLER s'est pointé à mon bureau tard le vendredi après-midi, j'ai ressenti des sentiments très peu amicaux à son égard. Après une longue journée de travail, comment diable arrivait-il à être si canon ?

C'était peut-être la veste. Au lieu de son habituel T-shirt et jean, il portait un pantalon chino slim et une chemise d'une couleur entre le bleu et le vert qui faisait ressortir les tons froids de ses yeux noisette. Par-dessus, il portait un blazer sombre, peut-être le même que celui qu'il avait mis au mariage d'Alicia. Sous mon bureau, je me suis pincé la peau entre le pouce et l'index, utilisant la douleur pour me rappeler que, peu importe à quel point il était séduisant ce soir-là, nous n'étions que des amis.

— Prête à y aller ? m'a-t-il demandé, et au diable si ses fossettes ne m'ont pas fait vaciller en me levant.

— Ouais. — Pourquoi ma voix était-elle si haletante ? Ce n'était que Tyler, mon ami, et nous allions voir *Hamilton* ensemble. Ce n'était pas un rendez-vous. C'étaient deux amis qui faisaient une sortie amicale au théâtre. Un cadeau de Cooper. Qui m'avait brisé le cœur. Ce devait être pour ça que je me sentais si bizarre avec Tyler. Mon cœur — et la partie de mon cerveau qui le régulait — était aussi défectueux que l'atterrisseur Schiaparelli et aussi cramé que le cratère qu'il avait laissé sur Mars. Je me suis éclairci la gorge.

— Tu as les billets ?

— Mmh. — J'ai tapoté mon sac à main.

— Tout va bien ? Ton père va bien ?

Le soleil couchant a choisi ce moment pour descendre assez bas, ses rayons perçant entre les immeubles voisins jusque dans le bureau de Jackson, et une lance de lumière rose saumon a brillé à travers la paroi de verre, directement sur Tyler. Elle a doré la pointe de ses cheveux et fait scintiller sa barbe naissante.

— Marlee ?

— Ouais, je vais bien. — J'ai cligné des yeux avec force et me suis dirigée vers les ascenseurs.

— Et ton père ?

— Il va bien. — Je l'avais appelé, et lui et Alma étaient en pleine partie de gin rami. Il avait l'air comme avant : fort, stable, intelligent. Les bons jours comme aujourd'hui me laissaient espérer que les mauvais jours, comme vendredi dernier, étaient comme des particules quantiques observées dans un état anormal, destinées à revenir à un comportement plus normal avec le temps. Je pourrais peut-être demander à papa ce qu'il pensait de ma théorie pendant un de ses bons jours.

Quand nous sommes entrés dans l'ascenseur, j'ai senti l'eau de Cologne de Tyler — cèdre et agrumes — et je me suis retrouvée à l'extérieur de l'auberge, portant sa veste, enlacée par ses bras, ses lèvres…

J'ai retenu ma respiration. Si seulement je pouvais arrêter de respirer jusqu'à ce que les portes s'ouvrent. C'était la seule façon de passer la soirée sans faire quelque chose de complètement déplacé avec mon ami. Cette maudite période de vaches maigres me retournait le cerveau.

Six étages, c'était long, et l'ascenseur de Synergy était d'une lenteur exaspérante. Ma poitrine s'est resserrée, et des points noirs ont dansé devant mes yeux. Mais je ne laisserais pas le parfum enivrant de Tyler me faire faire une bêtise dans cet ascenseur.

Tyler a dû penser que je faisais une sorte de crise de nerfs quand je me suis précipitée dans le hall avant que les portes ne soient complètement ouvertes, aspirant à pleins poumons des bouffées de nettoyant industriel au parfum de pin. Le technicien de surface a certainement dû le penser, lui aussi, quand j'ai failli trébucher sur sa cireuse.

Tyler m'a attrapé le coude pour m'empêcher de m'étaler de tout mon long sur le sol glissant. — Tu es sûre que ça va ?

— C'est bizarre, non ? ai-je crié pour couvrir le bruit du moteur de la machine.

— Qu'est-ce qui est bizarre ?

Je l'ai entraîné, toujours agrippée à mon coude, vers les portes d'entrée où je n'avais pas besoin de crier. Et il ne fallait pas ; l'agent de sécurité de nuit, Howard, n'avait pas besoin d'entendre ça. — Toi et moi. À un renc… à aller au théâtre. Ensemble, je veux dire. Tous les deux. — J'ai pincé les lèvres pour arrêter le flot de paroles.

— Non. — Il a froncé le front. Au moins, les fossettes avaient disparu. — On fait tout le temps des trucs ensemble. Tu es sûre que ça va ?

Ah. Donc, ce n'était que moi. — Oui. Je vais bien.

Il m'a tenu la porte, et nous sommes sortis dans la lumière dorée du crépuscule, l'air étonnamment doux pour un mois d'octobre. Je l'ai suivi vers le parking.

En chemin, j'ai repéré mon marchand de tamales préféré. J'ai souri à Diego alors qu'il fermait son auvent. L'odeur épicée persistante m'appelait, me mettant l'eau à la bouche. Ça faisait un moment que je n'avais pas mangé de tamales. Tous ces déjeuners guindés avec Cooper, et je n'avais fait aucun progrès. Maintenant, cela ne semblait plus valoir les visites manquées au chariot de Diego. Je passerais déjeuner demain.

Tyler s'est arrêté juste devant le chariot. — Ce sont tes préférés, non ? m'a-t-il demandé.

— Ils ne sont pas les préférés de tout le monde ? Je suis sûre qu'il n'en reste plus.

Mais Diego a sorti un sac ramolli par la vapeur des profondeurs chaudes du chariot. — Tenez. Passez une bonne soirée. — Il a fait un clin d'œil à Tyler. — *Hasta luego*, Marlee.

— À la prochaine, Diego. — Tyler a glissé le sac sous son bras et a continué vers le parking. — Je pensais qu'on pourrait pique-niquer, si ça te va.

Il détestait l'entendre, alors je ne l'ai pas dit. Mais c'était adorable de la part de Tyler de se souvenir que j'adorais les tamales de Diego. Mon estomac a gargouillé à l'odeur qui s'échappait du sac. — Ça me semble parfait.

Dans la voiture, l'odeur des tamales a couvert l'eau de Cologne de Tyler, et j'ai pu recommencer à penser. De toute évidence, mon vieux vibromasseur ne faisait plus l'affaire. Il était temps de passer à la vitesse supérieure et de commander celui, plus sophistiqué, qui promettait de me faire grimper au rideau avec des orgasmes à en hurler. Et d'acheter des bouchons d'oreilles pour papa.

— Alors, raconte-moi…

Je l'ai interrompu. — Tu rentres chez toi pour les fêtes ? — Je n'étais pas prête à parler de la façon dont l'Opération Prince Charmant était partie en fumée mardi.

Il a froncé le front. — Tu veux dire Thanksgiving ?

— C'est dans un peu plus d'un mois. Tu dois acheter un billet si tu y vas.

— Je n'avais pas l'intention d'y aller. Tu as rencontré Raleigh. Les autres sont pareils. Alicia a dit que je pouvais passer du temps avec eux si je restais ici.

Même si ce n'était que mon père et moi, les fêtes — surtout

Thanksgiving — étaient faites pour la famille. — Tu devrais rentrer chez toi. Leur dire leurs quatre vérités comme tu l'as fait avec cet idiot de Raleigh.

Il a gloussé. — C'est toi qui as rembarré Raleigh. Il faudrait que je t'emmène avec moi.

Un silence est tombé sur nous comme une couverture. Et pas du genre confortable, amical et doux.

— Je veux dire, hypothétiquement, a-t-il dit. Dans le monde à l'envers où je retournerais chez moi. Ce que je ne vais pas faire.

— Bien sûr. Et j'apporterais mon phaseur — réglé sur étourdissement, bien sûr — et je m'en donnerais à cœur joie sur tous tes frères et sœurs qui essaieraient de te rabaisser. Piou ! Piou ! — J'ai fait semblant de tirer sur les autres voitures.

— Les phaseurs ne font pas piou-piou. Ça, c'est un blaster de *Star Wars*. Dans *Star Trek*, ils font plutôt un son comme wah-wah-wah-wah. Ou, dans les séries plus récentes, un zee-ot.

— Un zee-ot. — Et nous étions de retour en terrain sûr.

Quand nous nous sommes garés au Civic Center, Tyler a sorti une couverture effilochée du coffre de la Mustang avant que nous montions vers la pelouse devant l'Hôtel de Ville. Il a étalé la couverture, et j'ai glissé sous moi la jupe évasée de ma robe, un autre imprimé floral rose. Le bâtiment aux colonnes blanches et son dôme se dressaient derrière lui, saupoudrés de corail par le soleil couchant.

Il m'a tendu une bouteille d'eau et a décapsulé un Mountain Dew.

— Ils n'autorisent pas le vin dans le parc, mais je me suis dit que l'atmosphère en valait la peine, a dit Tyler. C'est mieux qu'un restaurant guindé.

Je me suis appuyée en arrière sur mes mains. Tyler était tout le contraire de guindé. Ce qu'on voyait était ce qu'on obtenait : ouvert, honnête, vrai. Je ne pouvais pas en dire autant de Cooper, dont la nature énigmatique et opaque avait été un puzzle pour moi pendant les trois années où je l'avais connu. J'avais espéré qu'un jour, je le déchiffrerais, et que les mystères de son univers me seraient révélés. Plus maintenant. Ma poitrine s'est serrée dans un pincement machinal.

Tyler m'a passé une fourchette et quelques tamales sur une assiette en carton. — *Buen provecho.*

J'ai pris une bouchée. — Par Galilée, ils sont excellents. Prends-en avant qu'ils ne refroidissent.

Il a déballé deux tamales et les a posés sur son assiette. — Pourquoi est-ce que c'est bizarre ?

Oh. Je pensais qu'il avait choisi d'ignorer mon flot de paroles maladroit dans le hall. Et dans la voiture. Ça aurait probablement été mieux. Si on n'en parlait pas, ce n'était pas réel.

Pourquoi était-ce bizarre ? Être assise sur une couverture dans le parc à manger des tamales avec lui ne me semblait pas bizarre. Même si nous étions bien habillés, nous n'étions que deux amis partageant un repas. Dehors. En public. Contrairement à l'ascenseur, je n'avais pas envie de m'enrouler autour de lui, d'embrasser ces lèvres douces. Et il ne voulait pas m'embrasser. Il était assis en face de moi, piquant ses tamales, sans même me regarder. Un homme est passé à côté de nous, poussant un chariot de supermarché cliquetant. Non, nous étions en sécurité ici.

— Je suppose que ce n'est pas bizarre. — Peut-être que j'étais la seule à perdre la tête quand on se rapprochait trop.

— Tant mieux, parce que ce n'est pas ce que je ressens avec toi. J'ai l'impression que... que toutes les couleurs sont plus vives. Comme si c'était toujours l'aube ou le crépuscule autour de toi. — Il a levé la main, la tournant pour examiner l'orange là où le soleil couchant la frappait et les ombres bleues crépusculaires de l'autre côté.

— Tyler, nous... — Mon cœur battait la chamade, comme s'il voulait bondir de ma poitrine pour atterrir dans la sienne. Non. Je ne pouvais pas me laisser envoûter par de la poésie. Nous étions des amis qui passaient du temps ensemble. Bientôt, le soleil se coucherait, emportant avec lui la magie dorée et nous laissant dans les bleus et les gris froids du crépuscule. Quel effet cela aurait-il sur les yeux de Tyler ? S'assombriraient-ils, ou les paillettes dorées brilleraient-elles comme celles d'un chat ?

Il fallait que je le ramène sous les néons qui délavent ses couleurs vives et le retransforment en mon ami de tous les jours au travail.

J'ai posé mon assiette. — On est amis. Et je ne veux rien faire qui puisse gâcher ça. — Cooper avait eu raison sur ce point pendant que nous dansions au mariage. Tant que je gardais une distance de sécurité, comme un satellite en orbite, tout irait bien. Mais si je me rapprochais de Tyler, notre amitié se consumerait comme un météore enflammé dans l'atmosphère et ne laisserait derrière elle qu'un morceau de métal froid. Je ne pouvais pas détruire notre amitié comme ça. Je ne le ferais pas.

Il a pris une inspiration pour dire quelque chose, mais l'a ensuite expirée. Au lieu de ça, il a porté la bouteille verte à ses lèvres et a bu. — Je ne veux pas non plus gâcher notre amitié. Elle est spéciale pour moi. Tu es spéciale pour moi.

J'ai souri. — Notre amitié est importante. Surtout avec… — Je ne pouvais même pas le dire. Si je ne prononçais pas les mots, le mariage d'Alicia ne changerait rien à notre amitié. Elle, Tyler et moi, nous ne changerions pas. Nous serions toujours les trois marginaux qui, quand nous étions ensemble, s'aidaient mutuellement à se sentir intégrés.

— Je comprends. — Il a posé sa main sur mon genou, par-dessus ma robe, juste une seconde, avant de piquer une bouchée de tamale et de la mettre dans sa bouche. Il a levé les yeux au ciel en mâchant. — Tu as raison. Ce sont les meilleurs.

— Je sais, n'est-ce pas ? — J'ai repris mon assiette et j'ai attaqué mon deuxième tamale. Nous étions de retour en zone de sécurité. — Reste avec moi. J'ai plein d'autres choses à te montrer.

Il a reniflé. — J'en suis sûr.

———

MON CŒUR SE BRISAIT. Encore.

C'était une chose d'écouter la bande originale avec mes écouteurs. C'en était une autre de la voir jouée sur scène, surtout depuis le troisième rang, d'où je pouvais clairement voir l'expression angoissée d'Eliza alors qu'elle berçait son fils dans ses bras. Et quand elle a poussé un cri, un sanglot m'a échappé.

Je ne me suis souvenue que j'étais dans un théâtre plein d'inconnus que lorsque j'ai perçu un flash du coin de l'œil. La dame à côté de moi s'est tournée, ses boucles d'oreilles en diamant captant les lumières de la scène, pour m'offrir un sourire réconfortant.

De l'autre côté, un mouchoir a effleuré ma main. J'ai remercié Tyler d'un sourire, ses yeux étaient brillants, eux aussi. Mais j'avais de vraies larmes qui coulaient sur mes joues, et probablement du mascara, alors je n'ai pas essayé de le lui rendre. Au moins, mes glandes lacrymales fonctionnaient de nouveau. Et c'étaient de bonnes larmes. Tristes, mais pour quelqu'un d'autre. Pas pour moi.

J'ai tamponné mes yeux et j'ai reporté mon attention sur la scène, où le drame marchait vers sa conclusion inévitable.

Je connaissais la fin. Tout le monde la connaît. Pourtant, j'étais contente d'avoir le mouchoir de Tyler.

Cooper aurait adoré le spectacle. Bien qu'il l'ait probablement déjà vu à Broadway. Certes, c'était un bourreau de travail, mais c'était aussi un passionné de comédies musicales. S'il avait été avec moi, au lieu d'être à Boston, nous aurions pu nous extasier sur la musique, les costumes, les performances. Devant la scène, où il y avait beaucoup de place pour ses longues jambes, m'aurait-il passé un mouchoir ? Tenu la main ? Posé un bras sur le dossier de mon siège ?

Peut-être.

Ou peut-être pas. Il était plus du genre pochette en soie que mouchoir en coton. Et il n'avait jamais été un grand fan des démonstrations d'affection en public, même si c'était seulement pour réconforter une amie.

La dame à côté de moi a ramassé son manteau avant de se

tourner vers moi. — Est-ce que Cooper va bien ? Il ne manque jamais les spectacles.

Bien sûr. C'étaient ses abonnements. Ils étaient probablement assis ensemble depuis des années. — Il a dû voyager. Pour le travail.

— Dites-lui qu'il nous a manqué. Et Jamila aussi.

Jamila. J'ai étiré mes joues rigides en un sourire et j'ai dit : — Bien sûr, je le ferai.

— Mais je suis contente que vous ayez pu venir. Je vois que vous avez apprécié. Rentrez bien, maintenant.

— Vous aussi.

Elle a hoché la tête et a suivi son compagnon dans l'allée.

Je me suis retournée et j'ai trouvé Tyler debout si près de moi que j'aurais pu lui cogner le menton avec mon nez. — On y va ? a-t-il demandé.

— Ouais. — Ça avait été une soirée magique, mais il était temps pour Cendrillon de rentrer chez elle, là où était sa place. J'ai descendu l'allée maintenant vide, serrant mon programme pour ne pas chercher le réconfort de la main de Tyler.

Dehors, le soleil avait disparu, laissant le ciel d'un gris anthracite brumeux. Les lumières se reflétant sur la façade du théâtre éclairaient la courte distance jusqu'aux escaliers du métro. Je me suis arrêtée sous la lueur jaune d'un lampadaire. — Merci de m'avoir accompagnée. J'ai passé un excellent moment.

— On va prendre un verre ? Il n'est pas tard. Il y a un endroit près d'ici…

— Non. — J'ai posé une main sur sa manche. — Je dois rentrer. Alma a probablement envie de rentrer chez elle.

Il a tapoté ses doigts sur le côté de sa jambe. — Je te ramène.

J'ai secoué la tête. — La station de métro est juste là, et Oakland est complètement à l'opposé pour toi. Ça te prendrait plus d'une heure pour aller chez moi et rentrer chez toi.

Ses fossettes ont disparu, et il a semblé rapetisser. — Tu es sûre ? Il est tard pour prendre le métro.

J'ai souri. — Tu viens de dire qu'il n'était pas tard. Tu ne peux pas avoir le beurre et l'argent du beurre. — Je me suis hissée sur la pointe des pieds et je l'ai embrassé sur la joue, juste là où se trouvait la fossette. Tyler s'est figé, comme si je l'avais touché avec mon phaseur imaginaire. Mais j'ai continué à bouger, en veillant à ne pas inspirer son odeur. Un baiser rapide et une sortie encore plus rapide.

— On se voit au travail lundi, ai-je dit, en le dépassant déjà pour atteindre les escaliers du métro.

Juste avant de descendre la première marche, j'ai regardé en arrière, là où j'avais laissé Tyler. Toujours debout à la même place, il a levé sa main aux longs doigts pour me saluer.

Je l'ai salué en retour, puis j'ai descendu les escaliers.

Nous pouvions rester amis. Je ne voulais rien de plus. N'avais besoin de rien de plus. Pas de lui. Nous devions rester dans la zone amicale. Il avait dit que c'était important pour lui aussi.

Pourtant, dans le train du retour, j'ai finalement commandé ce nouveau vibromasseur. Si je voulais rester amie avec Tyler et me remettre de Cooper Fallon, j'allais en avoir besoin.

18

LUNDI A ÉTÉ UNE JOURNÉE CALME, alors j'ai passé la matinée à ranger le bureau de Jackson. Je n'ai pas osé toucher à celui de Cooper. Il faut dire que rien ne traînait jamais dans son sanctuaire.

Quand Tyler m'a demandé si je voulais déjeuner avec lui, j'ai insisté pour que nous allions à la cafétéria des employés. Fini, les dangereux tête-à-tête. Nous allions nous contenter de lieux publics jusqu'au retour d'Alicia, pour avoir de nouveau un chaperon. Dans l'agitation bruyante de la cafétéria, nous n'étions que deux collègues qui partageaient un repas. Ces fossettes qui se dessinaient juste avant qu'il ne rie auraient pu être pour n'importe qui ; ce n'était pas à moi de les collectionner et de les cataloguer jalousement.

La chaleur inhabituelle pour la saison de la semaine dernière avait disparu et, ce soir-là, la bruine glaciale d'octobre m'a enveloppée dès que je suis sortie de la station de BART à Oakland. J'ai boutonné mon manteau pour me protéger des minuscules gouttelettes qui perlaient sur la laine et humectaient mes cheveux. J'avais hâte de rentrer à la maison, d'enfiler mon pyjama douillet et de me perdre dans un roman. J'espérais que papa n'avait pas encore coupé le chauffage par erreur.

Mais dès que j'ai franchi le seuil de la porte d'entrée, j'ai su que quelque chose n'allait pas. Tigger s'est enroulé autour de mes chevilles en miaulant. La télévision était éteinte, la maison était sombre et le fauteuil inclinable était vide.

— Papa ? ai-je appelé. Silence. J'ai arraché mes bottes humides et je suis allée dans la cuisine à pas feutrés en allumant la lumière. Les miaulements de Tigger sont devenus désespérés, alors je me suis arrêtée pour remplir sa gamelle et j'ai failli perdre un doigt à cause de ses dents voraces et acérées.

Puis j'ai vu le téléphone — le téléphone de papa — posé sur le comptoir de la cuisine.

— Papa ? ai-je appelé de nouveau. Je suis allée jusqu'à sa chambre, mais elle était également vide. La salle de bain aussi. Je savais qu'il ne pouvait pas être à l'étage, mais j'y ai quand même couru. Quand j'ai vu que ma chambre était intacte, une boule s'est formée dans ma gorge. J'ai regardé dans le jardin par la fenêtre. Il n'était pas là non plus. Ni sur le banc sous l'érable du Japon, ni assis sur les marches.

J'ai sorti mon téléphone de ma poche et j'ai appelé Alma.

— Tu as vu mon père ? ai-je demandé dès qu'elle a répondu.

Elle a compris ce que je ne disais pas — ne pouvais pas dire.

— Non, mija. J'arrive tout de suite.

Mes mains tremblaient si fort que je n'arrivais pas à appuyer sur le bouton pour raccrocher. J'étais pétrifiée, incapable de réflé- chir à ce que je devais faire. Où avait-il bien pu aller ? Comment pouvais-je le retrouver ? J'étais reconnaissante que nous ayons vendu le pick-up l'année dernière. Il n'avait pas pu aller bien loin à pied.

Je ne sais pas combien de temps je suis restée là, mais la voix d'Alma au rez-de-chaussée m'a tirée de ma torpeur. J'ai dévalé les escaliers et je l'ai serrée dans mes bras. Après un instant, elle s'est dégagée de mon étreinte mais a gardé ses mains sur mes bras, me rassurant par son contact.

Ses yeux marron foncé ont scruté les miens.

— Je vais rester ici et attendre que Will revienne. En attendant, je vais passer quelques coups de fil. Tu sais où il aurait pu aller ?

J'ai secoué la tête. La panique embrumait mon cerveau et dispersait mes pensées.

— Il allait au YMCA avant, non ? a-t-elle demandé.

J'ai hoché la tête. Il y allait l'après-midi pour nager, comme thérapie pour son genou.

——Vérifie là-bas, mais en chemin, renseigne-toi au bar au bout de la rue et dans les restaurants du pâté de maisons suivant. Il a peut-être eu faim.

Je n'arrivais pas à réfléchir à travers ma terreur grandissante, mais je pouvais suivre ses instructions. Une pensée horrible m'a frappée.

— Tu appelleras l'… — Je ne pouvais pas prononcer le mot *hôpital,* mais son regard compréhensif m'a indiqué qu'elle avait compris.

— Oui. Mais je n'appellerai pas la police — pas encore.

Des frissons glacés ont parcouru ma colonne vertébrale. Un signalement officiel pourrait me l'enlever. Je me suis tournée vers la porte.

— Attends, a-t-elle dit. Tu ne devrais pas sortir seule. Tu as un ami que tu peux appeler ?

J'ai passé en revue ma liste mentale. Alicia et Jackson étaient aux Fidji jusqu'à vendredi. Cooper était toujours à Boston. Tous mes amis de l'université avaient déménagé ou étaient passés à autre chose. J'ai commencé à secouer la tête, mais j'ai alors pensé à Tyler. C'était mon ami. Il m'aiderait.

J'ai trouvé son nom dans mon téléphone et j'ai appuyé dessus avant de pouvoir y réfléchir à deux fois.

Après six sonneries, j'avais déjà retiré le téléphone de mon oreille pour raccrocher quand il a parlé.

— Salut, Marlee. — Il semblait essoufflé, comme s'il avait couru pour répondre.

— Tyler, ai-je couiné. Je me suis arrêtée pour m'éclaircir la gorge.

— Qu'est-ce qui ne va pas ?

— Mon père… — Je me suis de nouveau raclé la

gorge. — Mon père a disparu. Je... Pourrais-tu... ? — Les mots ne voulaient pas sortir.

Mais il n'a pas attendu que je le lui demande.

— Où es-tu ?

— Je suis à la maison. Mais je sors maintenant pour le chercher.

— Je t'appelle quand j'arrive à Oakland et on se retrouve. Fais attention, d'accord ?

— D'accord.

Il a dû entendre le tremblement dans ma voix, car il a ajouté :

— Ça va aller. Tu le trouveras probablement avant que j'arrive.

Incapable de parler au-delà de l'hystérie qui me serrait la gorge, j'ai raccroché. Quelques secondes plus tard, mon téléphone a sonné. Tyler avait utilisé une application pour m'envoyer sa position, et elle me demandait de partager la mienne avec lui. J'ai cliqué sur *Oui*, espérant que la technologie pourrait m'aider à retrouver papa.

Vingt minutes plus tard, je suis sortie seule d'un restaurant à quelques rues de la maison. Le vrombissement de la Mustang vintage de Tyler s'arrêtant devant moi a vibré dans ma poitrine. Mon cœur qui battait la chamade s'est un peu calmé quand il a bondi de sa voiture pour se planter devant moi sur le trottoir. Ses bras ont eu un soubresaut, comme s'il voulait me tendre la main, mais il les a gardés le long de son corps. Des rides d'inquiétude encadraient sa bouche, et son regard passait des mes yeux aux siens.

Je n'ai pas pu faire preuve de la même retenue. Je me suis avancée vers lui, j'ai enroulé mes bras autour de son dos solide et j'ai blotti ma tête sous son menton. J'ai inspiré son odeur familière et réconfortante.

— Merci. Merci beaucoup d'être venu.

Ses bras m'ont entourée. Après une rapide étreinte, il m'a relâchée et a reculé d'un pas. Il a regardé autour de nous.

— C'est quoi le plan ?

Je ne tremblais plus, et ma voix m'a surprise par sa fermeté.

— J'ai cherché dans les restaurants ici. J'allais au YMCA. Mon père y faisait de l'exercice.

— D'accord. Je conduis. — Il a ouvert la portière de la Mustang et l'a refermée derrière moi. Quand il s'est glissé à l'intérieur, il a tendu la main par-dessus la console centrale pour prendre la mienne et l'a gardée, m'empêchant de basculer.

Je ne l'ai pas attendu lorsque nous nous sommes garés devant le YMCA. J'ai bondi de la voiture et j'ai couru dans le hall, où j'ai doublé tout le monde dans la file et interpellé la femme à l'accueil.

— Avez-vous vu mon père ? Will Rice. Il a cinquante-trois ans, il marche avec une canne ou sinon il boite, il a les cheveux blancs et courts, il est un peu mince ?

Elle m'a regardée, méfiante face à cette femme aux yeux affolés qui venait de faire irruption dans sa soirée paisible. Elle a secoué la tête. J'ai sorti mon téléphone et je lui ai montré la photo que j'avais utilisée dans les autres endroits où j'avais cherché.

— Vous êtes sûre ?

— Non, mademoiselle.

Je me suis détournée et j'ai balayé moi-même le hall du regard, comme s'il allait être caché là, invisible pour la réceptionniste, mais je n'ai vu ses cheveux blancs coupés courts nulle part. Je me suis mordu la lèvre.

Tyler m'a rejointe en petites foulées et a passé son bras autour de moi.

— Hé, on va le retrouver. On va où maintenant ?

Ma panique est revenue en force. Je n'en avais aucune idée. J'ai ouvert la bouche pour le lui dire, mais mon téléphone a vibré. Quand j'ai vu que c'était Alma, l'espoir a palpité dans ma poitrine.

— Hola, mija. Señor Oliveras de l'épicerie a appelé. Il a dit que quelqu'un avait vu ton père à la gare.

— Quand ?

— Il y a environ dix minutes. Dépêche-toi.

J'ai attrapé la main de Tyler et je l'ai tiré vers la sortie.

— Il est à la station de BART. Allons-y.

Dans la voiture, il m'a de nouveau tenu la main pendant que je le guidais.

— Tu ne crois pas…

— Je ne crois pas qu'il puisse aller où que ce soit. Je doute qu'il ait de l'argent sur lui. Bien sûr, je ne pensais pas qu'il s'enfuirait… — J'ai regardé par la fenêtre, incapable de continuer. Il m'a serré la main.

Tyler a laissé la Mustang dans la rue avec les feux de détresse clignotants pendant que nous courions à l'intérieur de la station. J'ai failli m'effondrer quand j'ai aperçu la silhouette familière devant le distributeur de billets.

— Papa ! l'ai-je appelé. Quand je l'ai atteint, je lui ai jeté les bras autour du cou et je l'ai serré fort contre moi. Tu m'as fait peur. Pourquoi as-tu quitté la maison ?

— Je voulais aller voir Maggie, a-t-il dit, comme si c'était la chose la plus raisonnable au monde de prendre le train pour aller voir ma mère décédée.

Je l'ai relâché et j'ai glissé ma main dans la sienne, comme je l'avais fait si souvent quand j'étais petite. Mais cette fois, j'ai parlé comme le parent.

— Papa, tu ne peux pas t'enfuir comme ça. On t'a cherché partout.

Il m'a souri et a penché la tête sur le côté.

— J'étais juste là.

Depuis combien de temps était-il là ? J'étais passée par la station il y a un peu plus d'une heure. Je serais sûrement passée à côté de lui s'il était venu directement de la maison. Si seulement je n'avais pas été coincée dans ma tête, concentrée sur moi-même…

Je l'ai examiné de la tête aux pieds. Ses cheveux étaient plaqués sur son crâne, et le bas de son pantalon était mouillé jusqu'aux chevilles, comme s'il avait marché un moment sous la bruine. Avec son état confus, je ne saurais jamais exactement où il était allé.

J'avais presque oublié que Tyler était là jusqu'à ce qu'il pose une main sur mon dos et tende sa main droite à mon père.

— Monsieur Rice, je suis Tyler Young, un ami de Marlee.

Papa lui a serré la main et s'est redressé de toute sa hauteur, se retrouvant presque au niveau des yeux de Tyler.

— Will Rice. — Il avait l'air si normal. Mais il a ensuite ajouté : Je partais rendre visite à Maggie.

Tyler a haussé les sourcils en me regardant. J'ai secoué la tête.

— Allez, papa, ai-je dit. Rentrons à la maison. — J'ai marché à côté de lui, agrippant son bras libre tandis qu'il s'appuyait sur sa canne et sortait en traînant les pieds derrière Tyler.

Je me suis coincée sur la petite banquette arrière et je me suis émerveillée de la facilité avec laquelle Tyler a engagé la conversation avec papa pendant qu'il nous ramenait à la maison. Ils ont parlé de baseball, et même moi, je pouvais dire que papa passait sans cesse des séries éliminatoires de cette année à une série d'il y a dix ou vingt ans, mais Tyler a suivi ses sauts du coq à l'âne sans faire de commentaire. J'étais tout de même contente que le trajet soit terminé quand nous sommes arrivés à notre maison.

Pendant que je serrais Alma dans mes bras et que je lui racontais ce qui s'était passé, papa est allé se coucher. Les rides autour de ses yeux et de sa bouche m'ont dit qu'il était épuisé, même s'il ne l'admettrait pas.

Je le sentais aussi. Mes genoux tremblaient et mes membres étaient lourds. Ma tête était pleine de boue, les pensées peinant à s'y frayer un chemin. Le stress qui m'avait crispé la colonne vertébrale et m'avait fait tenir pendant les quatre-vingt-dix dernières minutes — seulement ça ? — m'a quittée d'un coup, et je me suis effondrée, désossée, sur le canapé.

Tyler se tenait au milieu du salon, les mains sur les hanches, faisant paraître la pièce encore plus petite qu'elle ne l'était.

— Ça te dérange si je nous prépare quelque chose à manger ? Je n'ai pas encore dîné, et j'imagine que toi non plus.

La dernière chose que je voulais faire était de me traîner jusqu'à la cuisine, mais c'était le moins que je puisse faire pour Tyler, qui avait été si fort pendant mon épreuve.

— Donne-moi une minute, et je…

— Non, m'a-t-il interrompue. Reste là. Je vais nous trouver quelque chose. Enfin, si ça te va ?

J'ai essayé de rassembler l'énergie nécessaire pour être l'amie hospitalière que j'aurais dû être. Je ne pouvais tout simplement pas.

— D'accord. — Je me suis allongée sur le canapé. J'allais me reposer quelques minutes. Puis j'irais dans la cuisine et j'aiderais Tyler à trouver quelque chose à cuisiner.

Une main sur mon épaule m'a tirée de mon sommeil. J'ai grogné en me redressant. Je n'avais pas eu l'intention de m'endormir, mais ces minutes sans rêve et sans souci avaient apaisé mes nerfs à vif. Tyler s'est affalé à l'autre bout du canapé — il a laissé un coussin entier entre nous — avec une assiette. Il a incliné le menton vers une autre assiette devant moi sur la table basse.

— Je nous ai fait des sandwichs. J'espère que ça va.

— Merci. — J'ai posé l'assiette sur mes genoux. Tigger a sauté sur le canapé, s'est étiré le long de la cuisse de Tyler et m'a fixée, sans ciller. Nous avons mangé en silence. Jusqu'à ce que…

— C'est qui, Maggie ?

J'ai fini de mâcher et j'ai avalé avec difficulté. Ma bouche était devenue sèche.

— Ma mère, Margaret.

— Tu m'as dit qu'elle était morte. Ton père allait lui rendre visite au cimetière ?

— Non. Elle a été incinérée. Elle est là-bas. — J'ai fait un geste de la main vers la petite table ronde dans le coin de la pièce, où se trouvait l'urne en céramique à motifs floraux. Puis j'ai pris une grosse bouchée de mon sandwich pour ne pas avoir à dire autre chose.

Tyler est resté silencieux pendant une minute, puis il a continué :

— Il a des épisodes comme ça… souvent ?

J'ai posé mon assiette et j'ai bu dans le verre d'eau que Tyler avait placé sur la table devant moi. J'aurais préféré que ce soit quelque chose d'alcoolisé.

— Pas aussi graves. — J'ai bu à nouveau et j'ai reposé le verre. Mais la semaine dernière, c'est papa qui a laissé sortir le chat. Il avait oublié que Tigger était ici.

J'ai jeté un coup d'œil à Tyler. Il a posé son sandwich et sa bouche s'est crispée. Il a pivoté vers moi, plaquant un genou vers le dossier du canapé.

— Mon grand-père avait la maladie d'Alzheimer.

Je me suis figée. Alzheimer ? J'y avais pensé une ou deux fois, mais c'était seulement pour les personnes âgées.

Il a secoué la tête rapidement et m'a tendu les paumes dans un geste pour me calmer.

— Je ne dis pas que ton père l'a. Bien que les gens puissent la développer dans la quarantaine et la cinquantaine.

Ses doigts tapotaient son genou.

— Ça a commencé par de petites choses, des rendez-vous oubliés ou le fait de raconter la même histoire encore et encore. On se moquait de lui parfois, et il en riait. — Tyler a tiré sur un fil effiloché du canapé. Mais finalement, son état s'est tellement dégradé qu'on ne pouvait plus le laisser seul. Il oubliait d'éteindre la cuisinière. Une fois, il a laissé couler l'eau du bain, et ça a débordé. Ça a bousillé le plafond de la pièce en dessous. Et plusieurs fois, il s'est enfui. Comme ton père. Incapable d'expliquer pourquoi il l'avait fait. — Il a lissé le fil et a levé les yeux vers moi. Après l'avoir trouvé debout au milieu d'une rue très fréquentée, on a dû le placer dans l'unité de soins pour troubles de la mémoire d'une maison de retraite.

J'ai croisé les bras, soudainement glacée.

— Je ne pourrais pas faire ça. — Mon regard s'est porté sur l'urne de maman, entourée de bougies et des fleurs que j'avais prises à l'épicerie. Je ne pouvais pas le perdre, lui aussi. Je… j'engagerai quelqu'un. Pour s'occuper de lui pendant que je suis au travail.

—Bien sûr, c'est une bonne idée. — La voix de Tyler m'a apaisée comme du miel dans un thé chaud. Tu t'occupes bien de lui.

Des larmes me piquaient les yeux, et j'ai tendu la main vers les assiettes sur la table basse.

— Je m'en occupe. Tu as eu une nuit difficile. Ne t'inquiète de rien. — La couverture du dossier du canapé s'est drapée sur mes épaules, et le coussin s'est soulevé quand Tyler s'est levé. Pendant qu'il faisait tinter la vaisselle, mon esprit s'emballait.

Pourquoi papa s'était-il enfui ?

Qu'est-ce qui lui arrivait ?

Papa s'occupait de nous deux avant. Il avait été si vif, si capable. Maintenant, je ne pouvais pas lui faire confiance pour rester seul à la maison.

Avec de l'aide, je pourrais m'occuper de lui, n'est-ce pas ?

J'en avais été sûre… jusqu'à ce que Tyler soit d'accord avec moi de cette manière si peu convaincue.

J'ai frissonné, même sous la couverture. Je trouverais un moyen de m'occuper de papa. J'étais forte et indépendante, et j'avais le Taser pour le prouver.

Tyler est revenu après avoir fait la vaisselle et s'est dirigé vers le fauteuil inclinable de papa, où il avait jeté son manteau en entrant. Il est resté là quelques secondes avant de ramasser son manteau.

— Si tu vas bien, je vais y aller.

Forte. Indépendante.

— Je vais bien. Merci encore d'être venu. Je ne sais pas ce que j'aurais fait… — J'ai essayé de ravaler la boule dans ma gorge.

Il s'est approché du canapé où j'étais blottie sous ma couverture.

— Chaque fois que tu as besoin d'aide, appelle-moi, d'accord ? Je serai toujours là pour toi.

J'ai cligné des yeux pour chasser l'humidité soudaine qui les emplissait, et mon menton tremblait tellement que je n'ai pas pu sortir un autre merci.

Il s'est penché et a embrassé le sommet de ma tête, s'attardant un instant. Peut-être que je pourrais m'en sortir. Surtout si je pouvais faire appel à mes amis.

— Appelle-moi demain, d'accord ? Dis-moi comment il va ?

— D'accord. Bonne nuit.

Je me suis levée et j'ai verrouillé la porte derrière lui. Les escaliers jusqu'à ma chambre étaient trop loin. De plus, je ne pouvais pas laisser papa m'échapper. Je me suis allongée sur le canapé moelleux, je me suis enroulée sous la couverture et j'ai fermé les yeux pour accueillir le sommeil.

19

JE ME SUIS RÉVEILLÉE dans le noir, le cœur battant la chamade. *Papa. Est-ce qu'il est toujours là ?*

J'ai dévalé le couloir, j'ai fait une pause pour reprendre mon souffle saccadé, puis je suis entrée dans sa chambre sur la pointe des pieds. Le clair de lune éclairait sa silhouette endormie à travers les rideaux ouverts. Tigrou, blotti dans le creux de ses genoux, a cligné de ses yeux jaunes dans ma direction, mais pour une fois, il n'a pas feulé.

J'ai refermé doucement la porte et je suis allée à la cuisine pour préparer du café. Même s'il était tôt ici, il était déjà trois heures plus tard sur la côte Est. Cooper devait être debout. Il avait probablement déjà fait sa séance de sport à la salle de l'hôtel, s'était douché et avait enfilé un de ses ensembles décontractés impeccables, pantalon et veste de sport. Je pouvais presque sentir son après-rasage.

Je lui ai envoyé un texto.

> Je ne serai pas au bureau aujourd'hui. Je dois emmener mon père chez le médecin. Envoyez-moi un texto si vous avez besoin de quoi que ce soit.

Mon téléphone a sonné alors que la première giclée de café atterrissait au fond de la carafe tachée.

COOPER

Est-ce qu'il va bien ?

C'était si prévenant de sa part de demander, surtout après que je me sois jetée sur lui dans son bureau.

Il a eu une crise hier. Je dois le faire examiner.

Peut-être que l'examen ne révélerait rien. Peut-être que le médecin me dirait que c'était un comportement normal et que j'avais surréagi. Ou qu'il ajusterait à nouveau ses médicaments.

COOPER

Et vous, avez-vous besoin de quelque chose ?

Mon cœur s'est emballé. Il était trop gentil.

Envoyez-moi du chocolat. 😉

Je m'en occupe. Les réunions se passent bien ici. Je n'aurai pas besoin de vous. Prenez le reste de votre journée.

Comme je l'ai dit, prévenant. Attentionné. Mais pas à moi. Pas capable de partager ce fardeau avec moi.

Merci. À lundi.

J'ai regardé mon téléphone toutes les cinq minutes pendant l'heure qui a suivi, puis toutes les demi-heures, mais il n'a jamais répondu. Il était occupé. Je le savais. De plus, je lui avais dit que tout allait bien. Même si ce n'était pas le cas.

———

L'ARBITRE VENAIT DE CRIER : « Play ball ! » quand la sonnette a retenti.

— C'est quoi, ce bordel ? a grogné papa. Qui viendrait nous déranger pendant les World Series ?

Je me suis penchée et je lui ai tapoté le genou. — Ne t'en fais pas, papa. Je m'en occupe. C'était probablement UPS qui livrait mon colis de produits essentiels. Je n'avais pas voulu laisser papa seul à la maison, même pour courir au magasin chercher des tampons. Ou — je me suis mordu la lèvre et j'ai jeté un coup d'œil à papa — le paquet discret que j'attendais.

Mais quand j'ai ouvert la porte, Tyler se tenait sur le perron, une boîte à pizza à la main. Il a balayé mon visage du regard, puis ses yeux sont descendus sur mon sweat-shirt d'université délavé et mon pantalon de yoga, jusqu'à mes tongs. J'ai crispé les orteils pour cacher mon vernis écaillé.

— Tyler ! Qu'est-ce que tu fais ici ? Enfin, je veux dire, je suis contente que tu sois venu. Un sourire a étiré mon visage. J'adorais mon père, mais ça faisait du bien de voir quelqu'un d'autre.

— Salut. Je sais que tu as dit que tout allait bien, mais je… j'ai apporté une pizza. Il a agité la boîte dans ma direction. — Tu es sûre qu'il va bien ? Et toi aussi ? Ses yeux ont sondé les miens.

Je suis sortie sur le perron et j'ai tiré la porte derrière moi. Même si je savais que papa ne pouvait pas m'entendre avec la télé à fond, j'ai parlé à voix basse. — Je l'ai emmené chez le médecin hier. Sans faire les tests coûteux, il nous a dit que c'est probablement un début d'Alzheimer précoce. Alors hier, je… j'ai engagé quelqu'un pour le surveiller pendant que je suis au travail. Elle commence lundi.

— Oh. C'est une bonne chose, non ? Il a haussé les sourcils, plein d'espoir.

Non, putain, ce n'était pas une bonne chose. Mon père de cinquante-trois ans ne devrait pas avoir besoin d'une infirmière. Ou d'une baby-sitter. Il devrait profiter de sa retraite anticipée, voir ses amis, aller boire une bière au bar du coin. Il ne devrait pas être coincé à l'intérieur, surveillé par quelqu'un formé aux gestes de premiers secours et assez costaud pour l'empêcher de sortir de la maison. Et je n'aurais pas dû avoir à prendre cette décision. J'ai haussé les épaules et j'ai baissé les yeux vers les Vans de Tyler.

— Hé. Il a placé une phalange sous mon menton jusqu'à ce que je le regarde dans les yeux. — Ça va aller. Tu lui donnes les soins dont il a besoin. Tu es une bonne fille.

J'ai reniflé. — Arrête d'être si gentil.

Il a posé la boîte à pizza sur la large balustrade du porche et m'a attirée contre lui. — Désolé, je ne peux pas. Tu es mon amie. Il m'a serrée fort, et ça a dû être la pression qui a fait couler mes larmes. Je les ai essuyées sur le coton doux de son t-shirt Galaga. Il sentait les agrumes et le soleil, et j'avais envie de m'enrouler dedans comme dans une couverture. Mais, trop tôt, il a reculé.

— Tu veux que je laisse ça et que j'y aille ? Il a fait un geste vers la boîte.

Partir ? Et nous laisser papa et moi à nouveau seuls ? — Ne sois pas ridicule. Viens manger avec nous.

— Tu es sûre ?

Mon père a crié de l'intérieur de la maison : — Marlee ! Tu es encore là-dehors ?

— Ouais ! Une seconde. J'ai adressé un grand sourire à Tyler. — Tu viens ? On a de la bière.

Il a ramassé la boîte. — Vendu.

J'ai ouvert la porte. — Papa, tu te souviens de Tyler, de l'autre soir, n'est-ce pas ?

Papa a levé les yeux rapidement, mais s'est reconcentré sur le match. — Tyler de la gare. Tyler avec la muscle car. Assieds-toi et ferme ta gueule.

Tyler s'est figé. J'ai posé une main sur son avant-bras. — Il est toujours comme ça pendant le baseball, ai-je murmuré. Il n'avait jamais été très grossier, mais ces derniers temps, le sport à la télé le faisait jurer.

— Mais Oakland n'est même pas…

— Chut. Ça n'a pas d'importance. C'est la Série.

— Ah. Il a fermé la bouche d'un coup sec. Il a posé la pizza sur la table basse et a pris place à l'extrémité du canapé la plus proche de papa.

Je reviens tout de suite, ai-je articulé en silence avant d'aller à la cuisine chercher des assiettes, des serviettes et trois bouteilles de bière. Du côté positif, j'avais rangé la maison ce matin. Dommage que j'aie choisi de lire mon roman plutôt que de prendre une douche, de me brosser les cheveux ou de me maquiller. D'habitude, je ne laissais pas les gens du bureau me voir quand je n'étais pas sur mon trente-et-un. Mais Tyler m'avait vue l'autre soir au théâtre avec des traînées de mascara sur les joues. On ne pouvait pas faire beaucoup plus authentique que ça. Je me suis passé les doigts dans les cheveux et les ai rattachés en queue de cheval.

Quand je suis revenue, une publicité passait, le son coupé. Les hommes évitaient de se regarder, Tyler fixait le sol, les joues roses, et papa me regardait avec un sourire trop éclatant.

— Merci, mon rayon de soleil. Rien de mieux que de la bière, une pizza et du baseball. Je l'aime bien, celui-là. Il a pointé son pouce vers Tyler, et je n'aurais pas cru cela possible, mais les joues de ce dernier sont devenues encore plus rouges et marbrées.

J'ai tendu une bière à papa, puis une part de pizza, une suprême, ma préférée. *Mais la suprême est la préférée de tout le monde.*

J'ai passé une autre part à Tyler et j'ai pris mon assiette pour m'asseoir à l'autre bout du canapé. Le match a repris et papa a monté le volume.

— Quelle est ton équipe, Tyler ? a demandé papa à la pub suivante. Personne n'avait besoin de lui demander quelle était *son* équipe à lui. Il n'avait pas cessé de les encourager bruyamment.

— Dans cette Série ? Je m'en fiche un peu. Je suis un fan des Astros.

— Une bande de tricheurs.

Tyler a cillé.

— Papa ! Sois gentil ! Je me suis rapprochée de Tyler pour murmurer : — Il s'investit beaucoup trop émotionnellement dans le sport.

— Marlee ne m'a pas dit que tu venais de Dallas ?

Dans ses bons jours, il était vif comme l'éclair.

— C'est bien ça.

— Alors pourquoi n'es-tu pas fan des Rangers ?

La lèvre de Tyler s'est retroussée. — Mes frères sont tous de grands fans des Rangers. Je suppose que je voulais juste être différent.

— Tant mieux, a dit papa. C'est quand la dernière fois que les Rangers ont gagné la Série ?

— Exactement. Tyler a entrechoqué sa bouteille de bière contre celle de papa.

À la pause publicitaire suivante, Tyler a interrogé papa sur la maison, et bientôt ils parlaient d'outils électriques. Papa s'est même tellement laissé emporter par un hommage à sa chère défunte scie à carrelage — que j'avais vendue sur eBay pour payer une facture d'hôpital avant que nous ayons atteint notre franchise — qu'il a manqué un passage à la batte. Nous avons fini la pizza et une autre tournée de bière, et au moment où le match s'est terminé, j'utilisais l'épaule de Tyler comme oreiller, et papa bâillait.

Il s'est extirpé des profondeurs du fauteuil inclinable. — Je vais me coucher tôt. Amusez-vous bien, les jeunes. Il m'a fait un clin d'œil. — Mais pas trop.

— *Papa.* Je me suis redressée. — Tyler et moi, on est *amis.*

— Oh, c'est ça, a-t-il dit avec un sourire en coin.

Tyler s'est levé pour lui serrer la main. — Bonne nuit, Monsieur Rice. Merci de m'avoir laissé regarder le match avec vous.

— Quand tu veux. C'est rafraîchissant de regarder avec un vrai fan.

J'ai levé les yeux au ciel face à son regard appuyé dans ma direction.

Pendant que papa se traînait jusqu'à son lit, Tyler est resté debout. — Tu voulais que je… Il a incliné la tête vers la porte.

À huit heures un vendredi soir, la plupart des jeunes de vingt-cinq ans seraient en train de sortir dîner ou de rentrer en titubant de l'happy hour pour se reposer quelques heures avant de sortir en boîte. La longue nuit solitaire s'étendait devant moi.

— Non, reste. S'il te plaît ? À moins que tu n'aies… d'autres projets. Peut-être qu'il avait un rencard. *S'il te plaît, fais qu'il n'ait pas de rencard.* J'avais désespérément besoin de compagnie.

Tyler a eu un rictus. — Non. J'ai apporté ma console de jeu. Tu veux que j'aille la chercher ?

— Bien sûr. Je vais juste débarrasser.

Pendant qu'il sortait à sa voiture, j'ai lavé les assiettes et jeté les bouteilles vides dans le bac de recyclage. Quand je suis retournée dans le salon, je portais un plateau avec de la bière, un bol de bretzels et du chocolat. Le chocolat blanc que Cooper avait envoyé. C'était gentil de sa part, mais quand quelqu'un dit qu'elle a besoin de chocolat, elle ne veut *jamais* dire du chocolat *blanc*. Ce n'est même pas vraiment du chocolat. Ça se marierait bien avec les bretzels, je suppose.

Alors que je posais le plateau, Tyler marmonnait derrière notre vieille télévision.

— Un problème ? ai-je demandé.

— Non, non, c'est bon. Il semblait avoir tout un compartiment dans son sac pour les câbles. — Aha ! Il en a tiré un du fond du sac, a branché une sorte d'adaptateur, a connecté un autre câble et a allumé la console de jeu. Une vidéo d'animation est apparue sur la télé.

Il a jeté les câbles superflus dans son sac puis s'est affalé sur le canapé. Je lui ai tendu une bière et me suis assise à l'autre bout, un genou posé sur le coussin dans sa direction.

— Alors, dis-moi. Qu'est-ce que mon père t'a demandé de si embarrassant ? Pendant que j'allais chercher les assiettes.

Vérifier le compartiment des piles de l'une des manettes a semblé requérir toute son attention pendant plusieurs secondes. — Il m'a demandé quelles étaient mes intentions. Envers toi.

Ça m'a fait rougir. — Tu lui as dit qu'on était amis, n'est-ce pas ? Sans attendre sa réponse, j'ai ajouté : — Il a passé une bonne soirée. Aujourd'hui, il a l'air d'être lui-même. Sauf pour les gros mots.

Les coins de sa bouche se sont affaissés. — Il a appelé une perceuse une « perforeuse électrique ». Il ne montre peut-être pas de symptômes tout le temps, mais il n'y a pas de remède. Les neurones qu'il a perdus ne se régénéreront pas. Son regard est devenu introspectif, comme s'il pensait à son grand-père. Puis il a cillé. — Tu fais ce qu'il faut en lui trouvant de l'aide.

J'ai gratté l'étiquette de ma bouteille de bière. — Je sais. J'aimerais…

Il a tendu le bras et m'a caressé l'épaule de sa grande main. — Je sais.

J'ai reniflé et j'ai ravalé mes larmes. — On va jouer ou quoi ?

Il a serré mon épaule puis s'est retiré. Un frisson est parti de l'endroit où sa main chaude avait reposé et a givré mon cœur. J'ai attrapé la couverture derrière moi et l'ai tirée sur mes épaules. Ce n'était toujours pas aussi bien que sa main.

— Je pense que tu vas aimer celui-là. On doit coopérer dans les missions. Et on va faire exploser plein de trucs. C'est mon jeu préféré pour évacuer le stress. Il m'a tendu une manette. — Tu as déjà utilisé cette console ? Besoin que je t'explique quelque chose ?

Ça faisait quelques années que je n'avais pas joué, mais l'objet m'était familier dans la main. — Non, c'est bon.

— Super. Il m'a lancé un grand sourire puis a reporté son attention sur l'écran. — Allons-y.

Il avait raison. Regarder nos ennemis exploser devant nous était étrangement satisfaisant. En coopérant avec Tyler, j'étais en contrôle, je faisais partie d'une équipe. Il ne me critiquait pas quand j'étais maladroite ou trop agressive ; il me laissait réessayer jusqu'à ce que je maîtrise le truc. Je ne pouvais pas m'empêcher de sourire, et des heures plus tard, j'avais mal aux muscles du visage et du ventre à force de rire.

— Attention ! Mon avertissement est arrivé trop tard. Le

personnage de Tyler s'est effondré sous les tirs. — Comment as-tu pu rater cet énorme tank ?

J'ai tourné la tête vers lui. *Oh.* Il était en train de me regarder, sa propre manette oubliée dans ses mains inertes. J'ai ignoré les sons sans équivoque de la mort de mon propre personnage. Maintenant, je regrettais de m'être assise à l'autre bout du canapé. Ce serait si agréable de pencher la tête sur son épaule, de sentir ses bras m'entourer, et de simplement me détendre dans son étreinte. Les amis faisaient ça… non ?

— Tu ne m'as jamais dit ce qui s'est passé avec l'Opération Prince Charmant.

J'ai eu l'impression qu'il m'avait versé de la bière froide sur la tête. J'ai resserré la couverture autour de moi. — Ça… ça ne s'est pas très bien passé. Cooper a des réserves à l'idée d'avoir une relation avec quelqu'un qui travaille pour Synergy. D'accord, d'accord, c'était ma version de ce qu'il avait dit. — Donc ça ne va pas marcher. J'ai haussé les épaules.

Ami ou pas, je ne voulais pas en parler avec Tyler. Je n'aimais pas la façon dont sa bouche se pinçait chaque fois que je prononçais le nom de Cooper. J'ai laissé tomber la manette sur mes genoux et j'ai soufflé sur mes mains moites. — Rappelle-moi de faire quelques exercices d'échauffement pour les doigts la prochaine fois.

— Des *réserves*, ça n'a pas l'air si terrible. Tu vas attendre ? Continuer d'essayer ?

Je me suis malaxé la paume avec mon autre pouce. — Je ne crois pas.

— Je ne t'ai jamais vue abandonner quoi que ce soit. Il a baissé la tête pour croiser mon regard.

Je fixais la télé. — Il y a une différence entre avoir le béguin pour quelqu'un et être une harceleuse. J'essaie de laisser tomber. Même si Cooper Fallon avait occupé une place dans mon cœur pendant si longtemps que l'espace qu'il avait laissé semblait vide.

— Marlee. Il s'est glissé vers moi jusqu'à ce que nos genoux se touchent. — Tu te souviens de la première fois où on s'est rencontrés ? Vraiment rencontrés ?

Je savais ce qu'il voulait dire. Jackson nous avait présentés le premier jour de Tyler, quand il lui faisait visiter le bureau. Mais nous avions appris à nous connaître des semaines plus tard. — Tu m'as sauvée de ce maudit robinet de fût.

— Tu avais de la bière dans les yeux et dans les cheveux.

— Et partout sur mon t-shirt. Tu m'as donné ton pull pour me couvrir.

Il a gloussé. — Je te l'ai prêté. Et tu ne me l'as jamais rendu.

— Quoi ? C'est vrai ? Je l'avais porté tous les week-ends au printemps dernier. Il était trop doux et confortable pour le rendre. Même après que j'aie enlevé l'odeur de bière au lavage, il sentait incroyablement bon, comme rien d'autre dans mes tiroirs.

— C'est vrai. Mais ça ne me dérange pas. Sa voix était devenue toute grave. — Même couverte de bière, tu étais la plus belle femme que j'aie jamais rencontrée.

— Oh, merci. Tu es adorable. Mais dans la lumière vacillante de la télévision, ses pupilles avaient englouti ses iris, ne laissant qu'un éclat doré. Il n'avait pas l'air adorable. Il avait l'air dangereux.

— Je ne l'ai pas dit pour être adorable. Je l'ai dit parce que c'est vrai. Et maintenant que toi et Cooper, ça ne se fait pas, je pense qu'on... Il s'est éclairci la gorge. — Je pense qu'on devrait envisager d'être plus que des amis.

J'ai tiré plus fort la couverture autour de moi. — Je ne peux pas juste passer d'être... d'avoir le béguin pour Cooper à sortir avec quelqu'un d'autre. Mon cœur ne fonctionne pas comme ça. J'avais pensé que Cooper était mon Grand Amour, comme ma mère l'avait été pour papa. Si c'était vrai, j'allais me morfondre pendant longtemps. Des années. Des décennies.

— Mais je...

— On est amis. Je ne peux pas te voir comme ça. Et si les avertissements de Cooper se réalisaient ? Et si une relation s'avérait trop bizarre, et que je perdais mon ami ? Je ne pouvais pas laisser ça arriver.

Il a eu l'air de s'être pris une gifle. — D'accord. Il a joint ses mains entre ses genoux et les a regardées comme si elles détenaient la clé que nous cherchions dans le jeu vidéo. — D'accord. Il s'est levé. — Alors je vais y aller.

— Non, Tyler, je… *Merde.* Pourquoi *putain* avait-il tout gâché en disant ça ? — Je veux qu'on reste amis.

— Bien sûr. On aurait dit qu'il avait marché sur un clou rouillé et qu'il essayait de sourire malgré la douleur. — Amis. On se voit lundi.

— D'accord. Mais est-ce qu'on l'était encore ?

Je l'ai regardé sortir, le dos raide. Le moteur de sa Mustang a rugi. Ce n'est qu'après que le grondement se fut éteint dans la rue que je me suis reconcentrée sur notre salon et que j'ai réalisé qu'il avait laissé sa console de jeu branchée à notre télévision.

J'ai laissé échapper un souffle tremblant. Ça voulait dire qu'il voulait qu'on reste amis. Qu'il reviendrait, et qu'on jouerait à nouveau. Que, malgré ce qu'il avait dit plus tôt, il voulait préserver notre précieuse amitié et ne pas la risquer en essayant de la transformer en quelque chose de plus.

Parce que ce dont j'avais le plus besoin, après avoir éteint mon béguin, alors que papa nécessitait plus de soins que je ne savais lui en donner, c'était un ami.

En fixant la console de jeu, j'espérais que Tyler serait cet ami pour moi.

20

BEN S'EST d'abord raidi quand je l'ai serré dans mes bras dans le hall, lundi matin, mais il s'est ensuite détendu et m'a tapoté le dos.

Le relâchant, j'ai dit : — Je suis désolée. D'habitude, je suis plus douée pour respecter les limites au travail, mais je suis tellement contente de te voir.

Il a penché la tête sur le côté. — Tu pensais que je ne viendrais pas ?

— Peut-être. J'ai pris le badge temporaire des mains de José, au bureau de la sécurité, et je l'ai tendu à Ben. — Tu n'aurais pas été le premier. Il a accroché le badge au passant de sa ceinture et a lissé le pull couleur caramel qui s'accordait avec ses yeux.

Je l'ai mené à l'ascenseur. — Quand tu en auras fini avec les RH, je te mettrai au courant et t'aiderai à démarrer. Cooper est en réunion toute la matinée, mais il t'emmène déjeuner, tu pourras faire sa connaissance à ce moment-là. Jackson rentre de voyage aujourd'hui, donc il faudra que je passe un peu de temps avec lui. Mais à part ça, je suis disponible jusqu'à seize heures. Je redoutais la conversation que je devais avoir plus tard avec Jackson à propos de mon nouvel emploi du temps.

Après avoir déposé Ben aux Ressources Humaines, je suis

montée au sixième étage. J'avais environ une heure pour préparer la formation de Ben et me mettre à jour avec Jackson. Même si j'avais travaillé à distance les deux jours où j'avais été absente, j'étais en retard sur ce que je voulais pour le premier jour de retour de Jackson.

Je suis sortie de la cage d'escalier et j'ai jeté un coup d'œil à la porte de Cooper, heureuse qu'elle soit toujours fermée. Il ne devrait avoir besoin de rien pendant ses réunions. J'ai grincé des dents en me souvenant de la dernière fois où j'étais entrée dans son bureau, quand je m'étais jetée sur lui et que nous nous étions disputés. Maintenant, j'étais contente qu'il ait fait preuve de plus de retenue que moi. Le voir aujourd'hui allait être assez gênant.

La porte du bureau de mon patron était ouverte et la lumière, allumée. Passant la tête à l'intérieur, je lui ai souri. — Salut, revenant.

— Marlee, ma sauveuse ! Sa peau hâlée me disait qu'il avait passé du temps à la plage. Il avait laissé pousser sa barbe de trois jours jusqu'à ce qu'elle soit presque aussi fournie que celle qu'il avait l'année dernière. Alicia avait dû finir par lui avouer que ça lui manquait.

Il a enclenché son ordinateur portable dans sa station d'accueil et a contourné son bureau, les bras grands ouverts. La culpabilité à propos de ce que je devais lui dire m'a pincé le cœur, mais ça pouvait attendre que je l'aie salué correctement. Il m'a enveloppée dans ses bras et je l'ai serré en retour.

— Bon voyage ? ai-je demandé.

Il m'a souri. — Le meilleur. Les Fidji, c'est incroyable. On était dans un bungalow juste sur la plage. Il m'a relâchée et a montré du doigt les fauteuils club près de la fenêtre. Il s'est assis et a croisé une cheville sur son genou. — Tu n'imagines pas le nombre d'étoiles qu'on pouvait voir la nuit. On a pensé à toi en essayant de deviner les constellations. Je sais que tu les connais toutes, mais j'ai peut-être essayé de convaincre Alicia que l'une d'elles était Bob l'éponge.

J'ai souri en entendant Jackson utiliser ce *on a pensé* si désinvolte, comme si lui et Alicia partageaient désormais un seul cerveau. Mes parents avaient-ils parlé comme ça ? Parlerais-je un jour de cette façon de quelqu'un ?

— Je n'ai jamais vu les constellations de l'hémisphère sud en personne, ai-je dit. Tu aurais dû emporter une carte du ciel. Ou utiliser une appli sur ton téléphone.

Il s'est adossé à son fauteuil et a croisé les mains derrière sa tête, les coudes écartés. — Pas besoin. Je me suis *largement* diverti.

J'ai tendu la paume de la main. — Non. Je ne veux rien savoir de la partie « business » de votre lune de miel.

— Quoi ? Son regard s'est fait faussement innocent. — Alicia va tout te raconter. Je vous ai déjà entendues glousser toutes les deux.

— À propos de *ma* vie amoureuse, pas de la sienne. Tu es mon patron. J'ai des limites. C'était un mensonge. Je savais tout de la fantastique vie sexuelle d'Alicia et Jackson — que j'enviais. Mais je ne voulais pas entendre les détails de sa bouche à lui. Ça, c'était dépasser les bornes.

— Très bien. Il a haussé un sourcil. — Je suis sûr que tu as maintenu tes *limites* avec Cooper pendant mon absence.

Mon visage s'est vidé de son sang. — Il a dit quelque chose ?

Jackson s'est levé et s'est approché de l'autre fenêtre. — Non. Je ne l'ai pas encore vu. Il s'*est* passé quelque chose ?

— Non. J'ai essayé de ne pas soupirer en le disant.

— Ooo-kay. Jackson me connaissait depuis trop longtemps pour ne pas se méfier. — Quelque chose dont tu voudrais parler ?

Mon estomac s'est noué. — En fait, oui. Mais pas à propos de Cooper. À propos de mon père.

Le front de Jackson s'est plissé. — Il va bien ?

Je lui ai adressé un sourire ironique. — Pas vraiment. Je lui ai raconté notre aventure à la station du BART avec le moins de détails possible. — Le médecin a recommandé que j'engage une aide-soignante pour la journée pendant que je suis au travail. Et donc je... Ma voix s'est brisée. — J'ai besoin de réduire mes heures pour pouvoir être à la maison avant qu'elle ne parte. Je comprendrai s'il y a une réduction de salaire.

Jackson a reniflé. — Tu t'attends à ce que je réduise ton salaire juste au moment où tes dépenses augmentent ? Il a secoué la tête. — Tu m'as soutenu trop longtemps et trop bien pour ça. Tu fais ce que tu as à faire pour prendre soin de ton père. On s'arrangera.

J'ai laissé échapper un souffle tremblant. — Merci. Je ne te décevrai pas. Si tu as besoin de moi en dehors des heures de bureau, je serai heureuse de travailler plus depuis la maison.

Il m'a serré la main. — C'est super, Marlee. Et dis-moi… dis-*nous*… s'il y a quoi que ce soit qu'on puisse faire pour aider.

J'ai cligné des yeux, chassant les larmes. — Tu es le meilleur. Merci.

Avec une dernière pression sur ma main, il s'est levé et est retourné à son bureau. Le dos tourné, il a dit d'une voix bourrue : — Et maintenant, ne devrais-tu pas me dire où je dois être ce matin et ce que je dois faire ?

J'ai souri. Jackson n'avait jamais été très à l'aise avec la gratitude. Ni avec les larmes.

J'ai sorti son agenda sur mon téléphone et j'ai commencé à le mettre au courant. Peut-être que ça ne serait pas aussi terrible que je l'avais craint.

JE VENAIS juste de finir de nettoyer le bureau de Ben quand il est sorti de la cage d'escalier, sa sacoche d'ordinateur portable toute neuve en bandoulière. Un autre bruit de pas à apprendre. Ceux de Ben étaient rigides mais silencieux, les semelles en caoutchouc de ses bottes de combat urbain étouffant ses foulées déterminées. Je lui ai fait signe de venir.

— Prêt à commencer ?

Il a levé les yeux au ciel. — J'ai une tonne de formations de conformité en ligne à faire. Mais je peux faire du vrai travail d'abord, s'il te plaît ?

J'ai gloussé. — Cooper est un fanatique de notre environnement de travail respectueux et sans harcèlement. Bon, sauf face aux intérimaires incompétents que j'avais embauchés. Mais ils auraient fait ressortir le pire chez n'importe qui. — Et puis, il y a toutes les questions juridiques. Ce n'est pas très amusant, mais Cooper et les avocats sont très à cheval là-dessus.

Il a pincé les lèvres et a regardé la porte fermée de son nouveau patron. Le doute a vacillé dans ses yeux plissés. Merde, on ne pouvait pas le perdre si tôt. Il était exactement ce dont Cooper avait besoin. — Mais c'est un type super, me suis-je empressée de dire. Tu vas l'adorer.

Il a penché la tête sur le côté, m'observant, mais a ensuite baissé les yeux vers le bureau. — Alors c'est pour moi ?

Soulagée, je lui ai adressé un sourire rapide. — Oui. Allumons ton ordinateur portable, je vais te configurer l'agenda et les e-mails de Cooper.

Deux heures plus tard, Ben maîtrisait l'agenda de son nouveau patron, et je l'avais informé des habitudes de travail et des préférences de Cooper. Quand le voyant de sa ligne a enfin cessé de clignoter et que la porte de son bureau s'est ouverte, nous nous sommes levés pour accueillir l'homme en personne. Il est apparu, l'air plus formel que d'habitude dans un costume anthracite ajusté avec une chemise bleu bleuet impeccable qui s'accordait avec ses yeux. Pas de cravate. Comme toujours, je n'ai pu retenir un petit soupir devant sa beauté. Le regard de Ben a glissé de moi à Cooper. Je me suis demandé ce que ses yeux trop observateurs voyaient.

Cooper s'est dirigé vers nous et a tendu la main. Ben la lui a serrée, se penchant un peu.

— Vous devez être Ben. Je suis Cooper Fallon.

— C'est un plaisir de vous rencontrer, Monsieur Fallon.

— S'il vous plaît, appelez-moi Cooper.

Les pupilles de Ben se sont dilatées et ses narines ont frémi. J'ai réprimé un sourire suffisant. Cooper avait cet effet sur tout le monde, pas seulement sur moi. Leurs mains se sont séparées.

— Mon Dieu, vous êtes grand, a lâché Ben. Plus grand que vous n'en avez l'air sur les photos. Il a rougi. — Non pas que je vous aie harcelé en ligne ou quoi que ce soit. Il a pincé les lèvres.

— Il est toujours à côté de Jackson, et on pense qu'ils sont tous les deux de taille normale, mais ce n'est pas le cas, ai-je dit, en essayant de le mettre à l'aise. Jamila était aussi une amazone, surtout en talons, mais je n'allais pas parler d'elle.

Cooper avait fixé Ben, fléchissant sa main droite le long de son corps. Il l'a levée devant sa poitrine et l'a frottée une seconde avec sa main gauche.

Quelque chose d'étrange se passait ici. — Cooper, je peux te parler une minute ?

Je ne pensais pas que c'était possible, mais la mâchoire de Cooper est devenue encore plus rigide. Doux Darwin sur le *H.M.S. Beagle*, je n'allais pas essayer de lui sauter dessus *maintenant*.

— Juste… juste une minute, ai-je dit.

Il m'a suivie jusqu'à mon bureau et est resté debout, les mains dans les poches.

J'ai chuchoté : — Écoute, Ben est très qualifié et c'est un mec super. Ne. Fais. Pas. Foirer. Ça. Laisse-lui une chance.

Son front s'est plissé. — Je le ferai. Bien sûr que je le ferai.

J'ai plissé les yeux en le regardant. — Bien. Tiens-toi bien au déjeuner.

Le ramenant au bureau de Ben, j'ai demandé : — Où est-ce que vous allez ?

Cooper a nommé un restaurant branché du coin. Il a demandé à Ben : — Vous connaissez ?

— Oui. Pour une raison quelconque, Ben a rougi. Il rougissait par plaques, comme Tyler. Adorable.

— Ça vous ira ? a demandé Cooper.

— Parfaitement.

— Allons-y. Cooper s'est retourné et a ouvert la voie vers les portes de l'ascenseur.

J'ai secoué la tête. J'espérais qu'ils régleraient leur étrange malaise. Cooper était déjà assez bizarre avec moi, mais je ne l'avais jamais vu aussi maladroit. Ben était parfait, et je voulais — j'avais besoin — qu'il reste. Je ne pouvais plus prendre en charge du travail supplémentaire pour Cooper avec mes nouvelles responsabilités à la maison.

De retour à mon bureau, j'ai vérifié mon téléphone. Aucun SMS ni message vocal de Sylvia. Je l'avais déjà appelée ce matin pour prendre des nouvelles de papa, et elle m'avait assuré qu'ils iraient bien. J'avais peur de l'énerver si j'appelais à nouveau. Je devais survivre à la journée sans perturber le fragile équilibre de ma nouvelle réalité. Alors j'ai envoyé un SMS à Alicia.

> Libre pour déjeuner ?

ALICIA

> Désolée, je déjeune avec Jackson. Je peux passer chez toi ce soir récupérer mon amour de petit garçon ?

> Oui ! Viens dîner.

Mon amour de petit garçon, mes fesses. Le petit démon m'avait encore sifflée dessus quand je suis partie. Il avait semblé indifférent à Sylvia, mais ils seraient probablement les meilleurs amis du monde d'ici cet après-midi. Je suis la seule qu'il déteste.

Mon estomac a fait un bruit digne de Tigrou. Mais la pensée d'emporter ma triste gamelle dans la cuisine vide a suffi à me couper l'appétit.

J'aurais pu descendre à la cafétéria. Tyler serait probablement là avec sa tablée de programmeurs. Serions-nous amicaux ou mal à l'aise ? Nous étions amis depuis moins d'un an ; pourtant, je ne pouvais pas imaginer ma vie sans Tyler. Ses fossettes et la jolie mèche de ses cheveux. Le couinement de sa basket sur les vieilles lattes de bois. La façon dont il laissait tomber tout ce qu'il faisait pour m'aider quand j'en avais besoin.

Peut-être que je devais faire le premier pas, lui montrer que les choses entre nous n'avaient pas à être bizarres.

Alors que je sortais ma gamelle de mon tiroir, la porte de la cage d'escalier s'est ouverte à la volée et Tyler a surgi, le visage rouge et à bout de souffle. Il m'a vue et s'est figé, la main toujours sur la barre de la porte. — Marlee ! J'ai perdu la notion du… mais je n'ai pas… voudrais-tu… Son visage s'est décomposé. — Tu sors ?

Je lui ai adressé un sourire ironique. Le pauvre garçon avait codé toute la matinée et avait perdu la capacité de parler de façon cohérente. — J'allais juste descendre à la salle de déjeuner. Tu veux venir avec moi ? Ou tu avais besoin de lui ? J'ai penché la tête vers la porte fermée de Jackson. *S'il te plaît, dis que tu es monté pour moi. Qu'on est toujours amis.*

Il a laissé la porte de la cage d'escalier se refermer. — Non. Si ! En fait, je me demandais si tu voulais aller déjeuner dehors ? Sa voix a monté sur la question, et son visage s'est plissé en une expression adorablement pleine d'espoir.

Ma peau a picoté, comme quand on a croisé les jambes trop longtemps et que le sang recommence enfin à circuler. Ça n'allait pas être bizarre.

J'ai brandi ma gamelle. — Mais j'ai préparé mon repas.

— C'est moi qui invite, a-t-il dit. Garde-la pour demain.

Je n'ai pas pu réprimer mon grand sourire. Tout allait bien se passer. — D'accord.

21

UNE FOIS que nous avons retrouvé le soleil éclatant de la rue, Tyler a demandé :

— Tu veux manger dans le parc ? J'ai vu un food truck.

Pendant la deuxième moitié d'octobre, le temps était devenu automnal, mais la journée était ensoleillée, un dernier souvenir de l'été. Et de notre pique-nique d'avant le théâtre.

— Bien sûr.

Il m'a tendu son coude, et je l'ai pris. Juste deux amis en route pour le parc pour prendre un sandwich. Des amis, comme nous l'étions avant l'Opération Prince Charmant. Des amis qui n'avaient ni besoin ni envie de quoi que ce soit de plus.

Durant la courte marche jusqu'au parc, nous avons croisé d'autres employés de bureau en tenue décontractée chic, des touristes portant des sweats de San Francisco qu'ils avaient achetés pour se protéger de la fraîcheur matinale, et des ouvriers du bâtiment casqués qui prenaient une pause, loin des rénovations omniprésentes dans la ville. Nous sommes passés devant le restaurant italien aux effluves d'ail, l'arôme de curry d'un restaurant indien, l'odeur lourde de poisson frit. Bientôt, les imposants immeubles ont laissé place à la place du parc et à ses haies vertes et hérissées.

Tyler m'a demandé des nouvelles de papa, et je lui ai dit qu'il allait bien. Que le fait d'avoir Sylvia à la maison pour s'occuper de lui me tranquillisait pendant que j'étais au travail. Dans l'ensemble, tout allait plutôt bien dans ma vie. Jackson et Alicia étaient de retour, et j'allais passer du temps avec ma meilleure amie ce soir-là. Nous allions nous débarrasser de son chat diabolique qui m'avait causé bien plus de stress que nécessaire. De plus, nous avions engagé un super assistant pour Cooper, ce qui allait alléger ma charge de travail.

Pendant que nous faisions la queue au food truck, j'ai fermé les yeux et laissé le soleil me réchauffer le visage. Ma vie avait beaucoup changé au cours de la semaine passée, mais j'avais toujours papa, ma meilleure amie, un patron génial et mon pote Tyler.

Quand j'ai rouvert les yeux, il me souriait. Le même sourire tendre qu'il m'avait adressé quand nous avions joué aux jeux vidéo l'autre soir. Quand nous avions titubé au clair de lune du dîner de répétition jusqu'à l'auberge. Quand nous avions dansé ensemble au mariage. Juste mon bon pote, Tyler, qui se fichait que j'occupe un poste pour lequel j'étais surqualifiée, qui ne me trouvait pas bizarre de vivre chez mes parents à vingt-cinq ans, qui savait à quel point ma famille était importante pour moi. Qui voyait la vraie Marlee et l'appréciait.

Mais malgré tout ça et le baiser plus explosif qu'une supernova que nous avions partagé au mariage, il me restait trop peu d'amis pour risquer de perdre celui-ci.

— Merci, ai-je dit. C'était une excellente idée. La semaine dernière, je lui aurais sauté au cou pour le serrer dans mes bras, mais aujourd'hui, je me suis retenue.

Il a souri, mais son sourire n'était pas aussi large que d'habitude. Peut-être que ce câlin manqué lui manquait aussi.

— J'ai plein de bonnes idées.

— J'ai une excellente idée. Et si tu postulais pour ce poste de manager ? Ils n'ont encore trouvé personne qui leur plaise.

Il a fixé ses baskets.

— Tu ne crois pas que je suis sous-qualifié ? Je ne travaille pour l'entreprise que depuis quelques années. Et j'occupe mon poste actuel depuis moins d'un an.

— Bien sûr que non. Et qui ne tente rien n'a rien.

J'avais suivi mon propre conseil avec Cooper, et les résultats avaient été désastreux. Mais si je ne l'avais pas fait, je serais toujours en train de soupirer pour lui. Toujours obsédée par lui. Et entre le retour de Jackson et les soins de papa, j'avais besoin de rester concentrée. Tourner la page était la chose la plus intelligente à faire.

Une fois nos sandwichs en main, nous nous sommes éloignés de la pelouse bondée où les autres employés de bureau profitaient du soleil, pour nous installer sur un banc dans un bosquet ombragé. L'endroit était calme, à l'exception des oiseaux et des écureuils qui pépiaient et criaient les uns sur les autres — ou peut-être sur nous pour avoir troublé la tranquillité de leur déjeuner.

J'ai déballé mon sandwich et pris une bouchée du fromage chaud et fondant qui coulait entre les tranches de pain au levain croustillantes.

— Mmm, ai-je gémi. *Tellement* meilleur qu'un sandwich au beurre de cacahuète et à la confiture.

— Le décor est meilleur que celui de la cafétéria, aussi.

Tyler m'a lancé un regard malicieux et a pris une énorme bouchée de son propre sandwich.

J'ai levé les yeux au ciel.

— Tu as déjà parlé à Jackson ?

Je savais que non, mais j'avais besoin de détourner la conversation sur un sujet sans danger.

— Pas encore. Je ne le vois que demain.

— Il a dit qu'ils avaient passé un excellent séjour aux Fidji.

Il a reniflé.

— Qui n'aimerait pas ça ?

— C'est clair, moi j'adorerais. Une plage de sable chaud, ça semble parfait aujourd'hui.

En finissant mon sandwich, j'ai frissonné. À l'ombre des arbres, une brise fraîche m'a rappelé que nous étions en octobre. J'aurais aimé avoir commandé un café chaud au lieu d'une bouteille d'eau.

— Tu as froid ?

— Un peu.

Les mots n'étaient même pas sortis de ma bouche qu'il était déjà en train de retirer son pull gris et de me le passer, encore chaud de son corps, par-dessus la tête. J'ai pensé à protester, mais dès que j'ai eu son pull sur moi, j'étais trop bien pour envisager de l'enlever. Peut-être que je pourrais voler celui-ci aussi. Il m'a frotté le haut des bras.

— Mieux ? a-t-il demandé.

Son t-shirt gris Burger Time, fin et presque transparent, se tendait sur son torse. Si je plissais les yeux et que je remplaçais le vieux t-shirt et le jean par une chemise de ville déboutonnée et un pantalon de costume, il ressemblait au beau gosse de ma romance du moment. J'ai remonté mon regard vers son visage, avec l'envie de tracer la fossette qui encadrait son sourire, de passer mes doigts dans ses cheveux, d'attirer son visage vers le mien, et… ouah. C'était Tyler. Solidement dans la « friend zone ». Je devais construire une clôture autour de lui avec des panneaux « *Défense d'entrer* » et des barbelés. Peut-être même des douves infestées de requins. Parce que quand j'étais si proche de lui, si enveloppée de son odeur, avec ses mains chaudes sur moi, je n'arrivais plus à me souvenir de mon propre nom, et encore moins des raisons pour lesquelles Tyler devait n'être rien de plus que mon ami.

C'était pourquoi, déjà ?

— Oui, ça va mieux maintenant. Merci.

J'ai cherché mon poudrier et mon rouge à lèvres dans mon sac à main, puis j'ai étalé le rose crémeux sur mes lèvres. *Pas de baisers.*

Tyler a fixé mes lèvres. Des rougeurs sont apparues sur ses joues.

— Je n'essayais pas de…

— Je sais.

J'ai calé mon sac entre nous sur le banc.

Après quelques secondes, il a retiré son bras du dossier du banc pour fouiller dans sa poche arrière. Il en a sorti une liasse de papier glacé et me l'a tendue.

— Qu'est-ce que c'est ?

J'ai lu le mot *Soins*.

— J'ai visité quelques établissements ce week-end. Je me suis dit que tu serais trop occupée pour le faire, et, bon, c'est cher, mais c'est à peu près le même coût que les soins à domicile. Et plus simple pour toi, aussi.

Son pull n'a pas suffi à me protéger du froid glacial qui m'a envahie. Il tenait des brochures de maisons de retraite de la région d'Oakland, spécialisées dans les troubles de la mémoire. Papa n'était pas prêt pour ça. Pas encore. Moi non plus.

J'ai coincé mes mains entre mes genoux. Si je ne touchais pas ces papiers, ce ne serait pas réel. J'ai fixé l'arbre de l'autre côté du chemin.

— On n'a pas besoin de ça.

Après une minute, il a dit :

— Peut-être pas aujourd'hui, mais il en aura besoin.

— Non. Je peux le garder à la maison. Il adore notre maison.

J'ai touché mon pendentif.

— Lui et ma mère l'ont achetée ensemble. Et il ne veut pas partir.

— Mais…

Je l'ai entendu inspirer, puis expirer. Il a touché mon épaule, une légère caresse.

— Quelqu'un de ton âge ne devrait pas avoir à gérer tout ça. Ton père ne veut pas que tu rates ta jeunesse à cause de lui.

J'ai repoussé sa main d'un mouvement d'épaule.

— Il était à peine plus âgé que moi quand ma mère est morte et l'a laissé seul pour s'occuper de moi. Qu'est-ce que j'aurais fait s'il avait décidé qu'il n'y arriverait pas ?

Il a reculé.

— Tu continuerais de t'occuper de lui. Et tu pourrais lui rendre visite tout le temps.

— *Lui rendre visite ?* Mes narines se sont dilatées. Il n'a pas besoin que je lui rende visite. Il a besoin que je sois avec lui tout le temps.

— Marlee, je… je pense que tu idéalises peut-être l'état de ton père. Il va avoir besoin de soins à plein temps. Et peu importe l'amour que tu lui donnes, ça ne va pas améliorer son état. Il va en arriver au point où il ne te reconnaîtra même plus.

Je ne pouvais pas rester assise là une minute de plus. Je m'étais trompée. Il était comme tous mes amis de fac. Mes anciens amis. Il ne me comprenait pas du tout. J'ai bondi du banc, éparpillant les brochures.

— Mon père et moi, notre place est ensemble, parce que nous sommes une famille. Ta relation avec ta famille est peut-être tordue, mais la mienne ne l'est pas. J'aime mon père. Et il m'aime. Il ne pourrait jamais m'oublier.

Je me fichais que son visage blêmisse et que sa mâchoire se décroche. Quiconque voulait me séparer de papa n'avait pas le profil d'un ami. J'étais juste contente de l'avoir compris avant… avant… *rien du tout !* Il n'y avait pas de *avant* ici. Peut-être même pas d'après.

Attrapant mon sac, j'ai tourné les talons et je suis partie d'un pas rageur sur le chemin. J'ai serré les bords tranchants de mon pendentif jusqu'à ce qu'une empreinte reste sur mes doigts froids. Papa était la personne la plus importante de ma vie. Tyler, quoi que j'aie pu penser de lui auparavant, ne l'était pas.

J'avais presque atteint le bureau quand j'ai entendu le bruit sec et saccadé de baskets sur le trottoir et mon nom. Tyler. J'ai ralenti le pas et je me suis arrêtée devant la porte tournante.

Il a posé une main sur mon bras. J'ai regardé ses doigts, longs et puissants. Toujours magiques ? Ça n'avait pas d'importance. Je n'en voulais plus.

— Je… je suis désolé. Je ne voulais pas te contrarier.

J'ai levé les yeux vers les siens, qui ne pétillaient plus de couleurs kaléidoscopiques mais s'étaient brouillés en un brun boueux.

— Eh bien, c'est ce que tu as fait. Je ne pense pas que je puisse… j'ai besoin…

Sur notre gauche, une gorge s'est éclaircie. Sans regarder, je me suis écartée de la porte. Tyler tenait toujours mon bras, alors quand j'ai tiré, il m'a suivie. Titubant, il m'a attrapée par les coudes pour se stabiliser, et nous nous sommes retrouvés à moitié enlacés. Je me suis un peu éloignée, mais il a resserré sa prise sur mes bras, ses yeux me suppliant de ne pas continuer ce que j'avais commencé à dire. De reconsidérer ma position.

Par-dessus son épaule, j'ai aperçu Ben et Cooper, debout côte à côte sur le trottoir, qui nous fixaient. Que pensaient-ils de nous, avec Tyler qui me tenait et mes joues rouges de colère ? J'ai fait un autre pas en arrière et j'ai repoussé les mains de Tyler de mes bras, et c'est là que j'ai réalisé que je portais toujours son pull. Son pull gris terne et trop grand qui couvrait mes mains et qu'on ne pouvait pas confondre avec le mien.

Les yeux écarquillés de Ben ont anéanti tout espoir que j'avais de la jouer cool et sûre de moi. Tant pis pour la bonne impression pour son premier jour. Cooper a incliné la tête sur le côté.

— Salut, Ben. Salut, Cooper. Vous avez bien déjeuné ?

Je n'ai pas attendu leur réponse avant de passer la porte tournante. Les trois hommes ont suivi. J'avais déjà retiré le pull de Tyler au moment où ils sont entrés dans la chaleur du hall. Refusant de regarder son visage, je le lui ai tendu d'une main et j'ai lissé mes cheveux de l'autre.

— Merci.

Il me l'a pris. Pendant que nous attendions devant les ascenseurs, il a tendu la main droite à Ben.

— Je suis Tyler Young. Je suis développeur dans l'équipe d'analyse automobile.

— Ben Levy-Walters. Le nouvel assistant de Cooper. C'est mon premier jour.

— Bienvenue chez Synergy. Je suis sûr que Marlee vous a dit

tout ce qu'il faut savoir, mais si jamais vous avez besoin de quoi que ce soit de la part de l'équipe de programmation, venez me voir.

Ben m'a lancé un regard alors que la porte de l'ascenseur s'ouvrait.

— J'y manquerai pas.

Il s'est mordu la lèvre, et alors que je passais devant lui, il a murmuré :

— Miam.

Et il a fait claquer ses lèvres sans aucune subtilité.

J'ai relevé le menton et suis entrée dans l'ascenseur. Après avoir arrangé ma blouse, je me suis occupée avec mon téléphone — Jackson avait envoyé un texto — jusqu'à ce que Tyler lance un « À plus » décontracté et sorte au quatrième étage.

J'ai refusé de lever les yeux. Je n'étais pas là pour leurs suppositions ou leurs jugements sur Tyler et moi. Bon sang, je ne savais pas quoi penser de Tyler à ce stade. Pourrions-nous encore être amis après ce qu'il avait dit ?

Quand les portes de l'ascenseur se sont ouvertes au sixième étage, j'ai lissé ma jupe et je suis sortie avec assurance. J'ai attrapé mon ordinateur portable sur mon bureau, mais avant que je puisse atteindre le bureau de Jackson, mon patron est sorti nonchalamment dans le couloir.

— Coop ! Désolé qu'on ne se soit pas vus hier. Alicia et moi étions crevés par le décalage horaire et on s'est endormis sur le canapé.

Ce qui a commencé par une poignée de main s'est transformé en une accolade et une tape dans le dos.

Lorsqu'ils se sont séparés, la main de Cooper est restée sur le bras de Jackson juste une minute avant qu'il ne fourre ses mains dans ses poches et ne se balance d'avant en arrière sur ses talons. Son sourire semblait maintenant tendu. Peut-être que les trois dernières semaines avaient été plus stressantes pour lui qu'il ne l'avait laissé paraître.

— Je… j'aimerais que tu rencontres mon nouvel assistant, Ben Levy-Walters.

— Tu as un nouvel assistant ?

La posture de Jackson s'est redressée, et il a tendu une main à Ben.

— Bienvenue à bord. Tout va bien jusqu'à présent ? Ce type — il a pointé Cooper du pouce — n'a pas été trop dur avec vous, j'espère ?

— Non, pas du tout, a dit Ben, de sa voix basse et douce. Cooper m'a emmené déjeuner. Et tout le monde a été super aujourd'hui, surtout Marlee.

Normalement, j'aurais adoré le compliment, mais quand leurs yeux se sont tous tournés vers moi, j'ai eu envie de cacher ma blouse froissée et mes cheveux emmêlés par le vent. J'ai adressé un sourire chancelant à Jackson et j'ai dit :

— Prêt à t'attaquer à tes e-mails ?

Jackson a pris une profonde inspiration et l'a laissée échapper dans un souffle.

— Marlee, tu es une vraie cheffe.

Il a souri à Ben.

— Content de vous rencontrer, Ben. N'hésitez pas si je peux vous aider.

Il s'est tourné vers Cooper.

— Viens dîner ce soir. Je ferai des steaks au gril et on pourra se rattraper.

Puis il a fait un geste vers la porte ouverte de son bureau.

— Après toi, Marlee.

J'ai serré mon ordinateur portable contre ma poitrine et suis entrée dans la sécurité du bureau de Jackson. Jackson a claqué la porte derrière nous.

— Alors, Marlee, a-t-il dit avec un sourire malicieux, qu'est-ce que j'ai raté ?

22

J'AVAIS à peine refermé la porte de ma chambre qu'Alicia demanda :

— Qu'est-ce qui se passe avec ton père ?

Elle n'avait pas manqué de remarquer qu'il m'avait appelée Maggie deux fois pendant le dîner. Ni la façon dont il s'était retrouvé désemparé devant la cafetière. La cafetière qu'il utilisait deux fois par jour depuis au moins cinq ans. J'avais fini par lui demander de s'asseoir et je lui avais préparé son café moi-même.

Je m'assis sur le lit et lui fis signe de faire de même. Tigger sauta sur le lit et se blottit contre elle comme si c'était sa place.

— Il n'est pas dans son assiette ces derniers temps.

Omettant la grande aventure de Tigger la nuit où Papa l'avait laissé s'échapper, je la mis au courant de l'escapade de Papa jusqu'à la station du BART, de son diagnostic et de la nouvelle aide-soignante.

Les yeux d'Alicia se plissèrent de compassion.

— Je suis tellement désolée. Est-ce qu'on peut faire quoi que ce soit pour vous aider ?

Je tendis la main et je passai une mèche de ses cheveux derrière son épaule. En grognant, Tigger me foudroya de ses yeux jaunes.

— Jackson me laisse partir plus tôt tous les jours pour que je puisse prendre le relais de Sylvia, son aide-soignante. On va s'en sortir.

Alicia scruta mon visage.

— Vraiment ?

J'étais tentée, si tentée, de vider mon sac à mon amie, de lui dire que non, j'étais terrifiée à l'idée de perdre la seule famille qui me restait. Mais mon téléphone sonna, et je jetai un coup d'œil à l'écran. Des papillons aux ailes acérées comme des lames de rasoir me déchiquetèrent l'estomac.

— C'est Tyler.

Elle leva les yeux au ciel.

— Tu ne vas pas répondre ?

Je me mordis la lèvre.

— Non. Je… je ne suis pas prête à lui parler. On s'est disputés. À propos de papa, en fait. Il m'a apporté des brochures sur des établissements spécialisés pour les troubles de la mémoire.

— Il ne voulait pas juste aider ?

— Je suppose.

Ma main se glissa vers le pendentif à mon cou, que je fis coulisser le long de la chaîne.

— Mais ça m'a fait comprendre qu'on ne voulait pas les mêmes choses. Que j'accorde de l'importance à la famille, et pas lui. Tyler a traversé le pays pour s'éloigner de la sienne. Moi, je n'ai jamais voulu déménager de cette maison. Nous sommes si différents que je ne suis même plus sûre qu'on puisse rester amis. Je veux dire, je ne peux pas éviter de le voir au travail, mais c'est tout.

La sonnerie cessa.

— Les amis peuvent être différents. Ce n'est pas comme si vous deux…

Ses yeux s'écarquillèrent.

— *Vous l'avez fait ?*

— Non. Non ! Même si il… il a dit qu'on devrait être plus que des amis. J'ai dit non, et tout allait bien entre nous, mais maintenant ce n'est plus le cas.

— C'est dommage. C'est un type bien. Un bon ami.

Un bon ami. Je n'en avais pas assez. Et s'il arrêtait de venir à mon bureau et de déjeuner avec moi ? Ses fossettes me manqueraient. Et ses câlins. Pourtant, chaque fois que je repensais à ces brochures, des poignards de glace me transperçaient le cœur.

— Qu'est-ce que c'est que ça ?

Alicia se pencha là où sa botte effleurait le sol et tira la boîte de sous mon lit.

— Attends !

Je sautai du lit et me précipitai pour l'arrêter. Mais ses bras ridiculement longs l'arrachèrent hors de ma portée.

— Oh !

Elle referma vivement le couvercle de la boîte. Puis elle l'ouvrit de nouveau.

— Oooh.

— Ce n'est pas…

Mon visage avait atteint la température de la surface du soleil.

— J'aime bien celui-là.

Elle montra Le Tyler du doigt.

Je m'effondrai sur le lit, en cachant mon visage.

— Tu peux le sortir. Il est propre.

De son nid soyeux, elle sortit le nouveau godemiché, long, violet et réaliste, avec sa tête à l'arrondi obscène. Puis, bien sûr, elle trouva Le Cooper qui avait été poussé en dessous. Elle le sortit aussi. Il était plus petit, incurvé et sans fioritures, fait de silicone pailleté. Un vibromasseur pragmatique, pour aller droit au but. Jusqu'à ce qu'il ne le soit plus.

Elle en tenait un dans chaque main, les sourcils haussés.

— Quoi ? Une fille n'a pas le droit d'avoir une sélection pour différentes… expériences ?

Elle alluma Le Cooper. Je l'avais laissé sur son réglage le plus puissant, et il se mit à geindre sous l'effort. Elle grimaça et l'éteignit. Puis elle alluma Le Tyler, qui se mit à émettre une pulsation sourde qui me fit frétiller à un mètre de distance.

— Différentes expériences.

Le problème avec une meilleure amie, c'est que parfois, elle vous connaît mieux que vous ne vous connaissez vous-même.

— Le Coo…

Je me figeai.

— Celui-là ne répondait plus à mes besoins.

— Tu as nommé ton godemiché d'après Cooper ?

Je grimaçai.

— Non ?

— Et comment as-tu appelé celui-ci ?

Remettant Le Cooper dans la boîte, elle fit courir un doigt manucuré sur les veines et les nervures de l'autre.

— Le Tyler, marmonnai-je.

— Tu as donné à un sextoy le nom de ton ami platonique, qui n'est peut-être même plus ton ami.

Je ramenai mes genoux contre ma poitrine.

— C'est compliqué.

— Hum.

Enfin, elle eut pitié de moi et changea de sujet.

— Jackson veut organiser une fête le week-end prochain.

Je levai les yeux vers elle.

— Une fête une semaine après votre lune de miel ?

— C'est ce que j'ai dit ! Il veut organiser une fête de retour / d'Halloween chez nous. Nous, euh…

Je la voyais lutter pour contenir le sourire qui menaçait d'éclater sur son visage.

— … nous avons un lien spécial avec Halloween.

Elle m'avait parlé de la fête de Jackson l'année dernière à Austin, quand il l'avait embrassée pour la première fois. Son conte de fées à elle avait commencé il y a un peu plus d'un an, et maintenant elle était mariée à son grand amour. Je soupirai.

— Tu viendras, n'est-ce pas ? demanda-t-elle.

— Bien sûr. Je ne manquerais ça pour rien au monde. Est-ce que… est-ce que Cooper sera là ?

Les commissures de ses lèvres se crispèrent.

— Oui, il sera là.

Elle fit une pause.

— Jamila aussi. Et Tyler.

Elle pinça les lèvres. Je voyais bien qu'elle me cachait quelque chose.

— Marlee ?

La voix de mon père venait d'en bas.

Je fronçai les sourcils. Il était déjà allé se coucher – il dormait beaucoup ces derniers temps – et j'étais surprise qu'il soit encore réveillé.

— Je reviens tout de suite, dis-je.

Il me fallut quelques minutes pour réinstaller papa. Il voulait un verre d'eau et ne trouvait pas sa canne, qui avait roulé sous son lit. Je retournai dans ma chambre et trouvai Alicia en train de parcourir les titres de ma bibliothèque.

— Tu as tous mes livres préférés de quand j'étais petite.

Elle passa un doigt sur les dos abîmés.

— *Anne… la maison aux pignons verts, Journal d'une princesse, Le Club des Baby-Sitters.*

— Je ne pourrais pas m'en séparer. Papa disait qu'il me racontait des histoires – des contes de fées – pendant que ma mère était enceinte de moi. Et quand j'étais petite. Puis je suis passée à ceux-là. Je suppose que c'est de là que tout ça vient.

Je fis un geste de la main en direction de ma chambre rose et blanche à froufrous. Je désignai la lucarne maintenant sombre avec sa banquette rembourrée.

— Quand j'étais petite, je m'asseyais là pour lire, puis je rejouais les histoires avec mes poupées. J'adore toujours m'y blottir sous une couverture avec un roman d'amour.

Alicia caressa son pull par-dessus son ventre arrondi.

— Peut-être qu'on construira une banquette de fenêtre et

quelques bibliothèques. Tu pourras nous conseiller sur les lectures.

— C'est une fille ? m'écriai-je.

— On vient de l'apprendre ce matin.

Je serrai mon amie dans mes bras.

— J'ai trop hâte de lui acheter une robe rose. Avec des volants ! Et je lui lirai *Le Jardin secret*. Des visions de goûters de princesses avec la fille d'Alicia dansaient dans ma tête. Je serais la meilleure des tatas.

La sonnette retentit, interrompant mes visions de manucures-pédicures de princesse.

Je me dirigeai vers l'escalier.

— C'est probablement notre voisine Alma qui vient prendre de nos nouvelles. Je reviens tout de suite.

Je descendis les escaliers en courant, déverrouillai la porte et l'ouvris. Mais ce n'était pas Alma. Tyler se tenait sur le seuil.

— Qu'est-ce que tu fais là ? lâchai-je.

Il baissa la tête, et je grimaçai.

— Désolée, dis-je. Je ne le pensais pas comme ça a été dit.

Les coins de sa bouche se relevèrent légèrement.

— Tu n'as pas répondu à ton téléphone, et j'étais dans le coin.

Il baissa les yeux vers ses baskets et les frotta sur le perron.

Personne de chez Synergy n'était jamais « dans le coin » d'Oakland. Je croisai les bras.

Il leva les yeux, et la lumière de l'intérieur fit briller ses lunettes.

— Écoute, je suis désolé pour… pour notre dispute de tout à l'heure. J'ai dépassé les bornes. Et je suis désolé.

Le dos raide, je dis :

— Ce n'est pas grave.

— On peut redevenir amis ?

— Je… d'accord.

Être amis était une demande raisonnable. Mais rien de plus. Et je n'allais plus me confier à lui à propos de papa.

— Tu devrais reprendre ta console de jeu, par contre.

En rentrant du travail, je l'avais débranchée et fourrée dans un sac de courses, avec l'intention de la déposer sur son bureau le lendemain. De cette façon, ça m'éviterait de la trimballer dans le train.

— Oh.

Les coins de sa bouche s'affaissèrent, et les étincelles dorées disparurent de ses yeux.

— Tu es sûre ?

— Certaine. Il vaudrait mieux que tu ne... qu'on garde notre amitié au bureau.

Un miaulement retentit derrière moi. Je me retournai vivement pour empêcher Tigger de s'échapper, mais il s'assit sur le tapis et miaula de nouveau en direction de Tyler. Tyler s'accroupit et tendit la main. Tigger se leva, passa devant moi et, en ronronnant, frotta sa petite tête de traître sur la main de Tyler.

Tyler roucoula :

— Bon garçon.

J'entendis des pas dans l'escalier et soupirai. *Grillée.*

— Oh, salut, Tyler, dit Alicia d'un ton chantonnant et insinuant.

— Salut, Alicia.

Ses joues ne s'empourprèrent pas comme les miennes. Il avait l'air de trouver que se faire surprendre sur mon porche par la femme de notre patron n'avait rien d'extraordinaire.

— Merci d'être passé. On se voit demain, Tyler.

Je ne pus pas le regarder dans les yeux en le disant.

La blessure dans sa voix ne m'échappa pas.

— Euh, d'accord. À demain.

Il attrapa le sac contenant sa console de jeu, tourna les talons et retourna à sa Mustang bleue. Tigger laissa échapper un dernier miaulement plaintif dans sa direction.

Quand je croisai son regard, l'expression d'Alicia était troublée.

— Tu es sûre que tu ne peux pas...

— J'en suis sûre.

Je ne pouvais pas lui donner ce qu'il voulait. Et je ne pouvais pas vouloir ce qu'il m'offrirait.

———

LE JEUDI MATIN, je descendis sur la pointe des pieds, mes bottes à la main pour ne pas réveiller Papa, mais il était assis à la table de la cuisine avec une tasse de café.

— Bonjour, mon rayon de soleil.

— Bonjour, Papa. Tu te sens bien aujourd'hui ?

Je versai du café dans mon mug de voyage.

— Super bien. Je pense que je vais sculpter la citrouille ce matin. Si ça ne te dérange pas, bien sûr. Je sais à quel point tu aimais Halloween, mais tu es si occupée ces derniers temps…

— Tu vas utiliser le kit avec les petites scies, d'accord ? Pas les grands couteaux de cuisine. Et Sylvia t'aidera.

— C'est une façon de parler à ton père ? J'utilise des couteaux *et des outils électriques* depuis avant ta naissance.

Je me figeai au milieu du vissage du couvercle de mon mug.

— Tu ne vas pas utiliser d'outils électriques sur la citrouille, n'est-ce pas ?

Il ne le pouvait pas. Je les avais enfermés dans la cabane de jardin, et j'avais caché la clé.

— Je disais juste…

Il poussa un soupir.

— Bien sûr que non. Je vais utiliser les petites scies.

Je trouvai le sac en plastique contenant le kit et le posai sur le comptoir.

— Merci, Papa.

J'entendis frapper à la porte d'entrée, puis elle s'ouvrit.

— Bonjour, lança Sylvia.

— Salut, Sylvia, dis-je. Regarde qui est déjà debout.

Elle sourit à papa.

— Salut, Will. Tu dois te sentir bien aujourd'hui.

— C'était le cas, grogna-t-il dans son café.

— Il a dit qu'il voulait sculpter la citrouille aujourd'hui. Elle est sur la terrasse arrière. Voilà le kit de sculpture.

Je le montrai du doigt sur le comptoir.

— Ça a l'air amusant.

Elle me fit un signe de tête, une promesse qu'elle ne le laisserait pas se couper les doigts.

— Oh, Marlee. Ma cousine dit qu'elle peut rester avec lui samedi soir pour que tu puisses aller à ta fête.

Je n'y pus rien ; je fis une petite danse avant de tendre la main pour la serrer dans mes bras.

— Merci. C'est super.

Je ne voulais pas manquer la fête d'Alicia et Jackson, mais papa devenait trop difficile à gérer pour Alma. La cousine de Sylvia était infirmière.

Je me penchai pour embrasser la joue de papa.

— Amuse-toi bien aujourd'hui. Sois sage.

Il ne dit rien mais fixa son café. Ignorant sa mauvaise humeur, je partis au travail.

23

APRÈS AVOIR RAJUSTÉ MA PERRUQUE, j'ai sonné à la porte d'Alicia et Jackson.

C'est Noah qui a ouvert. Le garçon de onze ans portait le bas d'un costume de dinosaure, avec une queue rembourrée à piques, un t-shirt rayé, des griffes de Wolverine et un masque de hockey à l'ancienne remonté sur le haut de sa tête. Il a claqué des dents dans ma direction.

— Bon, je sèche. En quoi es-tu déguisé ?

— Je suis le Jabberwocky. On a lu ça en classe. Lewis Carroll ne le décrit jamais, à part « les mâchoires qui mordent » — il a de nouveau claqué des dents — et « les griffes qui prennent », alors j'ai inventé le reste. Et toi, tu es la princesse Leia.

Il avait l'air déçu de mon costume banal. Pour être honnête, je l'étais un peu aussi, vu toute la réflexion que Noah avait mise dans le sien.

— Exactement. J'ai même un blaster. Je le lui ai montré.

— On n'a pas le droit d'avoir des armes factices à l'école.

— Oh. Je l'ai caché dans un pli de ma robe blanche. Je perdais clairement des points à ses yeux. Peut-être que Tigrou avait déteint sur lui.

— Tu restes pour la fête ? je lui ai demandé.

— Juste la première heure. Après, je dois aller au lit. J'ai taekwondo demain matin. Il s'est écarté pour me laisser entrer. — Hé, tu as rencontré Sam ? C'est ma tante, ou un truc du genre. Il a plissé le visage comme s'il essayait de cacher un sourire derrière une grimace. — Elle est super cool.

— Sam, la sœur de Jackson ? Oui, je la connais. Est-ce que Sam m'avait remplacée dans le cœur de Noah ? Un léger pincement m'a serré le mien. Je ne devrais pas être jalouse du béguin d'un enfant de onze ans, n'est-ce pas ? J'ai soupiré. J'avais fait des choses plus stupides par amour. Comme ce soir, par exemple. J'ai rengainé mon blaster dans son holster de hanche.

— Allons la trouver. Elle est dans la cuisine. Il s'est élancé devant moi, traversant le salon ouvert pour entrer dans la cuisine, où Alicia, Jackson et Sam gênaient le passage de deux traiteurs en uniforme.

Je suis passée derrière l'îlot central pour prendre Alicia dans mes bras. Elle était déguisée en Alice au pays des merveilles, ses cheveux blonds retenus par un serre-tête noir. Elle portait une robe bleue, des collants blancs et des babies noires. — Tout va bien ?

— Oui, je suppose. Elle a jeté un coup d'œil au traiteur qui sortait un plateau de pétoncles enroulés de bacon du four.

— Salut, Sam. Sam portait un pantalon cargo noir, un t-shirt Bon Jovi noir délavé trop grand avec un cœur transpercé d'une épée, et une couronne faite de cartes à jouer, toutes des cœurs. — Tu es la Reine de Cœur ?

— Ouais ! Tu aimes mon costume ? Noah et moi, on l'a fait. Je ne viens pas souvent aux fêtes de Jackson, et je ne savais pas que c'était une soirée déguisée.

— Sam. Jackson, le Lapin Blanc en t-shirt blanc, jean et oreilles tombantes, lui a fait une friction sur la tête à travers le centre ouvert de la couronne. — Je te l'ai dit au moins trois fois pour les costumes.

— C'est bon. Je ne voulais pas me déguiser. Les costumes, ça gratte. Mais celui-là, ça va. Elle a tiré sur le t-shirt, que j'ai reconnu comme étant le sien.

— Waouh. La voix grave de Cooper a retenti derrière moi. Je me suis retournée d'un coup pour voir une des serveuses se débattre avec un plateau. On aurait dit qu'il avait failli la percuter. Bizarre. Cooper était habituellement si prudent, presque gracieux. Je ne l'avais jamais vu trébucher, tomber ou bousculer qui que ce soit. Pas comme la position dans laquelle il nous avait trouvés, Tyler et moi, la semaine dernière après notre dispute au déjeuner. Ou la fois où j'étais tombée en faisant du yoga devant lui.

— Pardon. Vous allez bien ? lui a-t-il demandé.

— Oui. Pardon. Elle a posé le plateau.

Automatiquement, j'ai regardé derrière Cooper. Pas de Jamila. Mais cela n'a pas provoqué le plaisir que ça aurait pu un mois plus tôt.

La cuisine devenait bondée. — Ils maîtrisent la situation ici. Sortons pour ne pas les gêner. J'ai poussé les hôtes et les invités hors de la cuisine. Tirant Alicia par la main, je l'ai emmenée dans le salon et je me suis assise à côté d'elle sur le canapé. Sam et Noah se sont dirigés vers la salle à manger, d'où j'entendais le bruit de dés secoués dans un gobelet.

Jackson a apporté un plateau avec des verres de punch à l'orange. Il en a tendu un avec une cerise au marasquin à Alicia. Puis il m'en a passé un avec un zeste d'orange. — Tu as droit à notre punch spécial Halloween. Il a fait un clin d'œil.

— Qu'est-ce que c'est ? Je l'ai reniflé, et des bulles m'ont pétillé dans le nez.

Cooper s'est laissé tomber sur le canapé à côté de moi. Le manche de son sabre laser m'a piqué la cuisse, et je me suis décalée de quelques centimètres. — Juste une recette que Jay et moi avons inventée à la fac. Goûte.

À ma grande déception, mon verre était le seul à pétiller, même avec le genou de Cooper touchant le mien.

— Santé, j'ai dit en trinquant avec son verre.

— Santé.

J'ai bu une gorgée et j'ai frissonné quand ça m'a brûlé la gorge. — C'est costaud, je me suis étranglée entre deux quintes de toux.

Il a pris une gorgée prudente. — Waouh, il a sifflé. — Tu ne plaisantes pas. Je suppose que ça fait un moment depuis la fac.

— Salut, les gars. Tyler avait l'air incroyablement grand dans une redingote, un gilet et une culotte de satin brodé bleu roi. Sur sa tête se trouvait une perruque hirsute d'où sortaient des cornes recourbées. Mais il n'avait rien d'une Bête. Son sourire familier a vacillé quand il a remarqué nos costumes assortis, à Cooper et à moi.

— Tyler ! J'ai voulu me lever d'un bond pour le serrer dans mes bras, mais j'étais coincée entre Cooper et Alicia, un verre que je ne voulais pas à la main et aucun moyen de m'extirper de ce gouffre qu'était le canapé. Je savais que j'étais censée être en colère contre lui, mais ce n'était pas la colère — ou l'alcool — qui me réchauffait de l'intérieur.

— Salut. Son signe de la main nous englobait tous les trois, coincés sur le canapé, et je me suis un peu dégonflée quand il s'est tourné vers Jackson pour une accolade virile accompagnée de tapes dans le dos. Maudit canapé dévoreur de gens.

Cooper m'a donné un coup de coude. — Bois un coup. Tu es assortie à moi ce soir, Mlle Rice.

À plus d'un titre. J'ai pris une petite gorgée, puis une autre. Maintenant que j'étais habituée au fort taux d'alcool, je pouvais sentir le goût sucré de l'orange. — Ce n'est pas si mal après la première gorgée.

Cooper a bu de nouveau. — Tu as raison. Il a posé son verre sur son genou. — Joli costume, au fait.

— Les grands esprits se rencontrent. J'ai affiché un sourire en coin et tapoté la tresse enroulée sur mon oreille. Bon sang, cette perruque me donnait chaud. Je n'avais choisi mon costume — par habitude et manque d'inspiration — que pour qu'il soit assorti à celui de Han Solo de Cooper. Maintenant, j'étais simplement… désenchantée. Et j'avais trop chaud. Rétrospectivement, harceler Ben pour savoir ce que Cooper allait porter me semblait idiot.

Je me suis tournée pour voir comment allait Alicia, mais son regard était fixé au-dessus de ma tête. — Jamila. Tellement contente de vous voir. Elle a posé son verre et a poussé sur le coussin avec ses mains pour se lever.

— Ne vous levez pas. Une odeur de jasmin a flotté au-dessus de moi alors que Jamila se penchait pour serrer Alicia dans ses bras. Elle s'est redressée. — Salut, Marlee. Contente de te voir.

En poussant sur les genoux d'Alicia et de Cooper, je me suis hissée pour ne pas avoir le nez sur l'ourlet court de sa jupe bleue de Wonder Woman. Maintenant, j'étais au niveau du bustier. Super. J'ai arraché mon regard de sa poitrine magnifique pour le poser sur son visage tout aussi magnifique. — Contente de te voir, Jamila.

Elle a tiré vers l'avant la femme qui se tenait timidement derrière elle. — Voici Jenny. Alors qu'elle finissait les présentations, j'ai jeté un coup d'œil à Cooper, qui fixait les mains jointes des deux femmes. *Oh oh.*

Je lui ai donné un coup dans le genou. — Bois.

C'est ce qu'il a fait.

DEUX HEURES PLUS TARD, la pièce — ou moi — avait commencé à tanguer, et tout me faisait rire. J'étais debout à côté du bar avec Jackson et Cooper. Jackson avait un bras passé autour des épaules de Cooper et l'autre autour des miennes. J'avais perdu le compte du nombre de fois où il avait rempli mon verre de ce punch à l'orange toxique.

— Vous êtes mes deux meilleurs amis, a baragouiné Jackson. Son nez de lapin et ses moustaches dessinées n'étaient plus qu'une traînée rose et grise après deux heures à étreindre ses invités et à boire.

— Et Alicia ? j'ai demandé. La Marlee-saoule trouvait soudainement important que nous n'oubliions pas mon amie assise de l'autre côté de la pièce, en train de parler à Sam.

— C'est vrai, c'est ma meilleure amie. Et Noah. Et le bébé. Puis vous. Le dernier mot s'est étiré en un sifflement pâteux.

Cooper a froncé les sourcils. — Le *bébé* passe avant moi ? Je te connais depuis quatorze putains d'années, et ton bébé n'est même pas encore né. Sa voix est montée. — Comment un *fœtus* peut-il être un meilleur ami que moi ?

Oh oh. Ce fichu caractère des Fallon allait gâcher la fête d'Alicia. Je lui ai fait signe de se taire et je suis passée derrière Jackson pour poser une main apaisante sur son avant-bras. — Bien sûr que Jackson va aimer son *bébé* plus que tout. Le bébé, c'est la famille, idiot. Pas toi. Jackson a hoché lentement la tête.

Ce punch à l'orange était *diabolique*, et si jamais j'en revois, j'y mettrai le feu. Parce que Cooper, qui en avait bu au moins un de trop, sinon deux, s'est effondré sur l'épaule de Jackson, et j'ai vu son dos se soulever dans un hoquet — ou un sanglot. Il a marmonné quelque chose que je n'ai pas entendu.

Jackson a tapoté le dos de son ami. — C'est bon, Coop.

De l'autre côté de la pièce, la bouche d'Alicia s'est contractée.

Hors de question que je laisse Cooper la contrarier à sa propre fête.

— Je m'en occupe, Jackson. Pourquoi n'irais-tu pas voir Alicia ? Je l'ai aidé à se défaire de Cooper, qui marmonnait toujours, et je l'ai drapé sur mes propres épaules. Je lui ai frotté le dos pendant que Jackson s'éclipsait.

— Hé, doucement. Et si on allait te chercher un peu d'eau ? Les gens autour de nous commençaient à nous dévisager, alors je l'ai conduit vers la cuisine.

— Plus jamais pareil, a-t-il marmonné.

— Oh, mon chou, tu iras bien demain. Je vais m'assurer que tu aies de l'eau et de l'ipo—ibo—iboprofène. De l'ibuprofène, je veux dire.

Je pensais que la cuisine était vide, mais ce n'était pas le cas. Dans un coin, là où personne ne pouvait les voir depuis le salon adjacent, Jamila pressait Jenny contre le plan de travail. Alors qu'elle se penchait sur la femme plus petite, son bout de jupe de Wonder Woman est remonté, et j'ai entraperçu son cul parfaitement musclé, à peine couvert par sa culotte rouge — et l'une des mains de Jenny. La botte rouge de Captain Marvel de Jenny s'est accrochée autour du mollet de Jamila. Leurs lèvres étaient fusionnées.

Ce punch immonde a essayé de me faire lâcher un commentaire sarcastique sur un crossover DC-Marvel, mais j'ai serré les dents juste à temps. Pas besoin d'attirer l'attention sur la scène dans la cuisine. Si nous pouvions simplement nous faufiler sans qu'ils nous voient, peut-être que Cooper ne les remarquerait pas. Jamila avait l'air si gentille. Comment pouvait-elle lui faire ça ?

J'ai traîné Cooper vers la buanderie. Mais ses pieds se sont arrêtés, et il a fixé les deux femmes. Merde. Étaient-elles juste saoules et en train de s'amuser ? Ou est-ce que Jamila le trompait ? Ça allait mal tourner. Très vite.

— Salut, Mila. Jenny. Son ton était désinvolte, amical. Mes yeux se sont écarquillés, mon cerveau embrumé essayant de comprendre la situation.

Jamila a tourné la tête, sa tempe toujours pressée contre le front de Jenny, ses lèvres gonflées. — Salut, Coop. Jenny a agité ses doigts gantés dans sa direction.

Finalement, il m'a laissée le pousser dans la buanderie. Sous les néons, il avait le teint verdâtre. — Tu vas bien ? je lui ai demandé.

Quand il a haussé les épaules, il a perdu l'équilibre et a vacillé. Je lui ai attrapé les biceps. — Cooper ?

— Ouais, ça va. Mais il ne m'a pas regardée. Ses yeux bleus fixaient quelque chose, peut-être rien, derrière moi.

— Je suis tellement désolée que tu aies vu ça. Peut-être que Jamila n'est pas la bonne pour toi, mais tu trouveras quelqu'un. Pourquoi ne l'avais-je pas simplement laissé dans le salon pendant que j'allais chercher l'eau ? J'ai resserré ma prise sur ses bras pour lui prouver à quel point j'étais sérieuse — ou pour m'assurer que nous restions tous les deux debout. — Tu es magnifique, intelligent, tu as réussi. Je sais que la femme parfaite pour toi est quelque part.

Ses yeux étaient cerclés de rouge et injectés de sang, et il sentait le soda à l'orange et la tequila. Pourtant, il était le plus bel homme que j'aie jamais rencontré. Même le jeune Harrison Ford aurait rêvé d'être aussi séduisant dans un costume de Han Solo.

Il m'a regardée, son regard bleu aussi brûlant qu'une flamme de gazinière. — Peut-être qu'elle a toujours été là, juste sous mes yeux. Et il s'est penché en avant et m'a embrassée.

J'avais rêvé de ce moment. Je l'avais idéalisé, brodé dans mon imagination au point que j'anticipais le picotement qui suivrait le contact chaud de ses lèvres sur les miennes. Je me suis préparée à défaillir sous l'afflux de sang chaud de mon cerveau vers mes parties féminines bientôt palpitantes. J'ai agrippé ses bras, me préparant à ce que mes genoux flageolent.

Mais ce n'était qu'un baiser. Parfumé au punch à l'orange. Bouche fermée. Une simple pression des lèvres. Rien de dur ne pressait contre ma hanche, à part son sabre laser en plastique. Pas de chœur d'anges. Pas de picotement. Aucune contraction au fond de mon ventre. Pas de pouls qui s'accélère dans mes oreilles. Zéro étincelle.

Pour la première fois en trois ans, mon cœur ne s'est pas emballé à la proximité de Cooper. Le bout de mes doigts ne s'est pas engourdi, et ma respiration ne s'est pas accélérée.

Je voulais vraiment qu'il trouve quelqu'un de spécial. Quelqu'un qui enflammerait son cœur, quelqu'un qui le ferait languir d'elle comme j'avais langui de lui pendant trois ans. Et, même dans ma brume alcoolisée, je savais que cette personne n'était pas moi.

Et je méritais quelqu'un qui me voulait, qui m'aimait en retour, qui me faisait vibrer, putain. Quelqu'un qui, lorsque nous étions ensemble, réduisait le monde à nous deux, estompant tout ce qui nous entourait.

Si cela s'était produit quand Cooper m'a embrassée, je n'aurais pas entendu le bruit.

Un couinement sur le parquet. Un couinement que je connaissais.

Je me suis éloignée de Cooper et j'ai regardé vers l'embrasure de la porte juste à temps pour apercevoir la semelle d'une botte princière. *Par Galilée.*

Mes mains reposaient toujours sur les bras de Cooper, et je l'ai secoué. Doucement. Du vomi de punch à l'orange serait difficile à enlever de ma robe blanche.

— Hé. Ça va ? Il fallait que je parle à Tyler, que je lui explique ce qu'il avait vu. Ce n'était pas un couinement anodin. Si le couinement d'une botte pouvait être en colère, celui-là l'était.

— Non, a-t-il gémi en s'affaissant contre la machine à laver, sa peau normalement hâlée, blafarde.

— De l'eau, j'ai dit. — Ne bouge pas.

Dans la cuisine, j'ai fait un signe de la main aux deux femmes toujours enlacées. — Ne faites pas attention à moi. J'ai attrapé un verre, je l'ai rempli au robinet et je suis retournée en vitesse dans la buanderie.

Je lui ai mis le verre dans les mains. — Bois.

Pendant qu'il buvait l'eau d'un trait, j'ai appelé un VTC pour lui. Il avait repris des couleurs quand il m'a rendu le verre, mais ses yeux vitreux et ses mouvements maladroits me disaient qu'il était soit saoul, soit le cœur brisé — probablement les deux. Le faire passer devant Jamila serait cruel, alors je l'ai fait sortir par le garage.

L'air frais m'a giflé les joues, tout comme mon bon ami, le remords. Pourquoi m'étais-je tenue si près et avais-je laissé Cooper m'embrasser ? Pourquoi l'avais-je fait là où tout le monde pouvait voir ? Et pourquoi le destin, cette garce cruelle, avait-il fait passer Tyler à ce moment-là ? J'ai jeté un regard en arrière vers la maison. Il faudrait que je le trouve, que je lui parle. Et pour lui dire quoi ?

J'ai levé les yeux au ciel. Plus pour moi-même que pour

Cooper, j'ai dit : — Dommage qu'il y ait trop de brouillard pour voir les étoiles ce soir. Une lueur brumeuse éclairait le ciel là où la lune aurait dû être. Aucune étoile, pas même une planète, n'était visible. La compagnie des constellations m'aurait été utile.

— Kesskya ? Il a détourné son regard de la rue vers mon visage.

— Pas d'étoiles ce soir. Il y a du brouillard.

Il n'a même pas levé les yeux. — On voit jamais d'étoiles ici. Trop de pollusho… lumineuse. Pollution lumineuse. Il a roté doucement.

J'ai fermé les yeux un instant. Quand je les ai rouverts, des phares ont balayé le trottoir. *Merci, Copernic.* J'ai guidé Cooper jusqu'à la banquette arrière de la voiture et je l'ai regardée s'éloigner.

Quand je me suis retournée vers la maison, Tyler était assis sur les marches du perron, les bras enroulés autour de ses genoux. Sa longue redingote formait une flaque autour de lui sur la marche. Mon cœur a raté un battement. Au moins, nous allions avoir cette conversation sans un public de fêtards. Je ne lui devais pas d'excuses, mais je lui devais une explication après lui avoir dit que je ne courrais plus après Cooper.

J'ai gravi les marches et me suis assise à côté de lui sur le porche en bois froid. La brise faisait voleter ma longue jupe blanche autour de mes chevilles.

Fixant la rue, j'ai dit : — Écoute, je…

Au même moment, il a dit : — Félicitations.

J'ai cligné des yeux face à l'amertume dans sa voix. Où était passé le doux et solaire Tyler, et qui était ce double maléfique et hargneux ? — Quoi ?

— Opération Prince Charmant. On dirait que ça a marché. De rien.

Je ne l'avais jamais vu aussi en colère. Est-ce que quelque chose l'avait contrarié à la fête ? Ou avant ? — Non. Ce n'est pas ça.

Il s'est levé, et les doigts de sa main droite tapaient un rythme furieux contre le satin de sa culotte. — On était amis, Marlee. Et tu t'es servie de moi pour obtenir ce que tu voulais. Et le pire, c'est que je t'ai laissée faire. Je n'arrive pas à croire que je t'ai laissée faire, putain.

Nous étions fin octobre, et le temps s'était rafraîchi. Mais ça n'expliquait pas le froid qui me saisissait comme si j'étais sur la planète de glace Hoth au lieu d'une rue de San Francisco. Je devais lui dire que j'avais eu tort de l'utiliser, que je ne voulais même plus de Cooper. Mais si j'étais sur Hoth, il était sur Tatooine. Son visage était devenu tout rouge et marbré sous la lumière du porche. Une chaleur émanait de lui.

— J'en ai marre. Personne ne peut rivaliser avec Cooper Fallon. Ses bras sont retombés le long de son corps, et il a baissé les yeux vers la Porsche argentée de Cooper, abandonnée sur le trottoir. D'une voix basse, il a dit : — Moi, je ne peux pas.

Quand il s'est éloigné de moi, j'étais dans le compacteur de l'Étoile de la Mort, à peine capable de respirer sous le poids qui comprimait ma poitrine. Et je ne voulais pas réfléchir à la raison.

R2-D2 ne pouvait pas me sauver. Cette princesse s'était mise, elle et son ami, dans ce tas d'ordures. Et maintenant, je devais trouver un moyen d'en sortir.

24

LE LUNDI A ÉTÉ à peu près ce à quoi on pouvait s'attendre : un 7,5 sur l'échelle de la débâcle.

Cooper est arrivé quelques minutes après moi — en retard, pour lui — et a posé une tasse de café sur mon bureau. J'ai su à son arôme délicieux que c'était un macchiato au caramel, sans la dose de sirop d'épices à la citrouille que j'ajoutais toujours en automne, mais je ne pouvais pas attendre de lui qu'il s'en souvienne.

Il s'est frotté l'arrière du cou sous le col de son imperméable.

— Marlee, je… je ne sais même pas quoi dire. J'étais contrarié, et saoul, et… ce que j'ai fait était inexcusable. Je suis désolé. Peux-tu me pardonner ?

J'ai cligné des yeux en le regardant et j'ai porté la tasse à mon nez. Le paradis.

— Ce n'était qu'un baiser. Ce n'est pas grave.

— Mais tu… ça t'était égal ?

— Oui. J'ai souri, reconnaissante que ce soit le cas. Un mois plus tôt, j'aurais été anéantie que ce ne soit pas le baiser du grand amour pour lui. Mais quand j'avais enfin obtenu ce que j'attendais depuis trois ans, je n'en avais pas voulu.

L'ironie est vraiment la pire des choses.

— Tu veux parler aux RH ? a-t-il demandé. Je leur ferai une déposition.

J'ai fait de mon mieux pour ne pas lever les yeux au ciel, mais j'ai probablement échoué au final. Il aurait été en droit de me signaler aux RH, rien qu'en se basant sur la façon dont je l'avais déshabillé du regard pendant les trois premières années de mon emploi chez Synergy.

— Pas la peine. Mais si tu veux m'apporter plus de café, je suis partante. Ou des fleurs. C'est sympa, les fleurs.

Les coins de sa bouche se sont relevés comme s'il avait oublié comment faire depuis si longtemps.

— Merci, Marlee. De comprendre. D'être une bonne amie.

Je lui ai rendu un sourire ironique.

— Quand tu veux, Cooper.

Alors qu'il s'éloignait, je lui ai lancé :

— Des pivoines roses. Ce sont mes préférées.

Sans se retourner, il a levé le pouce en signe d'approbation.

C'était tout Cooper. À l'exception de ce baiser d'ivrogne malencontreux de samedi soir, c'était un type respectable. Il avait eu le cœur brisé, et il s'inquiétait de *me* blesser. La prochaine fois que je verrais Jamila, je lui dirais ses quatre vérités.

Jackson, le visage pâle, s'est traîné jusqu'ici vers dix heures. Il a marmonné quelque chose qui incluait « Tequila », « trente ans » et « ça craint » et a refermé la porte de son bureau. Doucement.

Jusqu'à présent, j'étais sortie indemne de ma soirée de débauche du samedi. Mais ensuite, les choses sont devenues sérieuses.

Genre, vraiment moches.

Ben est monté après sa tournée de boissons de milieu de matinée avec une mine d'orage. Et pas de café pour moi.

— Marlee, on peut parler dans la salle de conférence ?

Je me suis levée, le café que Cooper m'avait apporté plus tôt me restant sur l'estomac. Il n'allait pas démissionner, n'est-ce pas ? Parce que je ne pouvais pas supporter ça. Avec les problèmes de papa, je n'avais pas l'énergie — émotionnelle ou physique — pour trouver un remplaçant et tout le travail supplémentaire qu'un Cooper sans assistant exigerait. De plus, Ben n'était pas seulement serviable et efficace, mais après seulement une semaine, il devenait un ami. J'ai mentalement maudit le Karma. Le fait d'avoir saboté la recherche d'assistant de Cooper finissait par me retomber dessus.

Je me suis traînée derrière lui dans la salle de conférence et j'ai fermé la porte. Il s'est tenu debout, dos à la fenêtre, et s'est mordu l'intérieur de la lèvre pendant une seconde avant de parler.

— Les autres assistantes disent que tu as quitté la fête de Jackson avec Cooper.

Des picotements froids ont parcouru mon visage.

— Quoi ?

— Que vous êtes ensemble. Il a croisé les bras. — Je sais qu'on ne se connaît pas très bien, et normalement je ne mettrais pas mon nez dans tes affaires, mais c'est une mauvaise idée, Marlee.

Comment avait-il entendu les ragots avant moi ? Il était chez Synergy depuis une semaine. Moi, j'y étais depuis trois fichues années. Ces assistantes indiscrètes auraient dû venir me voir en premier. Je l'ai dévisagé, en état de choc silencieux.

Décroisant les bras, il a pris ma main et a frotté mes doigts. Ses paroles les avaient vidés de toute chaleur.

— Cooper est… compliqué. Tu es une fille magnifique, et tu rendras un homme qui le mérite très chanceux. Ne gâche pas ça avec Cooper Fallon.

Si seulement il avait été là il y a trois ans pour me dire ça. Non pas que je l'aurais écouté. Penser à tout ce temps que j'avais passé à espérer et à planifier me donnait l'impression d'avoir le corps lourd, comme si j'essayais de marcher sur Jupiter.

Il m'observait, de la sympathie dans ses yeux marron clair.

Enfin, j'ai trouvé mes mots.

— Non, ce n'est pas vrai. Je… je l'ai emmené à la cuisine pour lui chercher de l'eau, mais, euh, il y avait quelqu'un d'autre. Alors on est allés dans la buanderie pendant quelques minutes. Pour parler. Mes joues ont brûlé. — Il m'a embrassée, mais c'était juste amical, je le jure. Et puis je lui ai commandé une voiture et je l'ai renvoyé chez lui. Seul. On avait tous les deux trop bu…*maudit punch diabolique…* mais c'est tout.

Sa prise s'est resserrée sur ma main.

— Tu es sûre que c'est tout ? Amical ? Il t'a apporté du café ce matin. Ben ne manquait jamais rien.

— Du café d'excuses. J'ai tordu mes lèvres pour former la meilleure approximation d'un sourire que je pouvais réussir. — Tout va bien entre nous. Mais merci. Merci de te soucier assez de moi pour m'en parler.

Il a haussé les sourcils et a levé son autre bras, et je me suis blottie dans son étreinte.

— Quand tu veux, ma belle. Il m'a serrée une fois puis m'a lâchée. — Et ne t'inquiète pas pour les ragots. Je vais essayer de clarifier les choses.

J'ai pris une profonde inspiration.

— On ferait mieux d'y retourner. J'ai un cadre avec la gueule de bois à gérer.

— J'ai beaucoup à faire aussi. Cooper repart en voyage.

J'ai ouvert la porte et suis sortie la première.

— L'Europe cette fois, c'est ça ?

— Ouais. Une semaine. Il m'a demandé d'être d'astreinte pendant les heures de bureau européennes.

— Beurk. Mieux que l'Asie, j'imagine.

Après le déjeuner, je suis retournée à mon bureau et je l'ai trouvé couvert d'une gigantesque composition de pivoines rose vif. Sérieusement, le truc faisait près d'un mètre de haut.

Ben s'est approché nonchalamment, s'est appuyé sur le coin de mon bureau et a donné une petite pichenette à l'une des fleurs.

— Des fleurs d'excuses, ai-je dit en serrant les dents. Combien d'assistantes médisantes avaient vu le bouquet extravagant monter du rez-de-chaussée ? J'ai fusillé du regard les trois douzaines de pivoines.

— Ça, ce sont de sacrées excuses. On dirait un buisson de

pivoines entier. Tu es sûre que vous n'avez rien fait de plus qu'un baiser ?

Je l'ai foudroyé du regard.

Sa bouche s'est ouverte en grand.

— M. Weston.

Je me suis retournée d'un coup, et bien sûr, notre PDG s'était approché en silence et caressait un pétale rose tendre.

— C'est une sacrée composition, Mlle Rice.

— Elle est… elle est magnifique, n'est-ce pas ?

Ses yeux verts perçants m'ont transpercée.

— Je crois savoir que c'est de la part de M. Fallon. J'ai entendu dire que vous aviez assisté à une fête ensemble samedi soir.

— Pas… pas ensemble. Mon cœur s'est emballé dans ma poitrine. Pourquoi me sentais-je toujours comme une proie près de lui ?

— Et pourtant, il vous a envoyé des fleurs. Intéressant.Son regard s'est attardé sur moi une seconde, me scannant jusqu'aux os. Puis il a pivoté sur ses talons silencieux et s'est dirigé d'un pas rapide vers le bureau de Cooper.

— M. Weston, il est en…La bouche de Ben s'est refermée d'un coup quand Weston, sans se retourner, a levé une main comme pour chasser une mouche et est entré directement dans le bureau de Cooper sans frapper.

Le visage de Ben était pâle.

— Oh, putain. Cet homme est terrifiant.

J'ai frissonné.

— Ne m'en parle pas.

La porte de la cage d'escalier s'est refermée derrière moi, et j'ai entendu le crissement caractéristique des Vans. Je me suis retournée vivement, gardant mon corps devant les fleurs, mais il n'y avait aucun moyen de cacher la composition colossale.

— Tyler, salut, a dit Ben, la voix encore tremblante.

Il n'y avait pas de fossette aujourd'hui. Pas même l'ombre d'un sourire. Ses cheveux étaient plats sur le dessus comme s'il avait porté un casque audio et en désordre sur le devant comme s'il avait tiré dessus. Sa posture voûtée cachait les muscles sur lesquels j'avais bavé — littéralement et au figuré — cette nuit où j'avais dormi dans son lit.

Pourtant, il était d'une beauté à fendre le cœur.

Et dans ma poitrine, j'ai senti un pincement, comme une fêlure dans mon cœur. Je ne voulais pas qu'il me fasse la tête. Je voulais qu'il sourie, qu'il arbore cette fossette. Qu'il marche vers moi et se tienne à cet endroit précis qui bloquait le soleil de mes yeux. Qu'il s'appuie sur mon bureau pendant que nous comparions le nombre d'analgésiques que nous avions pris pour atténuer les séquelles de ce punch diabolique. Qu'il me parle de l'élégant morceau de code qu'il avait réussi à dompter ce matin-là. Pour que je puisse sentir cette étincelle, ce frisson, qui se produisait chaque fois qu'il me touchait.

Ça m'a frappée comme un météore en fusion. Il n'y avait pas eu d'étincelle quand Cooper m'avait embrassée parce que toutes mes étincelles étaient pour Tyler. Mon ami Tyler qui, d'une manière ou d'une autre, pendant que j'étais distraite par mes pensées pour Cooper, était devenu plus que mon ami. Il était devenu la personne sur qui je pouvais compter quand quelque chose n'allait pas. Celui avec qui je voulais partager les bonnes nouvelles. La personne qui me faisait me sentir choyée et appréciée chaque fois qu'il montait me rendre visite. Hier, je pensais avoir la gueule de bois. En réalité, j'étais mélancolique, comme une héroïne de roman d'amour historique éprise, se languissant de son héros. Il ne me manquait plus qu'une volumineuse robe de soie et un panier de couture sur lequel soupirer.

Par les sourcils broussailleux de Carl Sagan, j'aimais Tyler Young.

— Salut. Ma voix était basse et fluette. Mon souffle s'est coincé dans ma poitrine.

Mais Tyler ne me regardait pas. Il fixait ces pivoines roses criardes.

Il a serré le poing si fort que j'ai entendu un léger « clac », et quelque chose de minuscule a cliqueté sur le parquet.

— Laisse tomber.Ses Vans ont crissé alors qu'il tournait les talons, ouvrait brusquement la porte de la cage d'escalier et descendait les marches à grands pas.

— Waouh, a dit Ben en s'éventant. Tyler Young en colère, c'est un spécimen masculin à croquer. Ça vaudrait le coup de l'énerver juste pour la réconciliation…

— La ferme, Ben.

Je me suis dirigée vers la porte de la cage d'escalier et j'ai ramassé le bout de plastique noir qui était tombé de la main de Tyler. C'était un minuscule pistolet ou peut-être un blaster comme celui que je portais avec mon costume de Princesse Leia l'autre soir. Quand j'arriverais à me ressaisir pour lui parler comme une personne raisonnable et non comme une vieille fille mélancolique avec sa broderie à faire, je le lui descendrais.

J'espérais qu'il n'en aurait pas besoin tout de suite.

———

— ÉCOUTE, je suis désolée pour le punch.Alicia a froncé les sourcils en pressant son ventre de femme enceinte contre la table du café.— Ça, c'est nouveau, a-t-elle marmonné.

J'ai tiré la table vers moi pour lui donner de l'espace pour respirer.

— Le punch ?

— À la fête de samedi. Tu ne m'as pas invitée à prendre un café pour m'engueuler à ce sujet ? Tout le monde l'a fait. Apparemment, dimanche a été assez misérable. Le pauvre Jackson s'en remettait encore lundi.

— Le pauvre Jackson ? J'ai ricané. — C'est lui qui a préparé cette saleté. J'avais pris plus que la dose recommandée d'ibuprofène. Au diable les avertissements sur les crises cardiaques sur la bouteille. Mon cœur pouvait aller se faire voir. Il m'avait induite en erreur pendant les trois dernières années.

— Il a oublié qu'il n'avait plus vingt-deux ans.Elle a souri, ses yeux devenant doux et attendris.

Tyler me regardait comme ça, avant. Avant que je le brise et que je ruine notre amitié. Il n'était pas monté mardi ni hier. Et je n'avais pas eu le courage de lui rendre visite en bas. C'était pour ça que j'avais besoin de l'aide d'Alicia.

La serveuse a posé la tisane d'Alicia et mon latte au caramel avec un cœur dans la mousse. Beurk. J'ai remué avec ma cuillère jusqu'à ce qu'il ressemble à Jupiter avec ses formations nuageuses en bandes.

— Je ne t'ai pas invitée ici pour me plaindre du punch. Bien que Jackson devrait présenter des excuses officielles pour avoir essayé de tous nous empoisonner. Je dois te parler de… de Tyler.

— Tyler ? Il va bien ? Je ne l'ai pas vu boire le punch.

J'ai attrapé la main d'Alicia juste au moment où elle allait prendre sa tasse.

— Oublie le punch. Je… je crois que je l'aime.

Dieu merci, je l'avais empêchée de boire. Vu l'expression choquée sur son visage, elle aurait tout recraché, c'est sûr.

— Mais tu as le béguin pour Cooper.

— Chut. Le café n'était pas le plus proche du bureau, mais la renommée de Cooper Fallon s'étendait bien au-delà de Synergy. — Je pensais que oui, mais non. Je me suis penchée vers elle et j'ai murmuré : — Il m'a embrassée à ta fête, et je n'ai rien senti. C'était comme embrasser Jackson — non pas que je l'aie jamais fait — ou, ou Ben. Non pas que je l'aie fait non plus. Mais il n'y avait aucune magie.

— Tu veux dire, pas comme quand tu as embrassé Tyler ?

J'ai couvert mon visage avec mes mains et j'ai hoché la tête.

— Et comment Tyler le prend-il ?

J'ai jeté un coup d'œil entre mes doigts.

— Avant la fête, il a dit qu'il voulait être plus que des amis. Et je l'ai rembarré. Puis il nous a vus, Cooper et moi. Et les pivoines d'excuses.

— Les excuses…

— Il ne l'a pas bien pris. Je crois que j'ai touché un point sensible.Ses mots résonnaient dans mes oreilles depuis samedi soir : *Tu t'es servie de moi pour obtenir ce que tu voulais. Et le pire, c'est que je t'ai laissée faire.* Je lui avais fait exactement ce que son ex, Bella, lui avait fait. — Je n'ai pas encore rassemblé assez de courage pour lui en parler.

Elle a arqué un sourcil blond.

— Mais c'est exactement ce que tu dois faire. C'est toi qui as fait venir Jackson à Austin pour s'excuser platement.

— Je ne sais pas si ce que j'ai fait était aussi grave que…

— Tu dois lui parler. Sinon, comment saura-t-il ce que tu ressens ?

Elle paraphrasait ma chanson préférée d'*Il était une fois*. Alicia et Giselle avaient toutes les deux raison. Je dirais à Tyler que je l'aimais, et il me prendrait dans ses bras et m'embrasserait à nouveau comme il m'avait embrassée au mariage d'Alicia. Mes orteils se recroquevilleraient, le soleil percerait le brouillard, et les créatures de la forêt se mettraient à chanter. Tyler et moi chevaucherions un cheval blanc — ou peut-être juste sa Mustang bleue — vers le soleil couchant.

Je me suis penchée par-dessus la table pour serrer Alicia dans mes bras.

— Tu as raison. Tu as raison. Je lui parlerai demain.

Elle m'a serrée en retour.

— Vous allez être super ensemble. Vous devriez venir dîner un soir la semaine prochaine.

Ce serait parfait. Dîner avec Tyler, ma meilleure amie, et le patron que j'aimais comme un frère. J'allais avoir mon « ils vécurent heureux pour toujours » après tout.

25

VENDREDI SOIR, je me suis traînée jusqu'aux marches de notre porche et j'ai inséré ma clé dans la serrure. La tourner m'a demandé presque plus d'efforts que je ne pouvais en fournir.

J'avais été lâche. J'avais attendu la majeure partie de la journée, espérant que Tyler romprait son silence et monterait me voir. Mais à seize heures, j'étais descendue d'un pas décidé et j'étais entrée dans l'open space des programmeurs pour trouver le bureau de Tyler vide. Sam m'a dit que je l'avais manqué de vingt minutes à peine.

J'avais pensé à lui envoyer un texto, mais pouvait-on vraiment dire à quelqu'un qu'on l'aimait pour la première fois par SMS ? Je n'avais lu ça dans aucun de mes romans d'amour. Je le trouverais au bureau lundi. Après ce long week-end de solitude.

Tout ce que je voulais, c'était m'effondrer sur mon lit et enchaîner les comédies romantiques. J'ai poussé la porte.

Sylvia m'a accueillie dans la cuisine avec des mots que je ne voulais plus jamais entendre : « Il faut que nous parlions. » Des rides de tension encadraient ses yeux et sa bouche formait une ligne fine.

— Il va bien ? ai-je demandé en retirant mes talons. Papa n'était ni dans la cuisine, ni dans son fauteuil.

— Il a eu une journée difficile. Je lui ai donné un sédatif.

— Un sédatif ? l'ai-je foudroyée du regard. Nous n'avions pas parlé de ça.

— Il était agité et demandait à parler à Maggie. C'est comme ça qu'il vous appelle ? Son expression me disait qu'elle savait que non.

— Non. C'était le nom de ma mère.

Les yeux de la femme plus âgée se sont adoucis et elle a desserré la mâchoire. — Je suppose qu'elle est… partie ?

— Oui. Je n'allais pas entrer dans les détails avec elle, pas après la semaine que j'avais passée.

Elle a redressé sa silhouette trapue. — Il a dit qu'il avait besoin de la voir. Il m'a bousculée pour essayer de sortir. Elle a remonté sa manche pour me montrer un long bleu violacé sur le haut de son bras.

J'ai cligné des yeux. Mon père, si gentil et si doux, avait bousculé une femme ? C'était sûrement un accident. — Ça ne ressemble pas à papa.

Ses yeux sombres se sont remplis de pitié. — Cette maladie lui enlève ce qu'était votre père. Il fera beaucoup de choses qui ne ressemblent pas à l'homme que vous avez connu.

Ses paroles ont été un coup de poignard dans le ventre. Papa s'était occupé de moi toute ma vie, la plupart du temps seul. Il avait embrassé mes genoux écorchés, tressé mes cheveux, m'avait appris à conduire dans son vieux pick-up Ford. Il m'avait applaudie quand j'avais obtenu mes diplômes de lycée et d'université, et il m'avait consolée après mes ruptures. Je ne pouvais pas le perdre. Et j'avais besoin de Sylvia pour le garder.

— Vous allez bien ? Il ne vous a pas fait mal, n'est-ce pas ?

— Non, ma petite. Ce n'est pas le premier patient à devenir un peu turbulent. Mais cet endroit n'est peut-être plus adapté pour lui.

— Ici, avec moi, c'est le meilleur endroit pour lui. Je suis tout ce qu'il a. Et papa était tout ce que *j'avais*. Je n'allais pas le perdre.

Elle a mis une main sur sa hanche. — Voulez-vous que je vous apprenne à faire l'injection de sédatif ?

Le nœud dans ma gorge m'empêchait de parler. Je ne pouvais pas faire de piqûre à qui que ce soit, et certainement pas à papa. Et il ne me ferait jamais de mal. Je ne savais pas ce qui s'était passé avec Sylvia aujourd'hui, mais je n'aurais pas besoin de médicaments.

J'ai secoué la tête.

— Très bien. Elle a pris sa veste sur le crochet près de la porte de derrière. — On se voit lundi.

— Merci, Sylvia. Passez un bon week-end.

Après son départ, je me suis affaissée contre la porte. Même une comédie romantique n'allégerait pas le coup qu'elle venait de me porter. J'ai attrapé la bouteille de vodka dans le placard au-dessus du four.

———

DIMANCHE APRÈS-MIDI, j'ai coupé le son de la publicité pendant le match des Raiders. — Tu veux du pop-corn ?

— Bien sûr. Papa m'a souri depuis son fauteuil.

Je lui ai souri en retour, j'ai mis de côté mon livre de poche — dans celui-ci, le héros était un joueur de football américain, donc c'était un peu comme si nous partagions vraiment un moment de complicité devant le match — et je lui ai passé la télécommande. Papa passait un bon week-end.

Je suis allée traîner des pieds jusqu'à la cuisine pour mettre un sachet de pop-corn à tourner dans le micro-ondes. Pendant que j'attendais, j'ai ouvert deux bières. Le mal de tête que j'avais eu la veille à cause de la vodka avait disparu. Papa s'était moqué de moi quand j'étais descendue en me traînant. Quand il m'avait demandé pourquoi, je n'avais pas pu lui dire la vraie raison pour laquelle j'avais bu toute la vodka. Ni parler de ma dispute avec Tyler. À la place, je lui avais dit que j'avais eu une semaine difficile au travail. Ce qui était vrai. Il m'avait adressé un sourire indulgent et m'avait dit que je travaillais trop. J'avais embrassé sa joue rêche à cause de sa barbe de quelques jours.

Ce matin-là, j'avais nettoyé la maison de fond en comble pendant que papa avait calfeutré le tour des portes et des fenêtres. Puis il avait annoncé qu'il sortait nettoyer les gouttières — bien qu'il les ait appelées des attrape-pluie. Je l'avais distrait en allumant le match de football.

J'ai osé laisser une lueur d'optimisme s'infiltrer dans mon cœur. Il avait juste eu une mauvaise journée vendredi. Passer la semaine avec une inconnue avait été difficile pour lui. J'avais piqué ma part de crises à la maternelle quand il était retourné travailler après la mort de ma mère. Le temps passé avec moi le ressourçait. Il nous ressourçait tous les deux. Peut-être que Jackson me laisserait travailler à distance un jour par semaine. Sylvia avait tort. Tyler aussi. Papa était toujours lui-même, et nous pouvions y arriver.

Le micro-ondes a sonné, et j'ai apporté nos bouteilles de bière et le bol de pop-corn dans le salon. Papa a applaudi quand les Raiders ont réussi un premier essai. J'ai touché sa main avec la bouteille de bière, et il l'a prise, les yeux toujours rivés sur la télévision. — Merci, Maggie.

J'ai soupiré, mais je n'ai pas pris la peine de le corriger. Lui et ma mère avaient dû regarder le football ensemble, et elle lui avait apporté des bières, il y a bien longtemps. Quand ils étaient jeunes et amoureux, avant qu'elle ne lui soit enlevée trop tôt.

Pourrais-je jamais trouver ce genre d'amour, celui qui dure même au-delà de la mort ? Papa avait aimé ma mère dès leur premier contact. J'avais essayé de fabriquer quelque chose de semblable avec Cooper. Je le voyais clairement maintenant. J'avais rêvé que le prince de conte de fées parfait m'enlèverait sur son destrier et m'emporterait, et Cooper Fallon correspondait parfaitement à ce rôle.

Mais même si j'avais le béguin pour lui, je savais, au plus profond de mon cœur, qu'il n'était qu'un fantasme. Comme mes romans d'amour, il était quelque chose pour me détourner de papa, de mon travail que d'autres personnes, sans plus de qualifications que moi, méprisaient, de mon manque de vrais amis.

Et quand quelqu'un qui tenait vraiment à moi est entré dans ma vie, j'étais si profondément installée dans le confort de mon béguin que je n'ai pas pu le voir. Je n'ai pas pu le voir, *lui*. J'avais ignoré tous les signaux que Tyler m'avait envoyés, ne voulant pas risquer notre amitié. Mais avec les sentiments qui existaient entre nous, notre amitié vacillait déjà sur son axe. Maintenant, il était peut-être trop tard, et nous allions nous séparer et nous perdre dans le vide de l'espace.

— Tu me manques, Maggie. La voix de papa semblait plus jeune que je ne l'avais entendue depuis longtemps, tout son timbre rauque habituel avait disparu.

Mon estomac s'est noué en une boule froide et dure. J'ai posé mon roman et je l'ai regardé. Il me regardait, mais ses yeux étaient embués par les souvenirs, il ne me voyait pas *moi*, mais quelqu'un d'autre. Ma mère.

J'ai tendu la main par-dessus la table et j'ai serré la sienne. — Papa, c'est moi. Marlee. Maman… Maggie… est partie depuis longtemps. Tu le sais.

— Morte. Une larme a brillé au coin de son œil, puis a roulé le long d'un sillon sur sa joue.

— C'est ça, papa. Elle est morte il y a longtemps.

— Il y a des semaines.

J'ai soupiré. — *Des années*, papa. Je suis une adulte maintenant.

Il a cligné des yeux, chassant le brouillard. — Oui, tu l'es, mon rayon de soleil. Tu ressembles tellement à ta mère.

Je lui ai souri. J'avais toujours pensé qu'elle était magnifique. — Et si on se souvenait d'elle avec sa recette de pain de viande pour le dîner ? D'après papa, ma mère n'était pas une grande cuisinière, mais son pain de viande était son plat préféré.

— Ça me semble une bonne idée.

J'ai cherché de la viande hachée dans le congélateur, mais la recette de ma mère exigeait un mélange de porc et de bœuf que nous n'avions pas. Après être restée à l'intérieur toute la journée d'hier et d'aujourd'hui, une course au grand air me ferait du bien. J'ai embrassé papa sur le sommet de sa tête blanche. — Je vais au magasin, alors. Je reviens dans quelques minutes.

Il a grogné, son attention déjà revenue sur le match.

Le soleil et l'air vif de l'automne dehors m'ont encouragée à m'attarder pendant mes courses. J'ai passé quelques minutes à parler à M. Oliveras ; il avait vu papa avec Sylvia et m'avait demandé de ses nouvelles. Je lui ai seulement dit que papa était devenu plus chancelant, ce qui était vrai. J'ai pris un zinfandel fruité pour accompagner le pain de viande et une bouteille de vodka pour remplacer ce que j'avais bu. Plus quelques chrysanthèmes d'un jaune joyeux pour que papa les mette dans le soliflore à côté de l'urne de maman.

Quand j'ai déverrouillé la porte d'entrée, j'ai regretté d'être partie si longtemps. Même la vodka n'arrangerait pas ça.

— Papa ! ai-je crié dans le salon vide.

La pièce était un désastre. La bière de nos bouteilles renversées pendait en gouttes du bord de la table d'appoint et s'écrasait dans une flaque sur le parquet en dessous. Du pop-corn était éparpillé à travers la pièce, de l'arrière du canapé au tapis-moquette marron devant. Le repose-pieds du fauteuil vide était relevé. Les coussins avaient été arrachés du canapé et jetés au hasard dans un tas à proximité. Mon cœur battait la chamade. Où était-il ? Avait-il été attaqué ? Avions-nous été cambriolés ?

J'ai trouvé la télécommande sur la table basse et coupé le son de la télévision. — Papa ! ai-je crié de nouveau dans le silence.

Je suis entrée d'un pas décidé dans la cuisine. J'assommerais le cambrioleur avec ma lourde bouteille d'alcool. Et puis je le taserais pendant qu'il serait à terre. J'ai balayé la pièce du regard, qui, à première vue, semblait vide. Mais j'ai alors entendu un reniflement sous la table.

En m'accroupissant, je l'ai trouvé sous la table de la cuisine, serrant ses genoux contre sa poitrine. — Papa, qu'est-ce que tu fais là-dessous ? ai-je chuchoté au cas où le cambrioleur serait encore dans la maison.

Son regard a croisé le mien, et ses yeux étaient clairs mais rougis. — Elle est partie.

— Qui est partie ? Une voleuse ?

— Maggie est partie.

La tension a quitté mes épaules, et je me suis laissée tomber de ma position accroupie pour m'asseoir sur le lino. Le sac de courses a heurté le sol avec un bruit sourd. — Oui, papa. Elle est partie. Tu peux sortir de sous la table ? Comment avait-il fait pour se glisser là-dessous, d'ailleurs, avec son genou malade ?

Il est sorti en rampant à l'aide de ses mains et de sa bonne jambe. Je me suis levée la première, puis je l'ai aidé à se mettre debout et à s'asseoir sur une des chaises de la cuisine. — Qu'est-ce qui s'est passé ?

— Je ne la trouvais pas. Je ne trouvais pas Maggie.

J'ai levé les yeux vers le mur derrière sa place à table pour trouver sa photo. Mais le cadre photo avait disparu. Tiens. C'est peut-être de ça qu'il parlait. Je le chercherais plus tard.

Papa s'est frotté le genou. La reptation sous la table ne lui avait fait aucun bien. — Ta jambe te fait mal ? Tu veux un antidouleur ?

— S'il te plaît. Le tremblement désespéré dans sa voix m'a donné des frissons.

Je lui ai cherché un verre d'eau et son médicament sur ordonnance et je l'ai regardé l'avaler. En voyant les rides profondes autour de ses yeux et de sa bouche, j'ai demandé : — Tu veux aller t'allonger pendant que je prépare le dîner ?

Son sourire était crispé. — Ce serait bien.

Je l'ai aidé à aller dans sa chambre et j'ai bordé la couverture autour de lui. J'ai embrassé son front, qui s'est lissé sous mes lèvres. — Je viendrai voir comment tu vas tout à l'heure.

— D'accord. Ses paupières battaient déjà, prêtes à se fermer.

J'ai nettoyé le salon pour la deuxième fois de la journée, puis j'ai préparé le pain de viande de ma mère. Pendant qu'il cuisait, j'ai fait des recherches sur mon ordinateur portable sur la maladie d'Alzheimer précoce et les groupes de soutien pour les démences.

Ce soir-là, j'ai dîné seule et je n'ai rien goûté.

26

LUNDI MATIN, en arrivant au bureau, je portais encore tout le poids du week-end sur mes épaules. Je n'avais pas dormi de la nuit de dimanche, mon cerveau tournant en rond jusqu'à l'épuisement et ma poitrine oppressée par l'inquiétude. Faisais-je ce qu'il fallait en gardant papa à la maison avec moi ? Le voir se transformer en quelqu'un que je ne reconnaissais pas me brisait le cœur. Combien de temps pourrais-je encore tenir avant de dire adieu à ma propre santé mentale ?

Mais seule une fille ingrate voudrait abandonner son père malade. Mon père, qui m'avait élevée seul depuis l'âge de deux ans. Qui avait tout sacrifié pour moi : un second amour, une vie sociale, de plus grands rêves. Même en franchissant la porte tournante de Synergy, j'ai eu envie de faire demi-tour et de reprendre le train pour rentrer à la maison, juste pour lui tenir la main.

Mais je ne le pouvais pas. Non seulement j'avais du travail et un salaire à gagner, mais je devais aussi arranger les choses avec Tyler. J'avais eu envie de l'appeler un nombre incalculable de fois pendant le week-end, soit pour parler de papa, soit pour me changer les idées ; je n'étais pas sûre de la raison. Mais je m'étais arrêtée à chaque fois, les doigts suspendus au-dessus de l'écran. Je me déchargeais toujours de mes problèmes sur lui.

Quand lui avais-je demandé pour la dernière fois comment il allait, quels étaient ses problèmes ? Étais-je une si mauvaise amie ?

Et s'il ne voulait ni de mon amitié, ni du *plus* que j'étais prête à explorer avec lui ? Penser aux mots pleins de colère qu'il m'avait crachés au visage devant chez Alicia m'a noué l'estomac, comme le matin après avoir bu toute la vodka.

Je venais de poser mon sac sur mon bureau quand Jackson est sorti de l'ascenseur d'un pas décidé. Il s'est arrêté devant mon bureau. — Marlee, j'ai un problème.

— Bonjour à toi aussi. Malgré mon estomac noué, je n'ai pas pu retenir un sourire. J'adorais résoudre les problèmes de Jackson.

— J'ai peut-être oublié de te dire qu'Alicia a un rendez-vous chez l'obstétricien à quatorze heures, et je lui ai promis qu'on irait acheter des meubles pour le bébé après ça. Il faut donc que tu déplaces tous mes rendez-vous de l'après-midi.

J'ai tapoté l'écran pour ouvrir son agenda. — Je m'en occupe. N'oublie pas que Cooper part pour l'Europe ce soir. J'essaierai de te trouver quinze minutes dans ton emploi du temps pour lui ; sinon, je te mettrai un rappel pour que tu l'appelles avant qu'il ne monte dans l'avion.

— Tu me sauves la vie, Marlee. Il a affiché un grand sourire.

— Je doute que tu dises encore ça à treize heures trente quand tu auras enchaîné les réunions toute la matinée et que je te pousserai vers la sortie. En plus, tu tiens la boutique pour Cooper cette semaine pendant qu'il est en Europe.

Son visage s'est décomposé. — Rappelle-moi encore pourquoi je l'ai laissé faire de moi un vice-président…

— Parce que tu aimes la programmation, cette entreprise, et les gens qui y travaillent. Tu le fais pour toi, pour Cooper, et même pour moi. Maintenant, va faire ta méditation pendant que je démêle ton agenda.

Il m'a fait un salut militaire. — Oui, chef.

Comme je l'avais prédit, il était fatigué et grognon au moment où je lui ai fourré une barre de céréales et une tasse de café dans les mains et l'ai mis dans l'ascenseur pour qu'il aille retrouver Alicia.

Quand je suis revenue à mon bureau, un nouveau rendez-vous était apparu dans le calendrier de Jackson pour le lendemain, et l'objet a attiré mon attention. *Entretien Tyler Young pour le poste de responsable du développement.*

Je me suis mordu la lèvre pour retenir un cri de joie et je lui ai envoyé un texto.

> Yay ! Je suis si contente que tu aies postulé pour le poste de responsable ! Tu veux monter pour en parler ?

TYLER

> Bien sûr.

Ça avait été presque trop facile. Une excuse toute trouvée pour lui parler. Mais pourquoi ne m'avait-il pas dit qu'il avait décidé de postuler ? Était-il encore si en colère contre moi ? Je regrettais d'avoir laissé passer autant de temps. Je regrettais de ne pas avoir eu le courage de lui parler la semaine dernière.

D'habitude, j'affrontais les défis de front. Les défis profession-nels. Mais mettez-y quelques émotions, et je m'emmêlais les pinceaux. Par exemple, il m'avait fallu trois ans pour lancer l'Opé-ration Prince Charmant. Et je ne savais toujours pas quoi faire pour papa qui, si j'étais honnête, déclinait depuis son accident. Mais je n'allais pas laisser trois ans, ni même une semaine de plus, s'écouler sans dire à Tyler ce que je ressentais pour lui. Il méritait de savoir que j'étais prête à plus, s'il le voulait encore.

J'ai eu le temps de m'installer à mon bureau, chevilles croisées, jupe lissée, avant que la porte de l'escalier ne s'ouvre et que le bruit familier des baskets de Tyler ne résonne. Il s'était coupé les cheveux court, presque en brosse. Ses ondulations souples me manquaient, mais j'avais une envie folle de passer mes doigts sur les cheveux courts, d'apparence si douce, au-dessus de ses oreilles.

Il s'est traîné jusqu'à mon bureau. — Salut. Méfiant. On allait donc partir sur la méfiance. — Alors, tu voulais parler ?

J'ai hoché la tête. Comment parler à cette version de Tyler, celle dont la bouche d'ordinaire souriante était tournée vers le bas en une moue maussade, qui se tenait à quelques dizaines de centimètres plus loin de mon bureau que d'habitude ?

— Allons dans le bureau de Jackson. Il n'est pas là de la journée. Je l'ai précédé et j'ai fermé la porte. J'ai actionné l'interrupteur qui a fait descendre les stores. — Je suis si contente que tu aies postulé pour le poste. Merde, je l'avais déjà dit.

Il a croisé les bras en haussant les épaules. — Je me suis dit que ça valait le coup d'essayer.

— Et tu vois ? Ils t'ont convoqué pour un entretien.

— Ouais.

Waouh, d'accord. Je n'étais pas habituée à un Tyler aussi laconique. Peut-être qu'il voulait juste que j'en vienne au fait. — Assieds-toi ? ai-je proposé en désignant le canapé dans le coin salon de Jackson.

Sans un mot, il a ignoré le canapé pour s'asseoir dans l'un des fauteuils à oreilles. Je me suis perchée sur le canapé juste à côté de son fauteuil et j'ai tiré ma jupe sur mes genoux. — Je suis désolée que tu aies vu ce que tu as vu à la fête de Jackson et Alicia. Je…

— Tu veux dire, toi en train d'embrasser Cooper ? C'est ce que tu voulais, non ? Que je voie, pour que je comprenne le message et que j'abandonne ?

J'ai aspiré une bouffée d'air. Ma peau s'est hérissée de picotements, et pas dans le bon sens du terme. — Non ! Je ne voudrais jamais te blesser comme ça. Nous sommes amis, et…

— C'est vrai ? On est amis ? Parce que tu ne t'es pas vraiment comportée comme une amie ces derniers temps.

— Je sais, et j'en suis désolée. J'avais peur.

Ses sourcils se sont froncés brutalement. — Peur de moi ?

— Peur de ce que je ressentais et de la façon dont ça pourrait changer notre relation. J'ai suivi du doigt une fleur sur ma jupe. — Tu vois, je… je tiens à toi. Mince, ce n'était pas ça. Je l'avais sous-estimé.

— Je veux dire… J'ai levé les yeux. — Je crois que je suis en train de tomber amoureuse de toi. Pourquoi était-ce si difficile ? J'avais lu ces mots des milliers de fois dans mes romans à l'eau de rose. Ils glissaient sur la langue des héroïnes. Ma langue, elle, restait collée à mon palais.

Il n'a rien dit, et son expression est restée neutre.

— Dis quelque chose. S'il te plaît. J'ai tortillé mes mains sur mes genoux.

— Je… je ne sais pas quoi dire. C'est l'Opération Prince Charmant, deuxième partie ? Encore un jeu de dupes pour que Cooper se sorte les doigts du cul et fasse sa demande ? Quel rôle suis-je censé jouer maintenant ?

J'ai posé ma main sur son genou. — Aucun rôle. Aucun simulacre. J'ai des sentiments pour toi, Tyler. Des sentiments qui vont au-delà de l'amitié.

— Mais chez toi, tu as dit que tu ne voulais pas de ça. Que tu ne pouvais pas. Et il y a deux week-ends, tu l'as embrassé. Comment puis-je croire que…

J'ai bondi du canapé, je me suis penchée sur lui dans le fauteuil, et j'ai couvert sa bouche de la mienne. J'ai essayé d'insuffler dans ce baiser tout le désir, tout le regret et tout l'amour que je ressentais pour lui. Il n'était pas doux, comme celui qu'il m'avait donné sur la piste de danse, ni sexy, comme celui que nous avions partagé devant l'auberge après son massage érotique des pieds. Il était intense et chargé de sens et de promesses. Un engagement.

Il a été raide au début, ses lèvres figées. Mais j'ai persisté, mordillant sa lèvre inférieure douce, caressant ses épaules et ses pectoraux par-dessus son T-shirt. J'étais sûre d'avoir l'air ridicule, pliée en deux, le cul en l'air, mais je m'en fichais. Je devais montrer à Tyler ce que je ressentais pour lui. Que je voulais plus que de l'amitié. Que je pouvais lui donner ce qu'il avait dit vouloir.

Peu à peu, il s'est détendu. J'ai glissé ma langue entre ses lèvres et je l'ai goûté. Un pétillement sucré et citronné a explosé sur ma langue. Sa saveur acidulée était comme un retour à la maison. J'ai fredonné. Ses mains se sont posées sur mon dos, et j'ai fondu sur ses genoux, sur ses cuisses. Il a soupiré contre mes lèvres. — Mar…

— Marlee ! La voix étouffée de Cooper a traversé la porte. — Tu es là ?

Je me suis crispée. Par toutes les lunes de Saturne, pourquoi fallait-il qu'il vienne me chercher maintenant ?

— Ne bouge pas. Si on ne fait pas de bruit, il pensera que tu es sortie, a murmuré Tyler. Il a effleuré mes lèvres des siennes.

— Il faut que je voie ce dont il a besoin. Je me suis relevée de ses genoux, essuyant une trace de rouge à lèvres sur mon menton. Je me suis dirigée d'un pas décidé vers la porte et je l'ai ouverte. — Oui, Cooper ?

— On ne trouve pas la présentation sur laquelle toi et moi avions travaillé avant mon voyage sur la côte Est. Tu en as une copie ?

J'ai soupiré. Elle était sur le serveur, mais Ben n'était pas encore tout à fait familiarisé avec nos conventions de classement. — Je vais te la trouver. Donne-moi une minute pour finir…

Mais il avait regardé par-dessus ma tête. Maudit soit-il d'être si grand. — Salut, Tyler. Il a baissé les yeux vers moi avec un sourire en coin. — Je crois qu'il porte ton rouge à lèvres.

Je suis tombée dans le panneau. Je me suis frotté la lèvre supérieure. — J'ai besoin d'une minute. Il fallait que je m'assure que Tyler et moi, ça allait. Qu'il n'allait pas encore me laisser en plan. — Et ensuite, je trouverai ton fichier. J'ai commencé à refermer la porte, mais Tyler était arrivé derrière moi.

— J'y vais. Je suis sûr que Cooper et toi avez du travail important à faire ensemble.

— Tyler, attends…

— Non, Marlee. C'est fini entre nous.

Son dernier mot a aspiré toute la lumière et l'air de la pièce comme un trou noir. — Fini ?

— Tu ne peux pas me donner ce dont j'ai besoin. Ce que je mérite. Ni même ton attention exclusive.

— Je… je descendrai quand je me serai occupée de Cooper.

— Ça ne sera pas nécessaire. Je ne veux plus rien. Il est passé devant moi, devant Cooper, et s'est dirigé vers les escaliers.

Cooper s'est appuyé sur l'encadrement de la porte. — Alors, on dirait que vous deux…

— Ça n'aide pas, Cooper. Je vais te chercher ce fichier maintenant. Je suis passée devant lui pour regagner mon bureau, le visage figé.

Ben traînait près de mon bureau. — Désolé, a-t-il murmuré. — J'ai essayé de…

— Ce n'est rien. J'ai déverrouillé mon ordinateur portable et j'ai navigué jusqu'au fichier sur le serveur.

Ce n'était pas rien. J'avais encore donné à Tyler l'impression d'être un second choix. L'impression que je me servais encore de lui. Ce n'était pas la faute de Ben et, aussi irritant qu'il ait été, ce n'était pas non plus celle de Cooper. C'était la mienne. Dès le début de notre amitié, j'avais clairement fait savoir que je voulais Cooper. Et il faudrait que je travaille dur pour que Tyler pense le contraire.

Heureusement, le travail était quelque chose pour lequel j'étais douée. Et je continuerais à travailler jusqu'à ce que Tyler croie que je l'aimais lui, et personne d'autre.

27

QUAND JE SUIS RENTRÉE ce soir-là, Sylvia et papa étaient assis à la table de la cuisine devant un puzzle pour enfants — un des miens, un vieux — dont les pièces faisaient presque la taille de ma paume. Sylvia m'avait dit que faire des puzzles aiderait la mémoire de papa. Et pourtant, je n'avais pas pensé à lui en acheter.

Sylvia a levé les yeux du puzzle et a souri.

— Vous êtes rentrée tôt.

— Ouais.

J'ai retiré mes talons. Je voulais une douche. Et un jogging. Et de la crème glacée. Dans cet ordre. Mais je me suis penchée pour embrasser la tempe de papa.

— Salut, papa. Où est-ce que tu as trouvé cette vieillerie ?

Mon cœur s'est serré quand j'ai vu l'image sur la boîte : la Belle et la Bête, dansant seuls dans la salle de bal.

— C'est Sylvia qui l'a trouvé en cherchant Maggie.

J'ai levé les yeux vers elle, alarmée.

Elle a secoué la tête.

— La photo de votre maman.

Puis elle a montré le mur derrière moi.

— Je l'ai trouvée, aussi.

J'ai regardé derrière moi, et bien sûr, ma mère avait retrouvé sa place sur le mur.

— Où ça ?

Elle a poussé une pièce du puzzle vers papa.

— Sous son oreiller.

Un petit morceau de mon cœur s'est brisé. Même après plus de vingt ans, elle lui manquait tellement.

— Fini !

Papa a emboîté la dernière pièce.

— C'est super. Je t'en trouverai un autre. Promis.

J'irais pendant ma pause déjeuner et j'en achèterais un dans une des boutiques pour touristes hors de prix s'il le fallait.

— Bof, celui-là me va, a-t-il dit. J'aurai sûrement oublié d'ici demain.

Un plus gros morceau de mon cœur s'est détaché à ces mots. Là, j'avais vraiment besoin de cette crème glacée. Avec du nappage au chocolat.

Sylvia avait soigné bon nombre de patients atteints de démence, mais son visage s'est affaissé aussi.

— Vous voulez rentrer plus tôt ? ai-je demandé. Je peux m'occuper de lui maintenant que je suis là.

— Si vous êtes sûre ?

Elle s'est levée de sa chaise.

— Je prends le relais. Passez une bonne soirée.

Elle a rassemblé ses affaires et est partie. J'ai fermé la porte à clé et je me suis appuyée contre.

— Qu'est-ce qui ne va pas, mon rayon de soleil ?

— Ne va pas ? Rien.

Il m'a fait signe de m'approcher, et je me suis assise à côté de lui comme je l'avais fait toute ma vie.

— Je perds peut-être la boule, mais je vois bien quand mon rayon de soleil perd de son éclat. Quelque chose te tracasse. C'est ce garçon avec la voiture ? Tanner ?

— Tyler.

Je me suis avachie sur ma chaise. J'avais de nouveau quatorze ans et je lui parlais de mon premier béguin. Il n'avait jamais été d'une grande aide pour les histoires de cœur. Sa relation avec ma mère avait été parfaite, et il ne savait pas ce que c'était d'avoir le cœur brisé.

Mais je lui ai tout raconté. Je lui ai parlé de mon béguin pour Cooper, de ma tentative pour le rendre jaloux avec mon ami, puis des sentiments naissants de mon ami pour moi, auxquels je n'étais pas prête à répondre avant qu'il ne soit trop tard. Comment Tyler m'avait dit qu'il méritait mieux.

— Pourquoi est-ce que j'ai tout gâché à ce point ?

Ses yeux étaient clairs quand il a dit :

— Je crois que je t'ai donné une vision irréaliste des relations.

— Non, papa. Tu m'as montré ce qu'une relation devrait être.

J'ai commencé à défaire le puzzle, en commençant par l'ourlet vaporeux de la robe de bal dorée de Belle.

Il a posé une main sur la mienne, arrêtant mes doigts agités.

— Quand j'ai rencontré ta mère, j'étais encore un jeune homme. Plus jeune que tu ne l'es maintenant. J'avais un travail, de l'argent de poche, des amis. On buvait des bières après le boulot. On faisait peut-être un peu…

Il a fait un geste de fumeur avec son pouce et son index.

— Papa !

Je ne voulais *surtout pas* entendre ça.

Il a eu un petit rire.

— La dernière chose que j'avais en tête, c'était de m'engager sérieusement avec une fille. Et puis j'ai rencontré Maggie. Elle était belle, intelligente et drôle.

J'ai soupiré.

— Et tu es tombé amoureux.

— Non.

Il a baissé la tête.

— Je l'ai mise enceinte.

— Oh mon Dieu ! Papa !

— Mais j'ai fait ce qu'il fallait, et on s'est mariés.

— Et ensuite, vous êtes tombés amoureux.

Il a fredonné.

— Nous étions des partenaires travaillant vers un but commun. T'élever. Et nous étions si heureux quand tu es née.

Il a de nouveau serré ma main.

— On t'aimait tous les deux très fort.

J'ai caressé mon pendentif.

— Vous ne vous aimiez pas ?

— Si, d'une certaine manière. Pas comme dans les contes de fées.

Il a détaché une pièce du puzzle dans l'autre coin, la patte velue de la Bête.

— Je voulais te montrer, et peut-être même me montrer à Maggie et à moi-même, que c'était possible. Le grand amour. Alors je te lisais des histoires d'amour.

— Et ce contact magique ? En lui tendant la serviette près de la piscine ?

— J'aurais aimé que ça se passe comme ça. J'ai toujours souhaité qu'on tombe amoureux comme ça.

Un autre morceau de mon cœur s'est brisé.

— Tu le regrettes ? Est-ce que tu me… regrettes ?

Il a levé la tête, ses yeux bleus clairs pour une fois.

— Non, jamais. Je regrette seulement que tu n'aies pas eu plus de temps avec elle.

Moi aussi. J'ai défait le reste du puzzle et j'ai éparpillé les pièces dans la boîte. Quand j'ai relevé les yeux, le regard de papa était de nouveau trouble.

— Où est-ce que je voulais en venir avec cette histoire ?

— Ce n'est pas grave, papa.

Je savais où il voulait en venir. Sam, qui ne s'intéressait même pas à l'amour, m'avait donné le meilleur conseil en matière de relations. Même si j'adorais lire des histoires de coup de foudre, l'amour basé sur l'amitié était le meilleur de tous.

Je me suis levée et j'ai posé la boîte du puzzle sur les étagères roses près de la porte arrière pour que Sylvia et lui puissent le refaire demain. La mallette du télescope a attiré mon regard.

— Tu veux observer un peu les étoiles plus tard ce soir ? Le ciel est dégagé.

Regarder les étoiles nous remonterait le moral à tous les deux.

— Comme tu veux, Maggie.

J'ai soupiré et j'ai regardé l'heure. Trop tôt pour commencer le dîner. Ma jupe crayon me serrait le ventre, et mes épaules étaient douloureuses sous les bretelles de mon soutien-gorge. Mon jogging m'appelait depuis l'étage.

— Que dirais-tu d'un peu de SportsCenter ? Je parie qu'ils vont présenter un aperçu du match de football.

— D'accord.

Je l'ai conduit à son fauteuil et j'ai allumé la télévision. Il s'est adossé, et son regard est devenu vitreux. Peut-être qu'il allait s'assoupir.

J'ai attrapé mes chaussures, je suis montée en courant et j'ai pris mon temps pour enfiler des vêtements confortables, me remémorant le baiser désespéré avec Tyler, puis sa posture rigide après. On pourrait croire qu'après tous les romans d'amour que j'avais lus, après toutes les comédies romantiques que j'avais dévorées, je saurais comment supplier. Mais j'avais tout foiré. Avais-je ruiné notre amitié, et la possibilité de plus, de façon permanente ?

Même mon pantalon de yoga et mon sweat usé me grattaient et m'irritaient la peau. Je méritais cet inconfort après ce que j'avais fait à Tyler. Peut-être que si je lui envoyais un texto, il viendrait m'offrir une seconde chance de me faire pardonner ?

Au moment où je me tournais pour descendre commencer le dîner, un bruit sec a retenti de l'extérieur de la fenêtre. Est-ce que Tyler avait lu dans mes pensées et était venu avec sa console de jeux ? Le cœur battant, j'ai couru m'agenouiller sur la banquette de la fenêtre.

Mon cœur s'est arrêté.

Papa était étalé sur les marches du perron en bas. La mallette du télescope gisait au pied des escaliers. Une de ses jambes était tendue dans un angle contre nature. Sa tête reposait sur la marche du haut. Le coucher de soleil répandait une lueur rosée sur son visage, mais ses yeux étaient fermés. Son corps était immobile.

28

LES QUELQUES HEURES qui ont suivi ont défilé dans un enchaînement flou d'images et de sons.

Des gyrophares rouges et bleus sur les visages curieux de nos voisins. Le hurlement de la sirène alors que nous avancions trop lentement dans les embouteillages de l'heure de pointe. L'odeur de désinfectant et de choc aux urgences, puis de désinfectant et de peur à l'étage de la chirurgie. Le scintillement des néons trop vifs sur les quatre-vingt-quatre dalles de vinyle blanc. La chaise en plastique dur, polie par d'autres personnes qui s'y étaient agitées, anxieuses, en attendant, terrifiées. Lever les yeux à chaque mouvement, en espérant ne pas être appelée et qu'on m'annonce la fin de mon monde.

Plus tard, le *bip, bip, bip* du moniteur cardiaque empêchait mes paupières lourdes de se fermer. Depuis le confort relatif de la chaise en vinyle rigide dans la chambre d'hôpital de papa, je regardais la montée et la descente de sa poitrine les yeux mi-clos. Une fois par minute, je vérifiais son visage flasque et gris, mais j'évitais de regarder la zone rasée dans ses cheveux blancs et le bandage qui recouvrait les douze points de suture sur son cuir chevelu. Je n'étais pas aussi inquiète pour sa jambe — nous étions déjà passés par là — mais je priais pour que son cœur continue de battre, que ce moniteur continue de biper et que papa reste avec moi, qu'il ne me quitte pas parce que j'avais été égoïste et négligente.

Je me suis recroquevillée sur cette chaise impitoyable, j'ai enroulé mes doigts autour de sa main inerte et j'ai attendu.

LA LUMIÈRE DU SOLEIL, rouge à travers mes paupières closes, m'a réveillée. Je me suis redressée et j'ai cligné des yeux. Le bip régulier des moniteurs m'a rappelé où j'étais et ce qui s'était passé la veille au soir. La poitrine de papa se soulevait et s'abaissait, et ses paupières avaient une teinte bleutée. J'ai caressé sa main immobile, trouvant du réconfort dans sa chaleur.

Je me suis levée, étirée et je suis allée à la fenêtre. Dehors, les premiers rayons du matin doraient les toits d'un rose tendre. Des voitures rampaient sur l'autoroute, phares allumés. Un bus blanc du BART avançait péniblement sur la voie réservée aux véhicules à occupation multiple, me rappelant où j'étais censée être.

J'ai tourné le dos à la fenêtre et j'ai envoyé quelques textos à Jackson pour lui dire ce qui se passait. J'ai envoyé un autre texto à Ben pour lui demander de me trouver quelqu'un pour me remplacer pour le reste de la semaine. Le chirurgien de la nuit dernière m'avait dit qu'ils voudraient surveiller papa pendant quelques jours. J'ai regardé le plâtre sur sa jambe. Il s'était cassé la même, ce qui, je suppose, était une chance. Sa bonne jambe le soutiendrait pendant la rééducation.

Mes yeux se sont posés sur son visage. Endormi, il paraissait plus jeune. Mis à part ses cheveux blancs et la pâleur de sa peau, il ressemblait au père qui m'avait élevée, qui m'avait tenu la main pour tous mes vaccins, qui m'avait préparé de la soupe au poulet — en conserve, bien sûr — quand j'étais malade, qui avait pansé mes genoux écorchés quand je tombais de vélo. On formait un sacré duo, seuls et brisés comme on l'était.

Je serais sa bonne jambe aussi longtemps qu'il aurait besoin de moi.

———

LE BIP des moniteurs me donnait envie de m'arracher la peau qui me démangeait.

Ça, ou le manque de caféine.

Chaque fois qu'une des infirmières me suggérait de faire une pause, d'aller marcher, de prendre une tasse de café, j'avais refusé. C'était ma négligence, mon manque d'attention, qui avait permis que cela arrive. Pourquoi m'étais-je attardée à l'étage ? Pourquoi avais-je dit à Sylvia de partir plus tôt ?

Pourquoi est-ce que je décevais toujours tout le monde ?

J'ai baissé les yeux sur mon téléphone pour la centième fois de la journée. Les coordonnées de Tyler étaient déjà affichées. Mon doigt a plané au-dessus de l'icône de message. *Je devrais lui dire que je suis désolée.*

Mais après ? En supposant qu'il réponde, que dirais-je ?

Que je voulais essayer ? Comment le pourrais-je, alors que papa avait besoin de plus de soins ?

Il méritait mieux. Mieux que ce que je pouvais donner en ce moment.

Alors, que je ne voulais pas essayer, et qu'il pouvait être libre.

L'icône est devenue floue sur mon téléphone. Maudites larmes. Je les ai chassées en clignant des yeux et j'ai essuyé celle qui s'est échappée sur ma joue.

Je devais être forte. Pour papa. Aucune distraction.

J'ai jeté mon téléphone dans mon sac à main sur le rebord de la fenêtre. Dehors, l'ombre bleue du bâtiment de l'hôpital s'étendait sur l'autoroute en contrebas. Papa avait dormi toute la journée.

La porte s'est ouverte avec fracas, et la voix de Jackson a résonné dans la pièce, couvrant enfin les bips.

— Marlee, tu es là ? Le deuxième plus grand bouquet que j'aie jamais vu — les pivoines de Cooper détenaient toujours ce titre — est entré dans la pièce. Je pouvais à peine voir les yeux de Jackson et ses cheveux noirs en désordre qui pointaient au-dessus des gerberas colorés. Alicia, qui le suivait, lui a fait signe de se taire.

Jackson a posé les fleurs sur la petite table entre le lit de papa et celui qui était inoccupé. Un pli d'inquiétude barrait ses sourcils. — Tu vas bien ?

En espérant ne pas avoir fait couler mon mascara, je l'ai serré dans mes bras, emplissant mes narines de son odeur familière de savon et de sièges en cuir. — Je vais bien. Et le médecin dit qu'il va s'en sortir. Même s'il ne s'est pas encore réveillé. C'était ça, mon inquiétude. La dernière fois, après être tombé de l'échelle, papa s'était réveillé juste après l'opération.

J'aurais donné tous les romans d'amour que je possédais juste pour voir ses yeux s'ouvrir.

Alicia s'est approchée, et j'ai serré mon amie dans mes bras. Le froid de novembre s'accrochait encore à son manteau, ainsi que l'odeur du thé Earl Grey. Ses mains fines ont appuyé sur mon dos, et je me suis appuyée contre elle.

— Attends. J'ai reculé et j'ai fusillé Jackson du regard. — Tu ne peux pas être ici ! Tu as des réunions toute la journée !

Son visage s'est fendu d'un sourire insouciant. — C'est ce qui est génial quand on est le fondateur un peu fantasque. Je peux sécher ces réunions et tout refiler à Cooper. Il est resté debout tard pour prendre les appels d'Amsterdam.

Même Cooper m'aidait. Une chaleur s'est répandue en moi au rappel que je n'étais pas seule.

J'ai souri à mon tour à Jackson. — Je n'aurais jamais cru dire ça un jour, mais je suis contente que tu te défiles de tes responsabilités.

Il a massé mon épaule, et un peu plus de ma tension s'est évacuée. — Bien que je m'inquiète pour…

Alicia l'a interrompu. — L'équipe se débrouillera très bien sans toi pendant quelques heures. Même avec un de moins. Ou deux.

Toi, par contre — elle a serré mon autre épaule — tu as besoin de notre aide.

J'ai fait semblant de lever les yeux au ciel pour cacher les larmes qui montaient. Je me suis tournée vers la fenêtre pour les chasser. — Merci.

Jackson a dit : — Tout ce dont tu as besoin. Tu as toujours été là pour moi, et maintenant c'est à mon tour de t'aider.

Cela n'a fait qu'accélérer la venue des larmes. J'ai reniflé et j'ai dit : — Dans ce cas, ça te dérangerait de m'aller me chercher une tasse de café ?

Alicia a dit : — Et des fruits et un yaourt. Je parie que tu n'as pas mangé depuis un moment.

Depuis le déjeuner d'hier. Je m'étais refusé de ressentir quelque chose d'aussi égoïste que la faim.

Jackson m'a tapoté l'épaule. — Je reviens tout de suite. La porte s'est refermée quelques secondes plus tard.

Alicia s'est approchée du chevet de papa. — Il a bonne mine, a-t-elle dit. Peut-être qu'il se réveillera bientôt.

— Je l'espère. Je… je suis inquiète.

Elle s'est tournée vers moi. — Bien sûr que tu l'es. C'est dur de voir un être cher…

— Oh ! La culpabilité m'a poignardée. Elle avait perdu sa sœur d'un cancer plusieurs années auparavant. Elle devait détester les hôpitaux. — Tu n'es pas obligée de rester avec moi…

— Bien sûr que si, Marlee. Elle m'a caressé le bras. — C'est à ça que servent les amis.

— Tu vas me faire pleurer à nouveau.

— Pleurer, c'est bien. Essayer de se retenir, essayer de tout faire toute seule, ça, ce n'est pas bien. Viens t'asseoir. S'écartant pour que je puisse prendre la chaise près du lit, elle s'est affaissée dans l'autre chaise et a passé une main sur son ventre arrondi.

En m'asseyant sur le vinyle impitoyable, je l'ai observée. — Tu sais, juste avant qu'il… qu'il ne tombe, papa m'a dit que lui et ma mère n'étaient pas amoureux quand ils se sont mariés. Ils attendaient un enfant.

— Oh. Le front d'Alicia s'est plissé. — Comment tu te sens par rapport à ça ?

— Pas merveilleusement bien. Surprise. J'ai toujours cru qu'ils avaient eu ce mariage parfait, tu sais ? J'ai touché mon pendentif.

— Les gens peuvent s'aimer sans être parfaits, a-t-elle dit. Jackson et moi nous nous aimons très fort, et on se dispute quand même.

— Comment as-tu… comment as-tu su que Jackson était l'homme de ta vie ?

— Eh bien, comme tu le sais, il n'est pas parfait. Et il y avait plein de raisons pour lesquelles nous n'aurions pas dû être ensemble : on travaillait ensemble, on vivait dans des villes différentes, nos personnalités et nos modes de vie étaient complètement à l'opposé. Mais — un sourire a flotté sur son visage — j'ai réalisé que j'étais malheureuse quand on était séparés. Et heureuse quand on était ensemble. J'étais une meilleure personne avec lui. Il ressentait la même chose.

J'étais malheureuse maintenant, c'est certain. Et ce n'était pas seulement parce que papa était blessé et à l'hôpital.

Quand j'avais dansé avec Tyler au mariage d'Alicia, j'avais été si heureuse que j'en avais oublié mon stupide béguin pour Cooper.

Assis sur la pelouse devant le Civic Center, à manger les meilleurs tamales de San Francisco, le soleil couchant dorant notre peau, nous transformant en or rose. Nous avions tous les deux ri ce jour-là. Et il m'avait donné son mouchoir quand j'avais eu les larmes aux yeux devant *Hamilton*.

— Maggie ? Le murmure rauque venait de derrière moi. Je me suis retournée vivement pour regarder papa. Sa paupière a tressailli. J'ai cligné fortement des yeux pour être sûre que ce n'était pas mon propre œil qui avait tressailli. Quand j'ai rouvert les yeux, ses yeux gris-bleu me regardaient. Son visage était encore pâle, mais le voir éveillé a desserré l'étau qui me comprimait les poumons.

J'ai glissé ma paume sous la sienne pour éviter les tubes fixés au dos. — Je suis si contente que tu sois réveillé.

— Maggie. Son regard était vague.

Il pouvait m'appeler Minnie Mouse, je m'en fichais. — C'est Marlee, papa. J'ai essuyé une larme sur ma joue.

Ses doigts ont tressailli dans ma paume, et je les ai saisis. — Je suis content de t'avoir trouvée, Maggie. Tu m'as manqué.

— Tu m'as manqué aussi.

Ses paupières se sont refermées. Mais il avait été éveillé. J'ai reniflé.

Un bras lourd s'est posé sur mes épaules, et pendant un instant fou, j'ai cru que c'était Tyler. Mais c'était Jackson. Il a pressé une tasse chaude dans ma main, et je l'ai agrippée.

— Il s'est réveillé. C'est super. Tout ira comme sur des roulettes à partir de maintenant, a-t-il dit.

Jackson était peut-être un génie de la programmation, mais, malheureusement, il ne connaissait presque rien à la maladie d'Alzheimer. Il n'aurait pas pu avoir plus tort.

29

— SYNERGY ANALYTICS, Ben Levy-Walters à l'appareil.

Bon, d'accord, je n'avais pas réussi à tenir deux jours complets sans appeler le bureau. Papa faisait la sieste, comme il l'avait fait presque toute la matinée entre les visites des infirmières. Je me suis dit que parler à Ben m'empêcherait de sombrer dans mes idées noires, à me demander quand papa irait assez bien pour que nous puissions rentrer tous les deux à la maison.

Je me suis tournée vers la fenêtre pour ne pas réveiller papa. — Hé, Ben. C'est Marlee.

— Bon sang, Marlee. Il a laissé échapper un souffle qui a grésillé dans le combiné. — Comment tu as fait ?

— Fait quoi ? Tout va bien ?

— N... Attends. Pourquoi est-ce que tu m'appelles ? Comment va ton père ? Tu vas bien ?

— Il va mieux. Il s'est réveillé hier. Il n'était pas tout à fait lucide, mais ça va venir. À force de le répéter, ça finirait bien par devenir vrai. Du moins, c'est ce que je me disais. — Je voulais juste prendre des nouvelles, voir comment ça se passe.

— Ne t'inquiète pas pour le bureau. On s'en sort. Mais la tension dans sa voix le trahissait.

— Raconte-moi. Peut-être que je peux aider.

Un autre soupir. — L'agence d'intérim nous a envoyé quelqu'un de vraiment horrible. J'ai dû la renvoyer chez elle plus tôt hier, puis parler à l'agence ce matin. Ils n'avaient aucune idée de ce dont on avait besoin, ni même de ce qu'on fait. Comment tu as fait pour travailler avec eux ?

Ma poitrine, déjà oppressée, s'est resserrée d'un cran. *C'est ma faute.* — Vous avez réussi à arranger les choses ?

— La nouvelle, Angelique, elle est tout à fait acceptable. Mais ce n'est pas toi.

L'étau qui me serrait la poitrine s'est desserré un tout petit instant. Jusqu'à ce qu'il dise la phrase suivante.

— Toi, tu aurais probablement su gérer la situation quand le directeur du développement est monté pour chercher Jackson.

Aïe. — Pourquoi est-ce qu'il voulait voir Jackson ?

— Un truc a planté dans la build de ce matin, et tout le monde cherche un responsable. Personne ne sait comment le réparer. Et maintenant, la moitié des développeurs chasse les bugs et l'autre moitié attend les bras croisés que ce soit réglé. Le directeur est *furax.* Weston aussi, a-t-il chuchoté.

Est-ce que le bug était quelque chose que j'aurais repéré lors de ma revue de code du matin ? — Où est Jackson ? Je ne me souviens pas qu'il ait eu des engagements hors du bureau aujourd'hui.

— Il n'est pas là. Et il ne répond pas à son téléphone.

J'ai ressenti une brève pointe d'anxiété avant de me souvenir que ça faisait longtemps qu'il n'avait pas manqué le travail pour une gueule de bois, une course de Formule 1 ou cette chose qu'il avait faite pendant ma deuxième semaine. Ça, c'était l'ancien Jackson. Le nouveau Jackson, celui qui était devenu un homme meilleur pour Alicia, ne disparaissait pas comme ça.

Bon sang. Il était en route pour venir nous voir, papa et moi.

— Envoie-moi un e-mail avec un descriptif du problème. Je vais y jeter un œil, voir ce que je peux faire.

— Marlee, tu ne peux pas.

— Bien sûr que si. Ma fierté blessée a rendu ma voix trop

cassante. — J'ai un diplôme en informatique. Je suis tout aussi qualifiée que n'importe lequel de nos programmeurs juniors pour essayer de réparer ça. D'ailleurs…

— Non, a coupé Ben pour interrompre ma tirade. Ce n'est pas ce que je voulais dire. Tout ce que je veux dire, c'est que tu ne peux pas t'inquiéter du bureau en ce moment. Ton père est ta priorité. Il a besoin de cent pour cent de ton attention tant qu'il est blessé.

— Mais il est… J'ai jeté un regard par-dessus mon épaule. Les yeux de papa étaient clos. — Il se repose.

— Alors tu devrais te reposer aussi. Il va te prendre toute ton énergie pendant un moment. Tout le monde ici le comprend.

Mes épaules se sont voûtées. Il avait raison. Je ne pouvais pas tout faire. Pas correctement, en tout cas. Je ne pouvais pas faire mon travail pendant que papa était ici, ayant besoin que je prenne des décisions en son nom, ayant besoin de mon soutien. Tout le monde au bureau — y compris Jackson — était des adultes en bonne santé. Ils pouvaient prendre soin d'eux-mêmes. Papa ne le pouvait pas. Du moins, pas pour l'instant.

— Appelle en bas… appelle Tyler Young. Il arrangera ça. C'était la première fois que je prononçais son nom depuis la chute de papa. Je lui devais toujours des excuses.

— Il le ferait si… peu importe. Tu nous manques. Mais on va s'en sortir.

— Promis ? Parce que je vais revenir. En meilleure forme que jamais. Tout comme papa. — Ne me coulez pas la boîte en mon absence.

— Je ne sais pas… Sa voix contenait une pointe d'humour. — Si je dois encore avoir affaire à ce directeur du développement, je pourrais bien mettre le feu à la boutique.

— Commande des cookies pour l'équipe. Mais rien avec des fruits à coque. Et quand je verrai Jackson, je lui demanderai d'offrir un prix à la personne qui trouvera le bug. Ça devrait donner des résultats.

— Tu es la meilleure, Marlee. Prends tout le temps dont tu as besoin, d'accord ?

— C'est promis.

Ils avaient besoin de moi. Mais pour l'instant, papa avait encore plus besoin de moi. Et je ne pouvais aider personne si je m'épuisais.

On a frappé à la porte juste avant que Jackson n'entre, deux tasses de café à la main.

— Salut, a-t-il dit d'un ton joyeux. Comment va Will ?

J'ai pris la tasse qu'il me tendait. — Il va bien. Je continuerais de le dire jusqu'à ce que ce soit vrai. — Mais ton service, non. Il faut que tu fasses demi-tour et que tu ailles régler le bazar chez Synergy.

— Quel bazar ?

J'ai jeté un œil à papa — toujours endormi — puis j'ai pris le coude de Jackson pour l'escorter jusqu'à l'ascenseur. Tandis que les portes s'ouvraient, j'ai dit : — Ton téléphone est encore éteint. Et même si je t'adore, tu ne peux pas partager ton temps entre le bureau et moi. Tu ne peux pas tout faire.

Une leçon que nous devions tous les deux apprendre.

Quelque chose que Tyler avait essayé de me dire avec ses histoires sur son grand-père et ses brochures de maisons de retraite. Il se trompait au sujet de la maison de retraite — n'est-ce pas ? — mais il comprenait ce que je traversais. Et il avait parcouru tout Oakland pour visiter des établissements spécialisés. Pour moi.

En retournant dans la chambre de papa, j'ai sorti mon téléphone de ma poche et j'ai affiché la fiche de contact de Tyler. Il me souriait sur la photo, en veste et cravate qu'il portait au mariage d'Alicia. Je l'avais prise en début de soirée, avant que nous ne dansions, avant qu'il ne m'embrasse. Je l'avais trouvé parfait, mais maintenant, la photo semblait clocher.

J'ai cherché une autre photo de lui dans ma galerie. Celle-ci était la bonne. Il portait un t-shirt, son préféré avec le logo Galaga.

À en juger par la date, je l'avais prise à une fête de Synergy, au printemps dernier. Son sourire était franc, lumineux.

Attends.

J'ai fait défiler jusqu'à celle du mariage. Comparé à la première photo, son sourire semblait forcé. Était-ce seulement parce qu'il portait un costume, ou y avait-il autre chose ? Était-ce à cause de l'Opération Prince Charmant ?

Ça avait été son idée. Ça ne m'aurait pas dérangée d'y aller simplement en tant qu'amis. C'était Tyler qui avait proposé toute cette histoire de faux couple. Parce qu'il savait que je voulais Cooper et il… il tenait assez à moi pour m'aider à obtenir ce que je voulais.

Il tenait à moi. Même à l'époque, il devait vouloir plus, mais parce qu'il était une meilleure personne que moi, il avait fait ce qu'il pensait que je voulais. Pour moi. Jusqu'à ce qu'il se réveille et réalise qu'il méritait plus. Plus que moi.

Dans le bureau de Jackson, il avait dit qu'il avait besoin de toute mon attention. Entre mes responsabilités au travail et mon père, pouvais-je la lui donner ?

Je me suis appuyée contre le mur à côté de la porte de papa et j'ai couvert mon visage. *Pas maintenant.*

Tyler méritait mieux. Je devais donc prendre du recul. Faire marche arrière. Revenir à ce qui était sûr, ce que je pouvais gérer : l'amitié.

J'ai tapé un texto.

> Je suis désolée. Notre amitié est importante pour moi. Qu'est-ce que je peux faire pour arranger les choses entre nous ?

Notre amitié. Pouvions-nous la sauver après ce que j'avais fait, comment je l'avais traité ?

J'ai envoyé le texto et j'ai attendu jusqu'à ce qu'il affiche *Distribué.* Puis quelques minutes de plus jusqu'à ce qu'il indique *Lu.* Et puis cinq minutes… dix. Quand l'infirmier est passé, je l'ai suivi dans la chambre de papa.

Le reste de la journée, chaque fois que papa dormait, je vérifiais mon téléphone. Mais le texto était là, lu, sans réponse.

———

— SALUT, les amis. Jackson est entré nonchalamment dans la
chambre d'hôpital le vendredi après-midi. C'était une meilleure
journée pour papa. Lui et moi jouions aux cartes, et j'étais en train
de perdre. Je n'étais pas sûre si c'était mon anxiété à propos de ma
prochaine réunion avec l'assistante sociale ou les règles confuses
de papa qui avaient déplacé ma pile de M&M's dans son gobelet
en papier. J'ai accueilli la pause avec soulagement, mais...

— Pourquoi n'es-tu pas au travail ? J'ai posé mes cartes et je
suis allée serrer Jackson dans mes bras alors qu'il traînait près de
la porte.

— Ça me fait plaisir de te voir aussi, a-t-il dit avec un sourire
en coin. Avec Cooper parti, j'étais pratiquement le dernier au
sixième étage. Mais si tu ne veux pas ça... il a brandi une tasse à
café rouge familière, — je n'ai qu'à le boire sur le chemin du
retour...

— Non. Donne. J'ai arraché la tasse de ses mains et j'ai humé
l'arôme de noisette et de caramel. — Merci. Et merci de nous
rendre visite. Ça compte beaucoup pour moi. J'ai essayé de trans-
mettre dans mon regard toute l'affection sincère et la reconnaissance que je ressentais.

— Est-ce que tout va bien au bureau ? ai-je demandé. Vous
avez réparé le bug ? Ben avait refusé de me donner le moindre
détail, s'en tenant à sa ligne de conduite sur le fait de me concentrer sur ce qui était important. Et je l'avais fait. Mais je voulais
quand même savoir ce qui se passait pour mes amis. Surtout
Tyler.

— Ouais. C'est fou comme les gens peuvent être motivés par
une bouteille de whisky et le droit de se vanter. C'est Sam qui l'a
trouvé.

Sam ? J'aurais parié sur Tyler. Et j'avais à moitié espéré que

Jackson prononcerait son nom pour que j'aie de ses nouvelles. Le silence commençait à me peser. Je pouvais presque sentir l'hostilité qui émanait de cette mention *Lu*.

À voix basse, Jackson a dit : — Va faire un tour. Va dîner plus tôt. Ou manger quelque chose au chocolat. Je garde un œil sur ton père.

Il me connaissait bien. J'ai chuchoté : — En fait, j'ai un rendez-vous avec l'assistante sociale. Je devrais être de retour dans une demi-heure ?

Il a hoché la tête et s'est approché de papa d'un pas nonchalant. — Salut, Will. Il lui a serré la main. - Jackson Jones. Je suis le…

Papa l'a interrompu. — Je vous connais. Vous êtes son patron. Vous conduisez une voiture de course, et Marlee doit toujours réparer vos bêtises.

Jackson a baissé la tête. — C'est bien moi. Je peux prendre sa place ? Il s'est assis sur la chaise que j'avais libérée et a ramassé mes cartes.

Merci, ai-je articulé sans un bruit.

Alors que je partais, papa a dit à Jackson : — Marlee et moi, on jouait pour des bonbons, mais toi, tu joueras pour de l'argent, n'est-ce pas, John ?

Oh, non.

Dans le bureau de l'assistante sociale, j'ai commencé à regretter de ne pas être restée dans la chambre de papa. Me faire laminer aux cartes était bien mieux que d'être du côté perdant d'une discussion que je voulais désespérément gagner.

— Pourquoi ne serais-je pas capable de m'occuper de lui à la maison ? Je me suis occupée de mon père depuis sa blessure. Ils avaient dit que je ne pouvais pas le faire à l'époque, non plus. Mais je lui avais fait faire tous les exercices que le kinésithérapeute avait recommandés. Je l'avais soulevé pour le mettre dans le pick-up pour l'emmener à ses rendez-vous chez le médecin. Et j'avais veillé à ce qu'il prenne ses médicaments.

Son regard s'est adouci avec quelque chose qui ressemblait

trop à de la pitié à mon goût. — La santé mentale de votre père s'est considérablement détériorée depuis son précédent accident. Les infirmières ont signalé qu'il n'était pas coopératif.

— Avec *elles*. J'ai essayé de ne pas avoir un ton défensif. — Mon père n'agirait jamais comme ça avec moi.

Elle m'a dévisagée, comme un défi. — Jamais. L'incrédulité a aplati le ton de sa voix. — Il n'a jamais été difficile avec vous ?

— Bien sûr que non. J'ai projeté mon menton en avant.

Elle m'a regardée droit dans les yeux. — Qu'est-ce qu'il faisait le soir où il est tombé ?

J'ai baissé les yeux vers mes mains, qui tordaient le bas de mon cardigan rose en une cordelette. *Par tous les astres.* — Il sortait le télescope.

— Et s'il rentre à la maison avec vous, comment allez-vous l'empêcher de recommencer ? Allez-vous installer des serrures à clé à l'intérieur de vos portes ? Le surveiller à chaque minute ? Et quand vous irez travailler ?

— Nous avons engagé une infirmière de jour.

Ses yeux étaient d'un brun chaud, et bien qu'elle ne soit pas beaucoup plus âgée que moi, leur expression me disait que je n'étais pas la première fille têtue qu'elle rencontrait. — Et quand vous devrez travailler tard, ou aller faire les courses ? Ou que vous aurez besoin de cinq minutes pour vous ?

Chaque question était un couteau dans mon cœur. J'avais abandonné papa en faisant exactement ces choses-là. Ils allaient me l'enlever. J'ai cligné des yeux avec force.

— Nous pouvons vous recommander plusieurs établissements à l'ambiance familiale où il sera à l'aise, et vous pourrez lui rendre visite quand vous le voudrez. Tous les jours si vous le souhaitez. Elle a fait une pause jusqu'à ce que je lève les yeux de mes genoux vers son visage. — Ils ont des unités spécialisées dans les troubles de la mémoire. Ils savent comment s'occuper de votre père. Ils ont des programmes d'enrichissement pour garder son corps et son esprit actifs.

Mieux que ce vieux puzzle miteux de *La Belle et la Bête*. Je me suis souvenue des brochures que Tyler m'avait apportées. Il avait essayé de me convaincre de la même chose. — Il ne restera pas couché dans un lit toute la journée ? Il ne sera pas… J'ai dégluti. — attaché ?

— Non. Il y aura des endroits sûrs où il pourra marcher. Des jardins. Des cours d'art. De la musique.

— Ça a l'air cher. Je me suis mordu la lèvre.

— Ce n'est pas donné. Mais il existe des programmes pour aider à payer.

— Et c'est ce qu'il y a de mieux pour mon père ?

— Ça l'est. Ses yeux bruns étaient peut-être doux, mais sa mâchoire ferme me disait qu'elle ne céderait pas sur ce point.

— Réfléchissez-y, a-t-elle dit. Allez visiter quelques établissements. J'ai fait une liste. Elle m'a tendu une feuille imprimée, et je l'ai prise. Je l'ai pliée en deux et l'ai glissée dans ma poche arrière.

Les larmes me sont montées aux yeux, et je les ai chassées en clignant des paupières. J'avais besoin d'aide. Je le savais. Mais papa et moi avions pris soin l'un de l'autre depuis la mort de ma mère. Comment pouvais-je le laisser partir maintenant qu'il avait le plus besoin de moi ?

Devant la chambre de papa, j'ai pris une profonde inspiration et j'ai essuyé mes paumes moites sur mon jean. J'ai poussé la porte et je suis entrée.

— Tu es de retour, a dit Jackson d'un ton faussement enjoué en se levant de sa chaise.

Papa a glissé sa main dans la poche de sa chemise de pyjama et m'a souri. — Mon rayon de soleil ! Tu as fait une belle promenade ?

— Oui, papa. J'ai répondu à son sourire. — Je vais juste accompagner Jackson aux ascenseurs. Je reviens tout de suite.

J'ai pris le bras de Jackson et je suis retournée dans le couloir. Alors que nous marchions bras dessus, bras dessous vers la rangée d'ascenseurs, j'ai dit : — L'assistante sociale dit qu'il doit aller dans une… dans une maison de retraite.

— Ah, Marlee. Je suis désolé. Mais il n'avait pas l'air surpris.

— Je vais avoir besoin de quelques jours de congé supplémentaires pour régler les choses. Je vais devoir vendre notre maison.

— Prends tout le temps qu'il te faut. Ben nous a trouvé une super intérimaire. Je me demande pourquoi tu as toujours été aussi maudite avec les intérimaires horribles ?

— Pas de chance, je suppose. Nous nous sommes arrêtés devant les ascenseurs. — Merci d'être compréhensif. Je reviendrai au travail dès que possible. Pas plus d'une semaine.

— Est-ce que je peux te donner un conseil ?

J'ai levé les yeux vers ses yeux couleur chocolat. — Je t'écoute.

— Comme le disait l'immortel Ferris Bueller : « La vie passe très vite. Si on ne s'arrête pas pour regarder autour de soi de temps en temps, on pourrait la manquer. » Prendre soin de ton père est une chose admirable. Mais tu ne peux pas oublier de vivre ta propre vie.

— Merci. Tyler avait essayé de me dire la même chose. Ils avaient raison. J'avais un bon travail, et bientôt je trouverais un endroit où vivre et commencerais la nouvelle étape de ma vie. Même si certaines de mes autres relations étaient un énorme champ de ruines, j'avais de bons amis. Et je pouvais toujours rendre visite à papa tous les jours en sachant qu'on s'occupait bien de lui.

Alors que le bouton de l'ascenseur s'allumait, il a dit : — Au fait, il y a quelque chose que je dois te dire à propos de ton père.

Mon cœur s'est emballé et mes paumes sont devenues moites. — Quoi donc ?

— Il triche aux cartes.

30

LES ÉTÉS où il n'enseignait pas, papa travaillait dans le bâtiment et, parfois, il m'emmenait avec lui sur ses chantiers. Trop petite pour aider, je m'asseyais sur la caisse à outils à l'arrière de son pick-up, je lisais des livres et je le regardais. Il chargeait des piles de madriers sur son épaule et les transportait sur le chantier comme s'ils ne pesaient rien. Même alourdi par une ceinture à outils et trimbalant un pistolet à clous, il grimpait aux échafaudages, agile comme un acrobate. Ses muscles se contractaient alors qu'il manœuvrait des baignoires en fonte pour les mettre en place. Et six jours après sa chute, avec sa jambe cassée et tout le reste, il a fallu deux aides-soignants costauds pour le maîtriser et l'installer dans un fauteuil roulant afin de l'emmener en kinésithérapie. Il ne s'appelait pas Will pour rien.

Quand il est revenu, je l'attendais, prête pour la bataille. Le soleil de fin d'après-midi projetait des rayons dorés sur son lit d'hôpital. Ses yeux étaient plus vifs ce jour-là, et il ne m'avait appelée Maggie que deux ou trois fois.

— J'ai une bonne nouvelle pour toi. — Les tuyaux avaient disparu, remplacés par des ecchymoses jaune verdâtre et un pansement, et je lui ai pris la main. — Ils te laissent sortir demain.

Son visage s'est illuminé.

— On rentre à la maison ! Je vais enfin pouvoir manger de la nourriture correcte. Tu me feras le pain de viande de ta mère ?

Me mordant la lèvre pour l'empêcher de trembler, je me suis éclairci la gorge.

— Tu ne rentres pas à la maison, papa. Tu vas dans un nouvel endroit. Bayside Gardens. Ils vont t'aider pour la rééducation de ta jambe.

Son visage s'est décomposé, puis il a hoché la tête.

— Je rentrerai à la maison une fois que ma jambe ira mieux. Le docteur a dit six ou huit semaines.

J'ai pris une profonde inspiration.

— Je vends la maison. Je déménage dans un appartement, et tu vas rester à Bayside. Définitivement. — J'ai serré sa main, le priant de comprendre et de ne pas me haïr. — Ils vont mieux s'occuper de toi que je ne le peux. Ils ont des programmes artistiques et des concerts. Bayside a même une bibliothèque et un télescope que tu pourras utiliser.

— Tu veux me mettre dans une *maison de retraite* ? Je n'ai que cinquante-trois ans ! — Son visage est devenu rouge vif. J'étais contente qu'ils aient retiré les moniteurs cardiaques ; il aurait sûrement déclenché une alarme.

— Papa… — J'ai couvert sa main de la mienne, mais il l'a retirée d'un coup sec et a croisé les bras. — Papa, tu as la maladie d'Alzheimer. Je ne peux pas te donner les soins dont tu as besoin à la maison.

— Je vais bien, a-t-il dit. Tout le monde oublie des choses.

Ma poitrine s'est serrée. C'était peut-être *moi* qui avais besoin du moniteur cardiaque.

— Tu vas bien aujourd'hui, mais tu as eu des jours assez difficiles dernièrement. Tu passais une mauvaise journée quand tu es tombé, et je n'ai pas pu m'occuper de toi. J'ai peur que ta santé ne se dégrade, et je dois assurer ta sécurité.

Il a regardé vers la fenêtre.

— Je ne veux pas de ça. Je veux vivre dans ma maison et m'asseoir dans mon fauteuil.

Je le voulais aussi. Plus que tout. Mais j'en avais fini de me mentir à moi-même, et je n'allais certainement pas mentir à papa.

— Je suis désolée. J'aimerais que tu le puisses. Mais c'est la bonne décision pour toi. Pour nous deux.

Il est resté silencieux une minute. Puis, regardant toujours ailleurs, il a dit :

— Je suis fatigué. Je vais dormir maintenant.

Des frissons ont parcouru ma peau. Je me suis levée, me forçant à tenir le coup encore une minute.

— D'accord. Je te verrai demain.

Il n'a rien dit, mais une larme a brillé comme de l'or sur sa joue.

LE LENDEMAIN APRÈS-MIDI, j'ai commencé à emballer nos vies dans des cartons.

Papa et moi avions tous les deux pleuré ce matin-là quand ils l'avaient fait monter dans l'ambulance pour aller à Bayside Gardens. Bien qu'il n'ait cessé de demander où on l'emmenait, il se souvenait qu'il était en colère à cause de *quelque chose* et que c'était de ma faute.

Ses larmes exprimaient une colère frustrée. Les miennes étaient de la culpabilité liquide.

Les infirmières m'ont dit d'attendre quelques jours avant de lui rendre visite, pour lui permettre de s'habituer à une routine. Comme j'étais trop bouleversée pour aller travailler, j'ai juré d'être productive à la maison.

L'agente immobilière à qui j'avais parlé avait quasiment bavé d'envie à l'idée de mettre notre maison en vente. Le quartier voisin s'était de plus en plus gentrifié, et elle était convaincue que le nôtre serait le prochain. J'avais écarquillé les yeux au prix qu'elle avait avancé. Bien investi, il couvrirait la part des soins de papa que les programmes d'aide et ses économies ne couvraient pas.

J'ai donc emballé notre maison. J'avais déjà fini la cuisine ; la majeure partie m'accompagnerait dans mon nouvel appartement près du bureau. J'avais vidé la cabane de jardin, y compris les guirlandes de Noël qu'il n'avait jamais eu l'occasion d'accrocher.

Puis je me suis attaquée à la chambre de papa. J'avais déjà emmené ses vêtements et ses photos préférées à Bayside Gardens. Mais il restait une tonne de photos de lui et de ma mère, et chacune d'elles me poignardait le cœur. Je les ai enveloppées dans du papier journal et les ai nichées dans un carton avec les albums photo. Un jour, je serais peut-être prête à les regarder à nouveau.

Pire encore a été la cachette secrète des affaires de ma mère que j'ai trouvée dans un coin de son placard. Les vêtements et les chaussures vieux de vingt-cinq ans sont allés dans un sac pour une friperie. Sa brosse à cheveux, qui retenait encore quelques mèches châtain doré, a fini à la poubelle. Nous avions tous les deux été obsédés par ma mère pendant trop longtemps ; je ne pouvais pas laisser ces souvenirs m'accabler dans mon nouvel avenir.

Une association caritative locale emporterait les meubles de la chambre de papa, ainsi que son fauteuil élimé. Je devrais probablement glisser un billet de cinquante aux déménageurs pour qu'ils l'embarquent. Je ne pouvais pas imaginer que même les pauvres d'Oakland en voudraient.

J'avais espéré que ma chambre serait plus facile à gérer que la sienne.

Mes livres étaient tous partis dans un carton destiné à un groupe local d'alphabétisation. J'ai fait le vœu qu'à partir de ce jour, je lirais des histoires plus réalistes. Je rejoindrais le club de lecture d'Alicia qui ne lisait que d'horribles suspenses domestiques et de déprimants drames familiaux. C'était ça, la vraie vie, pas le monde romantique et rose de mes anciens favoris.

Mes vieilles poupées partaient aussi à l'association, tout comme le reste. J'espérais qu'une petite fille les aimerait autant que moi. J'ai glissé un vœu dans le carton avec elles : que leur nouvelle propriétaire fasse semblant que les poupées étaient

Malala Yousafzai ou même Beyoncé et qu'elles vivaient pour elles-mêmes, et non à la recherche d'un prince à épouser.

Quand je suis arrivée à ma boîte à bijoux, avant de la placer dans la caisse de déménagement, j'ai porté la main derrière mon cou et j'ai dégrafer mon collier. Le pendentif reposait dans ma paume, les éclats de diamant scintillant à la lumière de la lampe.

Je ne vivrais pas sa vie. Elle s'était retrouvée piégée dans un mariage dont elle ne voulait pas.

Je ne vivrais pas non plus la vie de papa. Il s'était langui d'un amour perdu qui n'avait jamais existé.

Je devais vivre ma propre vie.

J'en avais fini avec les contes de fées. Fini de rêver d'un prince sur son cheval blanc. Je n'avais pas besoin d'être sauvée. J'avais besoin d'un amant qui soit aussi un ami. Qui me remettrait les idées en place chaque fois que je m'égarerais dans mes fantasmes romantiques. Qui me soutiendrait. Quelqu'un qui aurait aussi besoin de mon soutien.

Si seulement j'avais vu ce qui était juste devant moi au lieu de ce que j'avais imaginé, je ne serais pas assise seule, à trier les souvenirs de mes propres décisions stupides et de mes occasions manquées.

J'ai ouvert ma boîte à bijoux et j'y ai laissé tomber le pendentif. J'avais tout gâché, et il n'y aurait pas de fin heureuse pour moi.

31

DEUX JOURS PLUS TARD, en sortant de l'ascenseur au sixième étage, je pouvais presque me convaincre que ma vie avait repris son cours normal. J'avais laissé ma maison en cartons derrière moi pour retrouver la routine de Synergy.

Je fronçai les sourcils en regardant mon bureau. L'intérimaire avait déplacé mes affaires. Je pris une minute pour faire glisser mon pot à crayons à sa place dans le coin et pour redresser le porte-dossiers afin de pouvoir l'atteindre sans regarder. Je jetai un magazine people dans la poubelle de recyclage sous mon bureau. Une fois que l'espace eut retrouvé son apparence habituelle, je déballai mon ordinateur portable et l'allumai.

Cooper était de retour dans son bureau. Sa voix basse était le seul son dans le silence matinal du sixième étage. Un mois plus tôt, je lui avais fait des avances dans ce bureau, et il m'avait rembarrée. J'avais l'impression que c'était une autre femme qui avait fait ça, des années auparavant.

Redressant les épaules, je me dirigeai d'un pas décidé vers sa porte et frappai au cadre.

— Marlee ! Content de vous revoir. Comment va votre père ? demanda-t-il en posant son téléphone, écran vers le bas, sur le bureau. Jackson a dit qu'il n'allait pas bien.

Je lui donnai la version courte, mais son visage se plissa tout de même d'inquiétude.

— Je suis désolé. Je savais qu'il avait quelques absences de temps en temps, mais je ne savais pas que c'était à ce point.

— Il est en sécurité maintenant. C'est ça qui est important. Je le parcourus du regard, de ses cheveux dorés à sa chemise lavande impeccable. Et vous ? Comment s'est passée l'Europe ?

— Bien. Sans plus. Il agita la main.

Il n'y avait que Cooper Fallon pour revenir de deux semaines à Londres et à Paris et dire que c'était « bien ». — D'accord. Eh bien, je suis sûre d'avoir une montagne de travail qui m'attend. À plus tard. Avec un petit salut ridicule, je fis demi-tour pour partir.

— C'est bon de vous revoir.

Je souris, contente que nous soyons revenus à notre niveau de gêne habituel.

Dix minutes plus tard, Ben entra d'un pas vif, secouant son manteau éclaboussé de pluie. Sa bouche était pincée en une moue affairée, mais il s'arrêta à mon bureau.

— Salut, Marlee, tu es de retour ! Il jeta un coup d'œil à la porte de Cooper, puis son visage se détendit en un large sourire. Ton père va bien maintenant ?

Comme je l'avais fait avec tout le monde sauf Jackson et Alicia, je ne lui avais donné que les informations de base sur l'accident de papa. — Il s'est cassé la jambe. Il est en convalescence dans un établissement de soins. Je… il… il y restera probablement de façon permanente. Il a la maladie d'Alzheimer. Je devais maintenant assumer l'état de papa et la nouvelle réalité que cela m'imposait.

Ses yeux couleur whisky étaient bienveillants, et des rides d'inquiétude les encadraient. — J'en suis vraiment désolé. Est-ce que tu vas bien ?

Ma lèvre trembla, mais je parvins à articuler : — Ça va aller.

Il se pencha et me frotta le bras. — Dis-moi comment je peux t'aider. Quand tu seras prête, on ira boire un verre et on en parlera. D'accord ? Il me fixa du regard jusqu'à ce que je hoche la tête.

J'avais plus de temps pour mes amis maintenant. Je ne manquerais pas d'accepter son offre.

Vingt minutes plus tard, Jackson déboula à l'étage. Sans dire un mot, il passa derrière mon bureau et m'attira dans ses bras. Ses bras puissants autour de moi m'assurèrent qu'avec le temps, tout irait bien.

Nous nous séparâmes, mais il garda mes mains dans les siennes. — Comment tu vas ?

— Ça va, patron. Prête à travailler.

Il secoua la tête. — Non, sérieusement, Marlee. Pas de conneries. Comment tu vas ? Son regard était ancré dans le mien.

— C'était… difficile de mettre papa là-bas. Je ne l'ai pas encore vu. Les infirmières m'ont dit d'attendre quelques jours.

— Tu veux que je vienne avec toi ? On peut y aller ce soir.

— J'ai l'intention d'y aller après le travail, et j'apprécie l'offre, mais j'ai besoin de le faire moi-même. Je pressai sa main. Tu comprends ?

Il serra la mienne en retour. — Je comprends. Mais dis-moi ce que je peux faire pour t'aider.

— J'adorerais avoir du travail pour me changer les idées.

— Alors j'ai exactement ce qu'il te faut. Nous sommes à deux semaines de notre fête de fin d'année, et il se *pourrait* que j'aie un peu négligé les choses.

Je levai les yeux au ciel. Jackson proposait toujours d'aider à l'organisation de la fête de fin d'année du premier week-end de décembre, mais ses responsabilités finissaient généralement par me retomber dessus. Ramasser les morceaux de la fête d'entreprise et m'assurer que l'événement se déroule sans accroc m'occuperait l'esprit et m'empêcherait de penser à mon premier Thanksgiving loin de ma maison d'enfance. — Bien sûr que je vais t'aider.

— Super ! On a une réunion à midi avec le comité d'organisation de la fête.

— Mais ce n'est pas sur ton agenda, protestai-je. Tu as une réunion avec…

— Tu vas la déplacer, pas vrai ? Oh, et on aura besoin qu'on nous fasse livrer le déjeuner.

— Je m'en occupe. Mais, Jackson, maintenant que je… maintenant que… Je pris une grande inspiration apaisante. Puisque je n'ai plus besoin de rentrer précipitamment à la maison pour papa, j'aimerais prendre en charge du travail de programmation. Officiellement. Son sourire se figea sur son visage, et je me dépêchai de continuer. Je veux continuer à t'assister, mais je veux aussi travailler sur d'autres projets.

Son sourire se détendit, mais pas complètement, comme s'il cachait quelque chose. — J'ai peut-être quelque chose pour toi. Donne-moi quelques jours pour régler ça. Ses lèvres se pincèrent. Je devrais…

La sonnerie du téléphone sur mon bureau — sa ligne — l'interrompit. — C'est ton appel de neuf heures, dis-je. Tu ferais mieux d'y aller.

— Merci, Marlee, tu es la meilleure, cria Jackson par-dessus son épaule en trottinant vers son bureau.

Pendant une minute, je l'ai cru.

MON PIED n'a pas arrêté de s'agiter pendant toute la réunion du comité d'organisation. Fichu pied. Il voulait arrêter de perdre son temps à planifier une fête dont je me fichais et courir jusqu'au quatrième étage.

Tyler et moi ne nous étions ni parlé ni envoyé de SMS depuis plus d'une semaine, et il était temps qu'on discute. D'accord, il était temps que je rampe. Encore. Parce que ma première tentative avait été un fiasco. Cette fois, je m'assurerais de le faire là où Cooper ne pourrait pas me trouver.

Une fois la réunion terminée et Jackson en sécurité dans sa prochaine conférence téléphonique, je dis à Ben : — Je reviens tout de suite. J'ouvris le tiroir de mon bureau et glissai dans ma poche le minuscule pistolet en plastique noir. Je n'avais pas besoin de ce prétexte pour lui parler ; nous étions amis, et il aurait dû être parfaitement normal que je lui rende visite à son bureau.

Ça *aurait dû* l'être. Mais c'était toujours lui qui était venu me voir.

J'étais une amie épouvantable et une encore plus mauvaise « plus-qu'une-amie ».

L'excuse dans ma poche, je descendis les escaliers en trottinant. Arrivée sur le palier du quatrième étage, je rajustai ma blouse blanche rentrée dans ma jupe crayon noire et lissai mes cheveux.

Poussant la porte, je débouchai dans la mer de box. Leurs cloisons étaient basses pour encourager la collaboration, et les développeurs les avaient décorés pour refléter leurs personnalités. Une paire de baskets montantes géantes pendait à une ficelle au-dessus du plus proche. Quelques rangées plus loin, une étagère exposait une rangée scintillante de trophées de football. Je regardai vers les fenêtres où les développeurs seniors, y compris Tyler, étaient assis, et me dirigeai dans cette direction.

Mais quelque chose clochait dans le box de Tyler. Il avait été vidé, et on aurait dit que ça avait été fait à la hâte. La surface du bureau était nette, mais elle montrait des traces de poussière là où des piles de livres ou de papiers avaient pu être déplacées, et quelques punaises étaient éparpillées dessus. La station d'accueil était vide, et les grands écrans étaient éteints.

L'étagère du haut était nue, à l'exception de la poussière et d'une figurine de la Princesse Leia, la main tendue. Des espaces clairs dans la poussière l'entouraient.

Avait-il changé de bureau ?

Je me retournai et aperçus la sœur de Jackson, Sam, dans un petit box tout près. Elle fixait son écran, une paire d'écouteurs à réduction de bruit éclipsant ses traits délicats.

— Sam. Comme elle ne répondait pas, je m'approchai de son box et lui touchai doucement l'épaule. Elle sursauta.

Quand elle vit que c'était moi, elle sourit, ce sourire en coin qui me rappelait celui de Jackson. Elle retira ses écouteurs. — Marlee ! Qu'est-ce que tu fais ici ? Tu es programmeuse maintenant ? Je parie que tu peux prendre le box de Tyler.

— Je suis venue le chercher. Tu sais où il est parti ?

— Tyler ?

Je me mordis la lèvre pour ne pas dire quelque chose qui trahirait mon anxiété. — Oui, Tyler.

— Chez lui. Quelque part au Texas. Austin, peut-être ? Ou Dallas ? Il a dit qu'il voulait passer du temps avec sa famille.

Sa famille ? Ils étaient odieux avec lui, surtout Raleigh. Je l'avais encouragé à rentrer pour les fêtes, mais il avait une semaine d'avance.

— Il a travaillé à distance toute la semaine dernière. Il a dit qu'il resterait probablement jusqu'à Thanksgiving. Mais s'il rentrait juste pour quelques semaines, pourquoi aurait-il emporté toutes ses affaires ? Je me suis demandé s'il... elle baissa la voix... cherchait un autre travail. Il avait une veste de costume avec lui un jour la semaine dernière. Le jour où il est parti plus tôt. Mais je ne voulais rien dire à Jackson. Ce n'était pas vraiment mes affaires.

— Oh.

— Est-ce que ça va ? Tu as l'air pâle.

— Je vais bien. Merci. Je fixai la Princesse Leia. Qu'est-ce qu'elle était en train de me dire ?

— C'était bizarre qu'il ait emporté tous ses jouets.

— Ses jouets ? Les rares fois où j'étais descendue ici, je n'avais pas fait attention. Je n'avais certainement pas catalogué le contenu de son box.

— Il a toute une collection : Yoda, Obi-Wan, Dark Vador, Chewbacca, Lando Calrissian, Boba Fett, Jabba le Hutt. Il n'a laissé que Leia ici. Peut-être parce qu'elle est cassée. Il était sur le point de jeter Han Solo, mais Grant le lui a demandé. Elle désigna un autre box, et j'aperçus la figurine appuyée contre une plante grasse en pot.

Je traversai l'allée, sortis la minuscule pièce de plastique de ma poche et insérai le blaster dans la main de Leia. Elle portait la même robe blanche et les mêmes cheveux tressés que moi à Halloween. Mais même en version minuscule, Leia avait l'air plus forte, plus sûre d'elle, le regard clair. Elle savait ce qu'elle voulait, et elle l'obtenait. Et elle était assez intelligente pour vouloir les bonnes choses.

— Hé, tu l'as réparée. Je vais lui envoyer un e-mail pour le lui dire. Ou peut-être que tu devrais le faire. Il voudra peut-être la récupérer maintenant.

Mon ventre me brûla comme s'il venait de recevoir un tir de blaster. Non, il ne voulait pas la récupérer. Ça, c'était clair. S'il l'avait voulu, je n'aurais pas eu à apprendre par Sam qu'il était parti. Je reniflai.

— Hé, est-ce que ça va ?

— Je vais bien. C'est la poussière qui me fait pleurer. Je restai dos à Sam, mais ma voix était aiguë et tendue.

— Oh. D'accord. Je n'ai pas de mouchoirs, mais il y en a dans les toilettes.

— Merci.

Je ramassai la Princesse Leia. Elle avait embrassé Luke Skywalker et Han Solo. Heureusement, elle avait compris qu'elle et Luke feraient de meilleurs amis avant de devenir amants. En laissant de côté le fait dérangeant qu'il était en fait son frère, j'avais toujours pensé qu'elle avait fait une erreur. Han Solo ne l'aimait pas vraiment en retour ; pas de la manière dont elle en avait besoin. Luke était celui qui était toujours là pour elle, honnête et sincère.

Tout comme Tyler.

Jusqu'à ce que je gâche tout.

Et maintenant, il était parti. Pour combien de temps ?

Mes genoux se dérobèrent, et je m'agrippai au dossier de sa chaise. *Respire.* Marlee Rice, assistante de direction du cofondateur, ne pouvait pas péter un plomb au milieu de l'open space.

Même si mon cœur venait de s'effriter en poussière dans ma poitrine.

———

EN DESCENDANT VERS LE HALL, j'envoyai un texto à Alicia. *Tu peux parler ?*

Mon téléphone sonna dès que je sortis de l'ascenseur. — Salut.

— Salut, dit Alicia. Je me doutais que tu voudrais parler, mais je ne pensais pas que tu l'apprendrais si tôt.

— Je n'étais pas censée apprendre quoi ? Je poussai la porte de la cour, qui était froide, humide et déserte. Je frissonnai.

— Oh. Rien.

— Non. On est amies depuis trop longtemps pour ça. Qu'est-ce que tu sais ?

Elle resta silencieuse un instant. — Tu ne peux le dire à personne. Personne n'est encore au courant.

— Personne n'est au courant de *quoi*, Alicia ? Est-ce que Tyler va bien ? Une minuscule goutte d'eau atterrit sur ma joue. Ce n'était pas vraiment de la pluie ; c'était plutôt comme si le brouillard commençait à se liquéfier.

— Il va bien. Il va bien, à ce que j'ai entendu. Jamila l'a vu. Ils se sont rencontrés à Austin. Je ne le saurais pas, mais elle m'a demandé une référence. Elle lui a offert un poste, et il a accepté.

— Il a accepté ? Tu veux dire qu'il va travailler au bureau de Jamila à San Francisco ? Ce ne serait pas si terrible. Il ne viendrait pas à mon bureau tous les jours, mais on pourrait déjeuner ensemble quelques fois par semaine.

— Non. Le poste est à Austin. Elle y ouvre un deuxième bureau.

— Austin ? Ça n'avait aucun sens. Il venait de quitter Austin il y a moins d'un an. Il avait dit que c'était son rêve de travailler pour Jackson à San Francisco.

— Je suis désolée, ma chérie. Je suis sûre qu'il t'appellera pour t'en parler. J'ai entendu dire que c'est un super poste. Niveau directeur, et il n'a même pas trente ans. Jackson travaille sur une contre-offre, mais je ne sais pas si Tyler l'acceptera. Il devait avoir une raison pour demander un poste à Jamila.

Mon visage était mouillé, et je ne savais pas si c'était la pluie, les larmes, ou les deux.

— Marlee, ça va ?

— Très bien.

— Tu n'as pas l'air d'aller très bien. Tu as besoin de mettre la tête entre les genoux ?

— Non. Mais rester debout ne m'aidait pas. Je m'accroupis là, dans la cour, en talons, en jupe et sans manteau. J'espérais que personne ne me regardait perdre la tête.

— Parle-moi. Ou je viens et je te force à parler.

Je serrai mon téléphone comme s'il pouvait me sauver de la noyade. — Avant que mon père ne tombe, Tyler et moi… je lui ai dit ce que je ressentais. Mais il ne m'a pas crue.

— Tu lui as dit quoi ?

— Je l'aime, d'accord ? Pas de l'amour d'amie comme je t'aime toi. De l'amour-amour, comme toi tu aimes Jackson.

Son inspiration fut bruyante. — Tu l'aimes.

— Mais il… mais je… Cooper était là, et c'était horrible. Et puis mon père est allé à l'hôpital, et maintenant ça.

— Oh. Elle resta silencieuse quelques secondes. Tu sais ce que tu dois faire, n'est-ce pas ?

— Je dois l'appeler. J'aurais dû le faire avant, mais je…

— Je sais. Tu avais beaucoup de choses en tête. Il comprendra.

———

IL N'A PAS COMPRIS.

Du moins, c'était la conclusion que je devais en tirer. Dix-sept textos et six messages vocaux — dont un que j'ai laissé après un ou deux verres de vin de trop, où je me *suis peut-être* mise à chanter « Je veux y croire » de *Raiponce* — sans réponse était un message plutôt clair.

Mais le plus clair de tous fut sa réponse en deux mots à la fin de ma conversation par SMS à sens unique.

TYLER

Je ne peux pas.

32

ÊTRE à la tête du comité d'organisation de la fête signifiait que j'étais trop occupée pour penser — enfin, pas trop — et trop occupée pour m'apitoyer sur mon sort. La plupart du temps.

Me demander de sauver la fête avait été l'une des plus brillantes idées de Jackson. Non pas que je l'admettrais devant lui.

Avec tous les appels que j'avais passés, la nourriture que j'avais goûtée, les salles que j'avais visitées et les auditions que j'avais écoutées, je n'avais pas eu le temps de me morfondre en pensant à mes premières fêtes de fin d'année seule dans mon nouvel appartement, sans papa.

Mais je n'ai pas passé Thanksgiving seule. Bayside Gardens avait invité les familles des résidents à un repas. Et même si papa ne m'adressait toujours pas la parole parce que j'avais vendu la maison, jeté son fauteuil bien-aimé et l'avais placé en maison de retraite, il a eu plusieurs moments de confusion où il s'est montré amical. Il m'a appelée Maggie et m'a dit que j'étais bien gentille de cuisiner pour tous ses nouveaux amis. Il avait l'air en bonne santé et bien nourri, et j'en étais reconnaissante.

Après le repas, Alicia et Jackson sont venus me chercher et m'ont emmenée chez eux pour le long week-end, où j'ai joué à des jeux vidéo avec Sam et Noah. C'était presque aussi bien que d'avoir ma propre famille.

Et la semaine entre les fêtes et la soirée, j'ai été bien trop occupée pour penser à Tyler. Je ne l'avais pas vu depuis vingt-cinq jours — non pas que je comptais — depuis qu'il était sorti en trombe du bureau de Jackson. Je ne m'étais pas blottie dans le pull de Tyler, qui n'avait même plus vraiment son odeur, chaque fois que je me sentais seule ou triste. Ça aurait été pathétique.

Ce que j'étais, totalement.

Alors j'avais résolu de faire quelque chose. Mes supplications avaient été inefficaces, et j'avais compris pourquoi : dans les romans d'amour, les excuses sont toujours précédées d'un grand geste, accompli par le personnage qui a fait le plus de tort à l'autre. C'était moi, sans aucun doute. Je devais prouver à Tyler que j'étais désolée avant qu'il n'accepte mes plates excuses. On pourrait penser que quelqu'un qui avait lu autant de romans et regardé autant de comédies romantiques que moi y aurait pensé. Mais j'avais beaucoup de choses en tête.

J'avais déjà demandé à Jackson de me donner des congés, et je projetais de prendre l'avion pour le Texas après Noël. Comme dans *Quand Harry rencontre Sally*, j'allais mettre cartes sur table et lui dire que je voulais être plus que son amie pour le reste de notre vie. Si — et je savais que c'était un grand « *si* » après la façon dont je l'avais traité — il me pardonnait et voulait toujours de moi, on s'embrasserait le soir du Nouvel An, et ça nous unirait pour toujours.

Oui, je savais que le Texas était un grand État, et que je devrais d'abord le trouver, mais je n'étais pas contre l'idée d'utiliser Alicia pour faire un peu de reconnaissance. Jackson ne serait d'aucune aide ; il en voulait toujours à Tyler d'avoir officiellement posé son préavis de deux semaines la veille de la fête de fin d'année.

Le soir de la fête, j'ai lissé les plis de la jupe évasée de ma robe de cocktail noire. *Pas nerveuse du tout.* Il ne viendrait probablement même pas. Très certainement, il était encore au Texas. Mais un minuscule espoir brûlait sous le décolleté drapé de ma robe.

Pour me distraire, j'ai inspecté les tables dans la salle principale du bateau de réception que nous avions loué pour la fête de fin d'année de l'entreprise. Une fois que tout le monde serait à bord, nous allions naviguer sur la baie pendant quelques heures pendant que les employés et leurs invités dîneraient et danseraient. D'une manière ou d'une autre, le comité et moi avions réussi à donner l'impression que nous n'avions pas tout organisé en seulement deux semaines.

Du linge de maison blanc drapait les tables de la grande salle de réception. Les fenêtres assombries reflétaient une centaine de bougies de table. Des vases de roses blanches et des brins de baies rouge sang trônaient sur chaque surface. Des tables de buffet s'étendaient au milieu de la pièce, et bientôt elles seraient chargées de plats chauds. Les serveurs, tenant des plateaux d'amuse-gueules et des verres de vin, circulaient parmi les premiers invités arrivés. J'avais passé trop de temps à organiser la soirée pour avoir faim des barquettes de laitue, des beignets de crabe et des minuscules toasts à l'avocat que j'avais si soigneusement sélectionnés. Ce n'était pas parce que j'étais trop anxieuse pour manger.

Après avoir fini d'approuver la disposition des tables et de passer en revue le programme des activités, je suis sortie sur le pont découvert. Mon estomac s'est soulevé comme les vagues en dessous. C'était peut-être à cause du mouvement du bateau, ou peut-être à cause de la nervosité de revoir peut-être Tyler. Puisque nous étions encore à quai, je penchais pour la deuxième option.

Alicia est descendue de la passerelle, resplendissante dans sa robe de soirée blanche. La superposition perlée du corsage détournait le regard de son ventre rebondi, drapé dans un tissu fluide. Elle s'agrippait à la manche de Jackson — comme d'habitude, il était à croquer en smoking — et l'a traîné vers moi. Sam, la sœur de Jackson, les suivait. Elle portait un pull noir sur un pantalon noir. Dans le noir, elle aurait été invisible à l'exception de sa peau pâle.

— Marlee, tout a l'air merveilleux !

J'ai posé la tablette avec ma checklist et j'ai serré Alicia dans mes bras. —*Toi*, tu es merveilleuse. Comment tu te sens ce soir ?

Elle m'a serrée fort et m'a murmuré à l'oreille : — J'ai eu mes premières contractions de Braxton-Hicks aujourd'hui. Mais je reste discrète pour que Jackson ne panique pas. Il me ferait préparer mon sac de maternité et s'entraîner à foncer à l'hôpital.

J'ai reculé et lui ai adressé un grand sourire. — C'est génial ! Voyant le regard inquiet de Jackson, j'ai continué : — C'est génial que tu te sentes si bien. Jackson, tu es sublime comme d'habitude. Quoique, laisse-moi... J'ai fouillé dans mon sac et en ai sorti un rouleau anti-peluches. Je me suis accroupie et l'ai passé sur le bas de ses jambes de pantalon. — Je suppose que Tigger t'a fait des câlins avant que vous ne partiez.

Il s'est penché pour me prendre le rouleau et a murmuré : — J'ai une sacrée surprise pour toi ce soir. Il a fait un clin d'œil.

Une surprise ? Était-ce possible que ce soit Tyler ? J'ai regardé Jackson passer le rouleau sur ses chevilles, espérant qu'il m'éclairerait.

Mais il s'est simplement redressé et a dit : — Tigger a été un peu anxieux avec tous les changements pour le bébé. On a noué des liens en attendant qu'Alicia finisse de se préparer.

Sam est entrée dans notre cercle. — Salut, Marlee, ça fait un bail que je ne t'ai pas vue. Juste pour que tu saches, j'ai envoyé un e-mail à T...

Jackson a passé un bras sur les épaules de Sam, la faisant taire d'un coup. — Tu te souviens de ce qu'on a dit en venant ? On ne parle pas de ce déserteur ce soir.

J'ai adressé un faible sourire à Jackson. Dire le nom de Tyler ne m'empêcherait pas de penser à lui. Mais j'appréciais l'effort.

— Mais je pensais qu'elle...

— Ne sommes-nous pas tous élégants.

Je n'avais pas remarqué que Cooper s'approchait. Il a serré la main de Jackson, puis celle d'Alicia. Il m'a tendu une main, et je l'ai serrée. Pour la première fois en trois ans, je n'ai pas essayé de la transformer en une étreinte ou de m'attarder trop longtemps avec sa main dans la mienne. Je n'ai pas fait semblant qu'il y avait des étincelles. Toutes mes étincelles étaient pour la seule personne qui manquait à notre groupe ce soir.

La voix du capitaine du navire a crépité dans mon oreillette. — Mlle Rice, il est temps de larguer les amarres. Est-ce que tout le monde est à bord ?

— Donnez-moi une minute pour confirmer, ai-je murmuré. J'ai tourné sur moi-même et je me suis dirigée d'un pas décidé vers la passerelle, où l'organisatrice de la soirée se tenait avec une tablette similaire à la mienne.

— Est-ce que tout le monde s'est enregistré ? lui ai-je demandé.

— Tous sauf un... elle a parcouru à nouveau la liste... — Tyler Young.

Il ne venait pas. J'ai caressé mon collier, un simple pendentif en cristal. — Attendons encore cinq minutes, et ensuite vous pourrez dire au capitaine d'y aller.

Elle m'a gratifiée d'un sourire. — Ça marche. Allez vous amuser, maintenant.

J'ai essayé de lui rendre un sourire éclatant, mais mon visage était trop rigide. J'ai rangé ma tablette dans mon sac, retiré mon oreillette et la lui ai tendue, avec mon sac. — Merci. Je vais aller me mêler aux invités. Venez me chercher si vous avez besoin de quoi que ce soit.

— J'y manquerai pas, a-t-elle dit, avec une efficacité pleine d'entrain.

J'ai fait demi-tour et je suis retournée vers les lumières vives de la fête. Bien que j'aie passé des semaines à la planifier, de la décoration à la musique en passant par la nourriture, et que je connaisse presque tout le monde, quelque chose clochait. Serpentant à travers les groupes d'employés de Synergy et leurs invités, j'ai échangé quelques mots ici, serré une main là, mais je n'arrivais pas à m'intégrer dans les conversations qui tourbillonnaient autour de moi. Tyler était toujours resté à mes côtés lors de ce genre d'événements, prêt à faire une blague idiote, à adoucir une remarque acerbe.

Quand le pont a tangué et que j'ai vacillé sur mes talons scintillants, la déception a déferlé dans mon ventre. Il n'était pas venu. J'aurais souhaité être n'importe où sauf coincée sur un bateau, obligée de m'amuser et d'être gentille avec tout le monde pendant les quatre prochaines heures. J'avais besoin d'un verre.

Je me suis dirigée vers le premier serveur que j'ai vu et j'ai pris une flûte de champagne de son plateau. Je venais de la porter à mes lèvres quand j'ai entendu un baryton familier.

La voix de Jackson a retenti dans les haut-parleurs. — Bonsoir à tous. Bienvenue à la fête annuelle de fin d'année de Synergy. Je me suis figée. *Ça,* ce n'était pas au programme. Cooper était censé faire le discours. Qu'est-ce que Jackson fabriquait ?

Cooper a dû avoir la même pensée car il se tenait, raide, sur le côté de la scène, observant son ami, ses sourcils épais froncés d'un air perplexe.

Jackson a continué, parlant dans le micro qu'il avait pris au chanteur du groupe. — Ne vous inquiétez pas, on gardera les discours pour plus tard dans la soirée, quand vous aurez bu beaucoup plus. Un groupe de programmateurs a poussé des acclamations.

— Mais j'aimerais remercier quelqu'un, quelqu'un qui a eu beaucoup de choses à gérer ces derniers temps mais qui a quand même pris le temps d'organiser cette fête fantastique. Marlee, monte sur scène.

Une rougeur m'a brûlé la peau, du décolleté de ma robe jusqu'à la racine de mes cheveux. J'aurais voulu être plus près d'une sortie pour pouvoir disparaître, mais des mains se tendaient déjà vers moi, me tirant vers la scène. J'ai forcé mes pieds à avancer vers Jackson, priant pour que mes talons hauts ne me fassent pas trébucher. En chemin, j'ai croisé Alicia, qui a haussé les épaules, tout aussi confuse que moi.

Jackson m'a accueillie sur scène avec un grand sourire et un autre clin d'œil. — Il y a trois semaines, nous n'avions pas de salle, pas de traiteur et pas de musique. Une fois de plus, Marlee — et le reste du comité d'organisation — a sauvé la fête de mon excès d'engagement et de mon manque de suivi. Tout le monde a ri, et les développeurs ivres ont poussé des cris. Je devrais appeler des VTC à la fin de la soirée.

Quand les applaudissements se sont tus, il a dit : — Marlee, je pense que tu devrais nous mener pour la première danse. Il a attrapé le bras de Cooper. — Avec notre DGA, Cooper Fallon.

Cette fois, le sang a reflué de mon visage. Six semaines plus tôt, j'aurais été au paradis. Ce soir-là, j'aurais préféré me ronger le bras plutôt que de passer trois minutes gênantes à danser avec Cooper. Son sourire en plastique disait qu'il ressentait la même chose.

— Encourageons-les un peu, a tonné Jackson dans le micro. Les invités ont applaudi et crié, et l'orchestre a entamé « Almost Like Being in Love ».

J'ai redressé les épaules et j'ai tendu la main vers celle de Cooper. — Finissons-en, ai-je dit avec un sourire trop éclatant. Je l'ai mené sur la piste de danse et j'ai posé une main sur son épaule. L'autre, que je tenais toujours, je l'ai levée près de mon épaule. Une personne de la taille de Sam aurait pu se glisser dans le coussin d'air entre nous.

Cooper a posé une main de bois légèrement sur mes côtes et m'a entraînée dans un quickstep guindé. Les autres invités nous ont fait de la place. M. Weston se tenait près de la scène, son expression trop neutre pour être déchiffrée. Notre danse ne ferait rien pour dissiper les vilaines rumeurs qui avaient circulé dans l'entreprise depuis la fête d'Halloween. Ignorant tout cela, Jackson nous souriait depuis la scène comme un père fier. Beurk.

— Eh bien, c'est gênant… ai-je commencé.

Au même moment, Cooper a dit : — Marlee, je…

Nous nous sommes tus tous les deux, puis nous avons ri. Son épaule dure comme de la pierre s'est détendue sous mes doigts. — Allez-y en premier, a-t-il dit en me faisant tournoyer. Alors que je revenais dans ses bras, je me suis souvenue de la danse au mariage. J'avais été avec Tyler à ce moment-là, mais j'avais désiré ça. Pourquoi est-ce que je voulais toujours ce que je n'avais pas ?

La danse de Tyler avait été fluide, amusante. Danser avec Cooper, c'était comme danser avec une marionnette. Il n'y avait tout simplement aucune comparaison.

— Jackson part d'une bonne intention. Je suis sûre que je lui pardonnerai. Un jour. J'ai fait une grimace. — Je… je pensais ce que je vous ai dit. Je suis désolée d'avoir rendu les choses inconfortables entre nous. J'espère qu'on pourra être de bons amis.

Il m'a souri. — Il n'y a rien à pardonner. Je suis en train de danser avec une femme magnifique, une femme intelligente qui m'a trouvé le deuxième meilleur assistant du monde.

— Où est Ben ce soir ? Entre la préparation de la fête et la recherche de Tyler, je ne l'avais pas encore vu.

Les coins de la bouche de Cooper se sont contractés. — Au bar. Il a amené… peu importe.

J'avais le dos tourné au bar, donc je ne pouvais pas voir de quoi il parlait. Le temps qu'il me fasse pivoter dans la bonne direction, tant de couples nous avaient rejoints sur la piste de danse que je n'ai pas pu trouver Ben. J'espérais qu'il passait un bon moment, peu importe avec qui il était.

— Il mérite de décompresser un peu, vous savez. Vous n'êtes pas le patron le plus facile.

La posture de Cooper s'est raidie. — J'ai de grandes attentes envers tout le monde…

— Je sais. J'ai caressé son épaule. — Ce que j'ai appris récemment, c'est qu'on ne peut mettre personne sur un piédestal. Pas même soi-même.

Il a commencé à dire quelque chose juste au moment où la chanson s'est terminée. Il a refermé la bouche, m'a attirée dans ses bras et m'a murmuré à l'oreille : — Merci, avant de m'embrasser sur la joue.

Mon père m'aurait embrassé la joue avec plus de passion. Le baiser de Cooper était une caresse sèche de lèvres que je voulais chasser d'un revers de main. Pourtant, il partait d'une bonne intention. Je l'ai serré brièvement dans mes bras, respirant son parfum mentholé. — De rien.

Le groupe a entamé une autre chanson, et alors que je me tournais pour quitter la piste de danse, Sam m'a barré le chemin. — Je sais que je ne suis pas censée parler de lui, mais Jackson danse avec Alicia, et il ne peut pas nous entendre. Elle s'est approchée pour ne pas avoir à crier par-dessus la musique. — Tyler est là. Mais quand Cooper t'a embrassée, il est sorti en courant par cette porte. Elle a montré les doubles portes qui menaient au pont extérieur.

— Il est là ? Je n'avais pas pu bien l'entendre.

— J'ai essayé de te le dire tout à l'heure. Il a dit qu'il ne voulait pas récupérer la princesse Leia, mais qu'il nous verrait tous ce soir.

Il ne voulait pas récupérer la princesse Leia. Eh bien, si ça ne me disait pas ce qu'il ressentait, je ne savais pas ce qui le ferait. Pourtant, il était là. Et ça signifiait que j'avais une dernière chance d'arranger les choses entre nous.

— Merci. Je me suis frayé un chemin à travers la foule jusqu'à la sortie et j'ai regardé à droite, puis à gauche. Le clair de lune a brillé sur les cheveux châtains d'une silhouette familière un instant avant qu'il ne disparaisse derrière la courbe de la poupe.

Malgré mes talons à lanières, j'ai couru pour le rattraper avant de le perdre. Encore. J'ai remercié Pythagore et quiconque a inventé le sextant que nous soyons sur un navire sans moyen de s'échapper.

J'ai contourné la courbe du bateau pour ne trouver que des chaises longues vides. Laissant échapper un soupir de frustration, j'ai cliqueté vers l'avant du bateau. Quand j'ai atteint le milieu du navire, une silhouette solitaire appuyait ses coudes sur la rambarde, face aux vagues miroitantes sous le clair de lune. Cette fois, mon soupir portait tout le soulagement que je ressentais de le trouver seul, m'attendant. Du moins, je l'espérais.

— Tyler ! ai-je appelé en trottant à ses côtés, m'arrêtant net sur le bois aspergé d'embruns. Il m'a jeté un regard rapide mais a reporté son attention sur l'eau.

Alors c'était comme ça que ça allait se passer. Il faudrait le supplier. J'étais prête.

— J'ai entendu dire que tu es rentré chez toi.

— Ouais.

— Ta famille va bien ?

— Ouais.

— J'espère que tu as mis un coup de poing à Raleigh. Ou au moins que tu l'as bien engueulé.

Il a haussé les épaules. — Ça faisait du bien de les voir. Ça faisait un moment.

J'ai essayé de sourire, mais mes lèvres ont tremblé. — Je suis contente que tu y sois allé, alors. Tu as passé un bon Thanksgiving ?

Toujours le regard fixé sur l'océan, il a dit : — Oui.

— Je suis allée voir mon père dans sa nouvelle maison. Bayside Gardens. Tu as essayé de me donner une brochure. Je me souviens qu'elle était sur le dessus de la pile avant que je... J'ai frissonné dans le vent glacial et je me suis enlacée pour retenir la chaleur. — J'aurais aimé t'écouter à ce moment-là. Ils ont organisé un bon repas pour les familles. Il y avait de la dinde.

Ça, ça a provoqué une réaction. Il s'est tourné pour me faire face. — Tu as mis ton père dans une maison de retraite ?

J'ai grimacé au ton accusateur de sa voix, mais j'ai haussé une épaule. — Il... il est tombé. Il s'est cassé la jambe et avait besoin de rééducation. Et... Je n'avais dit ça à personne, mais Tyler comprendrait. — Et il s'est cogné la tête, et ça a semblé aggraver... son état. Je me suis frotté les bras et j'ai regardé les vagues au loin.

— Je suis désolé, a-t-il dit. Presque à contrecœur, il a demandé : — Tu vas bien ?

Je ne pouvais pas le regarder. — J'ai emménagé dans un appartement. Je vends la maison. Papa m'en veut. Surtout parce que j'ai donné son fauteuil. J'ai ri, mais il n'y avait aucune joie dans ce rire.

À côté de moi, il a agrippé la rambarde.

— Tu… tu m'as manqué, Tyler. J'ai tendu la main vers la manche de son manteau mais j'ai perdu courage et j'ai retiré ma main sans le toucher. — J'aurais eu besoin d'un ami.

Tyler s'est retourné brusquement vers moi, ses yeux brillant sous les guirlandes lumineuses. — Marlee, c'est exactement ce que tu fais à tes amis : tu te *sers* d'eux. Tu t'es servie de moi pour te rapprocher de Cooper. Et d'après ce que j'ai vu là-dedans, ça a marché. Alors maintenant que j'ai rempli ma fonction, j'en ai fini d'être utilisé. Je ne peux plus être ton ami.

La douleur dans ses yeux m'a tuée. — Non, ce n'est pas comme ça. On ne faisait que danser.

Il a tapoté ses doigts sur sa cuisse, mais le reste de son corps était immobile.

— Jackson nous y a obligés. Cooper ne représente rien pour moi. Je ne veux que…

Mais Tyler s'est éloigné de moi, retournant vers la musique et les gens. Je me suis lancée vers lui, titubant sur mes talons aiguilles, jusqu'à ce que je puisse attraper sa manche. Je m'y suis accrochée et j'ai planté mes talons dans le pont, l'arrêtant net.

— Je ne le veux pas lui. C'est toi que je veux. Voilà. Je l'avais dit enfin. Mais il était un obélisque, tout de pierre sombre et froide, figé devant moi.

— Comme tu me voulais après le mariage ? Comme un lot de consolation quand tu ne peux pas avoir ton premier choix ? Je mérite mieux que ça.

Même au clair de lune, sa douleur était visible dans les rides autour de ses yeux, dans la crispation de sa bouche. Que pouvais-je faire pour effacer cette douleur ? J'ai avancé une main vers sa joue.

Il s'est reculé et s'est de nouveau dirigé d'un pas furieux vers la fête. J'ai sprinté aussi vite que mes talons me le permettaient — Tyler et ses satanées longues jambes — jusqu'à ce que je le rattrape et me plante devant lui.

— Je suis d'accord. Tu mérites… tu mérites tout. Il n'y a

aucune question sur qui est le premier pour moi. Il n'y a que toi. Je t'aime, *toi*, Tyler. Seulement toi.

Maintenant, j'avais tout déballé : j'avais mis cartes sur table. Si c'était une comédie romantique, il me prendrait dans ses bras et me dirait qu'il m'aime aussi, juste avant de m'embrasser.

— Tu m'aimes ? Son visage était vide, pas la moindre fossette en vue.

— Oui. J'ai oscillé vers lui, prête pour notre baiser.

Tyler est resté immobile assez longtemps pour que ce que j'avais dit s'installe entre nous, flotte jusqu'au pont et s'imprègne dans le bois comme de la bière renversée. Ses lunettes reflétaient les lumières de la fête, opaques.

— J'ai besoin d'une minute, a-t-il dit.

— Une… une minute ? Pour faire quoi ?

Il a levé une main, mais au lieu de glisser une mèche de cheveux derrière mon oreille ou de caresser ma joue, il a retiré ma main de la manche de sa veste et a lissé le tissu. Puis il m'a contournée et a franchi la porte pour retourner dans la lumière et le bruit de la fête.

33

SUR UN BATEAU rempli d'ivrognes heureux, il était difficile de trouver un endroit pour être seule. Après que la minute de Tyler s'est étirée sur deux, puis trois, puis cinq, je m'étais éclipsée et je m'étais installée sur un pont supérieur désert qui offrait juste assez de place pour quelques bancs en bois, exposés à la lune, aux étoiles et au vent.

Je me suis blottie sur un banc, les pieds relevés, les bras enroulés autour de mes tibias et le menton posé sur mes genoux. Mes cheveux, arrachés à leur chignon banane, volaient autour de ma tête, sauf là où ils collaient à l'humidité de mon visage.

Pas étonnant que le bateau ait été si facile à réserver à la dernière minute : en décembre, il faisait un froid glacial sur l'eau. Et maintenant, j'étais coincée. Nous naviguions depuis seulement une heure et demie, peut-être deux — impossible de le savoir, mon téléphone étant dans mon sac en bas — j'étais donc piégée sur ce navire pour au moins deux heures de plus. Frissonnant dans le froid hivernal. Au moins, un évanouissement dû à l'hypothermie mettrait fin à ma petite séance d'apitoiement sur mon sort.

Non que j'aie mérité cette délivrance. Non, avec la façon dont je m'étais comportée ces trois derniers mois — que dis-je, ces trois dernières années — j'avais mérité chaque minute de ce calvaire. Je n'avais pas voulu voir la réalité en face, et maintenant le destin, le karma, ou je ne sais quoi, me le faisait payer.

J'ai serré mes jambes contre moi et j'ai frissonné. Le vent glacial me giflait les joues et faisait larmoyer mes yeux. Non, j'arrêtais de me voiler la face : c'étaient des larmes. Des larmes de solitude et de chagrin d'amour. Tyler allait déménager à Austin, et je resterais dans mon appartement solitaire. *Peut-être que je devrais prendre un chat.* Non, il me détesterait probablement aussi, comme l'avait fait Tigger. Même une créature avec une cervelle de moineau savait qu'il ne fallait pas m'aimer.

Au moins, sur le pont supérieur, je pouvais voir les étoiles. J'ai tourné mon regard vers Orion. Il avait poursuivi une femme qui ne l'aimait pas, et son père en colère lui avait crevé les yeux. Mon béguin à sens unique pour Cooper m'avait empêchée de voir Tyler, qui aurait pu tenir à moi. Autrefois. Plus maintenant.

J'ai parcouru le ciel d'Orion à Persée et Andromède. D'habitude, voir les deux amants me réconfortait, mais ce soir, leur bonheur me donnait un coup de poing dans le ventre. Toutes les jeunes femmes enchaînées à un rocher n'avaient pas de beau héros pour les sauver de l'attaque d'un monstre. Non, dans la vraie vie, si la jeune femme ne parvenait pas à se libérer de ses chaînes, le monstre l'attrapait. Et même si elle réussissait à s'échapper, rien ne garantissait qu'elle ne gâcherait pas la relation avec le beau héros qui se présenterait à elle.

Quelque chose de lourd a heurté l'échelle derrière moi. Pendant une seconde, j'ai espéré que ce n'était qu'un fêtard joyeusement ivre qui était tombé dessus. Mais non, les bruits sourds ont continué à un rythme régulier. Des pas. Quelqu'un montait et allait me trouver avec du mascara et de la morve coulant sur mon visage. J'ai essuyé sous mon nez.

Une chevelure ébouriffée par le vent est apparue au-dessus du bord du pont. Un barreau de plus, et le clair de lune a scintillé sur une paire de lunettes.

Tyler.

Génial. Il avait lui aussi choisi mon coin pour se cacher. Je suppose que c'était assez grand pour que deux personnes puissent bouder.

Je me suis raclé la gorge en guise d'avertissement. Il ferait sûrement demi-tour en voyant qui occupait l'espace. Mais il n'en a rien fait ; ses épaules ont émergé du rebord. Il était plus fort que moi, et je ne parlais pas physiquement. Il serait capable de passer devant moi, comme il le devait pour atteindre l'autre côté du pont supérieur, sans doute sans même me jeter un regard. D'autres larmes brûlantes sont montées, prêtes à me trahir comme une idiote pathétique qui n'avait pas connu son propre cœur et ne méritait pas l'amour de cet homme. J'ai pivoté sur le banc pour tourner le dos à l'échelle et j'ai essuyé mes joues avec des paumes tremblantes. Levant les yeux vers le zénith, j'ai trouvé le motif familier des Poissons.

Le corps solide de Tyler s'est installé à côté de moi, assez près pour que je puisse sentir son parfum d'agrumes et de plein air, et sentir la chaleur qui émanait de lui. J'ai refusé de le regarder ; il me restait assez de vanité pour ne pas vouloir qu'il voie mes yeux rouges, tachés de mascara. Mes dents ont claqué.

— Tu as froid ? a-t-il demandé.

Je n'osais pas parler, mais j'ai hoché la tête.

Il m'a quittée quelques secondes, puis quelque chose de lourd et de rêche s'est posé sur mes épaules. Loin d'être aussi merveilleux que la veste qu'il m'avait prêtée au mariage, chaude de son corps et imprégnée de son parfum. Mais cela bloquait le vent. Je l'ai resserrée autour de moi. Les yeux toujours tournés vers le ciel, je me suis raclé la gorge et j'ai dit :

—C'est un tour de magie qu'on vous apprend au Texas ? Faire apparaître des couvertures de nulle part ?

— Non, a-t-il dit en riant. Les bancs ici en ont rangées à l'intérieur.

J'ai risqué un coup d'œil et, en effet, il y avait une charnière sur le siège où j'étais perchée. J'ai roulé des épaules, essayant de relâcher la tension que les frissons avaient installée dans mon corps.

— Qu'est-ce qu'on regarde ? a-t-il demandé.

Je l'ai regardé. Son regard était fixé sur le ciel constellé d'étoiles.

— Je regardais les Poissons. J'ai agité une main sous la couverture pour montrer. Ce grand carré, c'est Pégase. Et puis en dessous, il y a un petit pentagone. C'est la tête d'un poisson. Il y en a deux, reliés par la queue. Tu peux suivre ce chapelet d'étoiles jusqu'à la plus brillante — Alpha Piscium, c'est une étoile double — et puis remonter…

Il m'a interrompue.

—Je connais les Poissons.

Je l'ai regardé à nouveau, et le motif s'est mis en place.

—Ton tatouage ! Sur ton épaule.

— Ouais. Il est resté silencieux pendant une minute. Les membres de mon équipe de natation au lycée se sont tous fait tatouer ensemble. J'imagine que j'avais l'eau en tête, alors j'ai décidé de me faire faire mon signe astrologique.

— Vraiment ? Moi aussi. Je suis du vingt-et-un février.

— Quinze mars.

— Alors nous sommes tous les deux des rêveurs.

— Des romantiques, a-t-il dit.

Nous sommes restés assis en silence pendant une minute. Sous la couverture, j'ai frissonné.

Romantique. L'ancienne Marlee lisait des romans d'amour et voyait l'amour partout. La nouvelle Marlee savait que tout le monde n'avait pas droit à une fin heureuse. Y compris, apparemment, la nouvelle Marlee.

Je me suis décalée pour détourner mon visage de lui. Pendant ce temps, mon estomac se tordait et mes pensées tourbillonnaient. Pourquoi était-il assis à côté de moi ? Était-ce de l'amitié ? Ou avait-il eu pitié de moi en me trouvant ici, à moitié gelée ? Je n'avais pas besoin de sa pitié. Après tout, il me restait un peu de fierté malgré la façon dont je m'étais comportée tout à l'heure.

— Écoute, je… ai-je commencé.

— Est-ce que tu… a-t-il dit au même moment.

J'ai appuyé ma tête sur mon genou et je l'ai regardé, tout sauf mes yeux cachés par la couverture qui recouvrait mon épaule. Le clair de lune dorait la pointe de ses cheveux et les étoiles se reflétaient sur ses lunettes. Sa chemise blanche brillait sous sa veste de costume sombre et sa cravate.

— Toi d'abord, ai-je dit.

Il a tapoté son doigt contre son genou et a dit :

—Étais-tu sérieuse quand tu as dit que tu m'aimais ?

J'ai résisté à l'envie de remonter la couverture sur mon visage. Je l'avais dit à voix haute. Impossible d'y échapper.

—Je l'étais. Je le suis.

Quand il a touché mon dos entre mes omoplates, j'ai tressailli.

—Et pas de l'amour amical, comme celui que tu portes à Alicia ?

Il aurait été si facile de saisir l'échappatoire qu'il m'offrait. Mais je ne pouvais pas mentir à mon ami.

—Eh bien, il y a ça aussi. Mais je veux parler d'amour romantique. Le genre d'amour « je-veux-te-sauter-dessus ». Le genre d'amour « je-veux-vivre-heureuse-pour-toujours-avec-toi ». J'avais même prévu un grand geste pour essayer de te le montrer, puis de te supplier de me pardonner.

— Un grand geste ?

— J'allais aller au Texas pour le Nouvel An. Te trouver où que tu sois. Ramper comme personne. Et t'embrasser à perdre haleine si tu me le permettais.

— Marlee. Il s'est penché pour que son visage bloque ma vue de l'horizon. Écoute-moi. Je ne veux pas de quelque chose qui sort d'un conte de fées ou d'un roman d'amour. Pas de chevaux blancs. Pas de boombox. Pas de course dans les aéroports. Pas de chansons. Pas de putain de Prince Charmant. Je veux ce qui est réel. Est-ce que c'est réel ?

J'ai frissonné sous la couverture.

—Par la couille gauche gelée de Lord Kelvin, tu crois que je serais là-haut à renifler — j'ai essuyé les larmes sur ma joue — et à me geler les miches si ce que je ressentais n'était pas réel ? Mon cœur a été arraché de ma poitrine quand tu es parti. Et encore ce soir, en bas, quand tu t'es détourné de moi. Je suis en train de faire couler tout mon maquillage parce que je t'aime et p-parce que tu ne m'aimes pas.

J'ai frotté mon visage contre mes genoux pour cacher ma face de pleurnicheuse. Je détestais pleurer, et entre mon père et Tyler, j'en avais beaucoup trop fait ces derniers temps.

— Hé. Hé. Il a frotté mes épaules tremblantes.

— Je ne veux pas de ta pitié. Tu devrais d-descendre à la fête. Là où il fait chaud. Rejoindre Sam et les autres développeurs. Dire au r-r-revoir. Peut-être que mon cœur gèlera ici, et ça ne fera pas si mal que mon ami s'en aille.

— Je ne veux pas être avec eux. Je veux être avec toi. Et j'ai assez de chaleur pour nous deux. Il s'est rapproché et a passé ses bras autour de moi.

— Quoi ? Quand j'ai levé la tête, j'ai vu que j'avais laissé une tache pâle de maquillage sur ma jupe noire. *Génial.*

— Je t'aime, Marlee. Depuis ce jour à la fête où tu étais trempée de bière.

— Mais tu… Il m'aimait ? Tu es parti. Pourquoi n'as-tu rien dit en bas ?

Il a tordu ses lèvres en un sourire ironique.

—J'étais tellement en colère ce jour-là dans le bureau de Jackson. Mais j'ai lu tous tes textos et écouté tes messages vocaux pendant que j'étais à Dallas. La chanson était une bonne touche, au passage. Ce soir, j'espérais qu'on pourrait parler. Face à face. Mais ensuite, je t'ai vue bien installée avec Cooper, et j'ai… j'ai pété les plombs. Je ne voulais pas être un second choix. Je ne le serai pas. La lumière des étoiles illuminait sa mâchoire farouchement serrée.

J'ai secoué la tête.

—Tu ne l'es pas. Jamais.

— Alors quand tu as dit que tu m'aimais — l'autre côté de sa bouche s'est maintenant retroussé — tout ce à quoi je pouvais penser, c'était que je devais dire à Jackson que je ne quittais pas Synergy. Que je ne te quittais pas.

— Tu… ne pars pas ?

— Certainement pas. Ses yeux brillaient à la lumière des étoiles. Ça a pris plus de temps que prévu parce qu'ils me donnent la promotion. Et pas en tant que manager. En tant que directeur.

Son sourire était contagieux, et les coins de ma bouche se sont relevés.

Il s'est penché vers moi, son souffle chaud sur ma peau glacée.

—Je peux t'embrasser maintenant, Princesse ?

Je me suis balancée vers lui et j'ai pressé mes lèvres contre les siennes. Il avait raison. Il était chaud et doux, tout ce que je n'étais pas, en tant que glaçon humain coincé ici sur le pont balayé par le vent. Mais quand il a pris ma joue dans une main et a glissé l'autre sous la couverture pour la poser sur mon dos, j'ai commencé à dégeler.

— Je crois savoir que le contact peau contre peau est le moyen le plus rapide de réchauffer une autre personne. J'avais peut-être lu ça dans un roman d'amour ou deux.

— Je suis prêt à essayer. Il l'a chuchoté à mon oreille, faisant se hérisser les poils de ma nuque.

Avec des doigts tremblants, j'ai défait sa cravate et déboutonné sa chemise. Il a bruyamment aspiré sa respiration quand j'ai pressé mes doigts froids contre sa poitrine chaude.

—Putain, tu es gelée.

— Tu vas vraiment devoir commencer à croire ce que je dis si on veut que ça marche. J'ai glissé mes mains glaciales autour de son dos, le faisant frissonner.

— Le contact peau contre peau, hein ? Son sourire en coin a été mon seul avertissement avant qu'il ne me soulève du banc pour me poser sur ses genoux. Mes genoux encadraient ses hanches, et il a tiré la couverture pour nous couvrir tous les deux.

Assise sur ses cuisses, j'ai effleuré ses lèvres des miennes. Ça aurait dû être bizarre, d'embrasser mon ami, qui avait ri avec moi, qui avait essuyé mes larmes, qui était venu me voir tous les jours à mon bureau pour parler de rien. Ou peut-être que ce n'était pas bizarre du tout, d'être amoureuse de mon ami. D'avoir tout ça, et les baisers en plus.

La fermeture éclair de ma robe a glissé dans mon dos, et les doigts agiles de Tyler ont suivi. Ma robe a glissé sur mes épaules, et Tyler a embrassé ma mâchoire jusqu'à mon cou avant de plonger sa tête sous la couverture.

—Ah, le voilà. Son souffle chaud a déferlé sur le haut de mes seins. Un frisson a parcouru mon entrejambe.

— Quoi ?

— Ton soutien-gorge rose. Je me suis inquiété quand je t'ai vue dans cette robe noire. Ça ne te ressemblait pas.

Ce serait trop cliché de lui dire que je n'avais pas envie de porter des couleurs vives quand il n'était pas là.

—C'est un é-événement formel. Les mots devenaient difficiles alors qu'il grignotait le long du bord de la dentelle rose.

— Tu es magnifique quoi que tu portes. Mais j'ai hâte de t'enlever cette robe.

— Elle est presque enlevée maintenant. Poussant ma poitrine vers son visage, j'ai frotté mon entrejambe endolori contre le devant de son pantalon et j'ai senti un durcissement en réponse. J'ai baissé les mains vers sa ceinture et j'ai cherché la boucle en tâtonnant.

Il s'est immobilisé et a posé une main sur la mienne.

—Pas ici, Princesse. Quelqu'un pourrait monter.

Je me suis penchée pour lui murmurer à l'oreille :

—Je te promets que je serai sage. Je me suis tortillée contre le renflement de son pantalon.

— Je ne veux pas que tu sois sage. Je veux que tu cries mon nom quand je serai en toi.

Me souvenant de ce que j'avais vu sous le drap le matin après avoir dormi à côté de lui, je lui ai mordillé le lobe de l'oreille.

—Oui, s'il te plaît. Le Tyler de mon tiroir de chevet n'arriverait pas à la cheville du vrai.

Sa voix était tendue quand il a dit :

—Et c'est pour ça qu'on ne peut pas le faire ici.

— Non ? J'ai mordillé son cou jusqu'à sa clavicule, que j'ai léchée jusqu'au creux à la base de sa gorge.

Il a dégluti.

—Non. Mais il ne m'a pas empêchée de me frotter contre lui. Je n'avais pas essayé de jouir toute habillée depuis le lycée. Mais ça semblait fonctionner. La friction entre son pantalon et ma culotte m'a fait haleter.

Quand j'ai gémi son nom à son oreille, il a soulevé ses hanches et s'est frotté contre moi en retour. Ses doigts se sont enfoncés dans mes fesses tandis que je m'agrippais à ses cheveux trop courts. Son souffle était chaud dans mon oreille.

—Tu y es presque ?

J'ai laissé échapper un grognement frustré. L'angle n'était pas bon.

—J'ai besoin…

— Dis-moi ce dont tu as besoin, Princesse.

— De tes doigts.

Il a expiré comme s'il venait de monter un escalier en courant.

—Sur ton clito ou à l'intérieur ?

— Mon clito.

Il a déplacé une de ses mains de ma hanche le long de l'échancrure de ma culotte. Son pouce a plongé à l'intérieur et est remonté juste là où j'avais besoin de lui. J'ai haleté.

—C'est ça.

Il n'en a pas fallu beaucoup. Un, deux, trois passages vibrants avec la pulpe de son pouce, et j'ai plaqué ma bouche ouverte sur son cou pour étouffer mon cri. Son pouce s'est immobilisé pendant que je pulsais à l'intérieur, et il a levé son autre main de ma hanche à mon dos, me pressant contre sa poitrine. Il a fait des bruits apaisants et m'a frotté le dos jusqu'à ce que je m'affale contre lui, secouée de spasmes.

— Assez chaud maintenant ? Il a embrassé ma tempe.

— Ouais. Mes muscles étaient détendus et langoureux, comme si je venais de recevoir un massage. Est-ce que tu… ?

— Oh, ah, pas encore.

— Donne-moi une minute de plus, et je vais…

— Non. Il a saisi ma main, qui avait commencé à errer vers le sud. Autant j'ai envie de tes mains et de tes superbes lèvres roses sur moi, autant je vais attendre qu'on soit seuls. Je préférerais que mon premier acte en tant que directeur ne soit pas de me faire surprendre les mains dans ton pantalon.

Je me suis penchée en arrière.

—Ta main était dans mon pantalon.

Il a porté sa main à sa bouche et a mis son pouce dedans, le suçant pour le nettoyer.

—Ça en valait totalement la peine.

Mes yeux se sont écarquillés alors que mon esprit s'emballait à l'idée qu'il me suce pour me nettoyer. Je me suis penchée en avant pour lui murmurer à l'oreille :

—Je ferais en sorte que le risque en vaille la peine.

Il a frissonné, et je doutais que ce soit à cause du vent qui fouettait le drapeau au-dessus de nous. Mais ses mains sont allées dans mon dos et ont remonté la fermeture de ma robe, la remettant sur mes épaules. Il s'est adossé à la rambarde et m'a tournée pour que mon dos repose contre sa poitrine. La couverture nous couvrait tous les deux.

—Pour l'instant, profitons juste de la croisière.

— Tu voulais retourner en bas ? Il avait l'air bien, un peu en sueur et froissé. J'avais très probablement fait couler tout mon maquillage pour les yeux et effacé mon rouge à lèvres avec mes baisers. Et je ne voulais même pas regarder ma robe pour voir les plis. Mais s'il voulait rejoindre la fête, me tenir la main et réparer cette stupide danse avec Cooper en dansant avec moi le reste de la nuit, je le ferais.

— Non. J'ai tout ce dont j'ai besoin juste ici.

Et moi aussi. Contrairement à Andromède, cette princesse

n'attendait pas d'être sauvée. Elle attrapait son destin à deux mains et ne le lâcherait jamais.

———

— LA MEILLEURE FÊTE de fin d'année de tous les temps. Tyler me tenait la main alors que nous descendions de la passerelle pour nous retrouver sur le quai. J'avais insisté pour attendre que le bateau soit à quai et que tout le monde, sauf le personnel de restauration, soit parti. Je n'allais pas laisser mes collègues me voir après avoir frotté mon mascara fondu avec une serviette en papier humide dans les toilettes et m'être peignée avec les doigts. Oubliées, les ondulations de plage. Mes cheveux étaient décoiffés par le vent et emmêlés comme si j'avais été dans une turbine.

Ayant retrouvé mon téléphone, j'ai répondu aux textos d'Alicia *où-es-tu* et à ses offres pour me ramener.

> Je vais bien, et Tyler me ramène à la maison 😊

J'ai levé les yeux avec un sourire ironique.

—Merci. J'ai tout fait toute seule pendant que tu te la coulais douce au Texas.

Il a déverrouillé la portière de sa Mustang et me l'a ouverte.

—Je suis désolé. Je…

J'ai posé un doigt sur ses lèvres pour l'arrêter.

—Il est important que tu voies ta famille. Je suis contente que tu l'aies fait, et — j'ai dégluti — j'espère que ça veut dire que tu peux passer le reste des fêtes ici avec moi.

Il a passé ses bras autour de moi et a posé son front contre le mien.

—Je veux passer le plus de temps possible avec toi. À commencer par maintenant.

Je l'ai embrassé brièvement — il faisait un froid de canard, et même la veste de costume de Tyler ne me tenait plus chaud — et je me suis glissée dans sa voiture. Il a refermé la portière derrière moi, est monté de son côté, et a mis le contact et le chauffage. J'ai frissonné quand de l'air froid est sorti des aérations.

— Tu veux voir mon nouvel appartement ? Ce n'est pas loin d'ici.

Il a saisi ma main glacée et a embrassé mes phalanges.

—Le chauffage fonctionne ?

— Je pense qu'on peut produire beaucoup de la nôtre, ai-je dit de ma voix la plus sensuelle.

Il a haussé les sourcils.

— Trop cliché ?

Il a embrassé le bout glacé de mon nez. — J'adore quand tu es fleur bleue. Puis il a approché son visage de mon oreille et m'a expliqué précisément comment il comptait me réchauffer, en utilisant des mots cochons que je n'avais jamais entendus de la part de mon ami.

J'aurais juré qu'il avait des sièges chauffants dans cette Mustang.

Après un court trajet en voiture, j'ai déverrouillé la porte de mon appartement. Avec Tyler plaqué contre mon dos, j'étais incapable de me souvenir si j'avais fait la vaisselle ou jeté mon pyjama dans le panier à linge. Jusqu'à présent, seule Alicia avait vu mon appartement. Est-ce qu'il allait aimer ?

Je suis entrée et j'ai allumé la lumière. — Alors, voici…

Une seconde plus tard, j'étais plaquée contre la porte. Il a attrapé mes mains, les a clouées de chaque côté de ma tête et m'a embrassée à nouveau, lentement d'abord, puis le baiser s'est intensifié en une danse de langues et de lèvres qui se mordillaient. Quand il a libéré ma bouche pour descendre le long de ma gorge, j'étais fichue.

Rien n'avait jamais été aussi bon que ses doigts dans mes cheveux, ses lèvres sur ma peau. Qui aurait cru que ma nuque, juste à la naissance de mes cheveux, était une zone érogène ? Deux personnes : Tyler et Marlee, affamée de sexe, voilà qui. Il a emmêlé ses doigts à cet endroit, et j'ai frissonné.

Mes mains ont tâtonné sur son torse. Il avait enlevé sa cravate et l'avait placée, enroulée, dans la poche de la veste que je portais encore. Trouvant les boutons de sa chemise, je les ai défaits au toucher pendant que ses lèvres retrouvaient les miennes dans un autre baiser à bouche ouverte, au goût d'agrumes, un baiser dont j'avais plus besoin que d'air pour respirer. L'oxygène était surfait. Toutes les fonctions nerveuses importantes se déroulaient dans la partie reptilienne de mon cerveau.

Quand j'ai réussi à ouvrir sa chemise, j'ai grogné dans sa bouche.

— Quoi ?

— Un maillot de corps, ai-je grondé.

— Il faisait froid ce soir. Je me suis habillé en conséquence. Contrairement à toi dans cette robe aguicheuse. Il a laissé tomber sa chemise par terre et a retiré son t-shirt par la tête. — J'avoue que j'espérais secrètement devoir te donner ma veste. Il l'a attrapée et l'a fait glisser de mes épaules.

J'ai passé mes mains sur son torse nu. Toute cette peau nue que j'avais entraperçue le matin où je m'étais réveillée dans son lit était à moi maintenant. À moi de la toucher. À moi de la lécher. (Et je l'ai fait.) J'ai posé ma joue au centre de sa poitrine où son cœur battait, fort et régulier, bien qu'un peu rapide. — Tout ce que j'espérais, c'était que tu reviennes pour la fête. J'avais si peur… — Ma voix s'est brisée. J'avais eu peur qu'il ne veuille plus jamais me revoir. Qu'il ne vienne pas à ma fête. Que je fasse tout ce chemin jusqu'au Texas pour mon grand geste, et qu'il me dise de m'en aller.

— Marlee. Il s'est penché en arrière et a attendu que je croise son regard. — J'avais peur, moi aussi. Peur d'avoir tout foutu en l'air en en demandant trop.

J'ai dégluti. Il lui avait fallu tellement de courage pour demander ce qu'il voulait, pour risquer quelque chose qu'il chérissait : notre amitié. — Maintenant, on a tout.

— On a tout. Sa fossette était de retour, et elle était à moi, pour que je l'embrasse. Alors je l'ai fait.

— La chambre est par là. J'ai entrelacé mes doigts avec les

siens et je l'ai conduit jusqu'à mon nouveau lit. Le couvre-lit rose et les coussins décoratifs avaient disparu. Maintenant, j'avais une simple couette blanche. Je n'avais pas encore décidé d'une palette de couleurs pour ma nouvelle chambre, donc c'était sobre. Sauf…

— C'est mon pull ? Tyler s'est penché par-dessus moi pour l'attraper sur le deuxième oreiller.

J'ai haussé les épaules. Plus la peine de le cacher. — Tu me manquais.

Il a posé le pull sur ma commode et s'est tourné vers moi. — Tu n'auras plus jamais à souffrir de mon absence.

Mon cœur a ralenti à ses mots, et une chaleur m'a envahie, comme si je venais de finir un cours de yoga. Je me suis assise sur le lit et, sans rompre le contact visuel, je me suis laissée glisser en arrière jusqu'à être allongée, les jambes pendant sur le côté. — Montre-moi.

Son regard brûlant a quitté mes yeux pour parcourir mon corps, passant en revue chaque partie de moi. Une pulsation a commencé à l'entrejambe, et j'ai serré les cuisses pour l'apaiser.

— Besoin de quelque chose ? Je ne l'avais jamais entendu grogner comme ça.

Mes yeux se sont écarquillés et j'ai hoché la tête. — Les préservatifs sont dans le tiroir. *Pourvu, pourvu, pourvu qu'ils ne soient pas périmés.* Depuis combien de temps les avais-je achetés dans un élan d'espoir que… non. Je n'allais pas le laisser entrer dans la chambre avec nous. Ce soir, il n'y avait que Tyler et moi.

— Oh, on n'en aura pas besoin avant un petit moment. Il s'est agenouillé sur la moquette et a lentement remonté ses doigts le long de l'intérieur de mes cuisses, faisant remonter ma jupe. — C'est-à-dire, si ça ne te dérange pas que je reste en bas ?

Je me suis tortillée, désespérée de son contact. — Uh-huh. Les mots sortaient difficilement.

Il s'est relevé, et j'ai grogné. — Je pensais que tu allais…

Il a eu un petit rire. — Oh, si. Il a attrapé un des oreillers et l'a calé sous ma tête. Puis il s'est de nouveau agenouillé entre mes genoux. — Regarde.

Oh. *Oh.*

Il a fait glisser ma culotte le long de mes jambes et l'a retirée avant d'écarter doucement mes genoux. Il a contemplé mon intimité, et sa langue a furtivement léché sa lèvre inférieure. — Magnifique, a-t-il murmuré.

— Qu'est-ce que tu as dit ? Oui, je l'avais entendu la première fois, mais je voulais l'entendre à nouveau. Est-ce que toutes les femmes ne rêvent pas de trouver un homme qui trouve leur corps nu magnifique ?

Il a souri. — Ta chatte est sublime, Marlee. Rose, gonflée, et elle goutte pour moi.

Par la surface du soleil à dix mille degrés, j'étais complètement accro aux mots crus de Tyler.

— Tu avais l'air d'un si gentil garçon.

Ses yeux noisette se sont assombris. — Je vais te montrer ce que c'est d'être gentil. Il y a eu une bouffée d'air chaud avant que sa bouche ne descende sur moi, sa langue explorant, ses dents effleurant, ses lèvres apaisant. Calée sur l'oreiller, j'observais son visage plonger entre mes cuisses, une expression de concentration que je n'avais entrevue que les rares fois où je l'avais regardé coder.

Et aussi doué qu'il fût pour le codage, il était encore meilleur pour le cunnilingus. Bientôt, il a glissé un doigt à mon entrée, et j'ai cambré le dos.

— Ça va toujours ?

Son doigt chaud et agile et sa langue talentueuse étaient bien meilleurs que mon vibromasseur — même le Tyler. — Si tu arrêtes, je te gifle.

— Peut-être plus tard. Son sourire était diabolique.

Tandis qu'il effectuait un lent va-et-vient avec son doigt, il a remonté sa langue. J'ai agrippé les draps en anticipation.

— Tu aimes ça ?

J'ai hoché la tête, frénétique.

Il a encerclé mon clitoris avec le bout de sa langue. Quand il a enfin touché le petit bouton sensible, la première vague de plaisir m'a submergée, et j'ai poussé un cri.

— Tu aimes vraiment ça. Sa barbe de trois jours a éraflé l'intérieur de ma cuisse.

Alors qu'il alternait les cercles du bout de la langue et les léchages avec le plat de sa langue, tout en continuant son va-et-vient avec ses doigts, je grimpais de plus en plus haut. J'ai maintenant entortillé mes doigts dans ses cheveux, le pressant de rester là où j'avais besoin de lui.

Mes respirations saccadées se sont transformées en gémissements alors que je montais en spirale pour attraper l'orgasme qui flottait juste hors de portée.

— Je te tiens, Princesse.

Sa main s'est immobilisée, pressée en moi, et l'orgasme m'a saisie et secouée entre ses dents. Il m'a tenue tout du long, murmurant des mots doux et apaisants contre ma peau tandis que chaque muscle en moi se contractait et se relâchait et que des étoiles multicolores dansaient derrière mes paupières. Quand j'ai cligné des yeux, il s'était allongé sur le côté à côté de moi, sa silhouette se découpant devant la lampe derrière lui. Appuyant sa tête sur sa main, il m'a regardée pendant que ma respiration ralentissait. Il portait toujours ses lunettes et son pantalon. Il a passé son autre bras sur ma taille.

J'ai pu entendre le sourire dans sa voix quand il a dit : — Je pourrais regarder ce visage toute la journée.

— Tu veux dire mon visage d'orgasme ? Je l'ai enfoui dans l'oreiller.

Sa main a quitté ma taille et deux doigts ont relevé mon menton pour que je lui fasse de nouveau face. Il a lissé une mèche de cheveux sur mon front. — Juste ton visage. D'orgasme ou non.

Sa tendresse faisait fondre mes entrailles. Pourquoi l'avais-je repoussé ? J'aurais pu avoir cet homme encore et encore à l'heure qu'il était, cet homme aux doigts agiles qui venait de faire tournoyer les cieux étoilés autour de moi.

Mes muscles internes se sont de nouveau contractés, en

voulant plus, ayant besoin d'être remplie par plus que ses doigts. J'ai déplacé une main vers l'avant de son pantalon et je l'ai senti bander contre moi. J'ai fait glisser un doigt le long de sa verge. — Tu veux le revoir ?

— Mon Dieu, oui.

Me hissant au-dessus de lui, j'ai déposé sur ses lèvres un baiser qui avait mon goût et je suis descendue le long de son cou, m'arrêtant juste au creux de sa clavicule, au centre de son parfum d'agrumes et de cèdre. Il a fredonné et a fermé les yeux.

Encouragée, j'ai léché jusqu'à son téton, qui était déjà dressé, attendant que mes dents l'effleurent. Quand je l'ai mordillé, il a gémi.

J'ai souri contre sa peau et j'ai continué plus bas, m'accroupissant pour effleurer les reliefs de ses abdominaux, un par un. Mes doigts se sont dirigés vers sa boucle de ceinture, poussant le cuir à travers le métal tandis qu'avec ma langue, je dessinais une orbite autour de son nombril.

Me redressant, j'ai défait son pantalon et baissé la fermeture éclair, en faisant attention à ne pas coincer son érection tendue dans les dents. Ça y était. J'allais voir comment le Tyler se comparait à mon Tyler. J'ai embrassé la ligne de ses poils juste au-dessus de sa ceinture avant de lui retirer son caleçon et son pantalon. Faisant preuve d'une retenue qui m'a moi-même surprise, j'ai enlevé ses chaussettes avant de laisser mon regard se poser sur son sexe.

Bon sang de *Gray's Anatomy*. Le Tyler était monstrueux. Sans parler de sa couleur violette. Tyler lui-même, bien que plus modeste, était magnifique : veiné, rougeaud, et oh-tellement-en-érection. J'ai fait glisser un doigt de la base jusqu'au gland et sur la fente, étalant l'humidité qui y perlait. Il était plus soyeux. Plus chaud. Et il a tressailli sous mon contact.

Atteignant ma fermeture éclair dans mon dos, je l'ai descendue jusqu'à ce que la robe glisse de mes épaules et s'amoncelle sur le sol. Mon soutien-gorge l'a rejointe une seconde plus tard. Je me tenais nue devant mon ami et amant.

Son visage s'est détendu. — Putain, Marlee.

— Quoi ? Avait-il imaginé — s'était-il attendu — à ce que je sois différente ? J'aurais peut-être dû garder la robe.

— Encore mieux que ce que j'avais imaginé, a-t-il dit dans un souffle.

Je me suis approchée de la table de chevet et j'ai sorti un sachet de préservatif de la boîte à côté de la pochette du Tyler. Je l'ai laissé tomber sur le lit et me suis agenouillée sur ses cuisses. — Tu as imaginé ça ?

— Seulement toutes les nuits. Et les après-midis de week-end. Et une ou deux fois au bureau. Chaque fois que tu portes cette jupe évasée. Celle dont je ne sais jamais si elle est blanche ou rose.

Le coin de ma bouche s'est relevé. — Elle est rose huître. Il se peut que je t'aie imaginé aussi. Un jour, je lui parlerai du Tyler. Peut-être qu'on pourra tous jouer ensemble un de ces jours. Pas ce soir. Ce soir, c'était juste pour le très-vrai Tyler et moi.

Son sexe se tendait vers moi, impatient et glorieux. J'ai enroulé mes doigts autour et j'ai tiré pour voir. Puis avec plus d'assurance quand il a gémi et que sa verge s'est durcie davantage dans ma main. J'ai levé les yeux vers son visage pour vérifier que je le faisais comme il aimait. Il a cligné fortement des yeux.

— Chérie, arrête ou je vais jouir dans ta main.

Donc, je m'y prenais bien. — J'ai joui dans ta main. Et dans ta bouche. Je me suis penchée et je l'ai léché de la base à la pointe. Mais avant que je puisse répéter le geste, il a pris mon menton dans sa paume.

— Je veux… je veux jouir en toi la première fois. Ça te va ?

J'ai embrassé le côté de son sexe. — Je suis partante pour ça. La première fois, la deuxième fois, la troisième fois. On a toute la nuit pour être créatifs.

Son sexe a tressailli. Avant que je puisse l'embrasser à nouveau, il a déchiré l'emballage et déroulé le préservatif sur sa longueur. — C'est à toi de décider, Princesse.

Il voulait dire que c'était une chose pour lui de me faire jouir avec ses doigts et sa langue. Et que nous soyons nus ensemble, même que je lui aie donné ces quelques coups de langue intimes. Mais ça, c'était différent. Unir nos corps était un pas au-delà de l'amitié, même pour des amis qui avaient un peu batifolé.

Je lui avais déjà donné mon cœur. J'allais lui donner mon corps aussi.

À genoux, j'ai avancé pour m'asseoir à califourchon sur ses hanches. Je me suis soulevée et j'ai guidé le bout de son sexe vers mon entrée. Il me regardait, ses yeux noisette sombres et voilés, tandis que je m'enfonçais lentement sur lui. J'étais prête et humide, et j'avais eu beaucoup d'entraînement avec le Tyler ; pourtant, j'ai pris mon temps en descendant sur lui jusqu'à ce que mes hanches rencontrent les siennes. Nous avons tous les deux soupiré, comblés.

— Juste une seconde. Je voulais capturer ce moment, ce souvenir. Le graver dans mon cerveau pour pouvoir le ressortir et le savourer à nouveau. Je me suis contractée autour de sa plénitude et j'ai souri à sa brusque inspiration. Serait-ce mon dernier premier rapport sexuel ? Je l'espérais. Je n'avais jamais pensé que Tyler était un Prince Charmant, mais je savais maintenant qu'il était parfait pour moi. Mieux qu'un conte de fées.

Lentement, j'ai commencé à balancer mes hanches. Il est resté immobile, me laissant diriger l'action. Il a posé ses mains sur le bombé de mes fesses, serrant un peu, soit pour me stabiliser, soit pour s'empêcher de me dévorer avec ses mains. J'ai fait glisser mes doigts sur ses pectoraux jusqu'à ses abdominaux. — Ça te va ?

— Tellement bon. Il a serré les yeux, mais ils se sont rouverts une seconde plus tard comme s'il ne voulait rien manquer. — Concentre-toi sur toi. Moi, ça va très bien.

J'ai arrêté de bouger et j'ai plaqué mes mains sur mes cuisses. — Non.

— Non ? Il a chassé la brume de ses yeux en clignant.

— On ne va pas faire ça. Tu ne vas plus faire passer ton propre plaisir, ton propre bonheur, en second. Nous sommes partenaires. On fait ce qui est bon pour nous deux.

Sa fossette espiègle a disparu. — Marlee. Sa voix s'est brisée sur mon nom. Il a fait glisser ses mains de mes hanches jusqu'à mon dos et m'a pressée contre sa poitrine, m'enveloppant dans une étreinte. Il a embrassé ma tempe. — Personne n'a jamais… Il a poussé un soupir.

— Je sais, chéri. Mais il est temps que tu réalises que tu mérites plus.

Ses bras, son corps, se sont resserrés autour de moi. C'était juste sous ma joue, alors j'ai embrassé son tatouage.

D'une contraction athlétique de ses muscles, il nous a fait rouler pour que je sois sur le dos et lui planant au-dessus de moi, toujours en moi. — Je ne peux pas… je ne peux pas être doux. Pas tout de suite. Ses yeux étaient passés de sombres à sauvages.

Le frisson est parti de l'endroit où nous étions unis et a tremblé jusqu'à la pointe de mes cheveux étalés sur le lit. — Je ne veux pas de douceur. Je ne veux que toi. Tel que tu es.

Il s'est baissé pour m'embrasser, de manière profonde et exigeante comme un duc dans une de mes romances historiques. Mais comme l'héroïne, j'étais fougueuse, et je lui ai rendu son baiser, posant mes propres exigences.

Se relevant, il a observé mon visage alors qu'il se retirait et se réenfonçait. La deuxième fois, le plaisir a flashé en moi comme un pulsar, rythmique. Quelques coups de reins plus tard, je me suis réchauffée à l'intérieur et je me suis enroulée autour de lui. — N'arrête pas.

— Jamais, Princesse. Il s'est penché et m'a mordillée juste à la jonction de mon cou et de mon épaule. Puis il a roulé des hanches, frôlant mon clitoris gonflé et sensible.

Je suis devenue une supernova. Contractant chaque muscle, j'ai griffé ses fesses tendues et j'ai crié son nom. Il s'est enfoncé en moi une dernière fois et s'est immobilisé, une expression de béatitude figée sur son visage. Mais au lieu de s'effondrer sur moi, il a déposé un baiser sur mon front, un autre sur le bout de mon nez, sur mes lèvres, mon menton. Il a parsemé de baisers chaque partie de moi qu'il pouvait atteindre. — Je t'aime, Marlee.

J'ai gloussé quand il m'a chatouillée avec un baiser sur mes côtes. — Tu dis juste ça à cause de toutes les endorphines.

Il a arrêté de m'embrasser et s'est de nouveau redressé. — Non. Je t'aime. Avec ou sans les endorphines.

J'ai souri. — On verra bien.

Il s'est retiré, en tenant le préservatif. — Je reviens tout de suite.

Une minute plus tard, il est revenu, sentant mon savon floral pour les mains. Soulevant les couvertures, il s'est glissé dans le lit à côté de moi. — Je t'aime toujours, Marlee.

— Tu n'as jamais entendu parler de l'euphorie post-coïtale ? Les endorphines peuvent durer des heures. Je me suis blottie contre lui et j'ai emmêlé mes jambes avec les siennes. — La vraie question est, est-ce que tu m'aimeras toujours quand je serai de mauvaise humeur ?

— Genre, quand tu es sur le point d'avoir tes règles et que tu grognes sur tout le monde, y compris Jackson ?

— Quoi ? J'ai ramené mes pieds de mon côté du lit.

Son expression béate s'est estompée. — Oh, je veux dire, je n'avais absolument pas remarqué ça. Mais si c'était le cas, je t'apporterais du chocolat et je t'aimerais quand même.

J'ai plissé le nez. Tyler m'apportait souvent du chocolat juste avant que mes règles ne commencent. Par Edwin Hubble.

Il m'a tirée plus près de lui. — Tu te souviens de cette fois où on était juste avant la date limite et que le courant a été coupé dans l'immeuble ?

— L'équipe de construction en bas de la rue avait accidentellement coupé le courant. Et la connexion internet.

— Le reste d'entre nous était juste assis à fixer nos écrans, se demandant si les batteries allaient s'épuiser avant que le courant ne revienne, sachant que nous ne pouvions pas compiler sans le réseau. Mais pas toi. Tu as téléphoné à la compagnie d'électricité, au fournisseur d'accès à internet. Tu es descendue et tu nous as dit de continuer à travailler. Même Jackson avait peur de toi ce jour-là. Tu étais comme… le tonnerre. Ou une déesse vengeresse.

J'ai enfoui mon visage dans son cou. — Je savais à quel point cette date limite était importante. Je suis désolée d'avoir été une garce.

— Non, ma chérie. Il a passé ma jambe par-dessus la sienne et m'a pressée contre lui. Il était déjà à nouveau à moitié dur. — Tu étais magnifique.

Je l'ai fait basculer sur le dos et je me suis mise à califourchon sur lui. — Je vais te montrer ce que c'est, magnifique.

Nous avons refait l'amour, plus doucement cette fois. Après, nous nous sommes blottis sous la couette, nos jambes emmêlées et ma joue reposant sur sa poitrine, nos respirations synchronisées et lentes, mes membres détendus, comme si nous étions deux poissons dans l'océan.

Tyler a porté ma main à ses lèvres et a embrassé mon pouce. — Je n'arrive pas à croire que c'est réel, a-t-il chuchoté, comme si parler plus fort allait briser le charme.

J'ai penché la tête pour le regarder dans les yeux, ombrés dans l'obscurité. — C'est réel. Je t'aime, Tyler. Je veux être ta cavalière aux mariages. Je veux que tu t'arrêtes à mon bureau et que tu flirtes avec moi chaque fois que tu montes voir Jackson. Je veux que tu montes juste pour me voir. Je veux te tenir la main dans l'ascenseur quand on partira tous les soirs. Ensemble.

Son sourire, celui, spécial, qu'il me réservait, a brillé au clair de lune qui entrait par la fenêtre, et son bras s'est enroulé autour de moi. — Amis. Et amants.

— Amants. Et amis.

Le meilleur des deux.

ÉPILOGUE

TYLER
SIX MOIS PLUS TARD

LE VISAGE de Marlee était pâle, mais son menton carré prenait cette expression têtue que j'adorais — tant qu'elle n'était pas dirigée contre moi. On était assis dans ma voiture, garés devant l'établissement de soins de son père. Elle avait voulu lui rendre visite avant notre départ pour Dallas, mais je savais que c'était difficile pour elle. Depuis qu'on était ensemble — six mois maintenant — elle venait le voir plusieurs fois par semaine, parfois avec moi, parfois seule.

Je lui ai serré la main.

— Prête, Princesse ?

Elle était une princesse depuis le premier instant où je l'avais vue, habillée de ses vêtements de travail rose bonbon et gérant les cadres comme s'ils travaillaient pour elle. Puis, quand on s'était enfin mis ensemble sur le bateau de la fête, ça m'avait échappé. Ça n'avait pas eu l'air de la déranger. Et maintenant qu'elle était ma princesse, je ferais tout ce qu'elle me demanderait : jeter mon manteau sur une flaque de boue, escalader une haute tour, combattre un dragon, tout ça pour elle.

Elle s'est tournée vers moi. Comme d'habitude, voir ses yeux bruns doux et tristes a failli me briser le cœur. Elle m'a offert un sourire mal assuré et a serré ma main en retour.

— Prête.

Nous sommes sortis de ma Mustang surbaissée et nous nous sommes rejoints sur le trottoir devant le capot. Main dans la main, nous sommes entrés ensemble. Marlee a discuté avec la réceptionniste et nous a enregistrés pendant que je balayais le hall du regard. Comme d'habitude, il était propre et lumineux, mais vide. Personne n'était assis sur le canapé ni sur la paire de chaises à dossier droit. Des tournesols d'un jaune éclatant dans un vase bleu illuminaient la pièce terne. Comme ma Marlee.

La réceptionniste a déverrouillé la porte sécurisée et nous a fait entrer. De l'autre côté, une des responsables des soins aux patients nous a accueillis. Je reconnaissais son visage, mais je n'arrivais pas à me souvenir de son nom.

— Salut, Liz, s'est souvenue Marlee. Une fois qu'elle avait finalement admis que son père avait besoin de plus de soins qu'elle ne pouvait lui en fournir, elle s'était donné une mission. Elle avait fait ses recherches, choisi le meilleur endroit pour lui et surveillait chaque aspect de ses soins. Elle papotait avec les infirmières à chaque visite.

— Il passe une bonne journée aujourd'hui, a dit Liz, répondant à la question que je savais que Marlee n'osait pas poser.

La tension dans ses épaules s'est relâchée.

Liz a ajouté :

— On essaie une nouvelle thérapie avec lui cette semaine. Il y est en ce moment. Vous voulez voir ?

— On peut ? a demandé Marlee.

— Bien sûr. Allons-y.

Liz nous a guidés à travers l'établissement puis, à ma grande surprise, à l'extérieur par une autre porte sécurisée, le long d'une passerelle couverte, jusqu'à un bâtiment en tôle ondulée, à peine plus grand qu'une cabane. Elle a utilisé un clavier numérique pour ouvrir la porte.

L'intérieur ressemblait à l'atelier de mon père à la maison, en version moins high-tech. Des outils à main étaient accrochés à des chevilles sur les murs, et trois établis en bois occupaient le centre de la pièce. Des néons suspendus au plafond illuminaient chaque poste de travail. La douce odeur de la sciure emplissait l'air, et malgré le bourdonnement du système de récupération de la poussière, des grains de poussière et de minuscules copeaux de bois dansaient dans les faisceaux de lumière qui traversaient les hautes fenêtres.

Deux hommes nous tournaient le dos de l'autre côté de la pièce, devant un tour manuel. L'un était l'aide-soignant costaud que nous voyions souvent avec le père de Marlee ; l'autre, qui tournait un pied de chaise sur le tour, était l'homme en question.

L'état de Will Rice s'était stabilisé ces derniers mois. Il avait encore de mauvais jours, comme celui où il s'était égaré et où nous l'avions retrouvé à la station de transports en commun, mais il avait aussi de bons jours, où il reconnaissait Marlee. Je me présentais toujours, car je ne supposais jamais qu'il se souviendrait de quelqu'un qu'il avait rencontré depuis sa maladie ; mon expérience avec Papy me l'avait appris. J'espérais que l'état de Will ne déclinerait pas aussi vite que celui de Papy.

Liz a tapoté le bras de Marlee et nous a laissés. J'ai massé l'épaule de Marlee à la naissance de son cou, là où la tension avait recommencé à s'accumuler. Mais je n'allais pas la brusquer. Elle devait le faire à son propre rythme.

Elle a roulé les épaules en arrière et s'est approchée de Will, qui travaillait au tour. Il se tenait sur sa bonne jambe et utilisait la plus faible sur la pédale. Le raclement de la lame sur le bois a couvert le bruit de nos pas.

— Papa ? Sa voix était trop douce pour porter par-dessus le grincement du tour. Elle s'est éclairci la gorge et a réessayé, plus fort.

— Papa.

Will a arrêté la machine et a regardé Marlee. Un sourire a fendu son visage, si semblable au sien.

— Mon rayon de soleil !

Elle me tournait le dos, donc je ne pouvais pas voir son visage, mais sa posture s'est détendue. Elle s'est avancée pour le serrer dans ses bras, et ses bras couverts de sciure l'ont étreinte. Quand il l'a relâchée, des empreintes de mains poussiéreuses marquaient le dos de sa chemise rose.

Je me suis approché et lui ai tendu la main.

— Monsieur Rice, c'est un plaisir de vous voir. Tyler Young.

— Je me souviens de toi, Tyler. Je vois que tu prends bien soin de ma fille.

C'était donc un bon jour.

— J'essaie, monsieur. Nous prenons soin l'un de l'autre. En fait, nous allons emménager ensemble le mois prochain, mais je n'allais pas dire *ça* au père de Marlee. Jambe malade ou pas, il était costaud.

— Allons faire un tour, a-t-il dit.

L'aide-soignant lui a tendu sa canne, et nous sommes tous sortis au soleil. L'établissement se trouvait sur une colline entourée de pelouses vallonnées. Quelques résidents travaillaient dans un potager non loin.

— Je vais rester ici, ai-je dit en désignant un banc. J'allais laisser Marlee et son père seuls pour profiter de cette bonne journée.

Elle m'a lancé un sourire éblouissant.

— On ne sera pas longs. Je sais qu'on doit y aller.

— Prenez tout votre temps. Je nous amènerai à l'aéroport à l'heure. Je lui ai adressé un sourire coquin. À quoi bon avoir une grosse cylindrée si on ne pouvait pas montrer ce qu'elle avait dans le ventre de temps en temps ?

M'adressant un dernier regard langoureux, elle s'est détournée avec son père. Ils ont flâné bras dessus, bras dessous, avec l'aide-soignant qui les suivait à une distance discrète.

Je me suis laissé tomber sur le banc et j'ai incliné mon visage vers le soleil. Il y avait moins de brouillard ici à Oakland, et j'appréciais toujours les visites par temps clair. Peut-être que l'année prochaine, quand on aurait mis assez d'argent de côté, on pourrait acheter quelque chose de ce côté-ci de la baie, ou peut-être dans une des banlieues loin des lumières de la ville où on pourrait voir les constellations la nuit. J'adorais quand Marlee me racontait les histoires des étoiles.

Mon téléphone a sonné, signalant un texto.

RALEIGH

Tu viens toujours ce soir ?

L'inquiétude n'était pas dans les habitudes de Raleigh, mon frère connard et trop sûr de lui. C'est à cause de lui que Marlee et moi nous dirigions vers Dallas plus tard dans la journée. Je l'avais tenue à sa promesse d'être ma cavalière pour son mariage. J'avais manqué son enterrement de vie de garçon — le nouveau projet de programmation de Marlee nous avait retenus à San Francisco toute la semaine — mais mon autre frère aîné, Lincoln, m'avait dit que ça avait été une fête de folie. On serait là pour le dîner de répétition le lendemain soir.

Attends, c'est ce week-end ?

Après toutes les vacheries que Raleigh et mes autres frères m'avaient faites, il méritait bien une petite taquinerie.

Les points de suspension sont apparus pendant qu'il tapait, puis ils ont disparu et sont réapparus plusieurs fois. Je l'avais vraiment bien fait marcher.

Pas drôle.

Sérieux, tout va bien ?

D'après les textos de groupe avec mes frères et ma sœur, j'avais eu l'impression que Raleigh commençait à avoir la frousse. Bien sûr, il avait projeté ça sur Bella pour faire croire que c'*était elle* la nerveuse. Mais je savais que ça ne pouvait pas être vrai. Comme tous mes frères, Raleigh avait été le mec populaire du lycée et de la fac. Les filles ne pouvaient pas lui résister. Je ne pouvais pas imaginer Bella le laisser tomber.

Contente-toi d'arriver, et tout ira bien.

J'ai souri. Il faudrait que je lui fasse une farce. Un petit truc, comme me pointer avec des chaussettes rouges ou prétendre que mon smoking avait disparu, juste pour le harceler encore un peu. Il me tendait la perche.

On sera là tard ce soir. J'ai hâte que tout le monde rencontre Marlee.

Je savais qu'ils l'aimeraient presque autant que moi. J'ai rangé mon téléphone, j'ai de nouveau tourné mon visage vers le soleil et j'ai fermé les yeux.

On s'était couchés tard la nuit dernière à faire nos valises. J'avais acheté à Marlee une valise cabine pleine de romances au format poche pour remplacer certains de ceux dont elle s'était débarrassée. Comme je le lui avais dit à la fête de Noël, nous étions tous les deux des romantiques. Et je ferais tout mon possible pour que le romantisme ne quitte jamais sa vie.

Nous étions restés éveillés encore plus tard pour faire l'amour. Épuisés ou non, nous ne pouvions pas nous empêcher de nous toucher. Je n'avais jamais eu d'amitié qui se soit transformée en amour. Mais ajouter l'intimité à l'amitié avec Marlee ? Chaque fois que nous nous touchions, c'était de la pure magie.

J'ai dû m'assoupir, parce que la chose suivante que j'ai sue, c'est que Marlee me serrait l'épaule.

— Allons-y, grand gaillard. Une amende pour excès de vitesse ne fera que nous mettre encore plus en retard pour notre vol.

J'ai ouvert les yeux et j'ai vu son visage qui bloquait le soleil. Ses rayons irradiaient de ses cheveux miel foncé, les faisant scintiller. Pas étonnant que son père l'appelle « mon rayon de soleil ». J'ai jeté un coup d'œil derrière elle. Will et l'aide-soignant avaient disparu. J'ai tendu la main, comme pour la laisser m'aider à me relever, mais je l'ai tirée sur mes genoux à la place. J'ai pris sa joue en coupe et j'ai embrassé ses lèvres roses. Elle a caressé mes cheveux à l'arrière de ma tête, courts maintenant grâce à ma coupe de cheveux pré-mariage, et j'ai entortillé mes doigts dans ses longues mèches soyeuses. J'aurais pu l'embrasser là, sur le banc, au soleil, pendant des heures.

À contrecœur, je me suis détaché et j'ai posé mon front contre le sien pour reprendre mon souffle. La dernière fois que j'étais rentré à Dallas, on avait failli se séparer. Mais cette fois, elle serait à mes côtés pour ce qui serait sûrement un pandémonium, comme tout ce qui impliquait ma famille, ce qui était l'une des raisons pour lesquelles je vivais à plus de trois mille kilomètres. Mais avec Marlee à mes côtés, on traverserait ça ensemble.

J'ai retiré un long poil gris de sa chemise.

— Subha est encore allée dans ton tiroir.

Elle a effleuré mes lèvres des siennes.

— Que veux-tu que je te dise ? Elle partage ma passion pour les vêtements de marque à prix réduit.

Je pensais que Subha partageait *ma* passion pour Marlee, mais je n'allais pas discuter. La seule chose que mon chat — notre chat — aimait plus que de nicher dans ses tiroirs était de s'asseoir sur Marlee elle-même. Le matin où elle s'était blottie contre son manteau avait été le début de l'obsession de Subha pour elle.

J'ai aidé Marlee à se relever, puis je me suis levé et j'ai joint ma main à la sienne. Nous nous sommes dirigés vers le parking.

— Bonne visite ?

Elle a soupiré.

— Oui. L'installer ici était la meilleure décision.

— Pas la *meilleure* décision. J'ai serré sa main.

— Ça, c'était d'accepter d'être ma cavalière au mariage de Jay et Alicia.

Elle m'a souri et a passé son bras autour de ma taille.

— Tu as raison. Allons-y, cavalier.

Nous avons déambulé sur le sentier, en route pour un autre mariage ensemble. Et un jour, bientôt, je lui demanderais de devenir ma femme, et *ce serait* la meilleure décision de nos vies.

TYLER

LA LUMIÈRE de la lampe dorait les pointes des cheveux de Marlee d'un reflet or rose, assorti à son débardeur de nuit alors qu'elle serrait son livre de poche, blottie contre les oreillers. Après m'avoir jeté un bref regard, étendu à côté d'elle, elle a tourné la page et repris sa lecture. « — Le lendemain matin… »

J'ai posé une main sur la sienne, sur le livre. — Tu ne crois pas qu'on devrait s'arrêter là ?

— Mais je veux savoir s'ils vont enfin arrêter de faire semblant, maintenant qu'ils ont fait l'amour. Je pouvais presque voir des cœurs de dessin animé dans ses yeux.

— Mais, ai-je dit — et c'était ma partie préférée de nos lectures de romances d'avant-coucher —, tu es excitée. J'ai fait glisser un doigt au centre de sa poitrine qui se soulevait, sur son ventre, jusqu'à l'élastique de son short de pyjama en soie. J'ai marqué une pause et attendu son hochement de tête avant de poser ma main en coupe entre ses jambes. Humide, exactement comme je l'avais prévu.

Lentement, j'ai glissé un doigt par l'ouverture de son short et j'ai suivi le contour de ses lèvres. — Qu'est-ce qui t'a excitée dans cette scène ?

Elle a laissé tomber son livre sur les draps et a roulé des hanches. — Tyler, j'ai besoin de toi. Je n'ai pas envie de parler, maintenant.

Je l'ai embrassée, un lent glissement de mes lèvres contre les siennes. Elle a agrippé l'arrière de ma tête et m'a maintenu contre elle, son baiser empreint de désespoir. Waouh. Elle était vraiment excitée. Plus que la fois où on avait essayé un léger bondage après la lecture d'un de ses romans BDSM, les mains attachées aux montants du lit avec des rubans de soie. Elle avait particulièrement aimé la fessée qu'on avait tentée, mais aucun de nous n'avait accroché avec la cravache qu'on avait achetée.

J'ai relevé la tête, et elle a grogné pour protester. — Tu es trempée. Qu'est-ce que tu as trouvé de sexy là-dedans ? C'était les deux sexes ? Les culottes ? On lisait une romance historique gay, et l'autrice avait fait un boulot incroyable sur la montée lente du désir. Même moi, j'avais hâte d'arriver à la scène de sexe de ce soir.

— Je ne crois pas. Je pense qu'un seul de vous me suffit.

J'ai expiré. Je ne pensais pas être tenté par ça non plus. — C'est parce qu'ils le font dans la salle de billard pendant que la fête bat son plein, et que quelqu'un pourrait entrer à tout moment ?

Ses yeux se sont agrandis. — Ils n'ont même pas fermé la porte à clé. J'ai eu tellement peur pour eux. Et aussi… excitée. Elle s'est mordu la lèvre.

— Alors… J'ai glissé un doigt en elle, et elle a gémi doucement. — c'est le sexe en public. La peur d'être découverts. C'est pour ça que tu étais si chaude sur le bateau. Ce soir-là, à la fête de Noël de Synergy, il y a presque un an, elle avait joui sur ma main après moins de cinq minutes de frotti-frotta. C'était la première fois que je la faisais jouir, et je savais que ça avait été rapide. Maintenant, j'étais un peu déçu que ce ne soit pas seulement grâce à mes talents de doigté supérieurs.

— N'importe qui aurait pu monter. Elle s'est frottée contre ma main. — N'importe qui aurait pu m'entendre.

J'ai glissé un autre doigt en elle. — Tu voulais que quelqu'un nous surprenne ?

Ses paupières se sont relevées d'un coup, et elle s'est figée. — Non. Ce serait horrible. Et embarrassant.

— D'accord. Je me suis penché et je l'ai embrassée, longuement et langoureusement. — Donc, juste l'illusion de la possibilité d'être surpris. Pas d'être vraiment surpris. C'est ça qui t'excite.

— C'est toi qui m'excites, Tyler. Fin de l'histoire.

Elle avait raison. Nous n'avons pas lu une page de plus de son livre cette nuit-là.

———

QUELQUES SEMAINES PLUS TARD, le soir du Nouvel An, nous descendions dans l'ascenseur bondé de l'hôtel chic du centre-ville où la fondation de Cooper organisait un gala. Normalement, nous n'y serions pas allés. Nous gagnions tous les deux bien notre vie, surtout après nos promotions, mais pas assez pour un gala à mille dollars le couvert. Synergy avait parrainé quelques tables et nous avait invités à occuper deux places.

— Tu as cette lueur dans les yeux, a chuchoté Marlee.

Je me suis penché et j'ai effleuré son oreille de mes lèvres pour que l'homme pressé de manière inconfortable contre mon autre flanc n'entende pas. — Quelle lueur ? J'ai touché la pochette dans ma poche.

— Ce regard nerveux-barré-excité-barré-déterminé qui signifie qu'on va lancer l'Opération Scène du Bouquin.

— Oh. Merde. J'étais tellement concentré sur mon autre plan que j'avais complètement oublié. Je me suis redressé, l'esprit en ébullition. Avec quelques ajustements, je pouvais y arriver. Je pouvais faire fonctionner les deux plans. Baissant les yeux vers elle, je lui ai fait un clin d'œil. — Tu m'as démasqué.

— On ne me la fait pas. Je te connais trop bien. Elle a affiché un sourire en coin, et j'ai eu envie de lécher le pli de ses lèvres.

Si nous n'avions pas été entassés avec une douzaine de personnes dans l'ascenseur, j'aurais appuyé sur le bouton d'arrêt d'urgence, je l'aurais plaquée contre le mur et j'aurais mis en œuvre la partie B de l'Opération Amour Éternel, sur-le-champ. À la place, je lui ai lancé le regard enflammé qui la faisait toujours frissonner.

Elle a frissonné.

— Froid ? ai-je murmuré. — Tu veux peut-être emprunter ma veste.

— Hors de question. Elle s'est penchée et m'a reniflé. — Si je fais ça, on n'arrivera jamais à la fête.

— Je me fiche complètement de la fête, ai-je grogné. J'ai fait glisser un doigt le long de sa robe au décolleté plongeant dans le dos.

— Mais pas moi. Une lueur malicieuse a brillé dans ses yeux bruns. — Je veux t'aguicher pendant tout le dîner jusqu'à ce que tu sois prêt à me jeter sur ton épaule et à me monter dans la chambre. Ensuite, je veux danser avec toi, gigolo de mariage, et qu'on ait bien chaud et qu'on transpire. Et *ensuite…* — j'avais déjà chaud dans mon smoking — je t'emmènerai dans la chambre et je te montrerai à quel point je t'apprécie.

— M'apprécier ? ai-je fait glisser mon doigt plus bas, à l'intérieur du tissu de sa robe. — C'est tout ?

Elle m'a embrassé sur la joue, puis a froncé les sourcils et a essuyé la trace de rouge à lèvres. — Tu sais que je t'aime.

— Je sais. Les portes de l'ascenseur se sont ouvertes, et les gens ont commencé à sortir. J'ai attrapé sa main et lui ai embrassé le bout des doigts. — Je sais.

On avait assisté à assez d'événements de ce genre pour que je connaisse le refrain. Au programme, d'abord : amuse-gueules servis à la volée et réseautage. Je me tenais debout, la main sur le bas du dos dénudé de Marlee, la revendiquant devant tout le monde. Elle s'est blottie contre moi, me revendiquant en retour.

Puis, ce fut la ruée vers les tables. Marlee a eu de la chance, assise à côté d'Alicia. Je me suis retrouvé avec la cavalière de Weston, une femme d'une quarantaine d'années, scintillante et dure, avec des diamants dégoulinant de son cou. Pas les diamants de Weston ; il n'avait pas encore épousé celle-là.

Après quelques tentatives infructueuses, nous nous sommes trouvé un point commun : les Mustang. Elle possédait une Boss 429 de 1969, ainsi que le modèle du 50e anniversaire. Nous avons parlé de puissance, de tenue de route et de valeur marchande pendant l'entrée et le plat principal.

Mais Marlee a capté mon attention lorsque le dessert a été servi. Elle a plongé sa cuillère dans la mousse onctueuse au chocolat noir, et dès l'instant où elle l'a portée à ses lèvres, elle a trouvé sa béatitude.

J'ai regardé, hypnotisé, tandis qu'elle prélevait chaque petite bouchée et refermait ses lèvres sur la cuillère, la savourant, léchant et caressant furtivement la cuillère à l'intérieur de sa bouche. Mon pantalon de smoking est devenu inconfortablement serré, et je me suis agité sur ma chaise pour essayer de me libérer.

Marlee a battu des cils. — C'est tellement bon. Goûte. Et elle en a pris dans ma coupe — pas la sienne — et l'a pressée contre mes lèvres. J'ai ouvert la bouche pour elle et j'ai laissé la mousse fondre sur ma langue.

— Hé, oh, vous deux. La voix de Jackson m'est parvenue de très loin. — Prenez-vous une chambre. Ayez un peu de considération pour nous, les vieux couples mariés.

J'ai relâché la cuillère, et Marlee l'a posée à côté de son plat, les joues roses.

— Vieux ? a demandé Alicia en haussant un sourcil. — Et depuis quand fais-tu preuve de retenue en public ?

— De la retenue ? La nappe cachait la main de Jackson, mais il a fait quelque chose qui a fait haleter Alicia. — C'est quoi, ça ?

— Ça… Alicia a remonté sa main sur la table et a entrelacé ses doigts avec les siens. — c'est quelque chose dont tu fais preuve pendant que Cooper fait son discours. Elle a désigné de la tête la scène d'un côté de la salle. Cooper serrait la main de quelqu'un à côté du pupitre.

Je me suis penché vers Marlee. — C'est notre signal.

— Quoi ? Elle lorgnait sa mousse inachevée — et la mienne —, mais je l'ai tirée pour la mettre debout et l'ai pressée vers la sortie. Les portes se sont refermées derrière nous juste au moment où la voix de Cooper résonnait dans le système de sonorisation.

Je me suis dépêché de tourner au coin, en lui tenant la main. Je m'étais familiarisé avec la disposition des lieux plus tôt, pendant qu'elle prenait sa douche dans notre chambre à l'étage. Nous sommes passés devant les toilettes, une plus petite salle de bal d'où du hip-hop s'échappait assez fort pour faire trembler le sol, et quelques salles de conférence avant d'arriver devant la porte de la salle de réunion Duchesse.

J'ai fait tout un cinéma en essayant d'ouvrir la porte, comme si je faisais vraiment quelque chose d'interdit, comme si je n'avais pas réservé la salle des semaines auparavant.

La ruse a fonctionné. — Qu'est-ce que tu fais ? a-t-elle chuchoté, même si le couloir était vide.

— On a besoin d'un peu d'intimité pour l'Opération Amour Éternel.

— Attends. Qu'est-ce que c'est ? C'est comme l'Opération Scène du Bouquin ?

— Un peu. Ma main tremblait sur la poignée. C'était bien plus grand que l'Opération Scène du Bouquin.

La pièce était faiblement éclairée par les bougies sans flamme que j'avais installées plus tôt. Elles dessinaient les contours d'une robuste table de conférence en bois, entourée d'une demi-douzaine de fauteuils en cuir moelleux. La fenêtre d'un côté donnait sur la rue, où une pluie continue trempait les fêtards du Nouvel An.

—Oh. Marlee s'est arrêtée juste à l'intérieur de la porte.

— Ce n'est pas une salle de billard, ai-je murmuré à son oreille, — mais tu penses que ça fera l'affaire ?

Ses yeux étaient grands et sombres quand elle s'est tournée vers moi. — Ici ?

J'ai fermé la porte. — C'est comme une fête privée. Imagine que l'hôtel est un manoir de campagne.

— Avec quelques *milliers* d'invités.

— Est-ce que ça te dérange ? Ou ça t'excite ? Ma voix était un grondement sourd.

— Ça m'excite, a-t-elle couiné. — Clairement excitée.

— Dois-je fermer la porte à clé, ma lady ? Ou la laisser déverrouillée ?

— Ferme-la, s'il te plaît. Je ne voudrais pas que quelqu'un entre en trombe quand tu crieras mon nom. Elle a défait le bouton de ma veste de smoking et a passé ses bras dans mon dos. Elle s'est penchée, humant mon cou, puis a levé le menton, présentant ses lèvres pour un baiser.

Je n'étais pas stupide. J'ai tendu le bras en arrière et j'ai enclenché le verrou de la poignée, puis je l'ai embrassée à pleine bouche, puisant du courage dans son souffle coupé, ses mains baladeuses, le glissement chaud de sa langue.

Elle a passé sa main sur le devant de mon pantalon et a trouvé mon sexe dur et tendu pour elle. Elle en a tracé le contour, me brouillant l'esprit. Pendant une minute, j'ai oublié pourquoi j'avais réservé la salle, mais quand elle est tombée à genoux et a défait les crochets de mon pantalon, je me suis souvenu.

— Attends.

Elle s'est arrêtée, une main serrant toujours mon sexe et l'autre sur ma braguette. — Attends ?

— Assieds-toi. Je veux parler.

— Parler ? Elle a cligné des yeux en me regardant. — On ne va pas vraiment avoir une réunion ici, n'est-ce pas ?

J'ai laissé un coin de ma bouche se relever en un sourire. — Je n'appellerais pas ça une réunion, vu qu'on n'est que tous les deux. Mais j'ai quelque chose à dire.

Elle s'est mordu l'intérieur de la lèvre mais s'est lentement relevée. Elle s'est glissée dans un des fauteuils et l'a abaissé jusqu'à ce que ses talons touchent le sol. Elle a tiré sa jupe courte et évasée pour la remettre en place sur ses genoux, le tissu soyeux collant à sa peau.

J'ai tiré le fauteuil voisin plus près de la fenêtre et je l'ai tourné pour lui faire face. Me perchant sur le bord, je me suis penché vers elle. Le scintillement des bougies illuminait sa mâchoire volontaire et jetait une lueur dorée sur ses cheveux. Ses yeux étincelaient du reflet des lumières de la ville au-dehors. J'ai parcouru son corps du regard, mémorisant son apparence pour pouvoir un jour la raconter à nos petits-enfants.

Quand je l'ai stockée dans ma mémoire à côté de l'image d'elle plantant ses talons sur le pont et me disant qu'elle m'aimait pendant que le navire se balançait doucement sous nous, j'ai prononcé son nom comme une prière. — Marlee.

— Oui, Tyler ? Elle a tendu la main et a enroulé une de mes mèches de cheveux qui tombaient sur mon front. Je me suis blotti contre son contact.

— Je t'aime. Je t'aime presque depuis notre première rencontre. Tu es ma meilleure amie et l'amour de ma vie.

Elle a tracé le contour de ma pommette jusqu'au coin de ma bouche avec son pouce. — Et tu es mon meilleur ami. Mon Grand Amour. Bon sang, c'était une telle romantique. Et j'adorais ça chez elle.

— Veux-tu être ma meilleure amie — et plus encore — pour le reste de ma vie ? J'ai fouillé dans ma poche pour trouver la pochette. Pourquoi diable ne l'avais-je pas sortie avant de m'asseoir ? Entre mon érection et la façon dont mes poches se plissaient au niveau de mes cuisses, j'ai dû batailler pour sortir l'objet. Mais Marlee, Dieu la bénisse, n'a pas ri. Elle a attendu, les lèvres entrouvertes.

J'ai renversé la pochette dans ma paume, et la bague y est tombée en scintillant à la lueur des bougies.

— Sainte Vierge ! Ses doigts tremblants ont couvert sa bouche. — Est-ce que c'est...

— Épouse-moi, Marlee. J'ai glissé du fauteuil pour me mettre à genoux, j'ai pris la bague dans ma paume et je la lui ai tendue. Les bougies vacillantes brillaient sur la monture en forme d'étoile approximative. De plus petits diamants entouraient le plus gros au centre, les griffes étant conçues pour lui donner l'air d'une explosion d'étoile.

— Oui. Son regard est passé de la bague à mon visage. — Oui.

Entre mes doigts tremblants et les siens, il a fallu quelques essais pour placer la bague à son doigt. Une fois en place, elle l'a tendue pour que nous puissions tous les deux la voir scintiller à la lumière des bougies. Puis elle s'est penchée et m'a embrassé, une douce promesse d'éternité.

J'ai expiré.

Je me suis rapproché, et elle a ouvert les genoux, encadrant les côtés de ma taille. Quand j'ai posé ma main sur son genou, taquinant l'ourlet de sa jupe, notre baiser est passé de doux à brûlant. Je l'avais revendiquée avec la bague. C'était pour tous les autres. Pour ma mère qui avait adoré Marlee, le seul point positif du désastreux non-mariage de Raleigh l'été dernier. Pour chaque type au gala un peu plus tôt qui avait suivi le balancement des hanches de Marlee, qui avait tracé ses courbes de leurs yeux. La bague signifiait qu'elle était mienne.

Mais cette revendication, dans la salle de conférence où il y avait la possibilité, aussi infime soit-elle, que quelqu'un frappe à la porte, était pour nous deux.

Elle m'a dévoré comme elle l'avait fait avec la mousse au chocolat plus tôt. J'ai goûté sa douceur sur sa langue. Elle a agrippé les cheveux à l'arrière de ma tête et m'a tiré plus près. De son autre main, elle a froissé ma chemise de smoking, essayant de défaire les boutons de plastron sans regarder.

Non. Même si j'avais fermé la porte à clé, je n'allais pas me déshabiller ici. Mais j'allais lui donner un avant-goût de ce que nous voulions tous les deux.

Doucement, j'ai soulevé sa jupe. J'ai tracé une ligne de son genou jusqu'à son…

— Putain, Marlee ! Je me suis arraché à ses lèvres et j'ai baissé les yeux sur sa chatte exposée. — Tu n'as rien mis en dessous ?

— Tout le monde se lâche un peu le soir du Nouvel An. Elle a haussé une épaule, une lueur coquine dans l'œil.

C'était un jeu, et je me suis prêté au jeu. — Tu essayais d'émoustiller tout le monde à cette fête, n'est-ce pas ?

— Juste toi. J'espérais un petit doigté à table. Elle s'est mordu la lèvre.

— Assise à côté de la femme de ton patron ? J'ai claqué la langue contre mon palais. — Vilaine fille. Lève-toi.

— Mais je pensais que…

— Oh, ne t'inquiète pas. Tu auras ce que tu veux. Je me suis levé et l'ai fait reculer contre la baie vitrée. Deux étages plus bas, les parapluies cachaient les gens de la vue. — Il leur suffit de lever les yeux, et ils auront un spectacle.

— Mais ils ne vont pas…

— Non, bébé. J'ai laissé tomber mon masque de mâle alpha et j'ai souri. — Il fait un temps de merde dehors. Personne ne regarde en l'air.

— D'accord, a-t-elle murmuré. — Mais ma vertu ! a-t-elle dit plus fort.

— Il n'en restera pas grand-chose quand j'aurai fini. Je suis tombé à genoux, j'ai écarté un peu plus ses pieds, et j'ai glissé ma main sous sa jupe. Son excitation coulait entre ses cuisses. Elle a fermé les yeux à mon contact.

— Les yeux ouverts, ai-je dit. J'ai soulevé sa jupe et lui ai donné un long, lent coup de langue à l'intérieur de la cuisse. Elle m'a regardé, les yeux brillants.

J'ai léché l'autre côté, puis je me suis occupé de sa chatte, faisant tournoyer ma langue autour de son centre. Elle a agrippé ma tête, me maintenant contre elle. — Oui, Tyler, je…

Sa voix s'est brisée quand j'ai léché jusqu'à son clitoris. J'ai fait vibrer ma langue contre lui comme elle aimait. Ses jambes tremblaient, m'avertissant qu'elle était déjà proche. Il semblait que le côté exhibitionniste était aussi excitant que la mise en scène de la fête privée.

J'ai glissé un doigt en elle et je l'ai recourbé vers le point qui la rendait folle. Tandis que je faisais glisser ma langue sur son clitoris, je l'ai regardée. Elle a serré mes cheveux plus fort. Ses yeux dans les miens, elle a gémi : — Tyler, je suis…

Elle n'a pas eu besoin de finir. Je savais qu'elle allait jouir. Elle s'est contractée autour de mon doigt, et ses jambes tremblaient autour de mes épaules. J'ai immobilisé ma langue, couvrant son clitoris, et j'ai laissé ses parois internes retenir mon doigt en place.

— Mon Dieu, a-t-elle marmonné, la voix fragile. Lentement, ses doigts se sont desserrés de mes cheveux.

Je l'ai stabilisée, en lui tenant les hanches. — Prête à retourner frimer avec ta bague ? J'ai souri en la regardant. Elle avait besoin de quelques minutes pour arranger ses cheveux et son maquillage, et moi, je me laverais le visage et trouverais un moyen de calmer mon érection assez pour retourner dans la salle de bal.

— Nous n'avons pas fini ici, votre grâce.

J'ai plissé les yeux. — C'est toi le duc dans ce scénario. Je ne suis que le deuxième fils d'un…

— Tu es exactement qui je dis que tu es. Son sourire frisait le maléfique. — Maintenant, assieds-toi sur cette chaise, je veux dire, sur ce trône.

— Les ducs n'ont pas de…

— Assieds-toi, a-t-elle commandé.

Je me suis assis, tirant sur mon pantalon pour obtenir un peu de soulagement de la tension.

— Ne t'inquiète pas, bébé. Je m'occupe de toi. Elle s'est agenouillée sur la moquette. Sa bague a scintillé alors qu'elle baissait ma braguette. Doux soulagement.

Elle a tiré sur mon pantalon et mon caleçon jusqu'à ce qu'elle libère mon sexe. Avec tous les préliminaires, du trajet en ascenseur au flirt à table jusqu'à son excitation qui recouvrait encore mon menton, il y avait déjà une perle d'humidité à l'extrémité.

Elle a souri et l'a lapée.

Putain. Un picotement a commencé dans mes testicules et a descendu mes jambes jusqu'à mes orteils piégés dans mes chaussures vernies. — Princesse, je ne vais pas…

Ma gorge s'est nouée quand elle a refermé ses lèvres roses sur moi et m'a aspiré dans sa bouche. Tout ce que je pouvais faire, c'était de m'agripper aux accoudoirs du fauteuil pour ne pas pousser dans sa bouche. Elle a enroulé une main autour de la base de mon sexe et a posé son autre main, ornée de sa bague étincelante, sur le bas de ma chemise remontée.

Elle a creusé ses joues, aspirant jusqu'à ce que la pression me fasse sortir les yeux des orbites. Lentement, elle a relevé la tête, faisant glisser ses lèvres le long de ma verge jusqu'à presque me relâcher. Puis elle m'a aspiré à nouveau.

Ma vision s'est rétrécie jusqu'à ce que je ne puisse plus voir les immeubles à l'extérieur, ni les bougies, ni la table. Je ne voyais que Marlee, ma fiancée avec sa bague étincelante. Ses lèvres roses autour de mon sexe, son front plissé par la concentration.

Sa langue s'est enroulée autour de ma verge comme elle l'avait fait autour de sa cuillère, et la sensation, ainsi que l'image, m'ont fait perdre le fragile contrôle que j'avais sur moi-même. — Marlee, ai-je haleté, en explosant dans sa bouche.

En vraie princesse, elle a tenu bon jusqu'à ce que j'aie fini. Elle a avalé et a essuyé les coins de sa bouche avec ses doigts délicats. Se relevant d'un bond, elle m'a déposé un baiser sur les lèvres. — Maintenant, je suis prête à retourner frimer avec ma bague.

Putain. Après cet orgasme, j'étais bon pour une sieste. Mais il nous restait quelques heures avant minuit, et je n'allais pas manquer d'embrasser ma fiancée pour le passage à la nouvelle année.

Je me suis rhabillé et me suis levé. — Allez viens. On va se faire présentables, et ensuite je te séduirai à nouveau avec mes pas de danse.

Elle a lissé sa jupe et m'a tapoté la poitrine. — Je savais que tu l'avais fait exprès au mariage de Jackson et Alicia.

— Que veux-tu que je te dise ? J'ai quatre frères. Je ne me bats pas à la loyale.

— J'aime toutes les choses déloyales que tu fais.

Mon sexe a tressailli. — Tu es sûre que tu ne veux pas monter directement ? On peut annoncer nos fiançailles au brunch demain.

— Et rater mon tour sur la piste de danse avec le meilleur danseur de la salle ? Pas question. Mais dès qu'on aura fini « Ce n'est qu'un au revoir », je suis à toi.

— Et moi à toi.

Main dans la main, nous avons quitté la salle Duchesse pour célébrer la nouvelle année et nos nouvelles vies ensemble.

———

Merci beaucoup d'avoir lu *Fais Semblant avec Moi* ! N'hésitez pas à laisser un avis sur votre site de vente préféré ou sur Goodreads.

Le prochain livre de la série, *Voyage avec Moi,* met en scène la sœur geek de Jackson, Sam. Elle ne voulait pas se retrouver en tournée de promotion pour faire passer son roman écrit par une intelligence artificielle pour un livre écrit à l'ancienne. Et elle ne voulait certainement pas tomber amoureuse de son partenaire de tournée poète et adepte des chemises à carreaux. Les contraires s'attirent dans cette romance sur la route. Continuez votre lecture pour un aperçu exclusif.

SAM

TOUT LE MONDE n'aurait pas fait entrer son chien en douce à un déjeuner de charité. Son adorable chien, qui n'aboie presque jamais et qui — enfin, pour l'essentiel — ne perd absolument pas ses poils.

Mais, au grand dam de ma mère, je ne suis pas tout le monde.

Tout le monde rêverait d'avoir vos avantages.

Tout le monde devrait épouser quelqu'un qui s'intègre à son cercle social. Par là, elle voulait dire riche.

Tout le monde veut être un Jones.

Mais à un moment donné au cours des vingt-cinq dernières années, elle aurait dû se rendre compte que j'étais un peu… différente.

— Bilbo Baggins, ai-je sifflé en soulevant la nappe blanche d'une grande table ronde.

— Sam !

Grimaçant, j'ai laissé retomber la nappe et me suis retournée vivement vers ma sœur cadette. Juchée sur ses talons vertigineux, elle me regardait de haut, une main sur la hanche et l'autre tenant un cocktail rose qui s'accordait au rose layette de sa robe en soie. Elle avait toujours l'air si à l'aise à ce genre d'événements.

— Qu'est-ce que tu fabriques ? a-t-elle chuchoté.

— Euh, je cherche une boucle d'oreille ?

Natalie a plissé les yeux.

— Tu ne portes pas de boucles d'oreilles.

— Oh. Alors je suppose que j'en cherche deux.

— Des perles. Tu devrais porter des perles. Elle m'a toisée de la tête aux pieds, et j'ai poussé mon énorme sac fourre-tout noir dans mon dos. Ce tailleur date d'il y a deux saisons. Mère ne t'en a pas envoyé un nouveau ?

J'ai fixé le bout arrondi de mes chaussures à petits talons, me souvenant avoir déposé la monstruosité rose vif dans la boîte à dons. Ce tailleur n'était pas si mal. Je l'avais acheté à l'époque où j'avais encore de l'argent pour des vêtements neufs, et il était de ma couleur préférée : le noir.

La voix de Natalie était plus douce que je ne l'avais entendue depuis longtemps.

— La prochaine fois, dis-lui ce que tu veux.

— Ce que je veux, c'est ne pas être ici, ai-je marmonné.

— Ah, vraiment ? Comment Papa aurait pris ça ? Ses yeux sont devenus inhabituellement brillants avant qu'elle ne pivote sur ses sandales scintillantes et ne s'éloigne d'un pas sec.

Papa ? J'ai commis l'erreur de jeter un œil à sa photo sur la bannière à l'entrée du musée. Il aurait été bien trop occupé par son travail pour venir à un événement comme celui-ci, même s'il portait son nom. J'ai frotté l'endroit sur ma poitrine qui me faisait encore mal, même après quatorze ans.

Je n'étais pas là pour lui. Bien que j'aurais préféré faire des recherches, me blottir contre Bilbo Baggins sur mon canapé ou me faire enlever l'appendice une nouvelle fois, j'étais là pour ma mère. Elle exigeait que sa famille se présente sous son meilleur jour aux événements de la fondation.

Et ça m'a rappelé qu'il fallait que je trouve Bilbo Baggins avant elle. Où avait-il bien pu passer ? D'habitude, il n'était pas timide.

Il ne se cacherait pas sous une table. Contrairement à moi, il serait en plein cœur de l'action, à se faire des amis. J'ai tourné sur moi-même, balayant la salle du regard.

Un long buffet occupait un côté de l'espace du musée aux hauts plafonds. D'habitude, Mère détestait l'idée que les gens tiennent leur nourriture, mais des tables de salle à manger n'auraient pas cadré avec les grandes sculptures. L'autre côté de la salle était parsemé de tables plus petites servant des hors-d'œuvre. Peut-être était-il allé mendier une aile de poulet. Non pas que Mère servirait un jour des ailes de poulet salissantes, mais Bilbo Baggins, lui, ne le savait pas.

J'avais fait un pas dans cette direction quand une main douce comme de la soie mais ferme comme l'acier s'est refermée sur mon poignet.

— Samantha, *qu'est-ce que* c'est que ça ?

Affolée, j'ai inspecté les environs. L'avait-elle vu ?

Des doigts pâles aux ongles manucurés ont tiré sur la lanière de mon sac fourre-tout.

— Pourquoi n'avez-vous pas laissé votre sac d'étudiante au vestiaire ?

Je me suis tournée lentement pour lui faire face.

— Mère, c'est là que j'ai mon portefeuille et mes clés. Et mon chien aussi, avant qu'il ne fasse sa grande évasion.

Ses lèvres rouges se sont pincées.

— Qu'est-il advenu du sac que je vous ai offert pour votre anniversaire ?

— Il n'allait pas avec mon tailleur. J'ai fait un geste vers mon tailleur-pantalon noir et ma chemise blanche. Je n'ai pas mentionné que lorsque j'avais vendu le sac à main fuchsia à fleurs sur eBay, ça avait couvert la visite annuelle de Bilbo Baggins chez le vétérinaire ainsi que son traitement préventif contre le ver du cœur et ses médicaments pour les allergies.

— Ne me lancez pas sur ce tailleur, a-t-elle marmonné en balayant une poussière sur mon épaule. Maintenant, où est votre cavalier ?

— Mon cavalier ?

— Oui, souvenez-vous, je vous ai dit que William Winford voulait vous rencontrer.

— Vous n'avez pas précisé que c'était un rendez-vous.

Ses yeux bleus, plus pâles que les miens, se sont posés sur mon col, qu'elle a redressé.

— Il est très respecté. Et brillant. D'après ce que j'ai entendu, il a triplé son fonds en fiducie.

Ne la laissez pas se lancer sur les fonds en fiducie.

— Il travaille dans quel secteur, baron de la drogue ? Trafiquant d'armes ?

Sa bouche a formé un O rouge de stupéfaction.

— Samantha Renée Jones, vous savez très bien que nous ne fréquentons pas ce genre de personnes.

— Mère, c'était juste une plai…

— Vous pouvez faire confiance à votre famille pour ne pas vous laisser être la victime de ce genre de personnes.

Mes lèvres se sont entrouvertes. Elle n'allait tout de même pas parler de mon horrible erreur ici, n'est-ce pas ? Mon cœur s'est emballé.

— Samantha. Elle a posé une main sur ma manche. Vous devez faire confiance aux gens qui vous aiment. Nous vous aiderons à trouver un partenaire qui puisse subvenir à vos besoins.

— Je peux subvenir à mes propres besoins. Je prenais peut-être des décisions merdiques en matière d'hommes, mais je n'avais pas besoin qu'elle me trouve un partenaire. J'avais un plan pour ma vie. J'ai croisé les bras. La dernière chose dont j'ai besoin, c'est d'un partenaire.

— Vous avez besoin de sécurité. J'ai vu ce taudis dans lequel vous vivez. Ce n'est pas…

— Mère. La grande main de mon frère aîné s'est posée sur l'épaule de sa veste.

— Ah. Jackson. Sa voix s'est adoucie au nom de mon frère, comme elle ne le faisait jamais quand elle prononçait le mien.

Il s'est penché pour lui embrasser la joue, mais son sourire en coin n'était que pour moi.

— J'ai besoin de Sam une minute.

— Mais j'allais la présenter à William Winford. Vous savez, le *banquier d'investissement*. Elle a pincé les lèvres dans ma direction.

— Elle pourra rencontrer ton type plus tard. J'ai quelqu'un d'autre en tête.

J'ai plissé les yeux en le regardant. Mon frère ne cherchait pas à me caser ou à m'utiliser comme un pion dans son jeu d'affaires. Mais il n'a rien laissé paraître sous le regard de Mère.

— Très bien. Je vous retrouverai plus tard, Samantha. Avec William. Elle s'est éloignée au son du claquement de ses talons sur le parquet.

— Mais c'est quoi ce bordel, Jacks…

— Tu n'aurais pas, par hasard, amené ce rat surdimensionné que tu appelles un chien ? Il a donné une petite tape sur mon sac fourre-tout.

J'ai eu le souffle coupé.

— Tu l'as vu ?

— Près de la table de charcuterie.

— Oh, non. Jackson sur mes talons, je me suis précipitée vers la table remplie de plateaux de viandes et de fromages. Je me suis accroupie et j'ai soulevé la nappe, mais l'espace sous la table était vide. Il n'est pas là.

— Sam, pourquoi amènerais-tu ton chien à la fête de Mère ?

Je me suis relevée et j'ai tapoté mon sac comme si Bilbo Baggins avait pu réapparaître par magie là où il devait être. Avec mon chien contre moi, mes mains avaient cessé de trembler, et mon rythme cardiaque était passé de la vitesse d'un colibri à celle d'un lapin effrayé.

— Je ne sais pas. Mais je n'ai pas pu m'empêcher de jeter un coup d'œil à la bannière géante avec le visage plus grand que nature de mon père.

Son sourire s'est affaissé.

— Je déteste ça aussi, Sam-le-sage. Mais les gens paient une fortune pour venir ici et manger du fromage de luxe, et l'argent va à une bonne cause.

La cause préférée de Papa, il n'avait pas besoin de le dire.

— Je sais, mais… Les événements de la Fondation Jones étaient les pires. Les gens voulaient parler de livres, que je ne lisais plus, ou de Papa, ce qui me serrait le cœur comme s'il n'était parti que depuis un an et non depuis plus de la moitié de ma vie. Pourquoi ne peuvent-ils pas simplement faire des chèques et me laisser en dehors de ça ?

Il a haussé les épaules.

— Que ça te plaise ou non, tu es une Jones.

Je ne pouvais pas échapper à mon nom, pas ici à San Francisco. Mais un jour — dans un an, si je parvenais à redresser mon projet de thèse — je pourrais m'en sortir. Je trouverais un poste de professeur-chercheur quelque part loin, au milieu du pays, où Mère n'irait pas. Le Dakota du Sud, l'Iowa ou même l'Arkansas. Peu m'importait l'endroit, tant qu'il n'y avait pas de boutiques de créateurs ou de donateurs. Tout ce dont j'avais besoin, c'était d'un laboratoire informatique et d'un appartement assez grand pour moi et…

— Bilbo Baggins, ai-je de nouveau sifflé, à voix basse. Avec ses oreilles géantes, il aurait dû pouvoir m'entendre même sous le brouhaha des convives.

— Écoute, on va se séparer et chercher. Tu couvres cette moitié de la salle, et je vais vérifier du côté du buffet.

— Et s'il est sorti en courant ? Il y avait des renards et des faucons, peut-être même des coyotes, dans le parc environnant.

— Ce chien ne te quitterait jamais, Sam-le-sage. Il est juste parti chercher un en-cas. On va le trouver.

L'intérieur de mon nez m'a un peu brûlée alors que je tendais la main pour presser le bras de Jackson.

— Merci.

— Ne t'en fais pas. C'est beaucoup plus divertissant que de parler à des intellos coincés. Hé, tu te souviens comment on chassait les gnomes dans ce jeu qu'on avait créé ensemble ?

— Gnome Dome ? C'était il y a des années. Ça remonte à la préhistoire. Et Bilbo Baggins est bien plus malin que les gnomes qu'on a programmés.

— Il est assez prévisible quand il y a des en-cas. Il m'a fait un clin d'œil avant de se diriger vers le buffet.

Je me suis retournée vers les tables de hors-d'œuvre. Il devait être là-bas, en train de mendier une friandise. J'ai scruté le sol. Aucun signe de sa fourrure noire.

Un rire, riche et profond, a attiré mon attention. Ce n'était pas le petit rire poli que les gens utilisaient pour signaler leur amusement, généralement feint, à ce genre d'événements. C'était un rire pur et sans retenue. Et bruyant. J'ai jeté un coup d'œil pour voir qui avait violé le contrat social.

Il était grand et... et rayonnant, comme s'il était en feu de l'intérieur. Ses cheveux étaient de la même couleur que le ciel pendant les incendies de l'été dernier, un roux profond. Des taches de rousseur dorées recouvraient sa peau. Il avait le physique de quelqu'un qui pratiquait un de ces sports où l'on porte un ballon sur un terrain, large d'épaules et fuselé en dessous. Quelqu'un qui aurait l'air plus naturel dans une cape doublée de fourrure et tenant une hache que portant un costume gris anthracite et tenant un...

— Bilbo Baggins ! J'ai dérapé pour m'arrêter juste devant le Viking.

— Pardon ? D'une main surdimensionnée et couverte de taches de rousseur, il a serré Bilbo Baggins plus fort contre sa poitrine. Il m'a foudroyée avec une paire d'yeux bleus. Non. Ils étaient verts. Des mouchetures d'or les illuminaient comme des étincelles. Ses cils étaient roux. Existait-il un dieu nordique de la flamme ? Parce que ce type était un brasier, agréablement chaud mais crépitant aussi de danger.

J'ai vérifié à droite et à gauche avant de m'approcher. Plus doucement, j'ai dit :

— C'est mon chien. Bilbo Baggins.

— Ce petit gars ? Il a baissé les yeux vers les yeux bruns

globuleux de Bilbo Baggins. Bilbo Baggins a sorti sa langue rose pour lécher le menton fraîchement rasé de l'homme, puis s'est tortillé dans ses bras. Il ressemble plus à Toto qu'à un Hobbit.

Je ne savais pas arquer un sourcil comme Natalie, mais j'ai levé les deux.

— Et ça fait de toi la Méchante Sorcière de l'Ouest, qui kidnappe mon chien ? Les références cinématographiques, je maîtrisais. Ce type ressemblait plus à un footballer américain qu'à un bibliothécaire ; si on restait en terrain connu, je n'aurais pas à trahir mon ignorance littéraire.

Un sourire s'est étalé comme du miel sur son visage.

— Kidnapper ? Plutôt le mettre en sécurité. Il semble que Bilbo Baggins était prêt pour une quête. Pour mettre un peu de piment dans sa vie monotone.

— Le piment est surfait. Mon estomac s'est noué. Je ne pouvais même pas croiser le regard de Bilbo Baggins. Je sais que je n'aurais pas dû l'amener. C'est juste que… J'ai serré les lèvres. Je ne pouvais pas dire à cet inconnu que j'avais besoin de mon petit chien pour repousser les émotions qui me menaçaient ici.

— Hé, hé. Il a attendu que je lève à nouveau les yeux. Ce n'est pas grave. Il est en sécurité maintenant. Tu vois ? Je l'ai. Bilbo Baggins a soupiré et s'est blotti contre sa poitrine.

J'aurais aimé pouvoir me blottir contre lui, moi aussi.

L'homme a gloussé.

— Bien sûr, il y a plein de place pour vous deux.

— Merde, j'ai dit ça à voix haute, n'est-ce pas ?

— « Nul héritage n'est si riche que l'honnêteté. » Il a balayé la salle du regard. Bien qu'on ne puisse pas en dire autant de cette foule.

J'ai penché la tête sur le côté.

— On dirait du Benjamin Franklin.

— Shakespeare, en fait.

— Oh. Malgré son apparence, malgré son opinion sur les participants à la collecte de fonds, c'était un des intellos. Je vais reprendre Bilbo Baggins maintenant.

Ses sourcils roux se sont froncés, mais il a tendu Bilbo Baggins vers moi, et mon chien a agité ses petites pattes poilues droit dans mes bras. Je l'ai serré contre ma poitrine. Trop fort, ai-je découvert quand il a lâché un rot.

— Tu ne lui aurais pas donné du fromage, par hasard ?

Le Viking a déplié son autre main et m'a montré une serviette en papier froissée contenant un unique cube orange.

— Juste un ou deux morceaux.

J'ai grimaqué.

— Je vais le sortir d'ici avant qu'il ne ch… avant qu'il n'ait des troubles gastriques, je veux dire. J'ai plissé le nez. Il ne tolère pas les produits laitiers.

— Désolé pour ça. Il avait l'air d'aimer. Sa voix, comme son rire, était grave et riche. Je ne reprochais pas à Bilbo Baggins d'avoir couru vers lui. Bon sang, je me serais blottie contre cet homme pendant qu'il me donnait des friandises.

Une légère odeur de fromage puant m'est montée au nez. J'ai fait entrer Bilbo Baggins dans mon sac.

— Il aime le fromage, jusqu'au moment où ses petits intestins se relâchent. Était-ce trop d'informations ? Probablement. Quand j'étais nerveuse, ma bouche était plus incontrôlable que les intestins de Bilbo Baggins après avoir mangé du muenster.

Il a grimaqué.

— Je suis vraiment désolé.

— Ce n'est pas grave. Ça me donnera une excuse pour partir plus tôt. Mais mes pieds sont restés plantés là, devant le géant amical qui avait sauvé mon chien.

— Je suis Niall Flynn. Il a tendu la main droite.

— Samantha. Ma main a disparu dans la sienne, beaucoup plus grande, ses doigts si longs qu'ils ont effleuré la peau sensible de mon poignet. Mon rythme cardiaque s'est accéléré, et j'ai inspiré brusquement.

Il a grimaqué.

— Désolé. Mains calleuses.

C'était vrai. Des callosités rendaient sa paume et chacun des doigts qui couvraient le dos de ma main rugueux. La plupart des hommes à ces événements ne faisaient rien de plus fatigant que de cliquer sur une souris, et leurs mains étaient plus lisses que les miennes. Niall devait être un athlète. La fondation s'associait à quelques sportifs professionnels.

— Ce n'est rien. J'… J'aime bien. J'ai lorgné la façon dont les manches de sa veste de costume se tendaient sur ses biceps. Mon amie Marlee m'aurait dit de foncer. De flirter. De prendre un verre avec lui. Mais je n'étais pas Marlee. Je devais être au laboratoire informatique quand on donnait les leçons sur la façon de jouer avec ses cheveux et de faire la conversation. Sur l'échelle de la conversation allant du badinage léger au sérieux mortel, je me situais généralement à onze – intense.

Réalisant qu'il tenait toujours ma main, je l'ai retirée de son emprise.

— Eh bien, merci d'avoir sauvé Bilbo Baggins de se faire empaler par le talon de quelqu'un.

— Attends. Il m'étudiait, un examen lent de mon visage, comme certaines personnes regardent une œuvre d'art, pas comme le calcul mental que la plupart des gens font quand ils regardent une Jones.

J'ai cligné des yeux.

— J'ai quelque chose sur le visage ?

Il a secoué la tête.

— Désolé, je… je suppose que j'étais juste surpris de trouver quelqu'un comme toi ici.

— Quelqu'un comme moi ? J'ai plissé le nez. Qu'est-ce que ça veut dire ? Qu'avait-il deviné sur moi en dix minutes de conversation ?

— Quelqu'un… de vrai. Et pourtant pas. C'est comme si tu allais te transformer en créature des bois au coucher du soleil. Son visage est devenu rouge, même ses taches de rousseur.

— Comme dans *Ladyhawke* ?

— Ouais, comme…

— Niall ! Te voilà. Une femme de ma taille environ, avec des cheveux noirs bouclés et une peau mate, a saisi la manche de Niall. Une rafale de clics derrière elle m'a appris qu'elle avait amené un photographe. J'ai grimacé et tourné le dos au bruit. Qu'est-ce que tu fais à te cacher ici ? Il faut qu'on te fasse circuler.

— Je parlais à Samantha. Il a tendu la main vers moi. Pas question que je me laisse entraîner dans sa séance photo. Chaque déclic de l'obturateur ajoutait au poids froid dans mon ventre. Comment avais-je pu me tromper à ce point ? Ce n'était pas un gentil géant. C'était une petite célébrité venue claquer de l'argent pour se faire de la pub.

Ou pire, il était comme Stephen, m'attirant dans son piège, attendant de le refermer. D'une manière ou d'une autre, il m'avait reliée à la famille Jones même si je ne lui avais pas donné mon nom de famille. Maudit soit ce ridicule portrait de famille qu'ils mettaient sur un chevalet pour ces événements. J'avais dix ans, les cheveux noirs et raides avec une raie en zigzag, un sourire bouche fermée cachant mon appareil dentaire, et des yeux trop grands pour mon visage. Maintenant, mes cheveux étaient attachés en une queue de cheval basse et l'appareil dentaire avait disparu, mais je ressemblais toujours à cette gamine prépubère trop naïve pour savoir qu'elle était sur le point de perdre son père.

Le regard de la femme s'est posé sur moi, encore plus perçant que celui de Niall.

— Quel est votre nom de famille, Samantha ?

— Gabi, a dit Niall, j'ai besoin d'une minute de plus avec Samantha. D'habitude, je n'aimais pas mon prénom complet, mais la façon dont il a roulé dans sa voix grave m'a fait frissonner. Ou peut-être que c'était un tremblement d'avertissement de Bilbo Baggins. Qu'est-ce que Niall pouvait bien avoir besoin de faire en une minute de plus ? Enlever les poils de chien de mon tailleur pour une photo ? Autrefois, j'avais accepté d'être une décoration au bras d'un homme, souriant pour des photos que je ne voulais pas. Plus jamais.

J'ai levé les paumes devant ma poitrine comme si je pouvais les repousser tous les deux.

— C'est bon. On a fini. Ravie de t'avoir rencontré, Niall. J'ai marché d'un pas décidé vers la sortie, laissant Niall et son entourage devant la charcuterie.

Quand nous avons atteint une parcelle d'herbe à l'extérieur du musée, Bilbo Baggins a sauté de mon sac pour se débarrasser du fromage diabolique, me fixant comme si je l'avais trahi.

— C'est ton nouvel ami, Niall, qui t'a empoisonné, ai-je dit en nettoyant le désordre. Et il n'en valait absolument pas la peine. Il est comme ce Winford Machin. Il veut m'utiliser comme un badge d'identification pour entrer dans des fêtes merdiques comme celle-là. J'ai secoué le sac en plastique rempli de merde de chien. Je ne suis le ticket d'or de personne. Je vais obtenir mon doctorat et me tirer d'ici. Compris ?

Bilbo Baggins a penché la tête.

— Je sais. Tu as compris. J'ai jeté le sac à la poubelle et étalé du gel désinfectant sur mes mains.

Alors que j'attachais la laisse à son collier, mon téléphone a vibré dans la poche extérieure de mon sac. La sonnerie du Dr Martell. D'habitude, il respectait mes week-ends. Peut-être avait-il oublié des copies qu'il voulait me faire corriger.

— Bonjour, Dr Martell.

— Samantha. Je pensais tomber sur votre messagerie vocale. N'aviez-vous pas une fête cet après-midi ?

— Je… J'ai terminé. J'ai conduit Bilbo Baggins jusqu'à un banc et je me suis assise, enlevant mes talons.

— Bien. Bien. Je pouvais presque entendre son cerveau se remettre en mode recherche. J'avais toujours aimé que mon directeur de thèse se concentre sur ce qui était important.

Nous devons parler de votre recherche. Lundi matin à neuf heures, dans mon bureau.

Mon estomac a gargouillé comme si j'avais aussi mangé le mauvais fromage.

— Je sais que ça ne s'est pas très bien passé, mais…

— Ne vous inquiétez pas, Samantha. C'est une opportunité.

La dernière opportunité qu'il m'avait donnée m'avait menée

dans une impasse, et j'essayais toujours de remettre le projet sur la bonne voie.

— Une opportunité.

— Vous allez adorer. À lundi.

Il n'y avait aucune question dans sa voix. Il supervisait non seulement ma bourse, mais aussi mon doctorat. Sans sa signature sur ma thèse, je serais la version sans doctorat de Samantha Jones, incapable d'obtenir le poste de chercheur dont j'avais besoin pour m'échapper.

— D'accord, ai-je dit.

Il avait déjà raccroché.

J'ai laissé tomber le téléphone dans ma poche.

— On rentre à la maison, Bilbo Baggins. J'ai renfilé mes chaussures et je me suis levée. Passant devant la rangée de Mercedes noires, de Bentley et de la Lamborghini jaune criarde de Jackson, j'ai marché péniblement vers l'arrêt de bus le plus proche.

———

Voyage avec Moi est disponible en format poche chez votre détaillant préféré.

À PROPOS DE L'AUTEUR

Michelle McCraw adore lire des romances et travailler dans la technologie. Un jour, elle a décidé de combiner ses deux passions, et maintenant elle écrit des romances contemporaines torrides et geek qui pourraient bien vous faire rire. Ses livres mettent en scène des personnages qui aiment sans complexe la science, l'ingénierie et la technologie.

Auteure américaine et Texane de naissance, Michelle a pelleté de la neige pendant des tempêtes en Nouvelle-Angleterre et a opté pour une souffleuse à neige dans le Midwest. Elle vit maintenant en Géorgie, où la neige ne lui manque PAS DU TOUT. Elle aime lire, voyager, boire du bourbon et gâter son chien extraordinairement mal élevé mais adorable. Elle a été finaliste au RWA Vivian Contest, au Stiletto Contest des Contemporary Romance Writers et au Four Seasons Contest des Windy City Romance Writers.

facebook.com/MichelleMcCrawAuthor
instagram.com/MMOWriter
amazon.com/author/michellemccraw
goodreads.com/MichelleMcCraw
bookbub.com/authors/michelle-mccraw

LIVRES DE MICHELLE MCCRAW

Synergy Series

Travaille avec Moi

Fais Semblant avec Moi

Voyage avec Moi

Commande-Moi

Souviens-Toi de Moi

Tente-Moi

40 and Fabulous

Fashion and Passion

Frenemies and Lovers

Books and Hookups

Conspiracies and Chemistry

Advances and Retreats

Marriage and Trouble

Sugar and Spice